La chica que lo tenía todo

La chica que lo tenía todo

Jessica Knoll

Traducción de Elia Maqueda

rocabolsillo

Título original: *The Luckiest Girl Alive*

© 2015, Jessica Knoll

Todos los derechos reservados.
Publicado de acuerdo con el editor original, Simon & Schuster, Inc.

Primera edición en este formato: enero de 2018
Primera reimpresión: septiembre de 2022

© de la traducción: 2016, Elia Maqueda
© de esta edición: 2022, Roca Editorial de Libros, S.L.
Av. Marquès de l'Argentera 17, pral.
08003 Barcelona
actualidad@rocaeditorial.com
www.rocabolsillo.com

© del diseño de portada: CoverKitchen
© de la imagen de cubierta: Getty Images

Impreso por NOVOPRINT
Sant Andreu de la Barca (Barcelona)
Printed in Spain – Impreso en España

ISBN: 978-84-16859-15-3
Depósito legal: B. 25177-2017

RB5915A

A todas las TifAni FaNelli del mundo.
Ya lo sé.

Capítulo 1

*I*nspeccioné el cuchillo que tenía en la mano.

—Ese es el Shun. ¿Ve lo ligero que es comparado con el Wüsthof?

Presioné un dedo contra la hoja para probarla. El mango en teoría era resistente a la humedad, pero lo notaba resbaladizo en la mano.

—Creo que el diseño le va mejor a alguien de su estatura. —Levanté la mirada hacia el vendedor esperando oír la palabra que la gente siempre utiliza para describir a las chicas bajitas que están deseando que las llamen «delgadas»—. Menuda.

Sonrió en espera de que me sintiese halagada. Esbelta, elegante o con clase, esos cumplidos sí que me habrían desarmado.

Otra mano varios tonos más oscura que la mía apareció en mi cuadro de visión y agarró el mango.

—¿Puedo? —Lo miré: mi prometido. Aquella palabra no me molestaba tanto como la que venía después. Marido. Esa sí que me ajustaba el corsé, me apelotonaba los órganos y enviaba una ola de pánico hasta mi garganta con una alarma indicadora de angustia. Podía decidir no soltarlo. Deslizar la hoja de níquel y acero inoxidable (el Shun, que decidí que era el que más me gustaba) en su estómago sin hacer ruido. El vendedor probablemente emitiría un simple y digno: «¡Oh!». Sería la mujer del bebé lleno de mocos la que gritaría. Saltaba a la vista que era una de esas peligrosas combinaciones de persona aburrida y dramática, y que relataría el «ataque», regodeándose y con lágrimas en los ojos, a los periodistas que acudirían en masa a la escena del crimen. Solté el cuchillo antes de ponerme tensa, antes de explotar, antes de que todos los músculos de mi cuerpo, siempre en alerta máxima, se contrajeran como si tuviesen puesto el piloto automático.

—Estoy emocionado —dijo Luke al salir de Williams-Sonoma a la calle 59, mientras una ráfaga de aire acondicionado helado nos cortaba el paso—. ¿Tú no?

—Me encantan esas copas de vino tinto. —Enlacé mis dedos con los suyos para demostrarle cuán en serio lo decía. No podía soportar los «juegos». Era inevitable que acabásemos con seis paneras, cuatro ensaladeras y ocho bandejas, y nunca conseguiría completar la diminuta familia de porcelana. Se quedaría eternamente sobre la mesa de la cocina, Luke se ofrecería a retirarla y yo replicaría «¡Todavía no!», hasta que un día, mucho después de la boda, me asaltara una inspiración repentina e histérica, cogiera el transbordo de las líneas 4 y 5 de metro e irrumpiera en Williams-Sonoma como una beligerante Martha Stewart, solo para descubrir que habían dejado de hacer el diseño Louvre que habíamos elegido hacía tantos años.

—¿Comemos pizza?

Luke se echó a reír y me dio un pellizco en el costado.

—¿Dónde lo metes?

Mi mano se puso rígida en la suya.

—Será que hago mucho ejercicio. Me muero de hambre. —Era mentira. Aún sentía náuseas por culpa del denso sándwich Reuben que me había comido a mediodía, rosa y más recargado que una invitación de boda.

—¿Vamos a Patsy's?

Intenté que pareciera que se me acababa de ocurrir la idea, cuando en realidad llevaba tiempo fantaseando con una porción de pizza de Patsy's, con ese queso que se estira sin romperse, obligándote a agarrarlo con los dedos y a tirar hasta que te llevas un pegote extra de mozzarella de una porción ajena. Aquel sueño húmedo llevaba repitiéndose en mi cabeza en bucle desde el jueves anterior, cuando decidimos que el domingo sería el día en que por fin nos encargaríamos de la lista de bodas. («La gente está preguntando, Tif.» «Ya lo sé, mamá, estamos en ello.» «¡Solo quedan cinco meses para la boda!»)

—Yo no tengo hambre —Luke se encogió de hombros—, pero si tú quieres… —Qué lucha.

Continuamos de la mano mientras cruzábamos la avenida Lexington, esquivando a montones de mujeres de piernas fuertes con pantalones cortos blancos y zapatos ortopédicos que cargaban con bolsas de tesoros del Victoria's Secret de la Quinta Avenida que no debían de tener en el de Minnesota; una caballería de chicas de Long Island, con las tiras de las sandalias romanas envolviéndoles las pantorrillas melosas como si fuesen enredaderas trepando por un árbol. Miraban a Luke. Me miraban a mí. Ni se lo planteaban. Yo buscaba sin descanso a una rival a mi altura, a una Carolyn para mi John F. Kennedy Jr. Giramos a la izquierda hacia la 60 y volvimos a girar a la derecha. Solo eran las cinco de la tarde cuando cruzamos la Tercera Avenida; las mesas del restaurante estaban puestas y desiertas. Los neoyorquinos más animados todavía estaban de *brunch*. Yo antes era una de ellos.

—¿Fuera? —preguntó la chica de la entrada. Asentimos con la cabeza, cogió dos cartas de una mesa vacía y nos hizo un gesto para que la siguiéramos.

—¿Puede traerme una copa de Montepulciano? —La chica levantó las cejas indignada y me imaginé lo que estaba pensando («Eso es cosa del camarero») pero yo me limité a sonreírle con dulzura («¿No ves lo amable que soy? ¿Y lo poco razonable que estás siendo? Deberías avergonzarte»).

Dirigió su suspiro hacia Luke.

—¿Y para usted?

—Agua. —La recepcionista se alejó—. No sé cómo puedes beber vino tinto con este calor.

Me encogí de hombros.

—El blanco no pega con la pizza.

El blanco lo reservaba para las noches en las que me sentía ligera, guapa. Cuando era capaz de ignorar la sección de pasta de la carta. Una vez escribí un artículo para *The Women's Magazine* donde decía: «Según un estudio reciente, se ha descubierto que el gesto de cerrar físicamente la carta después de decidir qué vamos a pedir puede hacernos sentir más satisfechas con nuestra elección. Así que adelante con el lenguado a la plancha y cierra la carta antes de empezar a ponerle ojitos a los *penne* al vodka». LoLo, mi jefe, subrayó lo de «ponerle ojitos» y anotó «Muy gracioso». Dios, odio el lenguado a la plancha.

—¿Qué más tenemos que hacer?

Luke se echó hacia atrás en la silla y se puso las manos detrás de la cabeza como si estuviese a punto de poner los pies encima de la mesa, sin darse cuenta de que aquello era una declaración de guerra. El veneno se me agolpó en los ojos marrones y me apresuré a soltarlo.

—Muchas cosas. —Conté con las manos—. Todo lo de papelería: las invitaciones, los menús, los programas, las tarjetas de las mesas… todo eso. Tengo que encontrar a alguien que me peine y me maquille, y decidir el vestido de dama de honor para Nell y las chicas. También tenemos que volver a la agencia de viajes… En realidad no me apetece Dubái. Ya sé —levanté las manos antes de que Luke pudiese decir nada— que no podemos estar todo el tiempo en las Maldivas. No puedes tirarte tumbado en la playa mucho tiempo sin volverte majara. Pero ¿no podríamos pasar después unos días en Londres o en París?

Luke asintió con gesto resuelto. Tenía pecas en la nariz durante todo el año, pero a mediados de mayo se le extendían hasta las sienes, donde se quedaban hasta Acción de Gracias. Aquel era mi cuarto verano con Luke, y cada año veía cómo todas las actividades saludables que desarrollaba al aire libre —correr, hacer surf, el golf y la vela—

multiplicaban las motas doradas de su nariz como si fueran células cancerígenas. A mí también me tuvo un tiempo engañada, con aquella dedicación ofensiva al movimiento, a las endorfinas, a vivir el momento. Ni siquiera una resaca paliaba aquel vigor integral. Yo acostumbraba a poner el despertador a la una de la tarde los sábados, cosa que a Luke le parecía adorable. «Con lo pequeña que eres y lo que necesitas dormir», me decía mientras me acariciaba para despertarme. «Pequeña» es otra descripción que detesto. ¿Qué tengo que hacer para que alguien me llame «delgada»?

Al final me sinceré. No es que necesite una cantidad desorbitada de horas de sueño, es que no duermo cuando los demás creen que lo hago. No concibo entregarme a un estado de inconsciencia a la vez que el resto del mundo. Solo puedo dormir —dormir de verdad, no descansar de la forma leve en la que he aprendido a hacerlo entre semana— cuando el sol explota sobre la Torre de la Libertad y me obliga a cambiarme de lado en la cama, cuando oigo a Luke enredando en la cocina, haciendo tortillas de claras y a los vecinos de al lado discutiendo sobre quién fue el último en sacar la basura. Recordatorios rutinarios y banales de que la vida es tan aburrida que no puede dar miedo alguno. Ese ajetreo tedioso en los oídos es lo único que me permite dormir.

—Deberíamos intentar hacer una cosa cada día —concluyó Luke.

—Luke, yo hago tres cosas al día. —Había un tono de reproche en mi voz que intenté eliminar. No tenía derecho. Debería hacer tres cosas al día, pero en lugar de eso me quedo sentada, paralizada delante del ordenador, martirizándome por no hacer tres cosas al día como me había prometido que haría. Pero he decidido que esto exige mucho más tiempo y es más estresante que hacer las tres malditas cosas al día, así que estoy en mi derecho a enfurecerme.

Pensé en algo de lo que sí me estaba encargando.

—¿Tienes idea de las vueltas que he dado con lo de las invitaciones?

Había acribillado con mis preguntas a la encargada de la papelería, una asiática menuda cuya nerviosa disposición me sacaba de mis casillas: ¿Queda cutre hacer impresión tipográfica para las invitaciones pero no para las tarjetas de confirmación? ¿Alguien se dará cuenta si usamos escritura caligrafiada para la dirección en el sobre pero impresa en la invitación? Me aterrorizaba tomar una decisión que me expusiera. Llevo seis años en Nueva York, lo que equivale a tener un máster en cómo aparentar sin esfuerzo que tienes dinero. Los primeros seis meses aprendí que llevar sandalias Jack Rogers, que tanto se veneraban en la universidad, era como decir que tu escuela liberal de arte seguía siendo el centro del universo. Ahora tenía un eje nuevo, así que tiré a la basura todos los pares que tenía: las doradas, las plateadas y las blancas. Lo mismo ocurrió con los bolsos de hombro tipo *baguette* (qué horterada). Lo siguiente fue darme cuenta de que Kleinfield, que en mi cabeza era toda una institución en Nueva York, clásica y glamurosa, solo era una fábrica de trajes de novia chabacanos que únicamente frecuentaba la gente del extrarradio neoyorquino, a los que se llamaba despectivamente «B&T» (*bridge and tunnelers*: puentes y túneles) para indicar que vivían fuera de Manhattan (esto también lo aprendí entonces). Opté por una pequeña *boutique* en Meatpacking, con una selección cuidadosamente elegida de Marchesa, Reem Acra y Carolina Herrera. ¿Y aquellos clubes sombríos y abarrotados, con porteros corpulentos y cuerdas rojas en la puerta, llenos de gente bailando furiosa al son de DJ Tiësto? Los urbanitas respetables no pasan las noches de los viernes en esos sitios. No, en lugar de eso nos gastamos dieciséis dólares en una ensalada *frisée* regada con unos vodkas con soda en un bar cutre del East Village, calzados con unos botines de Rag & Bone de 495 dólares, pero que parezcan baratos.

Me ha costado seis largos años llegar hasta donde estoy: tengo un novio economista, me tuteo con la encargada del restaurante Locanda Verde, llevo lo último de Chloé en la muñeca (no es Céline, pero sé lo suficiente como para no lucir un Louis Vuitton monstruoso como si fuese la octava maravilla del mundo). He tenido mucho tiempo para perfeccionar mi técnica. Pero organizar una boda es una cuesta de aprendizaje mucho más empinada. Te prometes en noviembre y tienes un mes para estudiar los materiales de los que dispones, para descubrir que el granero de la granja Blue Hill —donde creías que ibas a casarte— ha sufrido una «reforma», y que ahora el último grito es celebrarlo en el río en unos sitios que cobran una pasta. Tienes dos meses para hojear revistas y blogs de bodas, para consultar con tus compañeros de trabajo gais en *The Women's Magazine*, para descubrir que los vestidos de novia palabra de honor son tradicionales hasta resultar ofensivos. Para entonces, llevas tres meses metida en el ajo y todavía tienes que encontrar un fotógrafo que no tenga ni una sola novia poniendo morritos en su porfolio (cosa bastante más complicada de lo que pudiera parecer), vestidos de dama de honor que no parezcan vestidos de dama de honor, un florista que pueda garantizarte anémonas aunque no estemos en temporada —porque ¿peonías? ¿Qué somos, aficionados?—. Un solo paso en falso y todos verán a través de tu bronceado de spray y descubrirán a la choni que no sabe pasar la sal y la pimienta a la vez. Creía que a los veintiocho años habría conseguido dejar de ponerme a prueba constantemente y podría relajarme. Pero esta lucha no hace más que encarnizarse con la edad.

—Y todavía no me has dado tus direcciones para el calígrafo —dije, aunque en el fondo me alegraba de tener una nueva oportunidad para torturar a la asustadiza encargada de la papelería.

—Estoy en ello —suspiró Luke.

—Si no me las das esta semana, no podremos mandarlas cuando tenemos planeado. Llevo un mes pidiéndotelas.

—¡He estado muy ocupado!

—¿Y qué crees, que yo no?

Las riñas. Es mucho peor que tirarse literalmente los platos a la cabeza, ¿verdad? Al menos después de eso haces el amor en el suelo de la cocina y los trozos de vajilla con dibujo del Louvre te dejan marcas en la espalda. Ningún hombre siente la necesidad de arrancarte la ropa cuando le informas con una buena dosis de mala leche de que ha dejado un mojón flotando en el retrete.

Apreté los puños y estiré los dedos como si pudiera lanzar la rabia como una tela de araña de Spiderman. «Venga, dilo.»

—Lo siento —ofrecí mi suspiro más patético como aval—. Es que estoy muy cansada.

Una mano invisible pasó por la cara de Luke y me ayudó a ahuyentar su frustración.

—¿Por qué no vas al médico? Deberían recetarte algo para dormir.

Asentí, fingiendo que sopesaba la idea, pero para mí las pastillas para dormir representan la vulnerabilidad con la forma de un botón. Lo que de verdad necesitaba era recuperar nuestros dos primeros años de relación, aquel breve indulto durante el cual, al enlazar mis extremidades con las de Luke, la noche se me escapaba sin darme cuenta y no sentía la necesidad de correr tras ella. Las pocas veces que me despertaba por la noche, veía que, incluso cuando dormía, la boca de Luke se curvaba en las comisuras. La bondad natural de Luke era como el matacucarachas que echábamos en la casa de verano de sus padres en Nantucket, tan poderosa que repelía el temor, esa sensación alarmantemente omnipresente de que algo malo está a punto de ocurrir. Pero en algún momento —más o menos cuando nos prometimos hace unos ocho meses, si he de ser sincera— el insomnio volvió. Empecé a apartar a Luke cuando intentaba despertarme para ir a correr por el puente de Brooklyn los sábados por la mañana, algo que hemos hecho cada sábado durante los últimos tres años. Luke no es un cachorrito enamorado y patético; se da cuenta de la regresión, pero, por sorprendente que parezca, la consecuencia es que se apega aún más a mí. Es como si hubiese aceptado el reto de volver a convertirme en lo que era antes.

No soy una heroína ignorante de su pausada belleza y su extravagante encanto, pero hubo un tiempo en que me preguntaba qué había visto Luke en mí. Soy guapa; tengo que trabajármelo, pero la materia prima está ahí. Luke me saca cuatro años; no es como si me sacase ocho, pero no está mal. También me gusta hacer «extravagancias» en la cama. Aunque Luke y yo entendemos de forma muy distinta lo que son «extravagancias» (para él: la postura del perrito y tirarme del pelo; para mí: descargas eléctricas en la vagina y una mordaza para sofocar mis gritos), para sus estándares tenemos una vida sexual satisfactoria y peculiar. Así que sí, soy consciente de lo que Luke ve en mí, pero hay un montón de bares en el centro llenos de chicas como yo, rubias naturales de nombre Kate que fácilmente se pondrían a cuatro patas y dejarían sus melenas a disposición de Luke en un abrir y cerrar de ojos. Kate habrá crecido en una casa de ladrillo rojo con las contraventanas blancas, una casa que no decepciona, con un revestimiento cutre en la parte de atrás, como la mía. Pero la tal Kate no podría darle a Luke lo que yo le doy, y esa es la gracia. Yo soy la navaja, oxidada y llena de bacterias, que revienta las costuras perfectamente hilvanadas de la vida de estrella del béisbol de Luke, amenazando con destrozarla. Y a él le gusta esa amenaza, la posibilidad de peligro que represento. Pero en realidad no quiere saber de lo que soy capaz ni los agujeros que puedo abrir. Me he pasado la mayor parte de la relación arañando la superficie, experimentando con la presión a ver cuánta puedo ejercer sin que salga sangre. Y ya me estoy cansando.

La simpática encargada me sirvió una copa de vino con deliberado descuido. El líquido de color rubí rebasó el borde e hizo un charco alrededor de la base, como lo habría hecho una herida de bala.

—Aquí tiene —gorjeó, y me dedicó la que seguramente era su sonrisa más maliciosa, aunque en mi escala no puntuaría siquiera.

De repente se alzó el telón y se encendieron los focos: daba comienzo el espectáculo.

—Ay —solté un gritito ahogado y me señalé entre los dientes—. Tiene un trozo de espinaca. Justo aquí.

La encargada se llevó apresuradamente la mano a la boca y se sonrojó de la cabeza a los pies.

—Gracias —musitó, y se escabulló a todo correr.

Los ojos de Luke eran dos esferas azules y confusas a la luz perezosa del atardecer.

—No tenía nada entre los dientes.

Me incliné con parsimonia sobre la mesa y sorbí el vino del borde de la copa para no mancharme los vaqueros blancos. No se vacila a una zorra blanca con vaqueros blancos.

—En los dientes, no. Pero en el culo, no te digo que no...

La carcajada de Luke fue como cuando el público se pone en pie para aplaudir. Agitó la cabeza, impresionado.

—Mira que puedes llegar a ser despiadada, ¿eh?

—La florista te cobrará la limpieza del día siguiente por horas. Más te vale negociar un precio cerrado en el contrato.

Lunes por la mañana. Cómo no, tenía que tocarme subir en el ascensor con Eleanor Tuckerman, Podalski de soltera, editora en *The Women's Magazine,* quien, cuando no estaba succionando mi talento en su horario laboral, asumía el papel de autoridad inapelable en cualquier cosa que tuviese que ver con bodas o con etiqueta. Eleanor se había casado hacía un año y seguía hablando de su boda con la misma reverencia lúgubre que si estuviese hablando del 11S o de la muerte de Steve Jobs. Imaginaba que seguiría así hasta que se cansara o hasta que diese a luz al próximo héroe nacional.

—¿En serio? —rematé mis palabras con un gritito aterrorizado.

Eleanor es la jefa de cierre, está por encima de mí y es cuatro años mayor que yo. Necesito caerle bien, y no me cuesta demasiado. Las mujeres como ella solo quieren que abras los ojos de par en par cuando te hablan, con cara de cervatillo inocente, y que les implores que compartan su sabiduría contigo.

Eleanor asintió, muy seria.

—Puedo mandarte mi contrato por mail, así ves cómo se hace.

«Y así ves cuánto nos gastamos»; esto no lo dijo, obviamente, pero estaba implícito.

—Me harías un favor tremendo, Eleanor —dije efusivamente, enseñando los dientes que me había blanqueado hacía poco. Las puertas del ascensor me concedieron la libertad.

—Buenos días, señorita FaNelli.

Clifford me dedicó una insinuante caída de ojos. A Eleanor no le dijo nada. Clifford lleva veintiún años como recepcionista en *The Women's Magazine* y tiene razones diversas y absurdas para odiar a la mayoría de la gente que pasa por delante de él a diario. El crimen de Eleanor es que es una persona horrible, y también que una vez circuló un correo en el que se informaba de que había galletas en la despensa. Clifford, que no podía dejar de atender los teléfonos, se lo reenvió a Eleanor y le pidió que le llevase una galleta y un café con leche, con mucha leche, que fuese de color camel. Eleanor estaba reunida y, para cuando hubo leído el correo, las galletas se habían acabado. Le llevó su café color camel de todas formas, pero Clifford levantó la nariz y no le ha dirigido más de cinco palabras desde entonces. «Seguro que la muy gorda se comió la última galleta en vez de traérmela», me susurró después de «el incidente». Eleanor es la persona más anoréxica que conozco, así que los dos nos echamos a reír a carcajadas.

—Buenos días, Clifford —lo saludé con la mano y mi anillo de compromiso centelleó a la luz de los fluorescentes.

—Pero mira qué falda. —Clifford lanzó un silbido y sus ojos aprobaron la falda de tubo de la talla 36 en la que me había embutido después de la catástrofe de hidratos que había perpetrado el día anterior. El cumplido no era tanto para mí como para Eleanor. A Clifford le encantaba demostrar lo adorable que podía llegar a ser si te llevabas bien con él.

—Gracias, cariño —dije mientras le abría la puerta a Eleanor.

—Reinona... —murmuró Eleanor al pasar, lo suficientemente alto para que Clifford pudiera oírla. Me miró, esperando a ver qué hacía. Si la ignoraba, estaría marcando un antes y un después entre ella y yo. Si me reía, era una traición para con Clifford.

Levanté las manos. Me aseguré de que mi voz soportara la mentira:

—Os adoro a los dos.

Cuando la puerta se cerró y Clifford ya no podía oírnos, le dije a Eleanor que en un rato tenía que bajar a hacer una entrevista y que si quería que le comprase algo de picar o una revista en el quiosco.

—Una barrita energética y la *GQ* si la tienen —contestó Eleanor. Estaría arrepintiéndose de aquello el día entero. Un fruto seco a media mañana y un arándano deshidratado para almorzar. Pero me dedicó una sonrisa agradecida, y ese era mi objetivo, claro.

La mayoría de mis compañeras de trabajo borran de forma automática los correos con el asunto «¿Puedo invitarte a un café?», remitidos por veinteañeras diligentes, aterrorizadas y desafortunadamente seguras de sí mismas a un tiempo. Todas vieron de pequeñas a Lauren Conrad en *The Hills* y pensaron «¡Yo de mayor quiero trabajar en una revista!». Siempre se quedan decepcionadas cuando les digo que no tengo nada que ver con el mundo de la moda («¿Ni siquiera productos de belleza?», me dijo una una vez haciendo un mohín mientras abrazaba el bolso de YSL de su madre como si estuviera acunando a un bebé.) Me encanta burlarme de ellas. «Lo único que consigo gratis gracias a mi trabajo son las galeradas de los libros tres meses antes de que se publiquen. ¿Qué estás leyendo ahora mismo?» El color encarnado que se apodera de sus rostros revela siempre la respuesta de inmediato.

The Women's Magazine tiene una larga trayectoria en mezclar lo intelectual con lo vulgar. En ocasiones se practica el periodismo serio, aparecen fragmentos ocasionales de libros moderadamente prestigiosos, se redactan reportajes sobre las escasas y selectas ejecutivas que han conseguido superar el techo de cristal de la desigualdad de género en el ámbito laboral y se habla de «cuestiones relevantes para la mujer» —es decir, el control de la natalidad y el aborto—, con esos eufemismos que sacan de sus casillas a LoLo porque, como ella dice, «los hombres tampoco quieren tener un bebé cada vez que follan». Dicho esto, esas no son las razones por las que un millón de chicas de diecinueve años compran *The Women's Magazine* todos los meses. Y es más probable ver mi firma al pie de un artículo titulado «99 formas de untar su barra de pan» que de una entrevista a Valerie Jarrett. A la editora jefa —una mujer elegante y asexual llamada LoLo, con una presencia amenazadora que celebro porque hace que considere que mi puesto de trabajo está siempre en peligro, lo que lo convierte en importante— le disgusto y la maravillo de manera simultánea a todas luces.

Al principio me encasillaron en la sección de sexo por mi aspecto, o eso creo. (He aprendido a camuflar las tetas, pero es como si hubiese algo inherentemente vulgar en mí.) Al final acabé aquí porque soy buena. Escribir sobre sexo no es fácil, y además es algo que la mayoría de las redactoras, suscriptoras de *The Atlantic*, no se dignan a hacer. Aquí todo el mundo se apresura a dejarte claro lo poco que sabe de sexo, como si saber dónde tienes el clítoris y hacer buen periodismo fueran cosas excluyentes. «¿Qué es el BDSM?», me preguntó LoLo una vez. Aunque sabía la respuesta, resopló con regocijo mientras le explicaba la diferencia entre la parte sumisa y la dominante. Pero yo le sigo el juego. LoLo sabe que lo que hace que la revista vuele de los quioscos cada mes no es la semblanza de la fundadora de la lista de EMILY, y necesita mantener esas ventas. El último año ha corrido el rumor de que LoLo le quitará el puesto al editor del *New York Times* cuando a este se le acabe el contrato. «Eres la única persona que escribe sobre sexo de forma divertida e inteligente —me dijo una vez—. Aguanta el tipo y te prometo que para el año que viene por estas fechas no tendrás que redactar un solo artículo sobre mamadas.»

Atesoré aquella promesa, tan importante para mí como el parásito reluciente que llevaba en el dedo, durante meses. Entonces Luke llegó un día a casa y me anunció que estaba en trámites para que lo transfirieran a la oficina de Londres. El cambio conllevaría un aumento considerable de sus bonos, que ya estaban más que bien. Que nadie me entienda mal, me encantaría vivir en Londres, pero no mantenida por nadie. Luke reculó cuando vio la ola de devastación que se apoderó de mi cara.

—Eres escritora —me recordó—. Puedes escribir en cualquier parte. Eso es lo bueno.

Anduve en círculos por la cocina mientras defendía mi causa.

—No quiero ser redactora *freelance*, Luke. No quiero andar mendigando artículos desde otro país. Quiero trabajar aquí. —Apunté al suelo: aquí, donde estamos ahora—. Es el *New York Times*. —Rodeé la oportunidad con las manos y las agité.

—Ani. —Luke me agarró por las muñecas y me forzó a bajar los brazos—. Necesitas sacar esto de tu sistema. Lo de demostrarle a la gente que eres capaz de escribir de algo que no sea sexo. Pero seamos realistas: te pasarás un año trabajando allí, pero después empezarás a darme la brasa con que quieres tener un niño, y después ni siquiera querrás volver a trabajar. Seamos razonables. ¿De verdad tengo, de verdad tenemos —ah, sí, usó el plural— que dejar pasar esta oportunidad por un capricho temporal?

Sé que Luke cree que me convierto en la Típica Kate cuando hablamos del tema hijos. Quería un anillo, quería una boda no demasiado tradicional y un vestido increíble, tengo un dermatólogo para ricas en la Quinta Avenida que me inyectaría cualquier cosa que quisiera y con frecuencia arrastro a Luke hasta ABC Carpet & Home para ver juegos de lámparas turquesa y alfombras *vintage* de Beni Ourain. «¿No crees que quedarían genial en el recibidor?», sugiero siempre, tras lo cual Luke le da la vuelta a la etiqueta para mirar el precio y finge un infarto. Creo que confía en que sea yo quien lo presione con el tema de la paternidad, como han hecho las mujeres de todos sus amigos. Se quejaría con la boca pequeña mientras se toma unas cervezas: «Seguro que ya está controlándose el ciclo». Y sus amigos gruñirían en señal de apoyo, también con la boca pequeña. «Nosotros también hemos pasado por ahí, tío». Pero, en el fondo, están encantados de que los presionen porque ellos también quieren; preferiblemente un niño, pero eh, siempre hay tiempo para un segundo intento si la primera vez no viene el heredero. Solo que los tíos nunca tienen que admitir todo esto. ¿Un tío como Luke? Nunca esperó que tuviera que dar golpecitos en el reloj y decir: «Tic, tac».

El problema es que yo no lo voy a presionar. Los niños me agotan.

Dios, es que la sola idea de estar embarazada, de dar a luz, ya me pone de los nervios. No es un ataque de pánico exactamente, es más bien vértigo, una sensación particular que noté por primera vez hace catorce años: de repente sentí como si estuviese montada en una noria y la desconectaran a mitad del giro. Fue como si me detuviese de forma gradual, como si el silencio entre los debilitados latidos de mi corazón se hiciese cada vez más largo, como si estuviese patinando en círculos por las últimas pistas de mi vida. Ir al médico sin parar, ginecólogos y enfermeras tocándome («¿por qué ha detenido los dedos ahí? ¿ha notado algo? ¿es un bulto cancerígeno?»). Quizá no se me pase nunca el vértigo. Soy una hipocondríaca redomada y odiosa, de esas que conseguirían desesperar al médico más paciente del mundo. Ya esquivé al destino una vez y solo es cuestión de tiempo, eso es lo que intento explicarles, hacerles entender que mi neurosis está justificada. Ya le he hablado a Luke del vértigo, y he intentado explicarle que creo que no podré quedarme embarazada jamás, porque me preocuparía en exceso. Cuando se lo dije, se rio y enterró la nariz en mi cuello con un ronroneo.

—Eres tan mona, seguro que te preocuparías por el bebé.

Yo le devolví la sonrisa. Eso era lo que quería decir, claro.

Suspiré, pulsé el botón del vestíbulo y esperé a que se abrieran las puertas del ascensor. Mis colegas arrugan la nariz ante la simple idea de quedar con estas chicas patéticas del mismo modo que arrugan la nariz ante la idea de escribir sobre el perineo, pero para mí es pura diversión. Nueve de cada diez veces es la chica más guapa de su hermandad, la que tiene el mejor armario, la que tiene más vaqueros de J Brand. Nunca me cansaré de ver la sombra que le cruza la cara al ver mis pantalones Derek Lam a la cadera y el moño deshecho que me sale del cuello. Estirará la cintura de su elegante vestido evasé que de repente parece de señorona, se pasará la mano por el pelo demasiado planchado y se dará cuenta de que lo ha hecho todo mal. Ese tipo de chica me habría torturado hace diez años, por eso ahora salto de la cama como un muelle las mañanas que sé que puedo ejercer mi poder sobre ella.

La chica con la que me reuní aquella mañana tenía un interés particular para mí. Spencer Hawkins —un nombre por el que habría matado— era antigua alumna de mi instituto, The Bradley School, acababa de terminar sus estudios en el Trinity College (como todas) y «admiraba muchísimo» mi «fortaleza para plantar cara a la adversidad». Ni que fuera Rosa Parks, vamos. Y diré más: había apretado el botón correcto, porque me lo había tragado todo.

La divisé en cuanto salí del ascensor: pantalones de cuero sueltos (si eran falsos, estaban muy conseguidos) perfectamente combinados con una camisa blanca reluciente y unos tacones de aguja plateados, con un bolso Chanel colgado del antebrazo. De no ser por la cara redonda y cándida, podía haber dado media vuelta y hacer como que no la había visto. No me gusta competir.

—¿Señorita FaNelli? —intentó. Dios mío, no veía el momento de apellidarme Harrison.

—Hola. —Le estreché la mano con tanta fuerza que le tintineó la cadena del bolso—. Tenemos dos opciones para el café: en el quiosco tienen Illy, y en la cafetería, Starbucks. Usted elige.

—Lo que usted prefiera. —Buena respuesta.

—No soporto Starbucks —dije, arrugando la nariz mientras giraba sobre mis talones. Oí el repiqueteo frenético de sus tacones detrás de mí.

—¡Buenos días, Loretta!

Cuando hablo con la dependienta del quiosco soy más sincera que con nadie. Loretta tiene quemaduras graves por todo el cuerpo —nadie sabe de qué— y huele a rancio. Cuando la contrataron el año anterior, la gente se quejó… El espacio era muy pequeño, y había comida. Le quitaba a una el apetito. Claro que la empresa había tenido un gesto de nobleza al contratarla, pero ¿no habría encajado mejor en el centro de mensajería, en el sótano del edificio? Un día oí a Eleanor gimoteando sobre esto con otra compañera. Desde que Loretta empezó a trabajar aquí, el café está siempre fresco, las jarras de leche, siempre llenas —¡hasta la de leche de soja!— y los últimos números de las revistas están colocados primorosamente en los estantes. Loretta lee todo lo que cae en sus manos, no pone el aire acondicionado más de lo necesario y ahorra ese dinero para irse de viaje, y una vez señaló a una modelo guapísima en una revista y me dijo que creía que era yo. También debieron de quemarle la garganta, porque tiene la voz densa como un guiso de puchero. Me puso la foto debajo de las narices. «Cuando la he visto he pensado ¡pero si es mi amiga!» Se me hizo un nudo en la garganta y conseguí contener las lágrimas a duras penas.

Siempre trato de llevar a las chicas al quiosco.

—¿Entonces escribías para el periódico de la universidad? —Apoyo la barbilla en la mano, en un intento de animarlas a que me cuenten la exclusiva que publicaron sobre la mascota del colegio y el trasfondo homofóbico del disfraz, aunque ya he decidido cuánto voy a ayudarlas en función de cómo hayan tratado a Loretta.

—¡Buenos días! —me sonrió Loretta. Eran las once y el quiosco estaba tranquilo. Loretta estaba leyendo *Psychology Today*. Bajó la revista y reveló los parches rosas, marrones y grises de su rostro—. Cómo llueve —suspiró—, pero mira, por mucho que lo odie, espero que llueva toda la semana con tal de que haga bueno el fin de semana.

—Ay, sí. —A Loretta le encantaba hablar del tiempo. En su país, la República Dominicana, todo el mundo bailaba en la calle cuando llovía. Pero aquí no, decía ella. Aquí la lluvia era sucia—. Loretta, esta es Spencer. —Señalé a mi presa, que ya estaba arrugando la nariz. Aquello no tenía por qué ser un ataque contra ella, no podemos controlar la reacción del cuerpo cuando se enfrenta al hedor de la tragedia. Eso ya lo sabía yo—. Spencer, Loretta.

Loretta y Spencer se saludaron con cortesía. Las chicas siempre eran educadas, no se les pasaba por la cabeza no serlo, pero siempre había cierta tensión en sus maneras que me ponía en alerta. Algunas ni siquiera trataban de ocultar su mala baba en cuanto estábamos a solas. «Madre de Dios, ¿ese olor era ella?», me dijo una vez una mientras se tapaba la boca con la mano para ahogar una risa y me rozaba el hombro con el suyo en un afán conspirador, como si fuésemos dos amigas que acaban de mangar una pila de tangas en Victoria's Secret.

—Hay café y té, toma lo que quieras —dije mientras cogía una taza de café de la pila y me servía el líquido oscuro. Spencer se quedó detrás de mí, pensándoselo.

—El té de menta está muy bueno —le aconsejó Loretta.

—¿Sí? —preguntó Spencer.

—Sí —repuso Loretta—. Muy refrescante.

—La verdad es que no me encanta el té. —Spencer se subió el bolso guateado aún más en el hombro—. Pero hace tanto calor hoy que suena muy bien.

Vaya, vaya. Parecía que el valorado instituto Bradley estaba al fin haciendo honor a su lema: «El instituto Bradley mantiene un compromiso con la excelencia educativa y se esfuerza en que los estudiantes desarrollen la compasión, la creatividad y el respeto».

Pagué los cafés. Spencer se ofreció a pagar ella, pero insistí, como hago siempre, aunque me imagino que me rechazan la tarjeta y esos míseros 5,23 dólares acaban con toda la pantomima: elegante, triunfadora, comprometida, y todo a los veintiocho años, ahí es nada. El recibo de Amex fue directo a la cuenta de Luke, como siempre, lo cual me incomodaba un poco, pero no lo suficiente como para dejar de hacerlo. Si viviera en Kansas City sería la mismísima Paris Hilton. El dinero no será nunca un problema gracias a Luke, pero no obstante la palabra «denegada» me genera un terror infantil, evoca la imagen de mi madre murmurando excusas al tipo de la caja mientras dirige las manos decepcionadas y temblorosas a la cartera a rebosar de recibos impagados.

Spencer dio un sorbo a su té.

—Está delicioso.

Loretta resplandeció.

—¡Se lo dije!

Nos sentamos a una mesa en la cafetería desierta. La luz de aquel día gris y lluvioso caía sobre nosotras desde lo alto de los rascacielos, y advertí que Spencer tenía tres líneas definidas en la frente bronceada, tan finas que parecían pelos.

—Te agradezco mucho que hayas querido reunirte conmigo —empezó.

—Por supuesto. —Di un sorbo a mi café—. Sé lo duro que puede ser meter la cabeza en este mundo.

Spencer asintió con furia.

—Dificilísimo. Todas mis amigas hacen cosas relacionadas con la economía y las finanzas. Tienen trabajos esperándolas desde antes de licenciarse. —Jugueteó con el hilo de la bolsita de té—. Llevo en esto desde abril y empiezo a preguntarme si no debería probar suerte en otro sitio. Aunque sea para tener trabajo, porque me da hasta vergüenza. —Se rio—. Y luego ya me puedo mudar aquí y volver a intentarlo. —Me miró, inquisitiva—. ¿Crees que eso sería inteligente? Me preocupa que si en mi currículum pone que estoy trabajando en otro ámbito no se me tome en serio en el mundo del periodismo, pero también me preocupa que si no tengo un trabajo, el que sea, la búsqueda se alargue tanto que sea más grave al no tener ningún tipo de experiencia laboral. —Spencer suspiró, frustrada por aquel dilema imaginario—. ¿Qué opinas?

Yo estaba sorprendida de que no viviera ya en Nueva York, en un apartamento en la Noventa y uno con la Primera, y que papá le pagase el alquiler y las facturas.

—¿Dónde has hecho las prácticas? —pregunté.

Spencer se miró el regazo, avergonzada.

—No he hecho prácticas. Bueno, sí que he hecho, pero en una agencia literaria. Quiero ser escritora. Sé que suena estúpido y pomposo, como decir que quieres ser astronauta, pero no tenía ni idea de cómo conseguirlo y un profesor me sugirió que probase en otros ámbitos de la industria para ver cómo funcionaba este mundo por dentro. No me daba cuenta de que las revistas, que me encantan, y me encanta *The Women's Magazine*, se la robaba a mi madre cuando era pequeña. —Esta anécdota es tan común que ya no sé si debería creérmela o si simplemente es algo que todo el mundo dice—. Eso, que no me daba cuenta de que todo eso lo escribe alguien. Entonces empecé a investigar y tuve claro que esto, lo que tú haces, es lo que yo quiero hacer.

Cuando terminó estaba jadeando. Qué pasión, esta chica. Pero me había gustado. La mayoría solo querían un trabajo donde pudieran jugar a los vestiditos, codearse con famosos y estar en la lista permanente del Boom Boom Room. Aquellos eran algunos de los privilegios de mi trabajo, pero siempre habían sido secundarios respecto al hecho de ver «por Ani FaNelli» en letra impresa. O a recibir mi ejemplar con una nota que dijese: «desternillante» o «tienes la voz perfecta». Me llevaba esas páginas a casa y Luke las ponía en la nevera como si hubiese sacado un sobresaliente en un examen.

—Bueno, espero que sepas que a medida que se asciende, cada vez se escribe menos y se edita más. —Aquello me lo había dicho una vez un editor en una entrevista, y me había desconcertado. ¿Quién querría escribir menos y editar más? Ahora, después de seis años trabajando en aquel mundo, lo entendía. *The Women's Magazine* tiene oportunidades limitadas en lo que a declaraciones reales se refiere, y en cambio hay muchísimas ocasiones en las que puedo aconsejar a las lectoras que saquen a relucir un asunto complicado con sus novios sentadas a su lado en lugar de enfrente. «Los especialistas dicen que los hombres son más receptivos cuando no sienten que están viviendo un cara a cara… literal». Aun así, había algo adictivo en decirle a la gente dónde trabajabas: se les iluminaban los ojos en señal de reconocimiento. Y era algo que yo necesitaba.

—Pero veo tu firma muy a menudo —dijo Spencer.

—Pues cuando dejes de verla será porque estoy dirigiendo el cotarro.

Spencer hizo girar su taza entre las palmas de las manos con timidez.

—Cuando vi tu nombre en la cabecera por primera vez, no estaba segura de que fueses tú. Por tu nombre. Pero luego te vi en el programa *Today* y, aunque tu nombre es distinto y has cambiado tanto… No quiero decir que antes no fueras guapa… —Sus mejillas adquirieron un tono sonrojado en este momento—. Entonces supe que eras tú.

No dije nada. Tendría que preguntármelo.

—¿Lo hiciste por lo que pasó? —Bajó el tono de voz para hacer la pregunta.

Aquí va la cantinela que le suelto a todo el que me hace esta pregunta:

—En parte. Un profesor de la universidad me sugirió que lo hiciera, así me juzgarían por mis propios méritos y no por lo que la gente pudiera saber de mí.

—Después siempre me encojo de hombros con modestia—. No es que la gente recuerde mi nombre; lo que recuerdan es Bradley.

La verdad, en cambio, es que me di cuenta de que mi nombre no funcionaba el primer día de instituto. Rodeada de chicas llamadas Chauncey y Grier, las Kates, tan sencillas y elegantes, y ni un solo apellido que terminara en vocal, TifAni FaNelli destacaba como el típico pariente cateto que aparece en Acción de Gracias y se bebe el whisky caro. Nunca me habría dado cuenta de esto si no hubiese ido al instituto Bradley. Por otra parte, si no hubiese ido a Bradley, si me hubiese quedado en mi lado de las vías en Pensilvania, estoy segura de que ahora mismo tendría mi BMW de alquiler en la puerta de una guardería, tamborileando sobre el volante con mi manicura francesa. Bradley había sido como una madrastra autoritaria: me salvó del sistema, pero solo para aplicarme después un correctivo retorcido y alucinógeno. Sin duda, mi nombre hizo arquear las cejas a más de uno en la universidad al verlo en mi preinscripción. Seguro que alguno saltó de la silla y llamó a su secretaria: «Sue, ¿esta es la TifAni FaNelli de…». Entonces, probablemente se detuvo en seco al ver que había ido al instituto Bradley, lo que respondía a su pregunta.

No me atreví a tentar a la suerte y no solicité plaza en ninguna universidad de la Ivy League, pero muchos de sus parásitos me habrían cogido, me dijeron que lloraron cuando leyeron mi redacción, rebosante de prosa florida y declaraciones histriónicas ilustrativas de todo lo que había aprendido acerca de esta vida despiadada a pesar de que no había hecho más que empezar. Bueno, era todo un drama lacrimógeno, me encargué de que así fuera. Al final, mi nombre y el instituto que me enseñó a odiarlo me ayudaron a entrar en Wesleyan, donde conocí a mi mejor amiga, Nell, una protestante de clase media guapísima, con una lengua viperina con la que castigaba a todo el mundo menos a mí. Fue ella, no un profesor, la que me sugirió que prescindiera del «Tif» y me hiciese llamar Ani, pronunciado *aaaa-ni*, porque «Annie» era demasiado vulgar para alguien con tanto mundo como yo. No me cambié el nombre para esconder mi pasado, sino para convertirme en la persona que nadie pensó que merecía ser: Ani Harrison.

Spencer acercó su silla a la mesa, aprovechando aquel momento de intimidad.

—Odio cuando la gente me pregunta a qué instituto fui.

Yo no compartía en absoluto aquel sentimiento. Algunas veces me encantaba decir a qué instituto había ido, me encantaba tener la oportunidad de demostrar lo lejos que había llegado. Así que me encogí de hombros, impertérrita, haciéndole ver que no íbamos a ser amigas solo porque compartiésemos el *alma mater*.

—A mí no me importa. Creo que es parte de lo que me hace ser quien soy.

Spencer se dio cuenta de repente de que se había acercado demasiado, de que habíamos llegado a un punto en el que no podíamos estar de acuerdo y de que había sido demasiado presuntuosa al creer que podíamos estarlo. Se incorporó en la silla para devolverme mi espacio.

—Por supuesto. Si fuese tú, yo también pensaría así.

—Participaré en el documental —me ofrecí, para demostrarle lo poco que me importaba.

Spencer asintió despacio.

—Quería preguntártelo. Pero claro, querrán que estés.

Miré el TAG Heuer de mi muñeca. Luke llevaba todo el año prometiéndome un Cartier.

—Creo que deberías probar suerte e intentar conseguir unas prácticas, aunque sean no remuneradas.

—¿Y cómo voy a pagar el alquiler? —preguntó Spencer.

Dirigí una mirada furtiva al bolso de Chanel que colgaba del respaldo de su silla. Al segundo vistazo, vi que las costuras estaban empezando a deshilacharse. Familia de dinero, pero de las que lo tienen todo en patrimonio. Buen apellido, una casa de un tamaño decente en Wayne, pero ni un centavo de sobra para darles a los mendigos del metro.

—Trabaja de camarera por las noches. O haz el viaje de ida y vuelta en tren.

—¿Desde Filadelfia? —No era tanto una pregunta como un recordatorio de desde dónde tenía que venir, como si estuviese loca por sugerirlo siquiera. Me hirvió la sangre de la irritación.

—Hemos tenido becarias que venían todos los días desde Washington —dije. Di un sorbo lento a mi café e incliné la cabeza—. Son solo un par de horas en tren, ¿no?

—Sí, supongo —confirmó Spencer, que no parecía muy convencida. Su reticencia me decepcionó. Las cosas habían ido muy bien hasta aquel momento.

Para darle la oportunidad de compensarme, levanté las manos para ajustar la discreta cadena de oro que llevaba al cuello. No podía creer que se me hubiera olvidado lo más importante.

—¿Estás prometida?

Spencer abrió los ojos como un dibujo animado al ver a la niña de mis ojos: una esmeralda enorme y brillante, flanqueada por dos deslumbrantes diamantes, engarzados en un anillo de platino. Había pertenecido a la abuela de Luke (perdón, su yaya) y cuando me la dio me ofreció la opción de engarzar las piedras preciosas en un anillo de diamantes. «El joyero de mi madre dice que eso es lo que eligen las chicas ahora. Será más moderno.»

Y esa era la razón exacta por la que no quise volver a engarzarlo. No, lo llevaría como la dulce yaya lo había llevado, sobrio y ostentoso a un tiempo. Así saltaba a la vista lo que era: una reliquia familiar. No solo tenemos dinero, sino que somos «gente de dinero».

Estiré los dedos y miré el anillo como si hubiese olvidado por completo su existencia.

—Ay, sí. Soy oficialmente vieja.

—Es el anillo más impresionante que he visto jamás —declaró Spencer—. ¿Cuándo te casas?

—¡El 16 de octubre! —respondí radiante.

Si Eleanor hubiese estado allí para presenciar aquella ñoñería de casamentera, habría inclinado la cabeza a un lado y habría puesto su habitual sonrisa de ay-qué-mona. Después me habría recordado que aunque en octubre no suele llover, era difícil adivinar qué tiempo haría. ¿Tenía algún plan B por si llovía? Ella, por supuesto, reservó una carpa, aunque al final no tuvo que utilizarla, y le costó diez mil dólares. Eleanor tiene multitud de discursos nimios como este en la recámara.

Aparté mi silla.

—Tengo que volver al trabajo.

Spencer se levantó en medio segundo. Me tendió la mano.

—Muchas gracias, TifAni, digo… —se tapó la boca y un temblor le recorrió todo el cuerpo con una risita de geisha—, Ani. Perdón.

A veces me siento como un juguete de cuerda, como si tuviera que echarme la mano a la espalda y girar la llave dorada para proferir un saludo, una risa, o cualquiera que sea la reacción socialmente aceptable en cada momento. Me las apañé para dedicarle a Spencer una sonrisa tensa de despedida. No volvería a decir mi nombre más, no cuando se estrenara el documental, no cuando la cámara ampliara el plano para enfocar mi rostro honesto y doliente, que disiparía toda duda acerca de quién soy y qué hice.

Capítulo 2

$\mathcal{M}$e pasé el verano de octavo a noveno curso oyendo a mi madre quejarse del barrio de Main Line. Decía que era un sitio de «mírame y no me toques» y que en aquel instituto iba a ver cómo vivía la gente con dinero. Yo nunca había oído la expresión «mírame y no me toques» antes, pero deduje lo que significaba por el tono mordaz en la voz de mi madre. Era el mismo tono que ponía la vendedora de Bloomingdale's para convencerla de que se comprara un chal de cachemir que no podía permitirse: «Le queda exquisito». Exquisito. La palabra mágica. Luego, cuando llegábamos a casa, mi padre se enfadaba y se lo echaba en cara.

Había ido a un colegio católico para niñas desde la guardería, en una ciudad desprovista de los aires aristocráticos de Main Line, por el simple hecho de que estaba a escasos veintitantos kilómetros de la frontera. No me crié en los suburbios, ni mucho menos, mi zona era de clase media, con un montón de barrios ordinarios que se creían ricos. Yo no tenía ni idea de aquello entonces, no sabía que el dinero tenía edad ni que todo lo viejo y gastado era siempre superior. Creía que la riqueza eran los BMW rojos (de alquiler) y los chalés de cinco habitaciones (con tres hipotecas). Y eso que nosotros ni siquiera éramos lo suficientemente ricos en apariencia como para vivir en un chalé de pega de esos.

Mi educación de verdad empezó la mañana del 2 de septiembre de 2001, mi primer día en el instituto Bradley, en Bryn Mawr, Pensilvania. Tengo que agradecerle a la marihuana (o a la «hierba», como decía mi padre para avergonzarme) que me llevase hasta la entrada del caserón donde se impartían las clases de humanidades en Bradley. Me sequé las palmas sudorosas de las manos en mis pantalones naranja con bolsillos de Abercrombie & Fitch. Si hubiese dicho no a las drogas, habría seguido en el patio de la escuela superior Madre Santa Teresa, con una falda azul de tablas que hacía que me picaran los muslos, con el pelo casi rubio después de un verano en el trópico de Hawái, un primer día de mi vida adulta que habría acabado siendo un cliché de Facebook. Mi existencia se habría definido en álbumes de fotos sucesivos donde se documentaría mi compromiso en Atlantic City, mi boda en una iglesia de color crema y un recién nacido posando desnudo para las fotos.

Pero lo que ocurrió fue lo siguiente: a comienzos de octavo, mis amigas y yo decidimos que era hora de probar la droga blanda. Las cuatro trepamos al tejado de la casa de mi mejor amiga, Leah, desde la ventana de su habitación, y nos pasamos un porro babeado de boca a boca untada con vaselina Bonne Bell. Fui tan terriblemente consciente de todas las partes de mi cuerpo —¡notaba hasta las uñas de los pies!— que empecé a hiperventilar y me eché a llorar.

—Algo no va bien —le dije a Leah, entre el jadeo y la risa. Ella intentó tranquilizarme, pero al final se apoderó de ella un ataque de risa nerviosa.

La madre de Leah vino a investigar a qué venía tanto jaleo. Por la noche llamó a mi madre y le dijo en un susurro dramático:

—Las niñas se han metido algo.

Tenía cuerpo de Marilyn Monroe desde quinto curso, así que los padres se creyeron sin ninguna dificultad que yo había sido la artífice de nuestro tonteo de colegialas católicas con las drogas. Yo tenía pinta de traer problemas. En una semana, pasé de ser la abeja reina de la clase de cuarenta niñas a ser una mosca molesta intentando evitar ser aplastada. Ni siquiera la chica que se metía las patatas fritas en la nariz antes de comérselas se dignaba a sentarse a mi lado en el comedor.

El rumor llegó hasta la directora, que convocó a mis padres a una reunión. La hermana John era un auténtico ogro que les sugirió que me cambiasen de colegio. Mi madre se pasó todo el viaje de vuelta a casa protestando indignada, y finalmente llegó a la conclusión de que me mandaría a un colegio privado en Main Line, lo cual me daría más oportunidades de entrar en una universidad de élite, lo cual me daría más oportunidades de casarme con un tipo con dinero.

—Eso les enseñará —anunció triunfal, agarrando el volante como si fuese el cuello de la hermana John.

Esperé un momento antes de atreverme a preguntar:

—¿En Main Line hay chicos?

Esa semana, mi madre vino y me recogió temprano del colegio Santa Teresa, y condujimos durante cuarenta y cinco minutos hasta el instituto Bradley, una institución mixta, privada y aconfesional ubicada en las entrañas del lujoso y recubierto de hiedra barrio de Main Line. El encargado de las admisiones se aseguró de mencionar —dos veces— que la primera mujer de J. D. Salinger había ido al instituto Bradley a principios de los noventa, cuando todavía era un internado femenino. Almacené la anécdota para repetirla en las entrevistas con potenciales jefes y suegros. «Ah, sí, fui al instituto Bradley… ¿Sabía que la primera mujer de J. D. Salinger también fue allí?» No pasa nada por ser insufrible siempre y cuando sepas que eres insufrible. Al menos esa era la excusa que me daba a mí misma.

Después de ver las instalaciones, tuve que hacer el examen de ingreso. Me sentaron a la cabecera de una mesa majestuosa en un comedor formal y sombrío, en un ala más allá de la cafetería. La placa de bronce que colgaba sobre el marco de la puerta rezaba: «Sala Brenner Baulkin». No me cabía en la cabeza cómo podía alguien llamarse Brenner.

No recuerdo demasiado bien el examen, solo me acuerdo de la parte en la que tuve que describir un objeto sin explicitar qué era. Escogí a mi gata, y terminé la redacción contando cómo se había aventurado desde el porche trasero para morir atropellada de forma sanguinolenta. La obsesión que tenían por J. D. Salinger en Bradley me hizo pensar que les gustarían los escritores atormentados, y no me equivocaba. Unas semanas después, nos informaron de que nos habían concedido el préstamo y de que en el curso de 2005 sería alumna de Bradley.

—¿Estás nerviosa, cariño? —me preguntó mi madre.

—No —mentí como una bellaca.

No entendía por qué había montado tanto escándalo con Main Line. A mis ojos de adolescente de catorce años, las casas no eran ni de lejos tan impresionantes como el chalé gigantesco de estuco rosa en el que vivía Leah. El buen gusto, y eso era algo que aún no había aprendido, era el delicado equilibrio entre lo caro y lo modesto.

—Lo harás genial. —Mi madre me tocó la rodilla, y su brillo de labios centelleó a la luz del sol al sonreír.

Unas chicas en fila de a cuatro caminaban junto a nuestro BMW, con las mochilas firmemente ancladas a los hombros estrechos con ambas asas y las coletas espesas oscilando como plumas rubias que salieran de lo alto de unos cascos espartanos.

—Ya lo sé, mamá. —Puse los ojos en blanco, más para mí misma que para ella. Estaba peligrosamente al borde de las lágrimas o de hacerme una bola entre sus brazos mientras me acariciaba el antebrazo con sus uñas puntiagudas hasta ponerme la piel de gallina. «¡Hazme cosquillas!», le pedía siempre cuando era pequeña, mientras me acurrucaba junto a ella en el sofá.

—¡Vas a llegar tarde! —Me plantó un beso en la mejilla que me dejó una capa pegajosa de brillo de labios. A cambio, recibió el taciturno «adiós» propio de una adolescente. Aquella mañana, a treinta y cinco escalones de la puerta principal del colegio, todavía estaba ensayando aquel papel.

La primera parada era la inscripción, y estaba emocionada como una imbécil. En mi antiguo colegio no tocaban el timbre ni teníamos profesores distintos en cada asignatura. Había cuarenta chicas por curso, divididas en dos clases, y en la misma aula dábamos las clases de matemáticas, ciencias sociales, ciencias naturales, religión y lengua, todas impartidas por la misma profesora durante todo el año; si tenías suerte, podía tocarte la única que no era monja (aunque yo nunca tuve esa suerte). La idea de un colegio donde sonaba el timbre cada cuarenta y un minutos, anunciando que había que cambiar de aula, y por tanto de profesor, así como el nuevo elenco de estudiantes, hacía que me sintiera como la estrella invitada en *Salvados por la campana* o algo parecido.

Pero lo más emocionante aquella primera mañana fue la clase de lengua. Había un grupo de lengua avanzada, algo que tampoco existía en mi antiguo colegio, y me había hecho un hueco en él gracias a mi brillante descripción de ciento cincuenta palabras de la trágica defunción de mi gata. No veía el momento de tomar apuntes con el bolígrafo verde que me había comprado en la papelería escolar. En el Madre Santa Teresa nos obligaban a escribir a lápiz como a las niñas pequeñas, pero en Bradley daba igual con qué escribieras. Daba igual que tomases o no apuntes, siempre y cuando sacaras buenas notas. Los colores de Bradley eran el verde y el blanco, así que me compré un bolígrafo a juego con las sudaderas de baloncesto para demostrar mi recién estrenada lealtad.

La clase de lengua avanzada era un grupo reducido, de tan solo doce alumnos, y, en lugar de pupitres, nos sentábamos en tres mesas largas colocadas en forma de U. El profesor, el señor Larson, era lo que mi madre habría definido como «fuertecito», pero aquellos diez kilos de más se compensaban con una cara redonda y amable. Tenía los ojos achinados y el labio superior ligeramente curvado, como si estuviera recordando un chiste muy gracioso que le hubiese contado un amigo la noche anterior mientras se tomaban unas cervezas. Llevaba camisas claras y tenía el cabello castaño claro y suave, que nos recordaba que no hacía demasiado tiempo él también había sido un chaval de instituto como nosotros y que se las sabía todas. O eso creía mi entrepierna adolescente. Eso creían las entrepiernas adolescentes de todas.

El señor Larson se sentaba a menudo, normalmente con las piernas estiradas y una mano detrás de la cabeza, que echaba hacia atrás mientras nos preguntaba:

—¿Y por qué creéis que Holden se identifica con el guardián entre el centeno?

Aquel primer día, el señor Larson nos hizo contar uno por uno algo divertido que hubiésemos hecho en verano. Estaba segura de que el señor Larson había preparado este ejercicio para echarme una mano: los demás chicos, los «veteranos», venían del colegio Bradley de enseñanza media, y probablemente habían pasado el verano todos juntos. Pero nadie sabía nada de la chica nueva y, aunque me había pasado el verano tomando el sol en el porche, viendo telenovelas por la ventana como una pringada sudorosa y sin amigos, no tenían por qué saberlo. Cuando me llegó el turno, conté que había ido al concierto de Pearl Jam el 23 de agosto, lo cual, aunque no era verdad, tampoco me había inventado por completo. La madre de Leah nos había reservado las entradas antes de la catástrofe de los porros, antes de tener pruebas incontestables de que era la mala influencia que siempre había sospechado que era. Pero un mar separaba a Leah de toda aquella gente, y tenía nuevos amigos a los que impresionar, así que mentí y me alegré de haberlo hecho. Aquel algo divertido que había hecho en verano suscitó varios gestos de aprobación, e incluso un «qué guay» proveniente de un chico llamado Tanner,[1] que no solo era un grado de bronceado de la piel sino, al parecer, también un nombre.

Después del ejercicio, el señor Larson quiso que discutiésemos sobre *El guardián entre el centeno*, el libro que había mandado como lectura obligatoria para el verano. Me erguí en la silla. Me había bebido el libro en dos días, dejando marcas húmedas con los pulgares en cada página. Mi madre me preguntó qué me había parecido, y cuando le dije que me había hecho mucha gracia, inclinó la cabeza y me dijo:

1. *Tanner* es, en inglés, el comparativo de *tan* (moreno, bronceado).

—Tif, el chico tiene una enfermedad mental muy grave.

Aquella revelación me impactó tanto que volví a leer el libro, preocupada por no haberme percatado de aquel elemento crucial de la historia. Durante un momento, me alarmé al pensar que no era un genio de la literatura como yo me creía, pero entonces me obligué a recordar cómo en el Madre Santa Teresa dejaban a un lado la literatura a favor de la lengua (en la gramática hay menos sexo y pecado), por lo que no era culpa mía que mis observaciones no fuesen tan certeras como deberían. Todo a su debido tiempo.

El chico que estaba más cerca de la pizarra soltó un quejido de protesta. Se llamaba Arthur y lo más divertido que había hecho aquel verano había sido visitar las oficinas del *New York Times*, algo que, a juzgar por las reacciones del resto de la clase, no era tan guay como ver a Pearl Jam en concierto, pero tampoco era tan terrible como ver *El fantasma de la ópera* en el Kimmel Center. Hasta yo entendí que aquello no molaba a menos que fueses a verlo a Broadway.

—Te ha gustado mucho, ¿eh? —se burló el señor Larson, y toda la clase rompió en risitas nerviosas.

Arthur pesaba más de cien kilos, y el acné enmarcaba su cara como un paréntesis. Tenía el pelo tan graso que cuando se lo peinaba con la mano dejaba un surco que iba desde el nacimiento del pelo hasta la coronilla.

—Holden no puede ser más hipócrita. Llama farsante a todo el mundo, cuando él es el más farsante de todos.

—Ahí estás sacando un tema de discusión interesante —dijo el señor Larson, animándolo—. ¿Es Holden un narrador fiable?

El timbre sonó antes de que nadie pudiera contestar y, mientras el señor Larson nos mandaba leer los dos primeros capítulos de *Mal de altura*, que comentaríamos la semana siguiente, todo el mundo echó los cuadernos y los lápices en las mochilas en un torbellino de zuecos de Steve Madden y piernas peludas. No entendía cómo podían salir tan rápido. Aquella fue la primera vez que me di cuenta pero, una vez que ocurrió, ya lo supe para toda la vida: era muy lenta. Hay cosas que los demás hacen sin ningún esfuerzo, pero yo no.

Cuando me percaté de que estaba a solas con el señor Larson, me sonrojé bajo la base de maquillaje que mi madre me había hecho ponerme, y que asumí que las demás chicas también llevarían. Ninguna iba maquillada.

—Vienes del Santa Teresa, ¿verdad? —preguntó el señor Larson, encorvado sobre la mesa rebuscando algo entre unos papeles.

—El *Madre* Santa Teresa —le corregí mientras por fin conseguía cerrar la cremallera de mi mochila.

El señor Larson levantó la vista de su mesa, y el pliegue del labio superior se le acentuó.

—Bien. Tu informe de lectura está muy bien. Muy exhaustivo.

Aunque sabía que más tarde rememoraría aquel momento una y otra vez, tumbada en la cama, y rechinaría los dientes y apretaría los puños para no ser pasto de una combustión espontánea, entonces solo deseé salir de allí. Nunca he sabido qué contestar a los cumplidos, y probablemente me estuviera poniendo tan roja como mi tía la irlandesa cuando se pasa con el vino y empieza a acariciarme el cabello y a decirme cuánto le habría gustado tener una hija.

—Gracias.

El señor Larson sonrió y sus ojos desaparecieron.

—Me alegra tenerte en clase.

—Ajá. ¡Hasta mañana! —Empecé a hacer un gesto con la mano para despedirme, pero me arrepentí a medio camino. Seguro que parecía que tenía el síndrome de Tourette. Había aprendido lo que era el síndrome de Tourette un día que me quedé en casa porque estaba enferma y lo mencionaron en el programa de *Sally Jessy Raphael.*

El señor Larson agitó levemente la mano de vuelta.

Había un pupitre roto al salir de la clase del señor Larson, y Arthur tenía la mochila apoyada sobre él. Estaba rebuscando algo dentro, pero levantó la vista cuando me acerqué.

—Eh —dijo.

—Hola.

—Mis gafas —dijo, por toda explicación.

—Ah. —Pasé las manos por debajo de las asas de la mochila y las aferré con fuerza.

—¿Vas a comer ahora? —preguntó.

Asentí con la cabeza. Pero había planeado ir a la biblioteca en la hora de la comida. No se me ocurría nada peor que ese momento en el que, después de pagar la comida, mirase a mi alrededor y me viese obligada a sentarme a una mesa donde no sería bien recibida, porque no se podía sacar comida fuera de la cafetería. El primer día de clase había que hablar de muchas cosas, y nadie quería desperdiciar aquel rato de cotilleo haciéndose responsable de que la nueva se sintiese incluida. Lo entendía perfectamente porque a mí me habría pasado lo mismo. Sabía que poco a poco todo me resultaría familiar, que la chica pelirroja del cabello rizado con la cara surcada de venas azules se convertiría en la primera de la clase, que solicitaría plaza en Harvard y sería la primera alumna de la promoción de 2005 de Bradley que aceptarían. (De los setenta y un estudiantes de aquel curso, solo entrarían nueve. La revista *Main Line Magazine* no había calificado a Bradley de escuela «ejemplar» para ninguna carrera.) Que el jugador de fútbol, bajito y ancho de hombros, el único que lucía pectorales de verdad, sería el primero en conseguir que Lindsay Hanes, *la Farandulera*, se la chupara en verano en el sótano de su mejor amigo, al que dejarían mirar. Todas aquellas caras e identidades se convertirían en mi entorno habitual, y yo me convertiría en el entorno habitual de los demás, y la sabiduría popular daría la clave de por qué me sentaba con quien me sentaba o por qué era leal a quien era leal. Pero hasta entonces, prefería conservar mi dignidad y adelantar los deberes de español en la biblioteca.

—Te acompaño —se ofreció Arthur.

Se echó la enorme mochila al hombro y caminó delante de mí. Las pantorrillas blancas y enormes se rozaban la una con la otra al bajar pesadamente las escaleras. Yo sabía perfectamente lo que era que tu cuerpo te traicionara: solo tenía catorce años, pero parecía la típica universitaria que ha cogido unos kilos el primer año de carrera. Pero los adolescentes eran tontos, y como tenía los brazos y las piernas relativamente delgados y un escote que si me ponía una camiseta de pico parecía de actriz porno, creían que tenía el cuerpo perfecto. Sin embargo, debajo de la ropa había un desbarajuste genético que no habría solucionado ni un brote de anorexia para caber en el vestido del baile de fin de curso; tenía barriga y mi ombligo desaparecía entre los pliegues como el ojo de un asiático. Ese verano se pusieron de moda aquellos bikinis con la parte de arriba más larga, como una camiseta, y nunca he estado más agradecida a una prenda de ropa.

—¿Tú también estás enamorada del señor Larson, como todas las demás? —Arthur sonrió y se subió las gafas, que ya había encontrado, sobre su nariz brillante.

—Hasta ahora solo había tenido profesoras monjas, ¿qué quieres?

—Una chica católica —dijo Arthur en tono solemne. No se veían muchas por allí—. ¿Dónde ibas?

—Al Madre Santa Teresa —contesté, en espera de su reacción, que no imaginaba positiva. Al ver que no pestañeaba, añadí—: En Malvern.

Técnicamente, Malvern estaba al principio de Main Line, pero era como el pelotón de los soldados rasos, que defendía a los generales y a los capitanes, a salvo en el centro del campamento. Los plebeyos de la línea divisoria apenas rozaban con la punta de los dedos a la gente de Main Line de toda la vida; Malvern no pertenecía a su dinastía.

Arthur hizo una mueca.

—¿Malvern? Eso está lejos. ¿Vives allí?

Y así empezaron los años de explicaciones: no, en realidad no vivo allí, vivo en Chester Springs, que está más lejos todavía, con la clase trabajadora, y aunque allí hay casas antiguas muy bonitas a las que seguro que darían el visto bueno, no vivo en ninguna de ellas.

—¿A cuánto está eso de aquí? —preguntó Arthur cuando terminé de soltar mi perorata.

—A una media hora —contesté. En realidad eran cuarenta y cinco minutos, cincuenta algunos días, pero aquella era otra mentira que enseguida aprendí a soltar.

Arthur y yo llegamos a la entrada de la cafetería y me hizo un gesto para que pasase yo primero.

—Después de ti.

Todavía no sabía a quién tenía que tenerle miedo, así que, aunque la cafetería estaba llena de gente y se respiraba una energía que podía parecer amenazadora, yo era ajena a todo aquello. Vi cómo Arthur saludaba a alguien y lo seguí cuando me dijo:

—Ven.

La cafetería era donde confluían el antiguo caserón y la parte nueva del colegio. Las mesas del comedor eran de madera envejecida de color café, astillada en algunas zonas donde dejaba ver el interior, de contrachapado claro. El suelo oscuro a juego terminaba en un enorme zaguán que daba a un atrio de nueva construcción con claraboyas, con suelo de terrazo y paredes acristaladas desde las que se divisaba el patio, donde los alumnos de Primaria salpicaban el césped como un rebaño de ovejas. La comida estaba en una sala en forma de U por cuya barra pasaban los estudiantes del caserón para luego salir al atrio, justo después de los brazos huesudos de las anoréxicas en proceso de recuperación que se peleaban en la zona de la ensalada por el brócoli y la salsa italiana *light*.

Seguí a Arthur, que se detuvo en una mesa junto a una antigua chimenea. Parecía que hacía años que nadie la usaba, pero el hogar manchado de hollín hacía suponer que los anteriores inquilinos le habían dado buen uso. Arthur dejó caer la mochila en una silla enfrente de una chica con los ojos marrones y grandes, tan separados que casi los tenía en las sienes. Los chicos la llamaba la Tiburona a sus espaldas, pero aquellos ojos eran su mejor rasgo, y lo que más le gustaría a su marido en el futuro. Llevaba unos pantalones anchos de camuflaje y una sudadera blanca de algodón que se le abolsaba debajo de los enormes pechos como si fuera un zurrón. A su lado había otra chica, con la barbilla apoyada en las manos y la larga melena castaña cayéndole sobre los hombros hasta la mesa para formar un charco alrededor de sus codos. Era tan pálida que me sorprendió lo corta que llevaba la falda, que enseñara las piernas con tanto descaro. Mi madre me habría atado a una cabina de rayos UVA antes de dejarme salir con una piel tan blanca. Pero no parecía que le fuese mal. El chico que tenía al lado llevaba una camiseta de fútbol que parecía casi obligatoria para su aspecto saludable y atractivo, y tenía la mano apoyada en una zona de su espalda donde solo te podía tocar alguien que fuera tu novio.

—Eh —dijo Arthur—. Esta es TifAni. Antes iba a un colegio católico. Portaos bien con ella, que ya ha tenido suficiente con eso.

—¡Hola, TifAni! —dijo la Tiburona con voz alegre. Arrastró la cuchara de plástico por el recipiente del pudin, rebañando hasta el último resto del mejunje de chocolate.

—Hola.

Arthur señaló a la Tiburona, Beth, después a la chica pálida, Sarah, y al novio de esta, Teddy.

Los saludos se repitieron. Levanté la mano y volví a decir hola.

—Venga —dijo Arthur tirándome de la manga.

Alcancé el asa de mi mochila por encima del respaldo de la silla y me dirigí a la cola de la barra. Cuando llegó el turno de Arthur, pidió un sándwich de carne asada y pavo, con tres tipos diferentes de queso, sin tomate, solo con lechuga, y con tanta mayonesa que el bocata chapoteaba cada vez que le daba un bocado. Yo pedí un *wrap* de espinacas con queso, mostaza y tomate (ay, qué tiempos aquellos en los que creía que las tortillas de harina de trigo tienen menos calorías que el pan). Arthur echó dos bolsas de patatas en su bandeja, pero yo me fijé en que la mayoría de las chicas no llevaban, así que no cogí. Fui hasta la caja con mi *wrap* y mi zumo bajo en calorías y me puse en la cola para pagar.

—Me gustan tus pantalones.

El cumplido me obligó a girarme. Una chica extremadamente rara pero atractiva a la vez hizo un gesto de aprobación señalando mis pantalones naranja, que yo ya no quería volver a ponerme jamás. Tenía el pelo caoba, de un tono tan uniforme que no podía ser natural, unos ojos marrones y grandes casi sin pestañas y un bronceado propio de alguien que tiene piscina en casa y no necesita trabajar en verano. Llevaba una camisa fucsia y una falda plisada de cuadros de estilo colegiala que sin duda se saltaba la regla del palmo sobre la rodilla. Iba vestida de una forma que desafiaba el estilo pijo andrógino que parecía imperar entre las chicas de Bradley, pero se manejaba con la desenvoltura de alguien que domina la situación.

—Gracias —respondí.

—¿Eres nueva? —preguntó. Tenía la voz áspera, como en los anuncios de contactos donde te animan a llamar a un 902 de inmediato.

Asentí y se presentó:

—Me llamo Hilary.

—Yo, TifAni.

—¡Eh, Hilary! —La voz atronadora provenía del centro de la mejor mesa de la cafetería, llena de chicos con vello en las piernas (vello de verdad, grueso y negro, como el de mi padre) y chicas obedientes que se reían cada vez que ellos se llamaban unos a otros maricón, subnormal o gilipollas.

—¡Eh, Dean! —contestó Hilary a su llamada.

—Píllame unas gominolas —le pidió. Hilary no llevaba bandeja y tenía las manos llenas. Se colocó la Coca-Cola Light debajo de la barbilla y una bolsa de *pretzels* en el hueco del codo.

—¡Yo las pillo! —dije. Ya estaba en la caja, y cogí la bolsa de gominolas antes que ella y las pagué junto con mi burrito y mi bebida, a pesar de sus protestas.

—No lo olvidaré —dijo mientras agarraba las gominolas con el dedo meñique; de repente se las había arreglado para llevar todo lo que había comprado en las manos.

Alcancé a Arthur, que deambulaba a unos metros de la caja. El encuentro y la curiosidad que Hilary había mostrado por mí me habían dejado el rostro sonrojado. A veces, una tregua momentánea en la vida de una chica es mucho más importante que el hecho de que el chico que te gusta te pida salir, incluso aunque siga contigo después de hacerlo.

—Ya he visto que has conocido a la mitad de las HO.[2]

Volví la mirada hacia Hilary, que en aquel momento tiraba la bolsa de gominolas en la bandeja de Dean. Los chicos sí usaban bandejas para el almuerzo.

—¿Por qué «HO»?

—Es un acrónimo con las iniciales de Olivia, su mejor amiga, y el suyo, Hilary. Se lo inventó ella. —Señaló con la cabeza a una chica morena de pelo rizado que se reía con ganas mientras un Piernaspeludas construía un fuerte con envases vacíos de patatas fritas—. Dudo que ellas sepan siquiera lo que es un acrónimo —Arthur suspiró, satisfecho de la ignorancia de las chicas—, y eso lo hace aún más divertido.

Que no me hubiese dado cuenta de que Holden Caulfield tenía una enfermedad mental, pase, pero por supuesto que sabía lo que era un acrónimo.

—¿Y qué pasa, que son putas?

Nunca había oído hablar de ninguna chica que aceptara de buena gana que la llamaran así. Una vez me habían llamado zorra, que es la conclusión natural a la que llega todo el mundo cuando tienes tetas de adulta a los doce años, y me pasé una hora llorando en el regazo de mi madre.

—Les gustaría. —La piel del puente de la nariz resbaladiza de Arthur formó una arruga—. Pero no sabrían qué hacer con una polla ni aunque les pegaran en la cara con ella.

Y

2. *Ho*, en argot inglés, significa «prostituta, puta».

Después de comer tenía química, una de las asignaturas que menos me gustaban, pero estaba emocionada porque las HO estaban en mi clase. La emoción se disipó pronto, en cuanto la profesora nos ordenó ponernos por parejas para hacer un experimento que nos demostraría que la química molaba. Miré con desesperación a mi derecha, pero mi vecino ya se había dado la vuelta en la silla y estaba haciéndole señas a quien quería que fuese su pareja. A la izquierda, la situación era la misma. Las parejas felices se dirigieron hacia el fondo del aula, y dicha migración reveló a otro rezagado, un chico de pelo castaño claro con los ojos visiblemente azules, incluso desde el otro lado de la sala. Me hizo un gesto con la cabeza y levantó las cejas en una especie de petición silenciosa para que fuese su pareja, aunque obviamente era la única opción. Le devolví el gesto y nos colocamos al fondo, detrás de las filas de pupitres.

—Muy bien —dijo la señorita Chambers cuando nos vio a los dos de pie, el uno junto al otro, algo vacilantes aún—. Liam y TifAni, poneos en la última mesa.

—Y qué vamos a hacer si no —musitó Liam en voz baja para que la señorita Chambers no le oyera—. Gracias por preocuparte por los nuevos.

Tardé un segundo en darme cuenta de que se estaba incluyendo él también en la categoría de «los nuevos». Lo miré fijamente.

—¿Eres nuevo?

Se encogió de hombros, como si asumiera que era más que obvio.

—¡Yo también! —susurré emocionada. No podía creer mi suerte al haberlo encontrado. Los nuevos están obligados por contrato a cuidarse unos a otros.

—Lo sé. —Levantó una de las comisuras de la boca en una media sonrisa y la luz de la tarde iluminó el hoyuelo que apareció en su mejilla. Así, inmóvil, parecía un póster de revista para adolescentes—. Eres demasiado guapa como para haberte quedado sin pareja.

Apreté los muslos para intentar apaciguar el calor.

La señorita Chambers empezó a dar una charla sobre

seguridad que no le interesaba a nadie hasta que mencionó que, si no teníamos cuidado, saldríamos de allí con el pelo y las cejas chamuscados. La miré por encima del hombro y de repente vi que Hilary me estaba mirando con sus ojos grandes sin pestañas, como si ya hubiese conocido el destino que tanto preocupaba a la señorita Chambers. Tenía apenas un segundo para tomar una decisión: mirar hacia otro lado y fingir que no la había pillado o sonreír y tener una especie de intercambio no verbal que podía acabar granjeándome su afecto. El instinto que me había valido mi fugaz popularidad en el Madre Santa Teresa hizo acto de aparición y elegí la segunda opción.

Para mi regocijo, Hilary me devolvió la sonrisa y le dio un codazo a Olivia. Se acercó a ella y le susurró algo al oído. Olivia sonrió también y me hizo una seña.

«Está bueno», articuló con los labios Olivia, estirando mucho los labios en la palabra «bueno» y señalando imperceptiblemente a Liam. Dirigí una mirada rápida hacia él para asegurarme de que no estaba mirando y contesté sin emitir sonido alguno: «Ya».

Para cuando sonó el timbre a las 15:23, estaba encantada conmigo misma. Solo era mi primer día y ya había tonteado con el tío bueno nuevo, estableciendo un vínculo que solo podía existir entre dos novatos, y había intimado con las HO. Tenía ganas de mandarle una tarjeta de Hallmark a aquel monstruo que tuve por profesora: «Querida hermana John, me va estupendamente en mi colegio nuevo y he encontrado a la persona que quiero que me quite la virginidad. ¡Solo quería darle las gracias!».

Capítulo 3

—Veinticinco, veintiséis... ¡Arriba esas barbillas! Veintiocho... Venga, dos más, ¡arriba ahí! Veintinueve y treinta.

Me recliné hacia atrás y apoyé el culo en los talones, estirando los brazos delante de mí en un intento de alargarlos después de «correr hasta arder», la exagerada promesa por la que pagaba 325 dólares al mes. Y probablemente tendría un cuerpo más largo y más esbelto si no fuera porque estaba desesperada por llevarme algo de comer a la boca en cuanto llegaba a casa, tanto que a veces no me quitaba ni el abrigo antes de asaltar la cocina.

—Dejad las pesas en el cubo y colocaos en la barra para estirar los gemelos.

Esta siempre es la parte de la clase que me genera más ansiedad, porque tengo que depositar las pesas y conseguir llegar a mi sitio preferido en la barra rápida pero educadamente, cuando lo que quiero es apartar a las lentas a codazos. «¡Voy a salir en la tele y no estoy aquí por razones de salud, zorras!» Finalmente opté por el empujón casual, el que siempre reservo para los Cantantes. Ya sabéis, esa gente absurdamente feliz de estar viva que camina por la calle con los cascos puestos y una cara de repulsivo placer mientras canta cualquier éxito lamentable de la Motown a pleno pulmón. Cada vez soy más agresiva y los empujo a conciencia con mi enorme bolso al pasar. Después paladeo los furiosos «¡eh!» detrás de mí. Nadie se merece ser tan feliz.

En clase soy un poco más amable. No quiero alterar la imagen que los monitores tienen de mí, la cual he cultivado con esmero para impresionarlos y caerles bien: una chica dulce pero algo estirada que siempre elige la opción más avanzada cuando toca trabajar muslos, por mucho que le tiemblen las piernas.

Afortunadamente, cuando hube dejado las pesas en su sitio y me di la vuelta, vi que mi sitio preferido estaba libre. Colgué la toalla en la barra, dejé la botella de agua en el suelo y oscilé sobre mis pies de la punta al talón, mientras metía la tripa hacia dentro y juntaba los omóplatos.

El monitor me dijo:

—Buena postura, Ani.

Durante una hora, me doblé, me retorcí, bajé, subí y sudé. Para los estiramientos finales, mis extremidades parecían *noodles* de *pad thai*, mi eterno antojo, y debatía conmigo misma si pasar por esta vez de correr los tres kilómetros que había hasta mi casa. Pero cuando me puse de pie para dejar la esterilla en el armario, me vi en el espejo por el rabillo del ojo y no pude dejar de mirar la lorza que sobresalía por la espalda de mi camiseta, y desistí de la idea de escaquearme.

En los vestuarios, una chica que se había saltado las tres series de abdominales me dijo:

—¡Qué bien lo has hecho!

—¿Perdona? —Por supuesto, la había oído perfectamente.

—En los abdominales. En la última postura he intentado olvidarme de las piernas pero no he aguantado ni una.

—Ya, es que es la zona que más necesito trabajar, así que me esfuerzo al máximo.

Me di una palmada en la tripa, embutida en mis pantalones de yoga XS de Stella McCartney para Adidas. Desde que empezaron los preparativos de la boda, habían vuelto los atracones al nivel de cuando iba al instituto.

Los últimos años había conseguido contener los de los domingos, e incluso algún miércoles por la noche. Me machacaba haciendo deporte y me contenía el resto de la semana para mantenerme en 55 kilos (que te hacen parecer esbelta si mides uno ochenta y rechoncha con uno sesenta). Mi objetivo para la boda y, lo más importante, para el documental, era quedarme en 48, y el hecho de saber lo que tendría que hacer —y, además, muy pronto— para conseguirlo parecía haber exacerbado mis ganas de comer. Parecía un oso trastornado haciendo acopio para un periodo de anorexia.

—¡Qué va! —insistió la chica—. Estás estupenda.

—Gracias.

Recorrí su cuerpo con los ojos cuando se giró hacia la taquilla. Tenía un tronco largo y estrecho que se compensaba con unas caderas anchas y un culo generoso y plano. No sabía qué era peor, si resignarme a llevar vaqueros tipo *mom jeans* o pelear contra viento y marea, hambrienta y rellena de bótox.

Me esforcé para llegar corriendo hasta mi casa, arrastrando los pies por West Side Highway. Tardé veinticinco minutos en recorrer los tres kilómetros, lo cual, incluso contando las paradas obligatorias en los semáforos para que no me atropellara un coche, era bastante patético.

—Hola, pequeña.

Luke ni se molestó en levantar la vista del iPad que tenía en el regazo. Cuando Luke y yo empezamos a salir, se me encogía el estómago cada vez que me llamaba «pequeña». Me aferraba a aquel apelativo como a un peluche de los que coges con la pinza en las máquinas recreativas, como a un milagro (porque todo el mundo sabe que esas máquinas están trucadas). Aquello era lo que siempre quise en el colegio y en la universidad, que un jugador de lacrosse ancho de espaldas se acercase a mí corriendo, me pasara el brazo sobre los hombros y me dijese «Hola, pequeña».

—¿Qué tal el gimnasio?

—Bueno.

Me quité la camiseta sudada y me estremecí cuando el pelo mojado me rozó la base del cuello, ya desprovisto de la barricada de la sudadera Lululemon. Me acerqué al armario de la despensa, localicé un bote de mantequilla de cacahuete orgánica y metí una cuchara dentro.

—¿A qué hora habías quedado?

Miré el reloj.

—A la una. Tengo que ponerme en marcha.

Me concedí el capricho de tomarme una cucharada de mantequilla de cacahuete y un vaso de agua antes de meterme en la ducha. Tardé una hora en arreglarme, mucho más de lo que tardaba en ponerme mona para salir a cenar con Luke. Me estaba vistiendo para un montón de mujeres. Las turistas por la calle (esto es así), la dependienta que querría besarme el culo en cuanto viera la etiqueta de Miu Miu entre los pliegues de cuero de mi bolso. Y, lo más importante aquel día, la dama de honor estudiante de medicina que a los veintitrés años había prometido que si a los treinta no tenía hijos iba a congelar sus óvulos. «Si eres madre muy mayor es más que probable que tengas niños autistas —decía, sorbiendo su vodka con tanta fuerza que hacía burbujas—. Las mujeres que tienen hijos entrada la treintena son unas egoístas. Si no le echas el guante a ninguno antes de esa edad, adopta.» Por supuesto, Monica *Moni* Dalton estaba segura de que le iba a echar el guante a alguno antes de quedarse para vestir santos. No había consumido un solo hidrato de carbono desde el último capítulo de *Sexo en Nueva York*, y tenía la tripa tan plana que parecía disimulada con Photoshop.

Pero en tres meses Moni sería la primera de nosotras en cumplir los veintinueve, y no tenía un hombre en la cama que fuese a echarle un polvo de cumpleaños. Su pánico desprende un olor casi químico.

Moni también es la persona para la que es más divertido vestirse. Me encanta pillarla mientras estudia la delicada correa de mis sandalias, igual que la forma en la que mueve la pupila al compás de mi esmeralda. No es que ella no vaya a Barneys, pero lo carga todo en la cuenta de sus padres, y eso no mola una vez que has pasado el ecuador de los veinticinco. En ese momento, la única persona que debería pagarte los caprichos es, o bien un hombre, o tú misma. Por cierto, que yo me pago mis caprichos (todos menos las joyas). Pero nunca lo habría conseguido de no ser por Luke. Vamos, si no fuera porque él paga todo lo demás.

—Estás guapa. —Luke me dio un beso en la cabeza de camino a la cocina.

—Gracias. —Me estiré las mangas de la americana blanca. Nunca conseguía remangar los puños como en los blogs de moda.

—¿Os iréis de *brunch* después?

—Sí.

Metí en el bolso el maquillaje, las gafas de sol, el *New York Magazine* (dejé que la revista asomara lo suficientemente del bolso para que todo el mundo supiera que leía el *New York Magazine*), unos chicles y un borrador de la invitación de boda que había hecho la tímida chica de la papelería.

—Oye, uno de mis clientes está empeñado en que vayamos a cenar esta semana con él y su mujer.

—¿Quién? —Enrollé las mangas de la americana una vez, y luego otra.

—Andrew. De Goldman.

—A lo mejor Nell lo conoce —dije con una sonrisa.

—Dios —Luke infló los carrillos, preocupado—. Espero que no.

Nell pone muy nervioso a Luke.

Sonreí. Le di un beso en los labios. El aliento le sabía a café rancio. Intenté no estremecerme. Intenté recordar la primera vez que lo vi, la primera vez de verdad. Fue en una fiesta cuando estaba en primero de carrera, toda la gente llevaba vaqueros Seven, a mí me apretaba la cinturilla de mis pantalones de camuflaje. Luke estaba en último curso en Hamilton, pero su mejor amigo del internado había ido a Wesleyan. Se visitaban con frecuencia, pero como yo acababa de empezar la carrera, la fiesta del primer semestre fue la primera vez que lo vi. Luke iba detrás de Nell por aquel entonces, antes de averiguar lo tocapelotas (en sus propias palabras) que podía llegar a ser. Por suerte o por desgracia, Nell estaba liada con el mejor amigo de Luke, así que no había ninguna posibilidad de que pasara nada. Cuando llegué a casa aquella noche, dolida por el superficial «hola» que había obtenido de Luke, ideé una estrategia. Al chico que me gustaba le gustaba Nell, así que vigilaría a Nell de cerca. Empecé a comer como comía Nell, dejando más de tres cuartas partes de la comida en el plato (tenía un arsenal de pastillas azules para sentir indiferencia hasta hacia los carbohidratos más devastadores) y obligué a mi madre a comprarme la misma ropa que llevaba Nell cuando fui a casa por Acción de Gracias. Nell me enseñó que lo había estado haciendo todo mal. Las chicas guapas debían aparentar que no se esfuerzan por estar guapas; ese había sido mi gran error en Bradley. A veces Nell salía con un polo de su padre, unas botas Ugg viejas y unos pantalones de chándal, y además sin maquillar, solo para demostrar que era leal a su género. Las chicas guapas también debían tener sentido del humor y burlarse de sí mismas cuando les estaba saliendo un grano o hablar de sus diarreas explosivas para demostrarles a las demás chicas que no estaban interesadas en el rol de devorahombres. Porque si las demás notaban cualquier rastro de habilidad deliberada, acabarían contigo, y ya podías olvidarte del chico que te gustaba. La fuerza arrolladora de una manada de chicas podía bajar la más brutal de las erecciones.

Al final del primer curso, ya podía ponerme y quitarme aquellos pantalones sin desabrochármelos. Todavía no estaba delgada del todo —perdí otros cinco kilos después de terminar la carrera—, pero los estándares en la universidad no eran los mismos que imperaban en Nueva York. En marzo, un día absurdamente caluroso, iba yo a clase andando vestida con una camiseta vieja de tirantes.

El sol era como una mano ardiente posada sobre mi cabeza en señal de bendición, y entonces me crucé con Matt Cody, un jugador de hockey sobre hielo que se había frotado tan fuerte contra el muslo de Nell que le había hecho un moratón con el pene; todavía le estaba cambiando de color, y ya hacía casi una semana. Se paró en seco, maravillado de cómo se reflejaba el sol en mi cabello y mis ojos, y solo dijo: «Guau».

Pero tenía que tener cuidado. La universidad era mi primer intento de reinventarme, y no podía arriesgarme a volver a granjearme una mala reputación. Nell me dijo que era la calientapollas más grande que había conocido: yo me daba el lote y me quitaba la camiseta, pero eso era todo lo lejos que llegaba con un chico a menos que fuera mi novio. Aprendí a conseguir que aquello sucediera gracias a Nell y lo que ella llamaba la Teoría Hemingway. Hemingway siempre escribía un final para sus novelas y luego lo borraba, porque eso reforzaba la historia al hacer que el lector intuyera el fantasma de aquel pasaje final incorpóreo. Cuando te gusta un chico, según Nell, tienes que buscar otro rápidamente, por ejemplo ese al que siempre pillas mirándote en clase de literatura estadounidense, el que se pone demasiada gomina y lleva unos vaqueros cutres. Sonríele de una vez por todas, deja que te pida una cita, bebe whisky malo en su habitación del colegio mayor mientras él te suelta un rollo sobre Dave Eggers, con Phoenix sonando de fondo. Hazle la cobra, o no se la hagas, y aguanta hasta que el chico que te gusta de verdad se dé cuenta de que hay otro rondándote. Lo olerá, y sus pupilas se dilatarán como las de un tiburón al ver un hilillo de sangre en el agua.

Cuando acabé la carrera, volví a cruzarme con Luke en una fiesta en Nueva York. La ocasión no podía haber sido mejor, porque yo tenía novio y os juro que el olor de aquel imbécil podía haber llenado un estadio de fútbol. Era un descendiente inmensamente polarizado de los que vinieron en el *Mayflower*, y estaba con él porque era el único tío al que no asustaba lo que le pedía en la cama.

—Dame un bofetón.

—Si quieres más duro, solo dímelo —me susurraba, y luego levantaba la mano y me golpeaba tan fuerte que los nervios del cráneo se me iluminaban como luces de neón; todo se desvanecía a mi alrededor y un telón negro me tapaba los ojos una y otra vez hasta que me corría con un gemido ensordecedor. Luke se habría quedado en shock si alguna vez le hubiese pedido que me hiciera algo así, pero yo estaba dispuesta a cambiar esa necesidad incontrolable de ser maltratada, que no sabía si era innata o adquirida y nunca lo sabría, por un apellido como el suyo, que mataría por llevar precedido de un «señora de». Cuando al fin lo dejé con mi novio por Luke, casi nos intoxicamos con la repentina libertad de poder salir a cenar y volver juntos a casa. Nos dejamos llevar por la corriente y, un año después, nos fuimos a vivir juntos. Luke sabe que fui a Wesleyan, obviamente. Siempre dice que es raro que no coincidiéramos cuando iba de visita.

—Este es el Emile, en rosa pálido. —La dependienta descolgó el vestido de la percha y lo extendió ante ella. Levantó la falda y cogió el tejido entre el pulgar y el índice—. Miren, tiene un ligero brillo.

Miré a Nell. Nell, siempre tan «imponente» (así la describía mi madre), incluso después de todos aquellos años. Nunca tendría que casarse para sentirse bien consigo misma, como nos pasa a las demás. Antes trabajaba en un banco, de cara al público. Los tíos giraban las sillas para mirar a la Barbie banquera cada vez que pasaba. Dos años antes, en la fiesta de Navidad de su empresa, un idiota que trabajaba con ella —casado y con niños, por supuesto—, la había alzado en volandas, se la había echado al hombro para que se le levantara el vestido y así su elegante culo quedara a la vista de todos. Después, con ella al hombro, había dado vueltas por la habitación chillando como un mono entre los vítores de los demás compañeros.

—¿Por qué chillaba como un mono? —le pregunté.

—Supongo que esa es su imagen de Tarzán —contestó Nell, levantando los hombros hasta las orejas—. No era un lumbreras que digamos.

Demandó a su empresa por una suma que nadie había llegado a saber y ahora duerme hasta las nueve todas las mañanas, va a *spinning* y a yoga y siempre paga la cuenta del *brunch* antes de que las demás saquemos la cartera.

Nell arrugó un lado de la boca.

—Con ese color parecerá que voy desnuda.

—Vamos a darnos spray autobronceador —le recordó Moni. La luz que entraba por la ventana desveló un grano monstruoso que tenía en la mejilla, disimulado con un corrector demasiado rosa. Estaba muy estresada con aquello de que yo me casara antes que ella.

—El tono medianoche es muy favorecedor —dijo la dependienta, por cuyo brazo se deslizó una pulsera Cartier mientras volvía a colgar el vestido rosa en la percha y sacaba otro azul marino con un ademán. Era rubia natural, aunque probablemente se lo aclaraba ligeramente con una o dos visitas a Mary Robinson al año.

—¿La gente mezcla colores? —pregunté.

—Constantemente —contestó, y sacó a relucir un argumento de peso—. Georgina Bloomberg estuvo aquí con una amiga la semana pasada, y eso es lo que van a hacer ellas. —Sacó una tercera opción, en un color berenjena horrendo, y añadió—: Este puede quedar muy elegante si se sabe llevar. ¿Cuántas damas de honor tiene?

Eran siete. Todas habían venido conmigo a Wesleyan y todas vivían en Nueva York, excepto dos que se habían mudado a Washington. Luke llevaba nueve testigos, todos antiguos alumnos de Hamilton excepto su hermano mayor, Garret, que se había licenciado *magna cum laude* en Duke. Todos vivían en Nueva York. Una vez le comenté a Luke la pena que me daba que ya tuviésemos tantos amigos cuando llegamos a Nueva York. Nos habíamos perdido un montón de gente rara y de noches míticas; no necesitábamos nada de eso, así que no lo habíamos buscado. Luke me contestó que era increíble cómo conseguía siempre hacer de lo positivo algo negativo.

Nell y Moni entraron en la trastienda para enseñarme cómo quedaban juntos el rosa pálido y el medianoche, y yo rebusqué mi teléfono en el bolso. Lo sostuve delante de mí a la altura de la barbilla mientras miraba Twitter e Instagram. Nuestra directora de la sección de belleza había grabado hacía poco una pieza para el programa *Today* para advertir a los espectadores de los peligros reales derivados de la adicción a los *smartphones*: erupciones en la zona de las orejas y el cuello y problemas de cervicales prematuros, por culpa de mirar hacia abajo a ver quién ha petado y quién ha conseguido purificar su alma en @Gymnasium.

Spencer había empezado a seguirme en Instagram después de nuestra conversación. No reconocí a nadie en sus fotos con filtro, pero sí que vi un comentario donde le preguntaban si iría a un evento en un triste bar al lado de un Starbucks de Villanova, en Pensilvania. Una parte de mí fantaseó con la idea de ir: aparecer con un jersey de cachemir, con mi cucaracha esmeralda en el dedo y con Luke a mi lado, quien emana una seguridad tan patente que, por una especie de ósmosis, yo también la desprendería. Aquel lugar donde tanto me había esforzado en encajar ahora estaba por debajo de mí. Todos aquellos perdedores nunca habían salido de Main Line, y probablemente vivían en apartamentos con moqueta. Dios. Un murmullo recorrería la multitud, la mitad estarían indignados y la otra mitad, impresionados, y se oirían varios «¿Has visto quién es? Hay que tener huevos…» que significaría cosas distintas para cada grupo. A lo mejor estaba aquel chico que todavía creía que le debía un polvo, después de tantos años. Faltaban varios meses para aquel evento. Si conseguía adelgazar lo que me había propuesto, quizá fuera.

Pasé de Instagram al correo mientras Nell salía fuera del probador, con el vestido rosa pálido envolviendo su cuerpo esquelético; el escote de la espalda solo dejaba al descubierto piel y columna vertebral.

—Guau —dijo doña pulsera de Cartier, boquiabierta, y no lo hizo solo para vendernos los vestidos.

Nell apretó las manos con las uñas mordidas contra el pecho, tan plano como las pizzas de masa fina que pedíamos en la cafetería de la facultad. Tuve que mirar hacia otro lado. Nell tiene la manía de morderse los dedos, y al verlos tan destrozados, llenos de padrastros ensangrentados, siempre pensaba en la facilidad con la que se rompen las costuras del cuerpo.

—Si un día entra un violador en tu casa —se me ocurrió preguntarle un día mientras veíamos un capítulo de *Ley y orden*—, ¿cómo piensas sacarle los ojos con esos muñones?

—Tendré que comprarme una pistola —contestó. A mitad de frase, una sombra de preocupación nubló sus ojos azules. Demasiado tarde, las neuronas ya habían prendido el pensamiento y la frase había salido disparada de su boca antes de poder detenerse—. Lo siento —añadió, torpe.

—No pasa nada. —Apunté a la televisión con el mando y subí el volumen—. El sarcasmo no murió con «los cinco».

—Ani, parece que llevo una piel postiza.

Podía parecer una queja, pero Nell estaba admirando la suave expansión de su espalda en el espejo, el modo en que el color se mezclaba de manera uniforme con su piel, por encima del trasero que le había canjeado aquella suma que nadie había llegado a saber. No se veía dónde acababa el vestido y dónde empezaba Nell.

—¿De verdad me vas a obligar a ponerme a su lado? —Lloriqueó Moni mientras descorría la cortina del probador.

Moni nunca se cansará de intentar ser la mejor amiga de Nell. No lo entiende: a Nell no le gusta que le bailen el agua. No lo necesita.

—Ese color te queda genial, Moni —dije, como quien no quiere la cosa, al ver que Nell pasaba de ella. Nunca me cansaré de refregarle a Moni por esa cara de eterno puchero que Nell me había elegido a mí, la choni, en lugar de a ella, la princesa de Darien.

Moni se quejó de que con aquel vestido no podía llevar sujetador. Doña pulsera de Cartier correteó hasta Moni (unas tetas caídas no le iban a costar una venta, eso sí que no) y le colocó el vestido.

—Es convertible, ¿ve? Favorece a cualquier tipo de cuerpo —dijo. Moni levantó el vestido enfrente del espejo. Sus pechos ondeaban por debajo de la tela como una bomba submarina que hubiese explotado a miles de metros de profundidad.

—¿Crees que a las demás les quedará bien? —presionó Moni. El resto no había podido venir aquel día, así que habían dejado la decisión en manos de Moni y Nell. Luke tenía tres testigos solteros: Garret, que llevaba Ray-Ban de cristales tintados y siempre te ponía la mano en la espalda cuando hablaba contigo, era uno de ellos. Nadie se hubiese atrevido a estropearle la boda y su intento de tirarle la caña a Garret por una pelea por el vestido.

—Me encanta —anunció Nell. Eso era todo lo que tenía que decir, y tampoco es que pusiera mucho entusiasmo.

—No está mal del todo —accedió Moni, analizando su cuerpo desde distintos ángulos con el ceño fruncido.

Yo volví a mirar el móvil, esta vez para comprobar mi correo. Me olvidé por completo de los problemas cervicales prematuros al ver el asunto de un correo que hizo que se me revolviera la solitaria cucharada de mantequilla de cacahuete en el estómago: CAMBIO DE FECHA DE RODAJE DE *LA AMIGA DE LOS CINCO*, decía, flanqueado por una bandera roja que indicaba la urgencia.

—Maldita sea. —Toqué la pantalla para abrir el mensaje.

—¿Qué pasa? —Nell estaba subiéndose el vestido por encima de la rodilla para comprobar cómo quedaría en corto.

—Quieren adelantar el rodaje a principios de septiembre —gruñí.

—¿Cuándo iba a ser?

—A finales de septiembre.

—¿Y cuál es el problema?

Nell habría levantado las cejas de no ser por el bótox («preventivo», decía siempre en su defensa).

—El problema es que he estado comiendo como un animal. Tengo que dejar de comer YA si quiero estar perfecta para el 4 de septiembre.

—Ani —dijo Nell, con las manos apoyadas en sus ochenta centímetros de caderas—. Basta. Estás delgadísima.

Nell se suicidaría si estuviera igual de «delgadísima» que yo.

—Deberías hacer la dieta Dukan —intervino Moni—. Mi hermana la hizo antes de su boda —añadió, chasqueando los dedos—. Adelgazó cuatro kilos en tres semanas, y tenía una talla 36.

—Esa es la dieta que hizo Kate Middleton —dijo doña pulsera de Cartier, y todas honramos a la duquesa de Cambridge con un breve silencio. Kate Middleton parecía tan hambrienta el día de su boda que todo elogio era poco.

—Vámonos de *brunch* —suspiré.

Aquella conversación me había dado ganas de estar sola en la cocina, de noche, con la nevera llena hasta los topes y un montón de horas por delante para desvalijarla. Las noches que Luke tenía que sacar a cenar a algún cliente eran mis preferidas. Llegaba a casa con dos bolsas de plástico llenas de los mejores carbohidratos del barrio, devoraba hasta la última migaja y hacía desaparecer las pruebas en el triturador de basura para que Luke no se enterase de nada. Después de la cena, me tiraba horas viendo vídeos porno en los que los hombres ordenaban a las mujeres que ladrasen como un perro o dejarían de follárselas. Me corría una y otra vez. No tardaba nada. Después caía rendida en la cama mientras me decía a mí misma que no me gustaría casarme con alguien que me dijera esas cosas.

Y

Moni se levantó para ir al baño en cuanto pedimos la comida.

—¿Qué vas a hacer con los vestidos? —preguntó Nell mientras se desenredaba el pelo nacarado. El camarero la miró.

—Estabas estupenda con el rosa pálido —dije—. Pero tus pezones son un problema.

—¿Qué van a decir el señor y la señora Harrison?

Nell se puso la mano en el pecho como una victoriana escandalizada con el corsé demasiado prieto. A Nell le hacían muchísima gracia mis futuros suegros, con su falsamente modesta casa en Rye, en el estado de Nueva York, su casita de veraneo en Nantucket, él con su pajarita y ella con su cabello cano cortado a lo *garçon*, despejado de la cara con una cinta de terciopelo. No los culparía si hubieran arrugado las clásicas narices nórdicas al verme por primera vez, pero la señora Harrison siempre había querido una hija y, aunque aún me resulta difícil de creer, está satisfecha con mi aspecto.

—Dudo que la señora Harrison haya visto sus propios pezones alguna vez —dije—. A lo mejor le viene bien una lección de anatomía.

Nell sujetó un monóculo invisible delante del ojo izquierdo y se puso bizca.

—Así que estas son las areolas, ¿no, querida? —dijo con voz temblorosa, como los turistas de la tercera edad del metro.

Estaba representando un estereotipo que poco o nada tenía que ver con la señora Harrison. Visualicé la cara que pondría mi futura suegra si la oyera, mirándola por encima de los bloody mary con pimienta de cayena de catorce dólares que estábamos tomando. No se enfadaría. La señora Harrison nunca se enfadaba. Solo le temblaría ligeramente la ceja, se le arrugaría la piel que a Nell no se le puede arrugar, y de sus labios saldría un débil «oh».

Había demostrado una paciencia infinita la primera vez que mi madre fue a la casa familiar de los Harrison. Se había paseado por todas las habitaciones decoradas con un gusto exquisito, había dado la vuelta a todos los candelabros y otros adornos que había encontrado para tratar de descifrar su origen («¿Scully & Scully? ¿Eso es una tienda de Nueva York?» «Mamá, para.») Lo más importante de todo era que los señores Harrison aportaban el sesenta por ciento del coste de la boda. El treinta por ciento lo poníamos Luke y yo (vale, Luke), y el diez por ciento restante corría a cargo de mis padres, a pesar de mis protestas de que no tenían por qué hacerlo y de que todos sabíamos que nunca harían efectivo el cheque aunque insistieran. Como principales inversores, los Harrison habrían estado en su derecho de vetar mi grupo de música hipster o de controlar la lista de invitados: más sexagenarias con cintas en el pelo, menos treintañeras con vestidos escandalosos, pero la señora Harrison había levantado sus manos, que jamás habían pasado por una manicura, y había dicho: «Es tu boda, Ani, y será como tú quieras». La primera vez que los chicos del documental se pusieron en contacto conmigo recurrí a ella, con el miedo atragantado en algún rincón secreto de la laringe, como si me hubiese tragado una pastilla de las grandes sin agua. Con una voz tan áspera que me dio hasta vergüenza, le conté que estaban investigando el incidente de Bradley, y que querían contar lo nunca dicho, la historia real, la que los medios de comunicación habían tergiversado catorce años atrás. Todo sería mucho peor si me negaba a participar, argumenté, porque podrían proyectar la imagen que quisieran de mí y, si al menos tenía la posibilidad de hablar, podría... «Ani —me interrumpió con gesto perplejo—, claro que vas a hacerlo. Es muy importante que lo hagas.» Dios, menuda mierda de persona soy.

Nell advirtió el brillo en mis ojos y cambió de tema.

—¿Nos quedamos con el medianoche? Me ha gustado el medianoche.

—A mí también. —Retorcí la servilleta como si fuera un bigote de villano, puntiagudo en los extremos y curvado hacia arriba como una sonrisa maligna.

—No te agobies con la fecha del rodaje —dijo Nell, que me entendía todo lo bien que no lo hacía Luke.

Υ

Me crucé con Nell como quien se encuentra con una foto de Robert Mapplethorpe en un mercadillo, alucinada de que algo tan valioso estuviera mezclado con toda aquella basura. La habían tirado contra la pared del baño en Butterfields, un colegio mayor que acabamos llamando Butterfingers, por los jugadores de *lacrosse* que se aprovechaban de las chicas después de emborracharlas con vodka. Incluso con la boca abierta, la lengua seca y cubierta de puntitos blancos por culpa de todos los estimulantes ilegales que había tomado, no cabía duda de que tenía cara de estrella de cine.

—Eh —le dije, poniéndole la mano en un hombro bronceado por los rayos UVA (qué fácil es tumbarse en uno de esos ataúdes fluorescentes cuando eres tan joven que alguien de veinticuatro te parece anciano) y la zarandeé hasta que abrió los ojos y vi que, por supuesto, eran de un azul tan brillante como el cielo que ilustraba el folleto de Wesleyan que enviaban a los posibles estudiantes.

—Mi bolso… —no dejaba de musitar Nell mientras yo trataba de ponerla de pie, pasándole un brazo alrededor de las costillas protuberantes, y la arrastraba al tiempo que Stan, un guardia de seguridad del campus, paseaba en su coche de golf en busca de sangre fresca de novato con más de 0,25 de alcohol en sangre.

Cuando me desperté la mañana siguiente, Nell estaba a gatas en el suelo de mi cuarto buscando algo debajo de mi futón, gruñendo de frustración.

—¡Estuve buscando tu bolso! —dije, a la defensiva.

Levantó la vista hacia mí, aún a cuatro patas, paralizada por el pánico.

—¿Quién eres?

Nunca encontramos su bolso, pero acabé descubriendo por qué era tan importante para ella: por el bote de pastillas —para dormir, para no comer, para quedarse despierta toda la noche estudiando en la biblioteca— que hacía un ruido parecido a un sonajero al andar. Es lo único de lo que nunca hablamos.

Υ

Nell se inclinó sobre la mesa y entrelazó sus feos dedos con los míos. Apretó y noté el bulto entre nuestras manos; las suyas estaban manchadas de azul cuando las retiró. Me puse el castigo en la lengua. Le di un trago a mi bloody mary, tragué y esperé. Aunque aquel documental no consiguiera limpiar mi antiguo nombre, aunque nadie me creyera, lo menos que podía hacer era anular su munición: es asquerosa, una cerda y una gorda. La pastilla me dejó un residuo en la lengua que sabía como huele el dinero —a almizcle, a polvo— y me obligué a pensar que la redención era la única salida.

Capítulo 4

Solo era mi segunda semana en Bradley y ya había tenido que renovar todo mi armario, excepto los pantalones naranja de Abercrombie & Fitch. Hilary les había dado el visto bueno, dada su ostentosidad. Me la imaginé en mi habitación, elogiando la ropa de centro comercial de nivel medio en mi vestidor. Entre un montón de pantalones caqui, asomaba un fleco naranja, como una lengua de caramelo.

—¿Los quieres? —le decía—. Para ti. En serio. ¡Quédatelos!

Mi madre me llevó al centro comercial Rey de Prusia y nos gastamos doscientos dólares en prendas de tweed y lana en J. Crew. Después fuimos a Victoria's Secret, donde escogí un montón de camisetas interiores con sujetador incorporado en todos los colores. Me las ponía debajo de la ropa para disimular mi «flotador», la grasa que se me acumulaba empecinadamente alrededor del ombligo. La última parada fue Nordstrom, donde me compré unos zuecos de Steve Madden, los mismos que llevaban las chicas de los burritos y las ensaladas. Se oía su repiqueteo en el vestíbulo antes de que aparecieran, con las suelas de los zapatos despegándoseles y pegándoseles otra vez a los talones.

—Me encantaría poder pegárselos a los pies —oí una vez que decía una profesora.

Le supliqué a mi madre que me comprase también un collar de Tiffany Infinity, pero dijo que mi padre la mataría.

—Para Navidad, a lo mejor —me dijo—. Si sacas buenas notas.

El otro gran cambio tuvo que ver con mi pelo. Mi familia paterna es cien por cien italiana, pero mi madre tiene descendencia irlandesa, y Hilary decidió que podía ponerme mechas más rubias. Me dijo a qué peluquería iba ella y mi madre me pidió la primera cita disponible con el peluquero más barato que hubiera. El sitio estaba en Bala Cynwyd, muy cerca de Filadelfia y, por lo tanto, muy lejos de mi casa. Nos perdimos por completo en el camino y llegamos veinte minutos tarde, cosa que la arrogante recepcionista no tenía por qué recordarnos tres putas veces, según mi madre. Me preocupaba que no me quisieran atender en la peluquería, así que me aseguré de que nos viesen bajar del BMW (tenía que servir para algo, ¿no?).

Afortunadamente, la peluquera más barata tuvo el buen corazón de perdonarnos el retraso y me tiñó el pelo en tres franjas: amarilla, naranja y blanca, respectivamente, las tres por lo menos a dos centímetros de mi cuero cabelludo, de forma que ya necesitaba retocarme las raíces antes de salir de la peluquería. A mi madre no le gustó el resultado y montó un pollo vergonzoso que al menos sirvió para que nos hicieran un veinte por ciento de descuento en el lamentable servicio. Fuimos directas a una perfumería y compramos un tinte castaño claro por 12,49 dólares que, al mezclarse con el carísimo decolorado de la peluquería, resultó en un precioso tono dorado que enseguida adquirió el color de un candelabro antiguo de latón de mi casa, destiñéndose tan rápido como mi suerte en el colegio. Era cuando menos gracioso que el rubio perfecto durase tanto como mi popularidad.

Aunque Hilary y Olivia eran amables conmigo, aún tomaban precauciones. Así que decidí mantener la cabeza gacha y hablar solo cuando alguien se dirigiera a mí, generalmente por los pasillos o a la salida de clase. Estaba lejos de que me invitasen a comer con ellas, mucho más de que me propusieran pasar el fin de semana en casa de alguna, y no quise tentar la suerte. Comprendí que estaba en periodo de prueba. Tendría que tener paciencia.

Mientras tanto, Arthur y sus amigos me hacían compañía, y no era mala compañía, ni mucho menos. Arthur era muy aficionado al cotilleo y, no sé cómo lo hacía, pero siempre era el primero en contar cualquier incidente humillante del que no tenía por qué estar al corriente. Fue él quien corrió la voz de que Chauncey Gordon, una chica de tercero con una mueca de desdén permanente tatuada en la cara, se había emborrachado tanto en una fiesta que cuando el presidente del comité de estudiantes intentó hacerle un dedo, se hizo pis en su mano. Teddy había estado en aquella fiesta y ni por esas se había enterado. Teddy tenía los mofletes siempre rojos, como todos los chicos rubios y deportistas, y estaba muy moreno porque había pasado el verano en Madrid, en un prestigioso campamento de tenis para jóvenes y adineradas promesas del atletismo. Como no había equipo de rugby, los estudiantes de Bradley jugaban todos al fútbol, y a ninguno le interesaba el tenis. De todas formas, siempre pensé que Teddy podría haberse agenciado una posición superior en el colegio y sentarse con los chicos con pelo en las piernas, pero parecía contento de estar donde estaba. Arthur, Teddy, Sarah y la Tiburona se conocían desde hacía años y ni el repentino y preocupante aumento de peso de Arthur («Antes no estaba así», me susurró la Tiburona una vez cuando él fue a por su segundo bocadillo) ni el halo de acné que le enmarcaba la cara podían poner en peligro su sitio en la mesa. La verdad es que era algo muy tierno.

La Tiburona me alegró la vida cuando me descubrió que podíamos librarnos de la clase de educación física si nos apuntábamos a algún deporte. Ninguna de las chicas del burrito y la ensalada hacían educación física, y para mí eran los treinta y nueve minutos de la semana más odiados.

—Lo único malo es… que tienes que elegir un deporte —dijo la Tiburona, asumiendo que a mí también me iba a parecer que jugar a algo era peor que dar educación física, en lo cual se equivocaba.

En el Madre Santa Teresa jugaba al hockey sobre hierba, pero la verdad es que no se me daba especialmente bien. En cambio, era la única a la que no le importaba correr. Nunca quedaba la primera en las carreras, pero aguantaba mucho tiempo sin cansarme (mi madre decía que la resistencia la había heredado de ella), así que decidí meterme en el equipo de campo a través. Que el entrenador fuera el señor Larson no tuvo nada que ver. Nada en absoluto.

No veía el momento de empezar a correr para quemar toda la grasa que me sobraba. El flirteo con Liam seguía su curso, y adelgazar no haría sino favorecer lo que quiera que hubiese entre nosotros. Liam jugaba al *lacrosse*, que era un deporte de primavera, así que por el momento no tenía equipo de nada, y sin esa camaradería sudorosa entre chicos también se encontraba en el limbo de la popularidad, como yo. Saltaba a la vista que en su colegio anterior había sido popular, y era obvio que su sitio estaba en la mesa de los chicos con pelo en las piernas. Parecía probable que acabara allí; los tiburones ya lo habían rodeado y lo estaban olisqueando, tratando de discernir si era presa o compañero.

Aunque Liam y yo íbamos juntos a clase de química, él era de segundo. Se había mudado desde Pittsburgh en verano; su padre era un cirujano plástico de renombre con implantes en los carrillos que le hacían parecer un Gul de *Star Trek* (fuente: Arthur). En Pittsburgh, Liam iba a un colegio público, algo que me parecía terrible hasta a mí y, por lo que pude averiguar, la administración pública le denegó la convalidación de un montón de créditos porque no eran «aplicables», que en lenguaje administrativo significa «basura de colegio público». Ya se había acostado con dos chicas de último curso en su antiguo colegio, lo que lo hacía parecer peligroso a ojos de chicas como las HO. Y ser peligroso era bueno. Todas habíamos visto cómo Leonardo DiCaprio se volvía loco por Claire Danes en *Romeo + Julieta* unos años atrás, y queríamos un galán torturado que se jugara el pellejo por colarse entre nuestras piernas.

Cualquiera podría pensar que tendría reservas acerca del sexo antes del matrimonio por haber ido a un colegio católico, y las tenía, pero ninguna consistía en que la fornicación fuese a mandarme a las profundidades del infierno. Tuve ocasión de comprobar de primera mano lo hipócritas que podían llegar a ser las monjas y los curas. Mucho predicar bondad y paciencia, y luego no mostraban ni un ápice de nada de aquello. Nunca olvidaré el día en que mi profesora de segundo de primaria, la hermana Kelly, nos ordenó que no le dirigiéramos la palabra a Megan McNally en todo el día porque se había hecho pis en las bragas. Megan lloraba en su pupitre, rodeada de un charco de orina amarilla; las lágrimas de humillación le caían ardiendo por las mejillas rojas de vergüenza.

Así que llegué a la conclusión de que si una mujer estaba tan segura de que iría al cielo solo por llevar hábito, a pesar de ser una auténtica imbécil, Dios tenía que ser mucho más indulgente de lo que me habían dicho. ¿Qué importancia tenía un pequeño acto impuro para la mente y el cuerpo?

Mis reservas tenían más que ver con la parte técnica: ¿dolería? ¿Lo mancharía todo de sangre y quedaría fatal? ¿Cuánto tiempo pasaría hasta que dejara de doler y empezase a gustarme? Y, lo más importante, ¿y si me quedaba embarazada? Las ETS y el peligro de ganarme una mala reputación eran preocupaciones secundarias. Sabía por Arthur que muchas chicas de Bradley ya lo habían hecho, y muy pocas habían sido humilladas por ello. Chauncey era el ejemplo perfecto. Aunque se había meado en la mano del presidente del comité de estudiantes, generalmente tenía novio, así que nadie la juzgó más de lo necesario. Al parecer, si te acostabas con tu novio no había problema para escapar de la injuria social. Además de que era preferible, al menos para mí. No quería hacer el amor para correrme (eso ya sabía cómo hacerlo desde hacía mucho tiempo). No, lo que quería era notar las sábanas limpias en la espalda mientras abrazaba el cuerpo del chico con las piernas, que él me preguntara «¿Estás segura?» y asentir con la cabeza, asustada pero decidida, el empujón que diese paso al dolor, demostrarle lo que estaba haciendo por él y que él me deseara aún más por hacer aquel sacrificio. Podía tener orgasmos todos los días —por debajo de la colcha, en menos de un minuto— pero aquello era algo más: el hecho de que un chico quisiera provocarme dolor me desgarraba por dentro.

En Bradley era obligatorio que todos los estudiantes hiciesen un seminario de informática todo el curso. Cuando Liam entró en aquella aula diminuta, escogió sentarse a mi lado, aunque había sitio al lado de Dean Barton y de Peyton Powell, dos estrellas indiscutibles del equipo de fútbol.

El profesor nos dio una serie de complicadas instrucciones para configurar nuestra cuenta de correo del colegio. Cuando estaba intentando decidirme entre el nombre de mi gato suicida o la palabra «litio» como contraseña, Liam me dio un codazo y señaló la pantalla de su ordenador. Entorné los ojos para leer desde donde estaba: «Test de la pureza: cien preguntas que te ayudarán a descubrir si eres una puritana que necesita un polvo o una zorra que debería cerrar las piernas».

Liam pasó el puntero del ratón por la primera pregunta: «¿Te han dado un beso con lengua?». Me miró, como preguntando «¿Y bien?».

Puse los ojos en blanco.

—Ni que estuviéramos en cuarto de primaria.

Liam se rio por lo bajo y pensé: «Esa ha sido buena, Tif».

Hicimos aquello noventa y nueve veces más: Liam señalaba la pregunta con el puntero del ratón y esperaba mi respuesta. Cuando llegamos a la parte donde preguntaban con cuánta gente te habías acostado, Liam pasó el puntero por la opción «1-2». Sacudí la cabeza y señalé la siguiente, «3-4». Volví a negar con la cabeza. Con una sonrisa, indicó con la flecha la opción «Más de 5». Le pegué un codazo suave. Dean giró la cabeza.

—Vamos a tener que cambiar eso —dijo Liam en voz baja mientras hacía clic en el mensaje «¡Virgen!», que se iluminó en color rosa chicle.

La clase terminó y Liam se apresuró a cerrar la página, pero no antes de que Dean y Peyton se acercaran a nuestra mesa. Dean preguntó, con una enorme sonrisa en su poco agraciada cara, que cuántos puntos había sacado. Entendía que Peyton pudiese resultar atractivo; era rubio y tenía los ojos azules, y solo por eso era más guapo que muchas chicas de Bradley. Pero Dean… Vale, era alto y estaba bastante bueno, pero tenía las orejas enormes y una cara ramplona, y con aquel pelo castaño, ralo y sin gracia parecía el mono de la mitad de la línea de evolución de las especies que aparecía en mi libro de biología.

—Pocos, tío —se rio Liam—. Pocos.

Ninguno se paró a preguntarme a mí, aunque estaba allí delante, era mi test y era mi puntuación, pero aun así una emoción inexplicable recorrió mi cuerpo. Por la razón que fuera, mi puntuación en la escala de pureza era importante, y eso me hacía importante a mí.

Desde aquel día, Liam empezó a sentarse con las HO y los Piernaspeludas en la mesa del comedor.

Mi invitación llegó un par de semanas después. Ya casi estábamos en octubre y, debido a una tormenta, todos los equipos de entrenamiento nos tuvimos que meter en el gimnasio. El señor Larson eligió las escaleras que llevaban de los vestuarios del sótano a la cancha de baloncesto, que había sido inmediatamente ocupada por el equipo de fútbol.

—Dos escalones —dijo el señor Larson. Separó sus enormes muslos para mostrarnos cómo hacer el ejercicio. Trotó en el sitio y, con un golpe de silbato, nos indicó que empezásemos a subir y bajar los escalones de dos en dos, una y otra vez, hasta que el sudor nos empapó el pelo de la base del cuello.

—Ahora saltad con los pies juntos. —El señor Larson juntó las piernas y subió las escaleras dando botes como un pogo saltarín. Cuando llegó arriba, se dio la vuelta y nos miró para ver si teníamos alguna duda. Como nadie dijo nada, usó de nuevo el silbato que le colgaba del cuello y gritó—: ¡Ahora!

Todavía me quedaba un tramo de escaleras para terminar de subir cuando miré hacia arriba y vi a Dean, a Peyton y a varios jugadores más del equipo de fútbol apoyados contra la pared, con mirada amenazante. Con cada salto, los pechos me botaban contra las costillas y emitía un gruñido de niño gordo. No me hacía ninguna gracia que nadie me viese haciendo aquel ejercicio, y mucho menos un grupo de Adonis pijos.

La agonía se me estaba haciendo eterna cuando al fin escuché «Venga, se acabó». El señor Larson subió los escalones y se puso de espaldas a nosotros, bloqueando la vista de Dean y Peyton. Me resultaba imposible escuchar lo que les estaba diciendo por encima de las jadeantes protestas de mis pulmones, pero alcancé a oír a Dean diciendo: «Oh, vamos, señor Larson».

—¡Pat! —gritó el señor Larson, haciendo un gesto al entrenador de fútbol—. Controla al rebaño.

—¡Barton! ¡Powell! —La voz del entrenador Pat atronó el gimnasio como un cañón—. ¡Moved el culo de aquí!

Ya estaba a pocos escalones del final de la escalera y oí las palabras de Dean con tanta claridad como si me las hubiese dicho al oído:

—Parece que alguien está marcando su territorio.

El señor Larson arqueó la espalda en un arranque de ira y en un instante estaba al lado de Dean apretándole el brazo con la mano que hasta yo podía ver las marcas blancas que dejaban sus dedos en la piel del chico.

—¡Eh! —rabió Dean, retorciéndose.

El entrenador Pat llegó corriendo, le dijo algo al oído al señor Larson y la escena se disolvió tan deprisa como había estallado.

—¿Qué ha sido eso? —Tropecé en el último escalón y

clavé la barbilla en el suelo de cemento—. ¡Au! —me lamenté.

El señor Larson se giró hacia mí con tal cara de preocupación que por un momento pensé que me había hecho un corte al caer y no me había dado cuenta. Me palpé las piernas, pero no había rastro de heridas ni de sangre.

—¿Estás bien, Tif? —El señor Larson extendió la mano hacia mi hombro, pero la retiró enseguida y se rascó la cabeza en lugar de tocarme.

Me sequé el sudor del labio superior.

—Estoy bien. ¿Por qué?

El señor Larson bajó la cabeza, revelando la raya perfecta en su espesa mata de pelo.

—No, por nada. —Se puso las manos en las caderas y miró a los jugadores de fútbol que bailaban alrededor del balón, girando de forma salvaje sobre el suelo encerado—. Chicas, vamos a trasladarnos a la sala de pesas.

Más tarde me enteré de que habían castigado a Dean por lo que le había dicho al señor Larson. Al día siguiente, Hilary me dijo que si comía con ella. Había algún tipo de conexión entre ambos acontecimientos. No sabía cuál, pero estaba demasiado concentrada en ocupar mi sitio en su mesa como para preocuparme.

Arthur estaba consternado por mi nueva ubicación en la cafetería.

—Te has apuntado a un equipo y ahora compartes el pan con las HO —se lamentó después de la clase de lengua—. ¿Qué va a ser lo siguiente, hacerte novia de Dean Barton?

Simulé una arcada, más por Arthur que por mí.

—Jamás. Es un ser humano grotesco.

Arthur subió las escaleras más rápido que yo, jadeando al llegar arriba. Entró en la cafetería empujando la puerta batiente con ambas manos. Se abrió de par en par y una de las hojas chocó ruidosamente contra una silla plegable de metal.

—Es que le corto la polla y le ahogo con ella —dijo. La puerta se cerró tras él, me golpeó en el hombro y dejé de oír a Arthur por un instante. La empujé y me lo encontré allí, riéndose maliciosamente—. Odio a casi todo el mundo, lo sabes, ¿no?

Dejé que la frase sedimentara mientras me alejaba de él. Me encorvé del dolor, pero fingí que lo hacía para colocar una silla delante de la puerta, porque el señor Harold, el profesor de historia, siempre andaba enredando con el pestillo y resoplando —«¡Maldición!», decía— la soltaba pensando que la había arreglado y se volvía a cerrar con un portazo. «¡Esto es un peligro si hay un incendio!», les decía a los estudiantes a su alrededor, que hacían caso omiso, y sujetaba la silla contra la puerta para mantenerla abierta. Cuando levanté la vista, Hilary me estaba haciendo señas desde la otra punta del comedor.

—¡Finny, Finny! —Así era como habían empezado a llamarme.

El regocijo afloró en mi cara y seguí el sonido del nuevo diminutivo como el borrego en el que me estaba convirtiendo.

—Te recojo a las nueve y media —dijo mi madre mientras ponía la marcha atrás y el coche giraba sobre las ruedas traseras con un chirrido. El piloto que indicaba que había que revisar el motor llevaba un mes encendido. El mecánico le había dicho a mi madre que le costaría ochocientos dólares apagarlo, y cuando ella le preguntó si creía que había nacido ayer él solo repitió la cantinela.

—Necesita que alguien le arregle eso —añadió, y entonces fue mi madre la que se encendió como el piloto del coche.

Nunca en mi vida había ido sola a un baile, y la idea de entrar en el gimnasio sin una amiga a mi lado me hacía echar de menos hasta la náusea a Leah. Pero solo unas horas antes, en la comida, Hilary y Olivia me habían preguntado si iba a ir al baile de otoño del viernes.

—No pensaba ir, pero… —dije, conteniendo la respiración. Esperé que una de ellas completara mi frase, que me invitasen a una de sus majestuosas casas de ladrillo cubiertas de hiedra, que pudiésemos probarnos un modelo detrás de otro hasta que llenásemos de ropa el suelo de la habitación, con un montón de mangas y perneras hechas un batiburrillo en ángulos imposibles, como siluetas de víctimas de crímenes pintadas con tiza.

—Pues deberías —repuso Hilary. Hizo que sonara como una amenaza—. ¿Estás lista, Liv? —Se levantaron de la mesa y yo hice lo propio, aunque todavía me quedaba medio burrito y mi estómago clamaba por más comida.

No podía ir al baile con lo que llevaba puesto, pero iba a ser difícil ir al entrenamiento campo a través, llegar hasta mi casa, cambiarme y volver a Bradley a tiempo. Le dije al señor Larson que no me encontraba bien y me contestó —tan amable que tuve que desviar la mirada— que debería irme a casa y descansar. No quería mentirle al señor Larson, pero también pensé que era injusto que no tuviese a nadie que aprobara mi camiseta de tirantes y mi falda vaquera excepto mi madre, y que tenía derecho a hacer todo lo que estuviera en mi mano para cambiar eso.

—Estás muy guapa, cariño —añadió mi madre cuando mis dedos se quedaron quietos sobre la manilla de la puerta del coche. Por un momento, deseé que nos largásemos del aparcamiento y fuésemos a comernos una quesadilla de champiñones y alcachofa a medias en el Chili's. Siempre pedíamos salsa de mostaza a la miel para mojar, y el camarero nos miraba raro cuando pedíamos algo de guarnición.

—Creo que llego demasiado pronto —me obligué a hablar con tono decidido para que mi madre pensara que controlaba la situación y no lo hacía solo para ganar tiempo—. Quizá deberíamos dar otra vuelta a la manzana.

Mi madre agitó el brazo para sacar el reloj de debajo de la manga.

—Son las ocho menos cuarto. Yo creo que quince minutos es un retraso lo suficientemente elegante.

«Si no vas será peor.» La manilla se accionó antes de que me diera cuenta de que estaba empujando siquiera, y presioné la puerta con la cuña de uno de mis zuecos de Steve Madden.

El mundo dentro del gimnasio vibraba con éxitos de la MTV y luces estroboscópicas que giraban rítmicamente con sus haces rosas, azules y amarillos. Solo tenía que localizar un grupo de gente y deslizarme entre ellos rápido, pensé, antes de que nadie se percatara de que había llegado sola.

Vi a la Tiburona fuera del círculo arcoíris de la pista de baile con otras chicas del grupo de teatro.

—¡Hola! —Me abrí paso entre la multitud.

—¡TifAni! —Las pupilas de la Tiburona parecían las de un depredador en la penumbra.

—¿Qué tal? —grité.

La Tiburona se arrancó con una diatriba en contra de los bailes —«No es más que una excusa para frotarse unos con otros»—, pero dijo que había venido porque a lo mejor Arthur conseguía algo de marihuana. Deseé tener ojos en los lados de la cabeza, como ella, para poder escanear los cuerpos de la pista de baile sin que se notase demasiado que solo estaba hablando con ella porque no tenía a nadie más con quien hacerlo.

—¿Cómo no van a gustarte los bailes? —Señalé la sala, en una excusa para hacer un inventario de los asistentes. En los cinco segundos que me regaló el gesto, no vi a Hilary ni a Olivia, ni a Liam ni a ninguno de los chicos con pelo en las piernas.

—Si fuese como tú sí que me gustarían los bailes. —Los ojos de la Tiburona se detuvieron en la peligrosa bastilla de mi falda vaquera. Había perdido tres kilos desde que me había metido en el equipo de campo a través, y toda la ropa me quedaba holgada.

—Todavía estoy gordísima. —Puse los ojos en blanco, emocionada.

—Bueno, bueno, bueno. —El cuerpo de Arthur tapó la pista de baile de mi vista, y aquello me cabreó tanto que olvidé cuánto me había dolido su rapapolvo del mediodía—. ¿Nos vas a enseñar cómo se baila una lenta dejando que corra el aire lo suficiente como para que pase el Espíritu Santo?

—Eso no se hace, que lo sepas —le espeté.

Al principio, el interés de Arthur por el Madre Santa Teresa y sus sagradas contradicciones me había supuesto un alivio; así podíamos hablar de algo. Ahora estaba deseando que dejase el tema de una vez. Pero no iba a hacerlo. Parecía una broma inocente, pero yo sabía que no era más que su forma de recordarle a todo el mundo —y, sobre todo, a mí— quién era en realidad y de dónde venía.

—¿Pero os dejaban bailar? —continuó Arthur. En el centro del gimnasio, a la luz de los neones, parecía que sudaba gotas de ponche de frutas. Arthur siempre sudaba—. ¿Eso no es un acto demoníaco?

Le ignoré y me apoyé sobre el pie derecho para mirar por encima de su hombro.

—Las HO no van a venir —dijo Arthur.

Reculé como si me hubiera golpeado.

—¿Cómo lo sabes?

—Porque a estas cosas solo vienen los pringados. —Sonrió Arthur, con sus gordos mofletes brillantes por la grasa facial.

Recorrí la sala con la mirada en busca de pruebas para demostrarle que se equivocaba.

—Está Teddy.

—Teddy lo que quiere es que se la chupen —repuso Arthur. Seguí su mirada hasta donde estaban Teddy y Sarah, bailando como si sus pelvis estuviesen cosidas.

No quería que Arthur me viese llorar, así que musité que tenía que ir al baño y le ignoré cuando me llamó, insistiendo en que estaba de broma. Doblé la esquina del gimnasio mientras me motivaba yo sola: «Van a venir, ya verás como sí».

Me quedé helada en lo alto de las escaleras que llevaban a los vestuarios cuando vi quién subía del baño.

—¿Te encuentras mejor? —me preguntó el señor Larson. Llevaba vaqueros. Nunca lo había visto en vaqueros. Parecía un tipo normal en un bar. Crucé una pierna por delante de la otra, preocupada por si se me veían las bragas desde donde él estaba, unos pocos escalones por debajo de mí.

—Un poco —contesté con voz débil de enferma, para que solo pudiese ver cómo movía los labios.

—Vamos, TifAni. —El tono del señor Larson era de reprimenda, de adulto, tanto que mi cuerpo se erizó con una ira adolescente. ¿Cómo se atrevía a hablarme así?—. Sabes que no puedes saltarte el entrenamiento. ¿Qué ha pasado?

Sabía que si mentía y le decía que me había bajado la regla me dejaría tranquila, pero la idea de hablar de mi menstruación con el señor Larson me daba ganas de vomitar.

—No me encontraba bien. Pero ya se me ha pasado. Lo juro.

—Bueno. —El señor Larson sonrió, aunque no era una sonrisa sincera—. Me alegro de tu milagrosa recuperación.

—¡Finny! —La voz detrás de mí le dio un giro a la noche. La falda de Hilary era tan corta que se le atisbaban las bragas rojas. Hilary se vestía de la forma en la que yo intentaba no vestirme jamás, pero como lo hacía para ser rebelde, le funcionaba y no iba en su contra—. Vamos —dijo, haciéndome señas con una uña rosa fucsia.

—Si salís de las instalaciones del colegio, tendré que avisar a vuestros padres. —La voz del señor Larson sonó mucho más cerca. Cuando me giré, estaba solo un escalón por debajo de mí.

—Señor Larson… —le dije, poniéndole ojitos—. Por favor…

Durante un instante solo se pudo oír el ritmo de una canción horrible, hasta que el señor Larson suspiró y me dijo que él no me había visto.

Un Navigator azul oscuro nos esperaba fuera. La puerta se abrió y pude ver tres filas de piernas velludas, las de Dean y las de Peyton entre ellas. Olivia estaba felizmente sentada en el regazo de Liam. El pecho me ardía de celos. «Es que el coche está lleno.»

Hilary subió y se dio una palmada en las piernas.

—Siéntate aquí —canturreó. Habríamos cabido todos de sobra sentándonos un poco apretujados, pero cuando me doblé para acoplarme sobre ella, noté el olor a ginebra y entendí aquel afecto repentino.

Me dirigí al grupo.

—¿Adónde vamos?

—Al Rincón —contestó el conductor, mirándome a los ojos por el espejo retrovisor. Dave era un veterano con los brazos tan delgados y desprovistos de vello que daban envidia. A Dave lo llamaban Chorlito a sus espaldas, porque era realmente estúpido, pero en el instituto tener coche era una moneda de cambio, y él lo tenía.

El Rincón no era más que un pequeño descampado rodeado de cornejos a los que todavía les quedaban varios meses para florecer y unos arces espesos y sin podar, tan juntos que tapaban la carretera por delante y la residencia universitaria de Bryn Mawr por detrás. Los estudiantes de Bradley se habían adueñado del sitio hacía años y lo usaban para beber cerveza barata y hacerse alguna que otra mamada.

Habríamos llegado antes andando. Podíamos haber atajado por las pistas de squash, después solo había que cruzar una calle tranquila de un solo sentido y en cinco minutos habríamos estado allí. Pero Dave dio la vuelta a todo el perímetro del campus de Bradley y encontró aparcamiento en una calle con un montón de tráfico bastante lejos del descampado. Salimos del coche uno detrás de otro con torpeza, sin parar de reírnos, y nos reunimos en el arcén. Dean encabezó la marcha y me ayudó a enfilar el camino, aunque se veía perfectamente y el terreno era firme. El sendero terminaba en la base de un pequeño montículo y, en un extremo, avisté un tronco de árbol talado. Me acerqué, pasé la mano por la superficie y me aseguré de que estaba seca antes de sentarme.

Dean se metió la mano en el bolsillo y sacó una cerveza.

—No puedo —dije.

Estaba demasiado oscuro para poder ver bien la cara de Dean, pero se adivinaba su expresión desafiante.

—¿Que no puedes?

—Mi madre me recoge en una hora —le expliqué—. Me olerá el aliento.

—Qué rollo —soltó Dean mientras abría la lata y se sentaba a mi lado—. Mis padres se van el finde que viene. Voy a invitar a gente a casa.

El resplandor de los faros de un coche iluminó la zona el tiempo suficiente para que Dean me viese sonreír.

—Guay.

—No se lo digas a las HO —me advirtió.

Quería preguntarle por qué, pero Peyton se acercó hasta nosotros.

—Tío, que sepas que estás sentado en el mismo sitio en el que Finnerman se la chupó al maricón aquel.

Dean dejó escapar un eructo.

—Vete a la mierda.

—Lo digo en serio. Olivia los vio. —Peyton redirigió la voz—. Liv, ¿a que viste a Arthur chupándosela a Ben Hunter aquí mismo?

Sus palabras flotaron en la oscuridad.

—¡Fue asqueroso!

Pasé el dedo por la superficie lisa de la madera, preguntándome cómo de afilada tenía que estar una sierra mecánica para conseguir un corte tan limpio. Quería hacer un montón de preguntas, pero no quería llamar la atención sobre mi relación con Arthur, visto que era aún más marginado de lo que yo pensaba. Aquella acusación era muy grave.

—¿Quién es Ben Hunter? —pregunté, en un intento de hacer tiempo mientras analizaba toda aquella información nueva.

Dean y Peyton se rieron, y Dean me pasó el brazo por encima de los hombros.

—Un maricón que venía al colegio. Se rajó las muñequitas.

Peyton se inclinó hacia delante. Mis ojos se habían acostumbrado ya a la oscuridad, y su cara cada vez estaba más cerca.

—Por desgracia, no consiguió suicidarse.

—Por desgracia —dijo Dean, empujando a Peyton con una mano. Este se tambaleó y se le cayó la cerveza. La lata salió rodando por el suelo. Peyton maldijo entre dientes y corrió tras ella.

—¿Qué le pasó? —pregunté, con la esperanza de que no se notase lo impactada que estaba.

—Ay, Finny. —Dean me zarandeó un poco más fuerte de lo que esperaba, y me mordí la lengua—. ¿Te sientes mal por él?

Tragué saliva y noté el sabor metálico de la sangre.

—No. Si ni siquiera sé quién es.

—Hombre, me imagino que su novio se quedaría destrozado. —Dean dio un sorbo a la cerveza—. Ten cuidado con ese tío, Arthur. Está muy jodido. —Dejó caer la mano sobre mi hombro y sus dedos me rozaron un pezón como quien no quiere la cosa—. No te olvides de lo del viernes —el secreto hizo que bajase la voz—; y no se lo digas a Hilary ni a Olivia.

Fui tan tonta que le hice caso.

El taxista que me llevó a la fiesta de Dean era un tipo paciente, no como los que me llevarían por la autopista del West Side mucho más adelante las mañanas que llegaba tarde al trabajo o los días que salía hasta más tarde de las ocho de la mañana para poder pasar el recibo del taxi. Me miró en silencio, divertido, mientras apilaba un montón de monedas de centavo en la palma de su mano. Veintidós dólares con cuarenta. Eso fue lo que me costó ir desde el colegio hasta la casa de Dean, en Ardmore. Eso fue lo que pagué por perder la dignidad.

El sol se ocultaba tras los árboles cuando bajé del taxi con la bolsa de deporte colgada de un hombro. Todavía llevaba puesta la ropa de correr, pero Dean me había dicho que podía ducharme en su casa. Me aterrorizaba la idea de que alguien pudiera entrar en el baño y ver el aspecto real de mi cuerpo, así que en cuanto Dean me indicó dónde estaba la habitación de invitados, que tenía baño propio, me duché en un tiempo récord.

Me pasé el cepillo por el pelo rubio y me lo sequé con el secador durante unos minutos. Me faltaban años para aprender cómo peinarme en condiciones. Lo tenía grueso y ondulado, pero se habría dejado domar obedientemente con un cepillo redondo y una plancha, si hubiese sabido entonces que esas eran las herramientas que necesitaba. Afortunadamente, a principios del milenio lo que se llevaba era hacerse media coleta en lo alto de la cabeza, así que me até el pelo húmedo en un moño y me di unos toquecitos con el corrector de Clinique en la barbilla y en la nariz. Un poco de rímel y lista. Le había suplicado a mi madre que me comprase ropa interior nueva para aquella ocasión. Había pasado las tijeras por mis bragas y le había dicho que se me estaban descosiendo las costuras de usarlas para correr. Fui al departamento de lencería de Nordstrom y me compré lo más sexy que vi: tres pares de bragas de seda con estampado de leopardo. Cuando me las probé en casa, descubrí que la goma me llegaba por encima del ombligo —en realidad eran una especie de faja—, pero me aguanté y les di un par de vueltas hasta dejarlas a la altura de las caderas, con la esperanza de que el tejido y el estampado fuesen lo importante de verdad. No hay nada más triste que el rito de iniciación sexual de una adolescente hasta que entiende lo que es sexy y lo que no.

—¡Eh! —Dean me chocó los cinco cuando entré en la cocina. Estaba junto a la encimera de granito con Peyton y otros chicos, todos del equipo de fútbol, echando monedas de centavo en vasos de cerveza. Yo era la única chica.

—Finny, tírala por mí —Dean besó la moneda—, que vas a darme suerte.

Peyton le susurró algo al chico que tenía al lado y se rieron. Sabía que había dicho algo de mí. Probablemente algo grosero y sexual, y yo no cabía en mí de orgullo.

No tenía ninguna técnica, solo el impulso del momento, así que incliné la moneda, con el canto que tenía más cerca hacia abajo y la lancé contra la superficie pegajosa de la encimera. Saltó por los aires, giró hasta emborronarse y cayó dentro de un vaso de cerveza haciendo que salieran un montón de burbujas furiosas.

Los chicos rugieron y Dean volvió a chocarme los cinco. Esta vez enlazó mis dedos con los suyos cuando nuestras palmas se encontraron, me atrajo hacia sí y me abrazó tan fuerte que pude oler el desodorante que se había echado generosamente en lugar de ducharse después del entrenamiento.

—La hostia —bramó, dirigiéndose al equipo contrario.

Peyton me miró con aquellos ojos azules y su gesto de aprobación hizo que una ola de calor me recorriera todo el cuerpo.

—Eso ha estado muy bien, Tif.

—Gracias. —La sonrisa me llegaba hasta las orejas. Dean me pasó una cerveza y le di un trago, paladeando el amargor que inundó mi estómago vacío. Todavía no estaba acostumbrada a saltarme comidas, pero aquella noche tenía una sensación de vértigo y estaba tan emocionada que no me costó nada olvidarme de la cena.

Noté dos manos en los hombros que me apretaron los músculos un segundo más de lo que era de esperar. Liam sonrió y me pasó el brazo sobre los hombros. Estaba descalza y encajaba a la perfección en el hueco de su axila, que afortunadamente olía infinitamente mejor que la de Dean.

—Pero mira qué enana eres —dijo.

—¡No es verdad! —protesté, frívola.

Liam dio un sorbo a su cerveza y se quedó mirando un punto sobre mi cabeza. Luego volvió a mirarme.

—Hay una mesa en el porche perfecta para jugar un *beer pong*.

—Soy buenísima al *beer pong* —dije, apoyándome en él. Los músculos adolescentes de su costado estaban duros y firmes.

Liam bebió otro trago, uno más largo esta vez, acabándose la cerveza. Cuando se separó la lata de los labios soltó un «ahhhh».

—Ninguna chica es buena al *beer pong* —declaró. Me llevó hasta la puerta corredera de cristal. El porche estaba húmedo y lleno de barro bajo mis pies desnudos, pero no quería volver a entrar en la casa a por unos zapatos y arriesgarme a que Liam se buscase otra acompañante en mi ausencia.

Dean y unos cuantos más nos siguieron fuera. Se hicieron los equipos y se establecieron las normas. Liam y yo contra Dean y Peyton. Nuestros rivales podían bloquear el tiro y un tanto valía por dos vasos. A los cinco minutos, Liam y yo íbamos ganando.

Dean y Peyton no tardaron en alcanzarnos. Perdía un poco más de puntería cada vez que me tocaba beber del vaso rojo. Cuando Peyton y Dean nos ganaron, creí que habíamos acabado y que podíamos alejarnos de la mesa, pero Liam dijo que había que beberse el último vaso de cerveza para demostrar que se sabe perder. Llegó mi turno y me bebí obedientemente lo que quedaba del líquido en pequeños y asquerosos tragos, de un tirón.

—¡Joder! —aplaudió Dean. El aire frío de octubre aún transportó unas cuantas palabras más antes de dispersarlas en la noche—. Nunca había visto a una tía beber una cerveza del tirón así de bien —dijo, y sus palabras me sentaron mejor que un sobresaliente en lengua, como el orgullo que sentí años después cuando acabé en la mesa de la redacción de una revista. «¿Quiénes son esas niñatas con las que van?» Sonreí, sabiendo que eran Hilary y Olivia. Acepté acurrucarme de nuevo en el abrazo inodoro de Liam, y me apreté contra él con tanta fuerza que se tambaleó.

—Cuidado —dijo, riéndose.

Después fuimos dentro y nos sentamos con las piernas cruzadas alrededor de la mesa de la cocina para jugar al duro otra vez, solo que aquella vez el whisky me quemó la garganta cuando me tocó beber. Dean dijo algo tan gracioso que casi me caigo al suelo de la risa. Liam —no, espera, Peyton—, Peyton estaba a mi lado y me levantó. Me dijo que quizá sería mejor que me saltara la siguiente ronda. Miré a su otro lado en busca de Liam. Yo quería a Liam.

—Está bien. —Dean volvió a inclinar la botella sobre los vasos.

Alguien llamó maricón a Peyton y él dijo:

—Miradla. No pienso aprovecharme de ella estando así.

Debió de ser entonces cuando me quedé dormida. Porque lo siguiente que recuerdo es que estaba tumbada en el suelo de la habitación de invitados con la bolsa de deporte al lado. Gemí y levanté la cabeza, y el chico que estaba entre mis piernas hizo lo mismo. Peyton. Me apretó el muslo y siguió haciendo aquello que probablemente creía que me daba placer. Yo no sentía nada.

Se oyó ruido al otro lado de la puerta. Alguien asomó la cabeza y le metió prisa a Peyton para que hiciera algo o fuera a algún sitio. Estaba demasiado cansada para taparme.

—Ya acabo —dijo Peyton. Se oyó una risa y la puerta se cerró.

—Tengo que irme. —Miré su preciosa cara enmarcada entre mis piernas, por encima de mi pubis, que me había depilado meticulosamente por si algo parecido a aquello pasaba con Liam—. Ya quedamos un día, ¿vale?

Me quedé dormida.

—Ay, ay —gemí antes de abrir los ojos y localizar de dónde provenía el dolor. Liam. Allí estaba. Y allí estaba su cara, encima de la mía, retorciéndose también de dolor. No movía el torso, pero tenía las caderas apretadas contra las mías y apretaba con un ritmo agonizante.

Estaba agachada apoyada en el retrete del baño del cuarto de invitados. Notaba las baldosas frías debajo de las rodillas. ¿Estaba vomitando sangre? ¿Por qué había sangre en el retrete?

Unos meses después, cuando dejé de mentirme a mí misma y me reconocí que me había ocurrido la típica historia que las madres cuentan a las hijas para meterles miedo, me hice la dormida cuando el tren se detuvo en la estación de Bryn Mawr. Continué el trayecto hasta Filadelfia y llamé al colegio desde allí.

—¡Ay, Dios! Me he quedado dormida en el tren y estoy en Filadelfia.

—Santo cielo —graznó la señora Dern, la secretaria del director Mah, una fumadora empedernida—. ¿Estás bien?

—Sí, pero no creo que llegue a las dos primeras clases —dije.

La señora Dern cometió el error de parecer más preocupada que recelosa, así que en lugar de coger el primer tren de vuelta a Main Line, deambulé por los alrededores de la estación. Encontré un bufé chino y, aunque no eran ni las diez de la mañana, me resultó imposible resistirme a las relucientes hileras intactas de carne y verdura. Me serví un plato y, al llevarme a la boca el tenedor por primera vez, mordí un alimento misterioso que explotó dejando escapar una sustancia salada y grumosa que me provocó una arcada.

Algo parecido fue lo que me tragué al final del tercer y último asalto aquella noche. Una masa informe, repugnante y amarga que se depositó sobre mi lengua a la vez que un chico emitía un gruñido eufórico.

Cuando me desperté era por la mañana y estaba en la cama de una habitación que no reconocí, y el sol se desenmarañaba como la estela de un avión, cálido y acogedor, tan ignorante de la tragedia de la noche anterior como yo misma en aquel momento.

Algo se movió detrás de mí y, antes de darme la vuelta para ver quién era, acepté que tenía tantas ganas de que fuese Liam que no podía ser él. Pero de todos los chicos del mundo, tenía que ser Dean. Iba sin camiseta, con el torso desnudo y, por un momento, pensé que iba a vomitarle en el pecho.

Gruñó y se frotó la cara.

—¿Cómo estás, Finny? —preguntó, apoyándose en los codos. Me miró con curiosidad—. Porque yo estoy hecho una mierda.

Me di cuenta de que llevaba puesta la camiseta interior de Victoria's Secret, pero nada más. Me incorporé, me subí la colcha hasta el pecho y miré alrededor de la habitación.

—Eh… ¿sabes dónde están mis bragas?

Dean se rio como si fuese la cosa más graciosa que había oído en su vida.

—¡Nadie lo sabe! Estuviste media noche sin ellas.

La forma en que Dean dijo aquello, como si fuera una anécdota inocente de la fiesta salvaje, como el chico que había dicho que se iba a casa y había aparecido dormido en su coche a la mañana siguiente sin haber girado siquiera la llave del motor. O como otro chico del equipo de fútbol que se había olvidado de ponerle pavo a los sándwiches que se comieron por la noche y se había comido un bocata solo con mayonesa. Una historia tan graciosa que merecía la pena ser contada una y otra vez: ¡TifAni iba tan pedo que se había pasado varias horas sin bragas!

La vida había dado un giro drástico mientras dormía, pero Dean me miraba como si fuésemos camaradas después de una fiesta apocalíptica, y aquella realidad era tan tentadora en comparación con la otra que la acepté con una risa débil.

Dean me dio una toalla y me mandó al cuarto de invitados. Allí, en el suelo al lado del armario, estaban mis enormes bragas hechas una bola de leopardo. Las eché en la bolsa de deportes intentando ignorar las manchas de sangre.

Capítulo 5

—*O*h, vamos. ¿Nadie quiere?

La editora jefa de *Women's Magazine* daba vueltas por la oficina paseando una bandeja de *macarons* por delante de un círculo de redactoras concienzudamente desnutridas en un intento infructuoso de que nos comiésemos uno.

—He dejado el azúcar —dije, a la defensiva.

Penelope *LoLo* Vincent depositó la bandeja en su mesa y se dejó caer en la silla. Agitó la mano, con las uñas pintadas de color gangrena, hacia mí.

—Ay, claro, que te casas.

—Venga, va. ¡Yo rompo el hielo!

Arielle Ferguson era una redactora dulce e incauta en su vestido de la talla 42. Se acercó a la mesa dando tumbos y cogió un *macaron* de un rosa tan escandaloso que era hasta preocupante. «Oye, Arielle —me entraron ganas de decirle—, lo que LoLo quiere es que comamos las redactoras anoréxicas.»

LoLo miró a Arielle, horrorizada, mientras esta accionaba la mandíbula para engullir aquellas doscientas calorías. Todas aguantamos la respiración, heladas por un miedo ajeno. Arielle resplandecía cuando se tragó el dulce.

—¡Qué rico!

—Ok. —LoLo se regodeó en el anglicismo, apoyándose en la «k» como una gallina clueca—. ¿Y bien? ¿Qué tenéis para mí? —preguntó hundiendo el tacón de su sandalia de YSL edición homenaje y se giró medio centímetro en la silla, atravesando a Eleanor con su mirada láser—. Tuckerman. Adelante.

Con un movimiento de muñeca, Eleanor transfirió un mechón de cabello rubio desde delante de los hombros hacia la espalda.

—Pues el otro día estaba hablando con Ani y me contó que una amiga suya trabajaba en banca y, por sorprendente que parezca, el acoso sexual sigue en boga en ese mundo —dijo, haciendo un gesto hacia mí—. ¿Verdad, Ani? —preguntó. Tardé un poco en sonreír. Cuando al fin lo hice, continuó—. Ani y yo comentábamos que mira que hemos avanzado en el hecho de reconocer que el acoso sexual en el trabajo es un problema y que la solución está en la educación, cosa que está muy bien, pero a la vez nos hemos vuelto totalmente radicales y solemnes al respecto, y a la vez la cultura pop está dominada por un humor extremadamente obsceno, sobre todo por parte de las mujeres. Es increíble cómo hablamos y bromeamos las mujeres sobre el tema, y eso desdibuja la línea que separa lo cómodo de lo incómodo, ¿y así cómo vamos a saber detectar un comportamiento inaceptable, o incluso ilegal, en nuestra vida profesional? Me gustaría escribir un artículo para estudiar el acoso sexual en 2014, ahora que todo está permitido.

—Fascinante —bostezó LoLo—. ¿Titular?

—Eh… se me había ocurrido: «¿Qué es el acoso sexual en 2014?».

—No —sentenció LoLo mientras se examinaba una uña rota.

—«La gracia del acoso sexual.»

LoLo se giró hacia mí con una risita.

—Muy inteligente, Ani.

Miré la libreta que tenía en las rodillas, con la frase LA GRACIA DEL ACOSO SEXUAL, en mayúsculas, y releí toda la información que había anotado debajo.

—Además, va a salir un libro buenísimo al respecto, y podríamos conectarlo con nuestra historia para explicar cómo la cultura pop influye en el ámbito laboral mucho más de lo que nos damos cuenta —añadí. Tenía las galeradas del libro en cuestión en mi mesa; se las había pedido al publicista para poder leerlo antes de lanzarle la idea a LoLo.

—Excelente —asintió LoLo—. Pásaselo a Eleanor y ayúdala con cualquier cosa que necesite. —La vena de la frente le latió como un corazón furioso al pronunciar la palabra «cualquier». Siempre me he preguntado si LoLo sabe más de lo que deja ver. Si realmente sabe que Eleanor no tiene talento, que es una pelota y una trepa. Eleanor es de una ciudad de West Virginia que se llama Podunk. Pero oh, ha ido a tantos sitios desde que se mudó a Nueva York. Es tenaz, eso tengo que reconocerlo. Tenemos tantas cosas en común que me costó bastante entender por qué no nos llevábamos bien. La lucha interna. Las dos habíamos luchado contra viento y marea para estar donde estábamos, y nos aterrorizaba la idea de que no hubiese bastante sitio para ambas.

—Bien —LoLo tamborileó con los dedos en los reposabrazos de la silla—, ¿qué tiene usted para mí, señora Harrison?

Me removí en mi silla y lancé la idea de reserva, la que quería presentar como un comentario al margen, como una buena pieza corta, una vez que la hubiese sorprendido con un discurso de peso. Eleanor me obliga a reunirme con ella antes de las reuniones para discutirlo todo entre nosotras y asegurarnos de que el programa es lo suficientemente inteligente y macarra. Suele robarme mi mejor idea y presentarla como una escultura a medio hacer a la que yo estuviera intentando dar forma hasta que llegaba ella y lo pulía para sacar material de nivel, capaz de ganar un premio de la Sociedad de Editores de Revistas.

—El Comité Deportivo Estadounidense ha recalculado la quema de calorías de algunas actividades —empecé—, y el sexo es una de ellas. Al parecer, con el sexo se quema el doble de calorías de las que se le habían atribuido hace doce años. Se me ha ocurrido que puede ser divertido que alguna escritora haga un plan de entrenamiento sexual, o algo así. Podría ponerse un protector de mandíbula y un monitor para medir el ritmo cardíaco y calcular sus esfuerzos en función de las calorías quemadas.

—Brillante. —LoLo se giró hacia la coordinadora de redacción—. ¿Podemos quitar «Juego sucio» de octubre y sustituirlo por el «Plan de entrenamiento sexual»? —preguntó y, sin esperar respuesta, le ladró a la directora de contenidos digitales—. Vamos a probar esta pieza *online* de inmediato. —Bajó la barbilla hacia mí—. Buen trabajo.

Eleanor me siguió hasta mi mesa como una mosquita arrepentida. No, era demasiado larguirucha para ser una mosca; más bien un mosquito que había probado mi sangre y quería más.

—Espero que no te importe que haya sacado a relucir lo de tu amiga en la reunión. Ya sé que es algo personal.

En el teléfono de mi mesa se encendió una luz roja que indicaba que tenía un mensaje en el contestador. Me subí las medias antes de sentarme; llevaba siete días con la dieta Dukan y la cinturilla de todas las faldas y los pantalones estaba empezando a hacer arrugas cuando me sentaba. Era tan reconfortante que, cuando no podía dormir, con el rugido del estómago y los recuerdos de un Tour de Francia insomne, cogía un montón de pantalones del armario y me los probaba frente al espejo del baño, maravillada al ver cómo me cabía la talla 36 sin desabrocharlos siquiera. Aquella pequeña victoria privada casi compensaba al volver a meterme en la cama y sufrir el aliento abrasador de Luke, que me ponía un pesado brazo alrededor de la delgadísima cintura. ¿Cuando empezamos a salir le olía así de mal el aliento? No era posible. No era posible haber estado tan enamorada de alguien a quien le olía tan mal el aliento. Algo había pasado. Las amígdalas, quizá. Se lo comentaría por la mañana. Seguro que tenía arreglo. Todo tenía arreglo.

—Por supuesto que no, Eleanor —murmuré con fingida admiración.

Eleanor se apoyó en el borde de mi mesa. Llevaba unos pantalones blancos de pernera ancha. «Me encantan tus pantalones», le había dicho LoLo al entrar en su despacho para la reunión, y ahora tengo la mala suerte de saber qué cara pone Eleanor cuando se corre.

—¿Crees que querrá contar su experiencia para el artículo?

—A lo mejor —dije. Encima de mi mesa estaba mi rotulador Pilot verde, sin capuchón. Lo fui empujando disimuladamente con el codo, centímetro a centímetro, hasta que la punta llena de tinta rozó la costura de los pantalones de Eleanor. Mantuve el contacto visual todo el rato mientras le prometía que se lo preguntaría a mi amiga aquella misma tarde.

Eleanor golpeó con los nudillos en mi mesa, y las comisuras de su boca se hundieron en sus carrillos. No era una sonrisa, solo un rictus conciliador.

—A lo mejor podemos conseguir que figure tu firma como colaboradora. Sería estupendo para ti.

Las firmas de colaboración eran para las becarias. Mi artículo sobre los anticonceptivos hormonales y los coágulos venosos había sido nominado para un premio ASME el año anterior, y Eleanor nunca me iba a perdonar. Levantó el trasero de mi mesa y admiré mi obra: los garabatos verdes parecían varices en la parte superior del muslo de mi colega.

—Sería estupendo para mí —le concedí, con una sonrisa sincera por fin, y Eleanor articuló la palabra «gracias» sin emitir sonido alguno y puso las manos juntas como si rezara, agradeciendo que fuese tan encantadora, antes de alejarse.

Levanté el auricular del teléfono, triunfante, y marqué el código del contestador automático. Escuché el mensaje de Luke, colgué y le devolví la llamada.

—Hola, tú.

Me encantaba la voz de Luke por teléfono. Parecía que

estuviese ocupado pero a la vez se lo estuviese pasando bien y se hubiese apartado un momento para hacerme una confidencia. Había sido yo la que le había presionado para que me pidiese que nos casáramos. Había presionado muchísimo. Los productores de la HBO me habían escrito hacía ya un año para preguntarme si quería participar libremente en un documental titulado *La amiga de los Cinco*. Yo no era amiga de los cinco, pero la oportunidad de redimirme, de contar mi versión de los hechos me hacía la boca agua. Pero si iba a hacerlo, quería hacerlo bien. No iba a ponerme delante de la cámara sin haber marcado antes todas las casillas de la cotizada categoría de «tenerlo todo»: un buen trabajo, una casa impresionante, un cuerpo de infarto y, sorpresa, un novio de ensueño y forrado de pasta. El compromiso con Luke haría que mi ascenso fuese inexpugnable. Nadie podría tocarme si me casaba con Luke Harrison IV. ¿Cuántas veces había fantaseado con la idea de contar mi historia a las cámaras y llevarme la mano a la cara con una esmeralda en el dedo para enjugarme una discreta lágrima?

Luke y yo llevábamos tres años saliendo cuando nos comprometimos, le quería y era el momento. Era el momento. Así es como se lo expuse a Luke de forma extremadamente solemne una noche mientras cenábamos.

—Quería esperar hasta que me diesen el bonus del año que viene —dijo él. Pero acabó cediendo, llevó el anillo de su yaya al joyero para que lo ajustaran al tamaño de mi dedo diminuto, y yo accedí encantada a participar en el documental. Sabía que no debía caer en la vieja trampa de pensar que soy alguien, que he conseguido algo en la vida, sin llevar un anillo en el dedo. Lo dice Sheryl Sandberg en su libro *Vayamos adelante,* ya lo sé: se supone que soy más que todo eso, que soy una mujer segura e independiente. Pero resulta que no, ¿vale? No lo soy.

—¿Qué te parece si cenamos con mi cliente esta noche? —preguntó Luke. Llevaba una semana intentando cuadrar aquel plan. A mí todavía me quedaban dos días para terminar la «fase de ataque» de la dieta Dukan. Después, ya podría comer ciertas verduras. «Y que ni se te pase por la cabeza el brócoli, gorda.»

Sujeté con fuerza el auricular.

—¿Puede ser dentro de unos días?

El único sonido que me llegaba eran unos universitarios dando voces en el piso de Luke.

Cuando empezamos a salir, me aterrorizaba pensar en el momento en el que Luke conociese a mi madre. Ella arrugaría la nariz —«mmm, así huele un buen partido»—, me llamaría Tif, le preguntaría a Luke cuánto ganaba y todo se acabaría. Luke entraría en razón, se daría cuenta de que soy la típica chica que conoces en un bar y te tiras unas cuantas veces hasta que te enamoras de una rubia que parezca natural, con un nombre de pila andrógino y ahorros modestos. En lugar de eso, para mi sorpresa, cuando volvimos a su apartamento después de cenar con Dina y Bob FaNelli, me rodeó con sus brazos, me tiró sobre la cama y me dijo entre un beso y otro: «No puedo creer que haya tenido la suerte de salvarte». Ni que tuviera una cola de basureros de sangre azul esperando para desposarme y quitarme el olor a basura.

—Da igual —dije—. Cenamos esta noche.

A lo mejor un poco de brócoli me venía bien.

Me pasé por la sección de moda antes de la cena. Lo que llevaba puesto no era lo suficientemente feo. Cuanto más feo y más moderno fuese lo que llevara puesto, más fuerte sería mi aroma a redactora amenazante.

—¿Este? —Saqué un vestido ancho de Helmut Lang con una chaqueta de cuero.

—¿Estamos en 2009? —dijo Evan con tono borde. Algún requisito tiene que haber para ser redactor de moda gay con mala leche.

—Elige tú algo —refunfuñé.

Evan pasó los dedos por el perchero, tocando cada percha con un dedo como si fuera la tecla de un piano, y por fin se detuvo en un top a rayas y unos *shorts* de topos de Missoni. Me miró el pecho por encima de su hombro huesudo, airado.

—Déjalo.

—Vete a la mierda. —Me apoyé en la mesa de los complementos y señalé un vestido camisero de estampado floral, con la espalda abierta—. ¿Y ese?

Evan miró la prenda de ropa, se llevó los dedos a los labios y dijo «mmm».

—Los cortes de Derek son para figuras más rectas.

—¿Derek?

Evan puso los ojos en blanco.

—Lam.

Entonces fui yo la que puso los ojos en blanco y, acto seguido, arranqué el vestido de la percha.

—He perdido tres kilos, creo que puedo permitírmelo.

El vestido me apretaba un poco en el pecho, así que Evan me desabrochó un botón, me pasó un colgante por la cabeza y me estudió.

—No está mal. ¿Cómo se llama la dieta esa que estás haciendo?

—Dukan.

—¿No es la que hizo Kate Middleton?

Me puse a pintarme la raya del ojo en el espejo.

—La escogí porque es la más extrema. Si no parece lo peor que se ha inventado en el mundo, no funciona.

—Aquí estás —me saludó Luke, con una mezcla de alivio e irritación. Para Luke, ser puntual es llegar tarde, y su puntualidad miliciana me molesta tanto que es algo contra lo que me rebelo activamente llegando siempre unos minutos después de la hora acordada.

Miré la hora en el móvil con un ademán exagerado.

—Creía que habías dicho a las ocho.

—Y eso dije. —No podría decir si el beso de Luke era distraído o apaciguador—. Estás guapa.

—Son las ocho y cuatro.

—No podíamos sentarnos hasta que estuviésemos todos.

Luke presionó la palma de su mano contra la región desnuda de mi espalda y me condujo al interior del restaurante. ¿Aquello era un escalofrío? ¿Todavía nos dábamos escalofríos el uno al otro?

—Ay, eso lo odio —dije.

Luke sonrió.

—Ya lo sé.

Había reparado vagamente en la pareja que estaba en la entrada, que nos miraba como esperando a que alguien los presentara. El cliente y su mujer, delgada y fibrosa, carne de gimnasio, melena rubia despejada de la cara y peinado de peluquería de noventa dólares. Siempre miro primero a la mujer; me gusta saber a quién me enfrento. Llevaba el uniforme de la típica Kate: pantalones blancos, cuñas de color *nude*, una camiseta de seda sin mangas rosa fucsia (seguro que había pasado varios minutos debatiéndose: ¿estaba lo suficientemente morena? ¿No sería mejor ponerse la azul marino? El azul marino siempre era una apuesta segura) y, colgado del hombro, un bolso de Prada exactamente del mismo tono que los zapatos. Ir tan a juego era un indicativo de la edad de una mujer más fiable que la piel caída del cuello. Llegué a la conclusión, aliviada, de que tenía por lo menos diez años más que yo. No sé cómo voy a poder vivir siquiera cuando cumpla los treinta.

—Whitney. —Me tendió la mano, con manicura de esa misma tarde, y me dio un apretón tan flojo que parecía que quisiera transmitirme que ser madre y no trabajar era lo más importante en el mundo para ella.

—Encantada de verte —contesté, con la fórmula que siempre utilizaba en lugar de «encantada de conocerte» desde que la señora Harrison la utilizara el día que me conoció. Me horrorizaba pensar a cuánta gente habría espantado con mis indecentes «encantada de conocerte» a lo largo de los años. Lo mejor de los buenos modales (para aquellos que tienen la suerte de venir al mundo con el cordón dorado) es que son casi imposibles de fingir, y los que lo hacen siempre se ponen en evidencia de forma espectacularmente vergonzosa en algún momento. Siempre que creo que he salido del pozo de la clase media, me doy cuenta de que he estado haciendo algo más y mi gente me arrastra adentro de nuevo. «No engañas a nadie.» Las ostras, por ejemplo. Creía que era suficiente con fingir que te gustaban esos gargajos salados, pero ¿sabíais que se supone que hay que colocar la concha boca abajo una vez que has sorbido el bicho? Algo tan nimio demuestra a las claras que el peligro siempre está en los detalles.

—Y este es Andrew —dijo Luke.

Deslicé la mano en la enorme garra de Andrew, pero mi sonrisa se congeló cuando por fin me molesté en mirarlo a la cara.

—¿Hola? —dije. Él inclinó la cabeza y me miró con cara de circunstancias.

—Ani, ¿verdad?

—Síganme si son tan amables —dijo la encargada, adentrándose en el restaurante y arrastrándonos detrás a los cuatro como un imán. Seguí a Andrew mientras estudiaba la parte posterior de su cabeza, salpicada de canas (ahora) y preguntándome, o mejor aún, esperando que fuera quien yo creía que era. El deseo era como una novela de Harlequin.

Montamos un pequeño atasco mientras decidíamos qué pareja debía sentarse en el banco. Luke sugirió que se sentaran «las chicas» ya que ambas éramos menudas. (Whitney se rio; «Creo que eso es un cumplido, Ani».) La mesa, como tantas otras cosas en Nueva York, era tan pequeña que parecía de juguete. Por cosas como esta al final todo el mundo acaba yéndose de la ciudad. Llegan los hijos y las bolsas de la compra abandonadas, las botas de nieve y las cajas de adornos navideños baratos de Duane Reade se acumulan en el vestíbulo hasta que un día alguien tropieza con el asa de una bolsa y la rompe, y así empieza la lenta procesión rumbo a Westchester o a

Connecticut. Cuando digo eso, Luke me advierte que vaya con cuidado, pero tengo toda la razón. Las señoras esperando a sus maridos en Dorrian's y en Brinkley's, atrayéndolos a los suburbios cuando vence el contrato de alquiler, y poco después vence la receta de la píldora anticonceptiva. En su día yo también iba a Dorrian's, pero también quería estar allí, en aquellos restaurantes demasiado caros y llenos hasta los topes, en el metro plagado de gente rara y maleducada, en la torre brillante de la sede de *Women's Magazine,* con sus redactoras aparentemente ambiciosas que presionaban para que hubiese menos lujuria y más sustancia.

—¿Creéis que no quiero ahorcarme con la liga que les hemos dicho a nuestras lectoras que aten alrededor del pene de sus novios? —rugió LoLo una vez, cuando ninguna de las editoras le dio una idea sobre mamadas en la reunión de contenidos de septiembre—. Esto es lo que vende —añadió.

A lo mejor no todo en Nueva York parecería de juguete, ni habría que luchar tanto para llegar a cualquier parte, si las cazadoras de maridos se quedaran quietecitas. Pero creo que eso es lo que más me gusta de Nueva York: te hace pelear por tener tu sitio. Yo iba a luchar. Y no había nadie a quien no estuviera dispuesta a herir para quedarme.

Acabé sentada enfrente de Andrew, y Luke enfrente de Whitney. Se habló de cambiarnos de sitio, pero Luke vetó la idea con el cursi argumento de que siempre podía cenar frente a mí. La rodilla de Andrew no dejaba de rozarse con la mía, aunque tenía el culo lo más pegado al respaldo de la silla que podía, y lo único que deseaba era que todo el mundo dejara de hablar y de hacer chistes malos para encontrar un momento tranquilo, entrecerrar los ojos y preguntarle a Andrew:

—¿Eres tú?

—Perdona —dijo Andrew, y al principio pensé que se estaba disculpando por invadir mi espacio—, es que me resultas tan familiar...

Me miró y abrió los labios mientras me despojaba lentamente de mi disfraz: los pómulos —ahora más afilados—, los reflejos color miel que completaban mi tono estigio y no permitían que derivara en rubio. «Ay, nena» había protestado Ruben, mi colorista, la primera vez que había ido a su peluquería. Levantó un mechón de pelo rubio paja con los dedos y frunció el ceño como si fuera una cucaracha.

Luke había estado desenmarañando su servilleta, pero se detuvo y miró a Andrew.

Fue uno de esos momentos en los que dispones de los recursos necesarios para entender que algo importante, casi decisivo, está a punto de ocurrir. He tenido esta sensación dos veces más. La segunda fue cuando Luke me propuso matrimonio.

—Esto va a sonar absurdo… —me aclaré la garganta—, pero… ¿es el señor Larson?

—¿El señor Larson? —murmuró Whitney, y soltó un gritito ahogado cuando de repente lo entendió todo—. ¿Era tu profesor?

Debía de haberse cortado el pelo en algún momento después de irse de Bradley, pero si le quitabas el peinado de ejecutivo como si fuese una pieza de Lego y le desdibujabas las arrugas y afilabas la mandíbula con el lápiz de Photoshop, allí estaba: el señor Larson. A la mayoría de la gente le puedes tapar la boca y averiguar si están sonriendo o no por la forma de los ojos. Las arrugas del señor Larson parecían fruto de haberse quedado congelado después de una risa especialmente estruendosa.

—Qué pequeño es el mundo —se rio el señor Larson, sorprendido, mientras la nuez le subía y le bajaba en la garganta—. ¿Ahora te llamas Ani?

Miré a Luke. Podíamos haber estado en mesas diferentes, en conversaciones totalmente distintas. Su expresión era tan amarga como feliz la del señor Larson.

—Me cansé de que la gente me preguntara con cuántas efes se escribe TifAni.

—Qué locura —dijo Whitney, mirándonos a los tres

alternativamente. Se detuvo en Luke y pareció advertir algo—. Supongo que eso significa que fuiste a Bradley. —Hubo una pausa abrupta e histérica cuando su cerebro completó el pensamiento lógico—. Ay, claro, tú eres *TifAni*.

Ninguno era capaz de mirar a los demás. La camarera apareció, ajena al alivio que suponía su presencia, y preguntó si estaba bien que nos trajese agua del grifo. Siempre está bien.

—Es curioso que Nueva York sea uno de los sitios del mundo con el agua más limpia —dijo Whitney, experta anfitriona, hábil en el arte de desviar la conversación—. Una ciudad tan sucia...

Todos estuvimos de acuerdo con ella. Sí, era curioso.

—¿Qué asignatura? —preguntó Luke de repente. Como nadie contestaba, añadió—: ¿Qué asignatura enseñabas?

El señor Larson puso un codo sobre la mesa y se apoyó en él.

—Lengua avanzada. La impartí durante dos años, en cuanto acabé la universidad. Cuando no concebía no tener los veranos libres. ¿Te acuerdas, Whit?

Compartieron una risa hiriente y conspiradora.

—Claro que me acuerdo —dijo ella, estirando la servilleta—. No veía el momento de que eso cambiara.

No podía culparla por eso. Yo tampoco saldría con un profesor.

Andrew me miró.

—Ani era mi mejor alumna.

Me entretuve alisando la servilleta en mi regazo.

—No tienes por qué decir eso —musité. Ambos sabíamos cuantísimo le había decepcionado.

—Y ahora es una de las mejores redactoras de *Women's Magazine* —dijo Luke, orgulloso como un padre. Menuda estupidez. Como si Luke no pensara que mi trabajo es una fase de relleno antes de tener niños. Estiró la mano sobre la mesa y la puso sobre la mía—. Ha trabajado muy duro.

Ese era su aviso. A Luke no le gustaba que la gente

sacara el tema de Bradley. Antes pensaba que era porque intentaba protegerme, y eso me emocionaba. Pero ahora me doy cuenta de que lo que Luke quiere es que se olvide de una vez. Sigue sin querer que salga en el documental. No es capaz de explicarme por qué, o sí puede pero no quiere ofenderme. Pero sé lo que piensa: «Te estás poniendo en evidencia». En el mundo de los Harrison, nada merece más admiración que el estoicismo impasible.

—Mmm. —Whitney se golpeó el labio inferior con una uña rosa como una zapatilla de ballet—. ¿*The Women's Magazine*? Creo que me suena —dijo. Las cazadoras de maridos siempre dicen eso cuando se enteran de dónde trabajo. No es un cumplido.

—No sabía que habías acabado ahí —dijo el señor Larson—. Es fantástico. —Y me dedicó una enorme sonrisa.

Whitney se dio cuenta.

—Hace años que no la compro. Pero solía leerla como si fuese la Biblia antes de conocer a Andrew. ¿No es así como la llaman? ¿La Biblia de las Mujeres? —emitió una risa exquisita—. ¡Supongo que se la acabaré confiscando a mi hija en algún momento, como mi madre hacía conmigo!

Luke se rio educadamente, pero el señor Larson, no.

Busqué en mi interior la sonrisa que reservo para cuando se habla de niños y la esbocé.

—¿Cuántos años tiene?

—Cinco —dijo Whitney—. Elspeth. También tenemos un niño, Booth. Va a cumplir un año. —Miró a Andrew con ojos de cordera—. Mi hombrecito.

Madre mía.

—Qué nombres tan bonitos —le dije.

El sumiller apareció junto a Luke y se presentó. Nos preguntó si teníamos alguna duda referente a la carta. Luke preguntó si a todo el mundo le parecía bien que pidiésemos vino blanco, y Whitney dijo que no podría beber otra cosa con el calor que hacía.

—Vamos a pedir este Sauvignon Blanc. —Luke señaló una botella de ochenta dólares de la carta de vinos.

—Ay, me encanta el Sauvignon Blanc —dijo Whitney.

La dieta Dukan no me permitía beber vino, pero necesitaba beber para socializar con mujeres como aquella. Aquella primera copa, con las endorfinas burbujeando en mi estómago, era la única manera de fingir interés por su vida de forma realista. Las clases de piano de su hija, el collar de Van Cleef que le habían regalado después de dar a luz. No podía creer que el señor Larson hubiese sucumbido a una mujer cuya única aspiración en la vida era pasear por los pasillos del supermercado. Cuando el camarero llegó con la botella, acepté gustosa que me llenase la copa.

—Por tener al fin el gusto de conocer a tu encantadora esposa —dijo Luke, alzando su copa.

«Encantadora.» Qué palabra tan hortera. Antes me gustaban aquellas cenas, me gustaba trabajarme el visto bueno de las mujeres de los clientes. Era todo un cumplido verlo en sus caras. Pero ya me aburrían. Me aburrían muchísimo. ¿Para esto me estaba matando? ¿De verdad creía que aquello me haría sentirme plena? Cenar un plato de pollo a la parrilla por veintisiete dólares y un novio que me follara con dulzura al volver a casa.

—Y a la tuya. —Andrew chocó su copa con la mía.

—Todavía no —sonreí.

—Bueno, Ani. —Whitney hizo algo que odio, que es pronunciar mi nombre como si se escribiera «Annie», en lugar de «Ani»—. Luke nos ha dicho que os casáis en Nantucket. ¿Por qué allí?

Por el privilegio inherente al lugar, Whitney. Porque Nantucket trasciende las clases sociales de todo el país. Vete a Dakota del Sur y dile a una triste y engreída ama de casa que te criaste en Main Line; no sabrá que se supone que debe mostrarse impresionada. Pero dile que pasas los veranos en Nantucket —y asegúrate de enunciarlo exactamente así— y sabrá de sobra con quién se las está viendo. Por eso, Whitney.

—La familia de Luke tiene una casa allí —dije.

Luke asintió.

—Llevo yendo desde que era niño.

—Oh, seguro que será una boda preciosa. —Whitney se acercó un centímetro más a mí. El aliento le olía a hambre. Vacío y rancio, como si no se hubiese llevado nada a la boca en mucho tiempo. Se dirigió a Andrew—: ¿No fuimos a una boda en Nantucket hace unos años?

—A Martha's Vineyard —la corrigió Andrew. Me rozó la rodilla otra vez. El vino me cubría la garganta como jarabe para la tos, y me di cuenta de que el señor Larson había ganado mucho con los años. Quería hacerle un millón de preguntas, y me molestaba que Luke y Whitney estuviesen allí, robándonos aquel momento—. ¿Tu familia es de Nantucket? —le preguntó a Luke.

Withney se rio.

—Nadie es de Nantucket, Andrew.

Los diez mil habitantes de Nantucket no habrían estado de acuerdo con aquella afirmación, pero lo que Whitney quería decir era que la gente como nosotros no era de Nantucket. Antes me habría emocionado el hecho de que una mujer como aquella pensase que estábamos cortadas por el mismo patrón. Eso quería decir que mi máscara era convincente. ¿Cuándo había empezado a irritarme? Supongo que a raíz de tener mi anillo, mi casa en Tribeca, a mi caballero caucásico, anglosajón y protestante de rodillas pidiéndome matrimonio. Supongo que cuando dejé de intentar echarles el guante, con mi antigua manicura francesa por debajo, a todas aquellas cosas, fui capaz de dar un paso atrás y mirarlo todo con perspectiva. No soy especialmente noble, e incluso encuentro difícil creer que alguien pueda estar del todo satisfecho con su existencia. O bien la gente noble va por ahí sin sentir ni padecer, y sin hablar de ello, o de verdad no necesitan más. Ese último escalón debe de ser realmente espectacular si lo protegen así. Luke, su familia, sus amigos, sus mujeres, todos habían votado a Mitt Romney en 2012. Su mierda provida podía llegar a impedir que las víctimas de violaciones y de incesto, que las mujeres cuyas vidas corrían peligro, pudiesen abortar de forma segura. Podían llegar a cerrar los centros de planificación familiar.

—Eso no va a pasar —me había dicho Luke entre risas.

—Aunque no pase —repuse—. ¿Cómo puedes votar a alguien que defiende esa postura?

—Porque me da igual, Ani —suspiró Luke. Mi estúpida ira feminista antes le hacía gracia—. No te afecta a ti ni me afecta a mí. ¿Qué es lo que nos afecta a nosotros? Que Obama nos suba los putos impuestos porque estamos en el tramo más elevado.

—Pues a mí lo demás también me afecta.

—¡Pero si tomas la píldora! —bramó Luke—. ¿Para qué necesitas tú una ley del aborto?

—Luke, si no fuese por los centros de planificación familiar, ahora podría tener un hijo de trece años.

—No quiero hablar de esto —declaró, y embistió contra el interruptor de la luz en la pared. Se marchó airado a la habitación, cerró la puerta de un portazo y me dejó llorando a oscuras en la cocina.

Le conté a Luke lo de aquella noche cuando estaba perdidamente enamorado de mí, que es el único momento en el que puedes contarle a alguien algo vergonzoso, cuando una persona está tan loca por ti que tu desgracia le parece adorable. Con cada detalle escabroso, se le abrían más los ojos y, a la vez, parecía tener cada vez más sueño, como si fuese demasiada información y prefiriese procesarla más tarde. Si le preguntase ahora a Luke qué me pasó aquella noche, no creo que pudiese decírmelo.

—Ay, Ani, no lo sé. Algo malo, ¿no? Sé que te pasó algo malo. Lo sé. No hace falta que me lo recuerdes todos los putos días.

Sabe que es algo tan malo que no se debería hablar de ello, por lo menos. Aquel fue su principal argumento en contra cuando empecé a plantearme lo del documental.

—Pero no estarás pensando hablar de aquella noche, ¿no?

«Aquella noche», esa cómoda sinécdoque. En realidad había estado fantaseando con la idea de hablar de ello en cámara, de contar abiertamente lo que me habían hecho Peyton, Liam y Dean (sobre todo Dean), pero había un problema. Todavía no tenía la esmeralda. Y quería tener aquella maravilla verde brillante en el dedo cuando empezase el rodaje. Así que arrugué los labios como si estuviese chupando un limón después de beberme un chupito de tequila y dije:

—Por supuesto que no.

—Soy de Rye —dijo Luke.

Whitney se apresuró a tragarse el vino.

—¡Yo soy de Bronxville! —Se limpió la boca dándose toquecitos con la servilleta—. ¿A qué instituto fuiste?

Andrew se echó a reír.

—Cariño, no creo que fueras al instituto a la vez que Luke.

Whitney le lanzó la servilleta a Andrew con fingida rabia.

—Nunca se sabe.

Luke se rio.

—En realidad fui a un internado.

—Oh. —Whitney se desinfló—. Bueno, no importa.

Abrió la carta y, como si en lugar de eso hubiese bostezado, todos la imitamos.

—¿Qué me recomendáis? —preguntó Andrew. La luz de la vela se reflejaba en sus gafas, así que no sabía si se dirigía a mí o a Luke.

—Todo —contestó Luke a la vez que yo decía—: El pollo asado lo hacen muy bien.

Whitney arrugó la nariz.

—Nunca pido pollo en los restaurantes. Todo ese arsénico...

Madre, ama de casa y seguidora del programa del Doctor Oz. ¡De mis preferidas!

—¿Arsénico?

Me llevé la mano al pecho y puse cara de preocupada para que siguiera. Había leído *El arte de la guerra* de Sun Tzu por recomendación de Nell. Mi estrategia preferida es fingir inferioridad para estimular la arrogancia del enemigo.

—¡Sí! —Whitney parecía muy alarmada de que no

hubiese oído aquello antes—. Los ganaderos se lo dan de comer a los pollos. —Frunció los labios en señal de disgusto—. Para que crezcan más rápido.

—Es horrible —dije. Había leído aquel estudio, pero el estudio real, no la versión alarmista que habían hecho viral en el programa *Today*. En aquel restaurante no servían ninguna mierda de pechuga de pollo congelada—. Vaya, entonces creo que no voy a pedir el pollo.

—¡Soy terrible! —Whitney se rio—. Acabamos de conocernos y ya te he arruinado la cena. —Se dio una palmada en la frente—. Tengo que hablar menos. Pero cuando te pasas el día entero con un niño de un año, en cuanto estás con adultos no te callas ni debajo del agua.

—Estoy segura de que a tus hijos les encanta tenerte en casa.

Sonreí, como si estuviese deseando que fuese mi turno. No creía que tuviese aquel cuerpo con menos de tres horas diarias de gimnasio. No creía que se encargase de todo ella sola. Pero que Dios me amparase si se me ocurría preguntar por la niñera dominicana. Ellas pueden soltar todas las pullas irónicas que quieran acerca de *The Women's Magazine*, pero criar a tus hijos es un trabajo de verdad, y más te vale andarte con cuidado como sospechen siquiera que estás desestimando el trabajo de verdad.

—Tengo tanta suerte de poder estar con ellos todo el día… —Los labios de Whitney estaban brillantes por el vino. Los apretó y apoyó la barbilla en la mano—. ¿Tu madre trabajaba?

—No.

Pero debería haberlo hecho, Whitney. Debería haberse olvidado de su fantasía de ama de casa y haber contribuido a la economía doméstica. No sé si habría sido más feliz, pero no podíamos permitirnos el lujo de plantearnos la felicidad. Estábamos arruinados, mi madre pedía créditos todos los meses para financiar sus excursiones a Bloomingdale's, mientras los muros de mala calidad de nuestro dramático chalé se pudrían por el moho que no podíamos «permitirnos» quitar. Pero claro que sí, Whitney, tenía tanta suerte de poder estar conmigo todo el día…

—La mía tampoco —dijo Whitney—. Es mucho mejor.

Seguí sonriendo. Es como la recta final de una carrera, si te paras y dejas de correr, ya no puedes recuperar el ritmo.

—Muchísimo mejor.

Whitney se sacudió la melena alegremente. Me adoraba. Me rozó con el hombro y bajó la voz para decirme con tono confidente:

—Ani, tienes que decírnoslo. ¿Vas a salir en el documental?

Luke colocó un brazo en el respaldo de la silla y se puso a juguetear con los cubiertos con la otra mano. Miré los reflejos blancos que bailaban en el techo bajo.

—No puedo decir nada.

—Eso es que sí vas a salir. —Whitney me dio una palmada en el brazo—. Lo mismo le dijeron a Andrew. ¿Verdad, Andrew?

Hay un sueño que tengo a menudo. Ha ocurrido algo malo y tengo que llamar a la policía, pero carezco de control sobre mis dedos. Se pasean sobre los botones (siempre llamo desde un teléfono fijo antiguo) y siempre pienso: «Ya estás teniendo el mismo sueño otra vez. Pero esta vez lo vas a conseguir. Tómatelo con calma. No puedes equivocarte si lo haces despacio. Busca el cero. Presiona. Ahora, el nueve. Presiona». La pesadilla era la agonía de necesitar algo con inmediatez pero verte obligada a tener paciencia. Necesitaba saber inmediatamente por qué iba a salir el señor Larson en el documental. ¿Cuándo? ¿Dónde? ¿Qué iba a decir? ¿Hablaría de mí? ¿Me defendería?

—No tenía ni idea de que tú también ibas a estar —dije—. ¿Qué quieren de ti? ¿Que intervengas como testigo?

El arco del labio del señor Larson se acentuó.

—Ani, ya sabes que no puedo decir nada. —Todos se

rieron, y tuve que obligarme a mí misma a hacer lo propio. Abrí la boca para insistir, pero el señor Larson se me adelantó—. Podemos tomarnos un café un día y lo hablamos.

—¡Sí! —intervino Whitney, con una emoción tan genuina que inutilizó la mía. Una mujer que se alegra tanto por que su marido vaya a quedar a tomar un café con otra mujer, diez años menor para más inri, tiene sin duda un matrimonio absolutamente sólido.

—Sí, deberíais —añadió Luke, y deseé que no hubiese dicho nada. Su aprobación sonaba manifiestamente falsa después de la de Whitney.

Whitney tropezó de camino a la puerta. Recuperó el equilibrio y dijo, con una risita, que no salía muy a menudo. El vino se le había subido a la cabeza.

El señor Larson había pedido un taxi después del postre, y un coche negro los esperaba en la puerta, listo para llevarlos de vuelta a su casa de decorado de serie de televisión en Scarsdale. Whitney me dio un beso en la mejilla y canturreó:

—Encantada de conocerte. En serio, qué pequeño es el mundo.

Andrew le dio la mano a Luke y le palmeó el hombro. Luke se separó para dejarme hueco y que pudiera despedirme. Me puse de puntillas para acercar mi mejilla a la de Andrew y fingir un beso. Él me puso las manos en la espalda y, cuando sintió la piel desnuda, se apartó como si le hubiese dado un calambre.

Vimos cómo el coche se perdía entre el tráfico y deseé con todas mis fuerzas que Luke me rodease con los brazos y me apretara contra su camisa de Turnbull & Asser. Si lo hubiese hecho, habría notado que estaba temblando.

En lugar de eso, solo dijo «Qué raro, ¿no?» y yo sonreí, dándole la razón, como si no me hubiese dado cuenta de que todo acababa de dar un vuelco y no había marcha atrás.

Capítulo 6

$\mathcal{A}$ la mañana siguiente de la fiesta de Dean, me subí en su Land Rover con Liam y otros dos chicos del equipo de fútbol. A Dean le habían quitado el carné (tenía un fajo enorme de tickets de párking sin pagar en la guantera), pero aun así se paseaba por la ciudad haciendo chirriar los neumáticos, con DMX a todo trapo advirtiendo a los *runners* que se hiciesen a un lado en el arcén si no querían que se los llevara por delante. Las náuseas bulleron en mi estómago cuando Liam entró en el coche e ignoró descaradamente el sitio vacío a mi lado y se sentó delante junto a Dean. Había intentado hablar con él en la cocina antes de irnos a desayunar y no había ido nada bien.

—No sé cómo acabé en la habitación de Dean, y tengo la sensación de que debería pedir perdón, porque no quería enrollarme con…

—Finny —Liam se rio. El diminutivo era otra cosa que había incorporado de Dean para integrarse—, vamos. Ya sabes que me da igual que te enrollases con Dean también.

Entonces Dean lo llamó y se alejó de mí, y me alegré de tener un momento a solas para recomponerme. Las lágrimas que me obligué a contener me bajaron por la garganta y se disolvieron en un goteo salado que quemaba y que me dejó una sensación cruda que duró el resto del tortuoso día que tenía por delante. Cuando por fin se me pasó, el sentimiento que me quedó fue aún peor. Algo que aún a día de hoy parece seguir latente, esperando cualquier momento de alegría o de seguridad en mí misma para hacer acto de presencia. «¿Crees que eres feliz? ¿Crees que tienes algo de lo que sentirte orgullosa? —Se burla de mí—. ¡Ja! ¿Te acuerdas de esto?» Siempre me siento como si me estuviesen dando una lección. Me recuerda la mierda que soy.

Cuando llegamos al Minella's, Liam volvió a sentarse al lado de Dean. Durante cuarenta y cinco minutos, me reí sin ganas de todo lo que dijeron los chicos y me comí, sí, dos tortitas que se me hicieron una bola, pero tragué y tragué para no vomitar sobre el plato. Me pareció que habían pasado horas cuando por fin pagamos y pude llamar a mis padres y decirles, alegremente, que había desayunado con Olivia y con Hilary en Wayne, y que si podían recogerme. Luego me senté en la acera entre el Minella's y el Chili's de al lado, con la cabeza entre las rodillas. Noté un olor raro y, entonces, la paranoia hizo acto de presencia. ¿Tendría el sida? ¿Iba a quedarme embarazada? La sensación era tan acuciante como cuando necesitas beber agua, pero no tenía sed, y me había bebido una jarra entera en el desayuno para intentar aplacar una sed que no era física. Años después, aún experimento esta sensación. Bebo litros de agua y noto cómo aumenta mi agitación a la vez que el tamaño de mi vejiga al comprobar que el alivio no está al fondo de la botella de Fiji. Una vez se lo comenté a una psiquiatra —siempre me presto voluntaria para redactar la historia mensual de una violación («Un hombre se ofreció a ayudarme con las bolsas de la compra y me agredió»), aprovechando para colar mis propias preguntas y preocupaciones como si fuesen pertinentes para el relato— y me dijo que la sed es un instinto básico y biológico.

—Si sientes ganas de beber sin tener sed, puede ser indicativo de que hay una necesidad importante que no tienes cubierta.

Pasaron cuarenta minutos hasta que el coche de mi madre se detuvo delante de la puerta del Minella's. Esperé a que diese la vuelta en el aparcamiento y se detuviera junto a mí. Cuando por fin abrí la puerta, oí el CD de Céline Dion y olí su asquerosa crema corporal de vainilla de Bath & Body Works, casi me desmorono en el asiento delantero. Había algo reconfortante en su mal gusto para la música y los productos de higiene personal, algo familiar que me hacía sentirme a salvo.

—¿Está la madre de Olivia? —preguntó mi madre. La miré y reparé en que se había arreglado para relacionarse.

—No —contesté, cerrando de un portazo.

Mi madre se mordió el labio inferior.

—¿Cuánto hace que se ha ido?

Me puse el cinturón.

—No me acuerdo.

—¿Cómo que no te…

—¡Vámonos! —La rabia de mi voz sorprendió a mi madre tanto como a mí misma. Me tapé la boca con la mano y sollocé.

Mi madre puso la marcha atrás.

—Estás castigada, TifAni.

Salió del aparcamiento. Su boca adoptó la línea fina y dura que tanto miedo me daba y que luego yo reproduciría con los años durante mis discusiones con Luke, consciente de que debía de dar el mismo miedo que ella.

—¿Castigada? —contesté con una risa sarcástica.

—¡Estoy harta de tu actitud de mierda! Eres una desagradecida. ¿Tienes la menor idea de cuánto me cuesta este colegio? —Golpeó el volante con la mano abierta al pronunciar la palabra «menor». Me sobrevino una arcada. Mi madre volvió la cabeza para mirarme—. ¿Has bebido? —Giró bruscamente a la derecha y aparcó un momento, pisando el freno con tanta fuerza que el cinturón se hundió en mi estómago y me vomité en la mano—. ¡No, en el BMW, no!

Mi madre chilló, se inclinó hacia mí, abrió la puerta y me empujó fuera. Vacié el contenido de mi estómago allí mismo, en el aparcamiento de Staples. La cerveza, el whisky y el semen salado de Dean. No veía el momento de deshacerme de todo aquello.

Υ

El lunes por la mañana, en mi estómago solo había bilis, que me quemaba las entrañas como el whisky de la última ronda la noche de autos. Llevaba despierta desde las tres de la madrugada. Me había despertado mi propio corazón, latiendo como el puño cerrado de un padre iracundo contra la puerta cerrada con llave de la habitación de su hijo adolescente. Una pequeña y patética parte de mí esperaba que lo que había hecho se me perdonara como la típica travesura que se hace en una fiesta. Mark se comió un sándwich de mayonesa y TifAni se trabajó a medio equipo de fútbol. Pero ni siquiera yo era tan ingenua.

Fue todo muy sutil: nadie se rasgó las vestiduras ni me pusieron una letra escarlata en la solapa de la camisa. Olivia se cruzó conmigo e hizo como que no me había visto, y unas chicas mayores se rieron por lo bajo al pasar junto a mí, y a carcajadas cuando estaban a una distancia prudente. Sí, la gente estaba hablando de mí.

Cuando entré en clase, la Tiburona se aferró al borde del pupitre y giró su trasero redondo en la silla. Me agarró la cabeza antes de que pudiese sentarme siquiera. El resto de la clase hizo como que no la oía, e incluso siguieron con sus conversaciones, cuando me dijo:

—Tif, ¿estás bien?

—¡Por supuesto que estoy bien! —Cuando sonreí, noté que la cara me tiraba como si la tuviera cubierta de arcilla seca.

La Tiburona me apretó el hombro.

—Si necesitas hablar, aquí estoy.

—Vale —contesté, poniendo los ojos en blanco.

Una vez sentada en mi pupitre, tomando apuntes diligentemente de todo lo que decía el profesor, todo me pareció un poco mejor. Pero cuando sonó el timbre y todo el mundo se dispersó como los bichos cuando se enciende una luz, el pánico estiró los brazos y bostezó a lo grande, despertando de un sueño intermitente. Me vi recorriendo los pasillos como un soldado en territorio enemigo, consciente de que llevaba una luz roja entre los ojos, de que estaba herida y de que era lenta. Lo único que podía hacer era seguir avanzando y rezar por que el ejército rival errara el tiro.

La clase del señor Larson se me apareció como una trinchera. Arthur había estado algo borde conmigo los últimos días, pero dadas las circunstancias, seguro que mostraba un poco de compasión. Tenía que hacerlo.

Arthur me hizo un gesto cuando me senté. Una inclinación solemne de cabeza, un «Luego hablamos de lo que has hecho». Aquello me puso más nerviosa que la hora del almuerzo, que era la siguiente fase. Llevaba varias semanas sentándome con las HO, y no era capaz de decidir qué era peor, si presentarme en la cafetería y reclamar mi sitio en su mesa y que me fuese denegado, o huir con el rabo entre las piernas e irme a la biblioteca, firmando así mi expulsión del grupo pero demostrando que tenía agallas, y dejando así abierta la improbable posibilidad de que pudiesen perdonarme. Incluso de que me aceptasen de nuevo.

Pero si Arthur opinaba que el asunto era grave, entonces era mucho peor de lo que había pensado en un principio.

Cuando sonó el timbre, recogí mis cosas despacio. Arthur se detuvo junto a mi sitio pero, antes de que pudiera decir nada, el señor Larson se adelantó.

—Tif, ¿puedes quedarte un momento?

—¿Hablamos luego? —le pregunté a Arthur.

Él asintió.

—Ven a mi casa después de entrenar.

La madre de Arthur era profesora de plástica en primaria, y vivían juntos en una destartalada casa victoriana junto a las pistas de squash, donde vivía la directora en los años cincuenta.

Asentí a mi vez, aunque sabía que no podía. No tenía tiempo de explicarle que estaba castigada.

El ala de humanidades se sumió en el habitual silencio

del final de la mañana cuando los estudiantes salieron en estampida hacia la cafetería para el almuerzo. El señor Larson se apoyó en el canto de su mesa y cruzó las piernas; se le levantó un poco el pantalón y pude ver un tobillo bronceado y velludo.

—TifAni —dijo—. No quiero que te disgustes, pero he oído ciertas cosas esta mañana.

Esperé. Entendí, por intuición, que no debía hablar hasta que supiera qué sabía.

—Estoy de tu lado —prometió—. Si te han hecho algún daño, tienes que contárselo a alguien. No tiene que ser a mí, ni mucho menos. Pero a alguien. A un adulto.

Me froté las palmas de las manos en la parte inferior del pupitre y sentí que el alivio crecía en mí como una flor incipiente, lista para desplegar sus pétalos de colores, como en un anuncio de Discovery Channel. No iba a llamar a mis padres. No iba a implicar al colegio. Me estaba haciendo el mejor regalo que puede recibir un adolescente: autonomía.

Escogí mis palabras cuidadosamente.

—¿Puedo pensarlo?

Oí a la profesora de español, la señora Murtez, en el pasillo.

—¡Sí, *light*! Si no tienen Dr Pepper, una Pepsi.

El señor Larson esperó hasta que su puerta se cerró.

—¿Has ido a ver a la enfermera?

—No necesito ver a la enfermera —murmuré, demasiado avergonzada como para contarle mi plan. El tren R5 pasaba por un centro de planificación familiar de camino a Bryn Mawr, en el trayecto que hacía todos los días. Solo tenía que ir allí después de clase y todo saldría bien.

—Cualquier cosa que le digas será confidencial. —El señor Larson se tocó el pecho con un dedo—. Y cualquier cosa que me digas a mí, también.

—No tengo nada que contarle —dije, esforzándome por inyectar determinación a mis palabras. O al menos toda la angustia adolescente, oscura y torturada, que sentía.

El señor Larson suspiró.

—TifAni, ella se asegurará de que no estés embaraza-da. Deja que te ayude.

Fue como aquella vez que mi padre entró en mi habi-tación y dijo que iba a poner la lavadora, y recogió un montón de ropa sucia que había en un rincón. Yo estaba en la cama leyendo la *Jane*, pero cuando vi lo que estaba haciendo me incorporé a la velocidad del rayo.

—¡No!

Demasiado tarde. Ya tenía en la mano unas bragas mías manchadas de sangre de la regla. Se quedó paraliza-do como un ladrón con una bolsa de billetes y tartamu-deó:

—Eh... esto... mejor que lo haga tu madre.

No sé qué se suponía que iba a hacer ella. Mi padre no quería una niña, en realidad nunca quiso tener hijos, pero probablemente se habría quedado más contento si hubie-se nacido varón. Se casó con mi madre cinco meses des-pués de conocerse, y unas semanas más tarde ella descu-brió que estaba embarazada. «Se puso hecho una furia —me dijo mi tía una vez, con los labios púrpura por el Merlot—, pero viene de una familia italiana muy tradi-cional, y su madre lo habría matado si no hubiese hecho lo que había que hacer». Al parecer, se animó cuando el médico les dijo que iba a ser un niño. No me gusta imagi-narme la cara de mi padre cuando nací y el doctor se echó a reír ante su equívoco. «Ups.»

—Me las apañaré sola, no se preocupe —le dije al señor Larson. Eché la silla para atrás y me colgué la mochila a un hombro.

El señor Larson no podía ni mirarme a los ojos.

—TifAni, eres una de mis mejores alumnas. Tienes un futuro prometedor. No quiero que se vea comprometido.

—¿Puedo irme ya? —pregunté. Dejé caer todo mi peso sobre una cadera. El señor Larson asintió con expresión triste.

Y

Las HO y los chicos con pelo en las piernas estaban apretujados en la mesa de siempre, donde nunca habían cabido en condiciones. Unos pocos acababan siempre en la mesa de al lado, con las sillas colocadas en ángulos imposibles para no perderse ni una palabra de la conversación en la que en realidad ni siquiera estaban.

—¡Finny! —Me sentí inmensamente aliviada cuando Dean levantó la mano para chocarme los cinco—. ¿Dónde estabas?

Esas dos palabras, «dónde» y «estabas», ahuyentaron todos mis temores excepto uno. Liam estaba sentado demasiado cerca de Olivia, iluminada por el sol de mediodía, que le daba de lleno en la nariz y destacaba su maraña de rizos castaños. Años después, la habría juzgado como una chica guapa. Unos polvos para matizar la grasa de la piel, tratamientos regulares de queratina y las largas extremidades cubiertas con prendas sueltas de Helmut Lang. Me habría odiado si me comparaba con ella, ahora que lo pienso.

—Hola, chicos.

Estaba de pie en la cabecera de la mesa, aferrando las asas de mi mochila como si fuese un chaleco salvavidas atado a mi espalda, como si fuese a salir flotando de allí de no ser por ella.

Olivia me ignoró, pero Hilary levantó perezosamente un lado de la boca y me miró con curiosidad desde sus ojos sin pestañas. Debería haberme esperado aquello cuando accedí a las condiciones impuestas por Dean. No parecía muy inteligente traicionar a las HO, pero Dean tenía mucho poder. Si me llevaba bien con él y el resto de los chicos, daba igual que Olivia y Hilary me odiasen en secreto. Lo disimularían, y eso era lo único que importaba.

Dean se echó a la izquierda en la silla y palmeó el hueco que quedaba libre. Me senté, con el muslo apretado contra el suyo. Tragué saliva ácida y deseé que fuese la pierna de Liam.

Dean se acercó a mí y me echó el aliento con olor a patatas fritas en la oreja.

—¿Cómo estás, Finny?

—Bien.

Una película de sudor se estaba formando entre nuestras piernas. No quería que Liam viese aquello, no quería que Liam pensara que, de los tres, había elegido a Dean.

—¿Qué haces después de entrenar? —preguntó Dean.

—Me voy derecha a casa —contesté—. Estoy castigada.

—¿Castigada? —dijo Dean casi gritando—. ¿Qué tienes, doce años?

Todos se echaron a reír y yo me puse colorada.

—Ya lo sé. Odio a mis padres.

—¿No será por…? —empezó a preguntar Dean.

—Por las notas.

—Uf. —Dean se secó la frente—. Mira que me gustas, pero si mis padres se enteran de lo de la fiesta, me parece que me vas a dejar de gustar tanto. —Se rio con agresividad.

Sonó el timbre y todo el mundo se puso de pie dejando las bandejas llenas de grasa y los envoltorios de las chucherías en la mesa para que los recogiese el bedel. Olivia se fue corriendo hacia el patio interior para cruzarlo y llegar la primera a clase de álgebra II. Era muy buena estudiante, muy nerviosa (una vez lloró porque sacó un notable en un examen sorpresa de química que casi todos suspendimos). No me vio cuando me apresuré a acercarme a Liam.

—Hola.

Mi cabeza llegaba a la altura del hombro de Liam. Dean era demasiado alto, demasiado grande, un gorila de circo que podía destrozarte si no querías devolverle el abrazo.

Liam me miró y se rio.

—¿Qué? —Me reí, incómoda.

Me pasó el brazo por los hombros y, por un momento, suspiré aliviada. A lo mejor no estaba distante, quizá estaba todo en mi cabeza.

—Estás loca.

La cafetería se había quedado vacía. Me paré delante de la puerta y atraje a Liam hacia mí.

—¿Te puedo preguntar una cosa?

Liam echó la cabeza hacia atrás y gruñó. Supuse que el tono con el que dijo «¿Quéeee?» era el que usaba con su madre cuando creía que le iba a preguntar cuándo iba a limpiar de una vez su habitación.

Bajé la voz hasta convertirla en un suspiro conspiratorio. Estábamos en aquello juntos.

—¿Te pusiste condón?

—¿Eso es lo que te preocupa?

Sus ojos brillantes dieron una vuelta completa, como si un ventrílocuo lo manejara y le acabase de dar un buen meneo. Por un momento, cuando sus párpados ocultaron el iris azul, no me pareció ni de lejos tan atractivo como pensaba que era. Estaba todo en sus ojos: podían darle nombre a un tono de cera Crayola, eran extraordinarios.

—¿Debería?

Liam me puso las manos en los hombros y acercó su cara a la mía, casi hasta rozarme la frente.

—Tif, solo tienes un veintitrés por ciento de posibilidades de quedarte embarazada.

Aquella cifra se me ha quedado grabada a fuego en la mente durante años. La aburrida coordinadora del departamento de comprobación de datos en *The Women's Magazine* no aceptaba ni las estadísticas sacadas de un artículo del *New York Times*. «HAY QUE CITAR LA FUENTE ORIGINAL», nos recordaba siempre en los correos masivos que enviaba a toda la plantilla, como mínimo una vez al mes. Aun así, en aquel momento quise creerme aquel dato que esgrimía la persona que me había encontrado en el suelo del cuarto de invitados, desnuda del ombligo a los muslos (Peyton había hecho un intento fallido de subirme los pantalones hasta media pierna). Me arrastró hasta la cama, me quitó los pantalones como buenamente pudo y se introdujo dentro de mí sin pararse ni siquiera a quitarme el resto de la ropa. Dijo que me desperté y gemí cuando lo hizo, y eso le indicó que estaba de acuerdo. Perdí la virginidad con alguien que nunca me ha visto las tetas.

—Bien. —Arrastré los pies—. Estaba pensando que a lo mejor debería ir a un centro de planificación familiar. A por la píldora del día después.

—Pero —Liam me sonrió como si fuese tonta pero muy mona—, hoy no es el día después.

—Se puede tomar hasta 72 horas después.

Me había pasado el fin de semana buscando información sobre la píldora del día después en el ordenador familiar, y después buscando información sobre cómo borrar el historial de búsquedas.

Liam comprobó el reloj de la pared que estaba sobre mi cabeza.

—Lo hicimos como a medianoche. —Cerró los ojos y movió los labios mientras echaba cuentas—. Todavía estás a tiempo.

—Muy bien. Iba a ir después de clase. Hay un centro de planificación en St. Davids.

Contuve la respiración en espera de su reacción. Para mi sorpresa, fue positiva.

—Voy a pensar cómo podemos ir hasta allí.

Liam consiguió que nos llevara Dave, el chófer de Bradley, aunque podíamos haber cogido el tren y habernos ahorrado de paso que se enterase una persona más del giro que había dado mi vida en las últimas sesenta y cuatro horas. Sesenta y cuatro horas… todavía tenía ocho más.

Estaban empezando a caerse las hojas de los árboles, y entre las ramas desnudas alcancé a ver la casa de Arthur cuando el coche cogió un bache, antes de girar a la derecha por Montgomery Avenue. Ya no me generaba tanto desasosiego, al menos no ahora que Liam estaba en el asiento delantero mirando hacia atrás, preguntándome no una, sino dos veces, que cómo estaba. Una parte muy pequeña y delirante de mi ser quería que fuese demasiado tarde, que no me viniera la regla el mes siguiente, que el drama, el «¿qué hacemos?» que nos unía en aquel momento durase un poco más. Sabía que cuando aquello desapareciera, Liam desaparecería también.

Enfilamos Lancaster Avenue, y desde allí ya era todo recto. Dave giró en el aparcamiento pero, en lugar de estacionar, paró en la puerta de la clínica y desbloqueó las puertas.

—Voy a dar una vuelta con el coche —dijo Dave mientras yo descendía del asiento trasero.

—No, tío —dijo Liam, nervioso, saltando al suelo a mi lado—. Espéranos aquí.

—No. —Dave encendió el motor—. Hay gente chiflada que quiere poner una bomba aquí.

Liam cerró la puerta mucho más fuerte de lo que pretendía, estoy segura.

La sala de espera estaba prácticamente vacía, excepto por unos cuantos grupos de mujeres distribuidos en los asientos pegados a la pared. Liam se sentó todo lo lejos que pudo de todas ellas, se secó las palmas de las manos en los pantalones y miró alrededor con expresión acusadora.

Me acerqué a la recepcionista y le hablé a través de la abertura del cristal.

—Hola. No tengo cita, pero ¿podría verme alguien?

La mujer me pasó una carpeta por el hueco.

—Rellena esto. Indica el motivo de la visita.

Saqué un bolígrafo de una taza vieja de McDonald's y me senté al lado de Liam, que se puso a leer el formulario por encima de mi hombro.

—¿Qué te ha dicho?

—Que escriba aquí el motivo de mi visita.

Empecé a rellenar las casillas. Nombre, edad, fecha de nacimiento, sexo, dirección y firma. En el espacio en blanco junto al enunciado «razón de su visita» garabateé: «píldora del día después».

Cuando llegué al punto donde pedían un contacto de emergencia, miré a Liam.

Él se encogió de hombros y dijo que vale. Cogió la carpeta de mis rodillas y la colocó sobre las suyas. Donde ponía «relación con el/la paciente» puso «amigo».

Me levanté y le devolví la carpeta a la mujer de la recepción, a la que ahora veía borrosa por culpa de las lágrimas. La palabra «amigo» se había instalado en mi estómago como un cuchillo, como el Shun que años después imaginaría atravesando los riñones de mi prometido.

Quince minutos después, la puerta blanca se abrió y oí mi nombre. Liam cruzó la mirada conmigo y levantó el pulgar; era un gesto ridículo, como si estuviera distrayendo a un niño pequeño al que iban a poner la inyección del tétanos. Conseguí esbozar una sonrisa valiente.

Seguí a la enfermera a la sala de reconocimiento y me senté. Pasaron otros diez minutos y entró una mujer rubia con el pelo corto, a la altura del cuello, y un estetoscopio grácilmente colgado alrededor del cuello. Me miró con el ceño fruncido.

—¿TifAni?

Asentí con la cabeza. La doctora dejó mi ficha encima de la mesa y la leyó con detenimiento, repasando mis datos personales una y otra vez.

—¿Cuándo tuviste relaciones?

—El viernes.

Me miró.

—¿El viernes a qué hora?

—Alrededor de las doce de la noche. —O eso creía.

Asintió, levantó el estetoscopio y lo colocó sobre mi pecho. Mientras me examinaba, me explicó lo que era la píldora del día después.

—No es un aborto —me recordó dos veces—. Si el espermatozoide ya ha fecundado el óvulo, no tendrá ningún efecto.

—¿Cree que lo habrá hecho? —pregunté, y el corazón pareció latirme más fuerte para que ella pudiera oírlo.

—No puedo saberlo —se disculpó—. Solo sabemos que es más efectiva cuanto menos tiempo haya pasado desde la hora del coito. —Miró el reloj de la pared—. Estás en el límite del plazo, pero aún estás dentro. —Deslizó el estetoscopio por dentro de la camiseta y presionó la espalda. Dejó escapar un suspiro tranquilizador—. Respira hondo —dijo. En otra vida, podría haber sido profesora de yoga en Brooklyn.

Terminó el examen médico y me dijo que esperase un momento. Tenía una pregunta que me quemaba en la garganta desde hacía diez minutos, pero hasta que no acercó la mano al pomo de la puerta no me obligué a hacérsela.

—¿Si no te acuerdas de nada es violación?

La doctora abrió la boca como si fuese a decir «oh, no». En lugar de eso, habló en voz tan baja que apenas pude oírla.

—No estoy autorizada para responder a esa pregunta. —Y salió de la habitación sin hacer ruido.

Pasaron varios minutos más hasta que la enfermera, que ahora parecía aún más vivaracha en comparación con la frialdad y la serenidad de la doctora, volvió con una bolsa de papel marrón debajo del brazo, llena de preservativos de colores, un bote en una mano y un vaso de agua en la otra.

—Tómate seis ahora… —Me puso seis pastillas en la mano húmeda y miró cómo me las tragaba con ayuda del agua—. Y otras seis dentro de doce horas —dijo, y miró el reloj—. Ponte la alarma a las 4:00 de la madrugada. —Agitó la bolsa de papel, burlona—. Y ya sabes, ¡póntelo, póntelo! Algunos brillan en la oscuridad.

Cogí la bolsa con miedo, como si los condones se agitaran dentro, riéndose de mí, fluorescentes e inútiles.

Liam no estaba en la sala de espera cuando volví, y la bolsa se humedeció en mi mano al pensar que a lo mejor se había largado.

—Había un chico aquí conmigo —le dije a la recepcionista—. ¿Sabe dónde ha ido?

—Creo que está fuera —contestó. Me pareció ver a la doctora detrás de ella, con el pelo rubio retorciéndose alrededor de su cuello como una garra.

Liam estaba fuera, sentado en la acera.

—¿Qué haces? —dije con voz chillona. Me recordé a mi madre.

—No aguantaba más ahí dentro. Tengo la sensación de que todo el mundo pensaba que era gay. —Se puso de pie y se sacudió el polvo del trasero—. ¿Ya lo tienes?

Creo que me habría alegrado si en aquel momento hubiese explotado una bomba de alguno de aquellos chiflados de los que nos había hablado el chófer del cole. Una última tragedia para conservar a Liam a mi lado. Lo imaginé corriendo hacia mí, cubriendo mi cuerpo con el suyo mientras los cascotes afilados del edificio volaban por los aires. Al principio nadie gritaría, estaríamos todos demasiado aturdidos, demasiado concentrados en sobrevivir. Aquella fue la lección más sorprendente que aprendí en Bradley: uno solo grita cuando al fin está a salvo.

Capítulo 7

—¡*M*e siento como si estuviera en el sur de Francia! —Mi madre alzó su copa de champán.

Casi me callo, pero no pude evitarlo.

—Es prosecco —dije con desdén.

—¿Y? —Mi madre dejó la copa en la mesa. Una marca de pintalabios, tan rosa que daba vergüenza, destacaba en el borde.

—El prosecco es italiano.

—A mí me sabe a champán.

Luke se rio y sus padres se unieron agradecidos. Siempre hacía lo mismo: nos salvaba a mi madre y a mí de nosotras mismas.

—Además, con estas vistas, ¿quién puede distinguir Francia de Estados Unidos? —añadió Kimberly, nuestra organizadora de bodas, que corregía a mi madre cada vez que la llamaba Kim, es decir, siempre.

Hizo un movimiento amplio con la mano en un gesto grandilocuente y todos nos dimos la vuelta para admirar el jardín trasero de los Harrison, como si no lo hubiéramos visto ya un millón de veces, con su césped verde lima que terminaba abruptamente en el horizonte del océano, de tal manera que, después de tomarte unos cuantos Dark and Stormy, parecía que se podía llegar directamente al mar bailando tranquilamente, aunque en realidad había una caída de casi diez metros hasta la arena. Había una escalera astillada enterrada en el suelo; veintitrés pasos de distancia hasta la lengua amarga del Atlántico. Me negaba a meterme donde me cubriera más allá de las rodillas, convencida de que estaba lleno de tiburones blancos. A Luke le hacía mucha gracia y le encantaba nadar en aguas profundas, con sus brazadas perfectas que lo llevaban más y más lejos en el agua helada. Al final se giraba, con la cabeza moviéndose como una manzana golden, y levantaba un brazo pecoso llamándome: «¡Ani! ¡Ani!». Aunque el pánico me devoraba por dentro, me comportaba como una buena perdedora y le saludaba —si revelaba un ápice de miedo, lo único que conseguía era que siguiera nadando y se quedara más tiempo—. Si un tiburón lo alcanzara y lo sumergiera hasta que la sangre se agolpara en la superficie como un vertido de petróleo de color magenta, tendría demasiado miedo como para ir a ayudarle. Miedo por mi vida, claro está, pero también por su cuerpo destrozado: sin una pierna de rodilla para abajo, un amasijo desdentado de músculos y venas sanguinolentos, el olor dulce y almizclado que desprende el cuerpo cuando lo abren en canal. Aún lo sigo oliendo, aunque hayan pasado catorce años. Es como si las moléculas se me hubieran quedado atrapadas en las fosas nasales y las neuronas se lo recordaran a mi cerebro cada vez que estoy a punto de olvidarlo.

Por supuesto, sería aún peor si Luke sobreviviera, porque dejar a mi novio sin una pierna sería de auténtica zorra. No podía imaginar nada peor que pasar el resto de mi vida con un recordatorio físico de las cosas horribles que pueden pasar en la vida, con la realidad siempre presente de que nadie está a salvo. Luke, el guapo de Luke, a cuyos amigos y familia se les daba tan bien ser normales, la forma en que en un restaurante se hacía un poco el silencio cuando nos acercábamos a la mesa, su mano al final de mi espalda… Todo aquello había ahuyentado mi miedo al principio. Luke era tan perfecto que hacía que no tuviera miedo. ¿Cómo podría pasar algo malo estando con alguien así?

Justo después de comprometernos —Luke se arrodilló

justo después de cruzar juntos la línea de meta en la Maratón de Nueva York, en una carrera para recaudar dinero para la leucemia (su padre había estado enfermo hacía diez años y la había superado)— fuimos de viaje a Washington DC para visitar a unos amigos suyos de Hamilton que vivían allí. A la mayoría los conocía de varias bodas a las que habíamos asistido a lo largo de los años, pero había uno que no había visto nunca: Chris Bailey. Lo llamaban Bailey, y era un chico delgado, dentudo, con el pelo sin vida con la raya al medio. No se parecía a los demás dioses arios de la pandilla de Luke. Lo conocí en un bar al que fuimos después de cenar. A la cena no estaba invitado.

—Bailey, tráeme algo de beber —le dijo Luke, en un tono un poco mandón pero de broma.

—¿Qué quieres? —le preguntó Bailey.

—¿Tú qué crees? —Luke señaló su Bud Light, con la etiqueta un poco arrugada por el sudor de las manos.

—Ja, ja —me reí. Al principio me reí de verdad. Estábamos de broma—. Tranqui. —Apoyé mi mano (la que soportaba el peso de la esmeralda) en el hombro de Luke. Él me rodeó la cintura con los brazos y me acercó a él.

—Te quiero tanto —me dijo, hundiendo la cara en mi pelo.

—Aquí tienes, tío. —Bailey le pasó la cerveza a Luke. Él la miró, con aire amenazador.

—¿Qué pasa? —le pregunté.

—¿Dónde está la copa de mi novia? —preguntó Luke.

—Lo siento, tío. —Bailey sonrió, mordiéndose el labio inferior con los dientes salidos—. No sabía qué quería. —Se dirigió a mí—: ¿Quieres algo, cielo?

Necesitaba una copa, pero no de Bailey, no así. Luke siempre estaba de coña con sus colegas —en serio, estos tíos eran exatletas bronceados, sanos y bromistas, la definición misma de «colega»—. Pero en su comportamiento con Bailey había una desigualdad que no había visto antes. Bailey parecía el hermano pequeño, desesperado por encajar, por gustar, y dispuesto a soportar cualquier abuso. Era algo que conocía bien.

—Bailey, perdona al gilipollas de mi novio.

Le dirigí a Luke una mirada coqueta, suplicante. «Venga, cálmate.»

Pero siguió así toda la noche: Luke ladrándole a Bailey, dándole órdenes, regañándole por no acatarlas bien. Mi aversión fue aumentando a medida que Luke se iba emborrachando más y comportándose peor. Me imaginaba a Luke en la universidad, atormentando a aquel lameculos, quizá incluso aprovechándose de una chica borracha en el sofá lleno de muelles salientes de la fraternidad. Luke sabía que si la chica no estaba lo suficientemente despierta como para dar su consentimiento, se consideraba violación, ¿verdad? ¿O pensaba que solo contaba si era el hombre del saco el que aparecía de detrás de los arbustos y atacaba a una novata sobria e inconsciente que iba a la biblioteca? Oh, Dios mío, ¿con quién me iba a casar?

Luke le pidió a Bailey que nos llevara a casa, aunque Bailey estaba borracho, y aunque estábamos en una zona animada de Washington DC atestada de taxis. Bailey estaba dispuesto a hacerlo, pero yo me negué a subir al coche. Monté una escenita en la calle, gritándole a Luke que se fuera a la mierda.

Más tarde, cuando estábamos en la habitación del hotel y todos los restos de su comportamiento de abusón gilipollas de las últimas horas se habían esfumado, Luke me dijo, con lágrimas en los ojos:

—¿Sabes lo mucho que me duele cuando me mandas a la mierda? Yo nunca te hablaría así.

—Cuando tratas a alguien de la manera en que has tratado a Bailey esta noche es como si me mandaras a la mierda a mí —me enfurecí. Luke me miró del modo en que siempre me mira cuando cree que estoy siendo ridícula. Como diciéndome que es hora de que supere el instituto.

Aunque aquel incidente no era típico en Luke y a la

mañana siguiente se despertó sintiéndose «fatal» por cómo se había comportado la noche anterior, fue ese fin de semana cuando dejé de pensar que Luke era tan perfecto y puro. Dejé de creer que nada malo podría pasarme estando con él. Y volví a tener miedo todo el tiempo.

Me metí un canapé de macarrones con queso y langosta en la boca; iba por el tercero. Ya me había decidido por el cátering; me lo había recomendado mi madre, que había leído que era uno de los favoritos de los Kennedy. A veces, hasta ella sabía qué teclas pulsar conmigo.

Estuve a punto de esperar hasta solo unos días antes de la degustación para invitar a mis padres. Así hubiera sido demasiado tarde y caro que se organizaran para venir hasta Nantucket. Hay tres formas de llegar: un vuelo directo de JetBlue desde el aeropuerto JFK, que nunca suele bajar de 500 dólares; un vuelo de JetBlue a Boston, seguido de un vuelo de cuarenta y cinco minutos en un avión de tamaño similar al del avión en el que John F. Kennedy Jr. se estrelló en el Atlántico; o seis horas en coche hasta Hyannis Port (ocho para mis padres desde Pensilvania), donde se puede coger un ferri que tarda una hora o un avión pequeño hasta el destino final. Pero sabía que si esperaba, mi madre encontraría la manera de venir, y pensar en ella conduciendo su viejo y desvencijado BMW sola desde Hyannis, intentando averiguar qué ferri coger y dónde aparcar y acarreando sus bolsos falsos de Louis Vuitton a bordo era tan triste que no pude soportarlo.

Mi padre no tenía ningún interés en venir, lo cual no me sorprendía. Nunca se había interesado por mi vida, por ninguna vida, de hecho (incluida la suya), que yo recordase. Durante algún tiempo me pregunté si no estaría engañando a mamá, si no sería el tipo de tío que tiene una familia secreta oculta, su familia real, a la que quiere de verdad. Una vez, cuando estaba en el instituto, le dijo a mamá que iba a limpiar el coche. Más o menos media hora después de que se fuera, le dije a mi madre que tenía que ir a la farmacia. A mitad de camino me di cuenta de que me había olvidado la cartera. Tuve que dar la vuelta en un solar vacío. Rodeé la tierra toscamente allanada —se habían cargado el bosque para hacer sitio para un nuevo y flamante complejo de viviendas— y descubrí a mi padre, sentado tras el volante de su coche, mirando al barro pegajoso. Me di la vuelta rápidamente, antes de que pudiera verme, y aceleré hacia casa, con el corazón latiéndome por lo que había visto y la mente intentando buscarle sentido. Al final me di cuenta de que no había nada a lo que buscarle el sentido. Mi padre era ambivalente, tan sencillo como eso. No había una segunda familia a quien quisiera más que a nosotras. Quizá nunca había querido a nadie.

Luke se ofreció generosamente a pagar el billete de JetBlue de mi madre —no pasaba nada, sobre todo si era solo ella—. Esta llegó a la ciudad el viernes, y usó nuestro pase de invitados para aparcar el coche en el garaje.

—¿Estará seguro aquí? —Jugueteó nerviosa con las llaves y pulsó el cierre; el coche respondió con un pitido.

—Sí, mamá —gruñí—. Aquí es donde dejamos nosotros el coche.

Mi madre se pasó la lengua por los labios brillantes, no muy convencida.

Si hay algo que reconocerles a los Harrison es la paciencia que tienen con mi madre y con sus estúpidos intentos para impresionarles. «No merezco tanto la pena —me habría gustado decirles—. ¿Por qué la aguantáis?»

—Gracias por el consejo —le había dicho esa misma mañana el señor Harrison, cuando mi madre le había advertido de que tenía que tener cuidado con su cartera de acciones porque el interés estaba subiendo. El señor Harrison había sido presidente de Bear Stearn durante nueve años antes de jubilarse; cómo ese hombre no había mandado a mi madre a tomar viento era algo que se me escapaba.

—Cuando quiera —sonrió mi madre encantada, y yo miré a Luke, que estaba detrás de ella, con los ojos como platos. Me hizo el gesto universal para que me calmara, moviendo las palmas de las manos hacia abajo, como si estuviera intentando cerrar el maletero lleno de un coche.

Nos decidimos por los canapés de macarrones con queso y langosta, los minirrollos de langosta, las bolitas de bistec con wasabi, las cazoletas de tartar de atún, la *bruschetta* de gruyère («La "ch" de *bruschetta* en realidad se pronuncia "k"», había dicho mi madre dándoselas de erudita, cuando había sido yo la que se lo había enseñado después de haber pasado mi penúltimo año de carrera en Roma), el bufé de ostras, el de *sushi* y el de *antipasti*.

—Eso para la familia de mi marido —bromeó mi madre. Italianos que no saben ni cómo se pronuncia «*bruschetta*». Somos lo peor que hay.

La degustación del plato principal y la tarta la teníamos el domingo.

—Es demasiada comida para probarla toda de una vez —declaró Kimberly, cuyos muslos se desbordaban por los lados de una de las tumbonas de los Harrison. Seguro que ella habría podido con todo.

—¡Es que no me creo que se vayan a casar! —le dijo mi madre a la señora Harrison, entrelazando las manos como una niña. Odiaba cuando mi madre se comportaba de esa forma tan cursi con mi futura suegra, que es una persona sencilla, sobria y seria, poco propensa a las muestras empalagosas de afecto. El problema es que la señora Harrison es demasiado educada para no corresponder. Cuando mi madre se pone sentimental con ella, es vergonzoso ver cómo la señora Harrison intenta seguirle el juego, lo cual solo consigue intensificar mi ira hacia mi madre.

—¡Sí, es muy emocionante! —intentó la señora Harrison.

Eran las tres de la tarde cuando Kimberly se fue. Luke estiró los brazos hacia el techo y sugirió que fuéramos a correr.

Los demás iban a «echarse una siesta»; había sido idea del señor Harrison. Eso era lo que yo quería. Cuando dejaba la dieta Dukan, la dejaba. Nada de deporte. Beber vino hasta arrastrarme a una noche en vela en la cama. Ingerir tanta comida como pudiera meter en mi reducido estómago hasta que llegara el momento de morirme de hambre de nuevo.

Mi madre y los Harrison se retiraron a sus habitaciones para echarse la siesta mientras yo me ataba a regañadientes los cordones de las zapatillas junto a Luke.

—No son ni cinco kilómetros —dijo—. Lo suficiente para sentir que hemos hecho algo.

Luke y yo doblamos a la izquierda al salir de la entrada del garaje. Yo ya respiraba pesadamente cuando rebasamos la pequeña cuesta de su calle, con la carretera desigual abriéndose paso delante de nosotros y el sol golpeándome sin piedad en la fina hendidura de piel expuesta que dividía mi cuero cabelludo. Tendría que haber cogido una gorra.

—¿Estás contenta? —me preguntó.

—Me fastidia que no tengan un pastel de cangrejo mejor —jadeé.

Luke se encogió de hombros sin bajar el ritmo.

—Yo creo que estaba bastante bueno.

Seguimos corriendo. Antes de haber empezado a hacer deporte dos veces al día —clases de ballet por la mañana y correr seis kilómetros por la noche— me sentía fuerte y podía correr y correr y correr. Ahora era como si los músculos me fallaran, y las piernas me pesaban aunque era lo único que nunca me había pesado. Sabía que me estaba pasando con el deporte, moliéndome hasta la extenuación, pero la aguja de la báscula se movía, y eso era lo único que importaba.

—¿Estás bien, cariño? —preguntó Luke cuando llevábamos más de un kilómetro. Él había impuesto el ritmo, sin reducir la velocidad cuando yo lo había intentado porque me habían dado unas punzadas en el costado izquierdo. Me rebelé quedándome atrás, preguntándome hasta cuándo dejaría que la distancia entre nosotros se agrandara antes de darse cuenta de que algo no iba bien.

Me paré y estiré el brazo por encima de la cabeza.

—Un calambre.

Luke siguió trotando delante de mí.

—Si te paras es peor.

—Corro campo a través. Ya lo sé —le grité.

Luke tenía los puños apretados, lo cual no se debe hacer cuando uno corre, ya que se desperdicia energía.

—Solo era un comentario —sonrió y me dio un cachete en el culo—. Vamos, que tú eres una superviviente.

Esto es lo que a Luke más le gusta decir de mí, le encanta recordármelo. Soy una superviviente. Es la rotundidad del término lo que me molesta, la suposición que implica. Los supervivientes tienen que seguir adelante. Tienen que llevar vestidos de novia blancos y un ramo de peonías y superar el pasado, no quedarse atascados en cosas que ya no se pueden cambiar. Esa palabra deja fuera algo que yo no puedo ni quiero dejar fuera.

—Sigue tú. —Señalé la carretera con un dedo acusador—. Yo me vuelvo.

—Cariño… —dijo Luke, decepcionado.

—Luke, no me encuentro bien. —Cerré los puños y me tapé los ojos con las manos—. Llevaba mucho sin comer prácticamente nada y me acabo de meter tres kilos y medio de langostas y queso en el cuerpo.

—¿Sabes qué? —Luke dejó de trotar en el sitio, sacudió la cabeza hacia mí en señal de desaprobación, como un padre decepcionado, y se rio con amargura—. No merezco que me trates así. —Se apartó unos pasos de mí—. Te veo en casa cuando vuelva.

Lo miré mientras echaba a correr, levantando polvo con las zapatillas, mientras los macarrones con queso y langosta se me revolvían en las tripas y sus zancadas lo alejaban de mí. Nunca había estado a malas con Luke, más que nada porque nunca me había atrevido a hacer nada que no fuera para cautivarle. Puede sonar estúpido, pero era la primera vez que me daba cuenta de que durante el resto de mi vida, y hasta que la muerte nos separe, me iba a tocar a mí mantener ese barniz brillante e inmaculado. Si Luke descubría una mancha, aunque fuera del tamaño de un meñique, me lo haría pagar. La idea se abrió paso tan rápidamente, como un rayo vibrante de la blanca y cálida luz solar, que tuve que sentarme en el suelo.

Después de la cena, Hallsy, la prima de Luke, vino para tomar una copa de *bourbon*. «¿Hallsy?», había repetido yo, sin creérmelo, la primera vez que Luke me había hablado de ella. Él me había mirado como si fuera yo la que tuviera que controlarme.

Los padres de Hallsy tienen una casa en el camino de tierra por el que habíamos estado corriendo Luke y yo, y los padres de la señora Harrison tienen una casa cada uno en el otro lado de la isla, en Sconset. Es imposible dar una vuelta el domingo en bici por la ciudad sin cruzarse con algún enjoyado miembro de la estirpe de Luke.

Hallsy había traído un táper con *brownies* de marihuana que les compraba a los camareros —veinte años más jóvenes que ella pero aún en su punto de mira— del club de golf Sankaty Head, del que los Harrison eran socios. Es extraño cómo algunas personas, como la señora Harrison, pueden crecer con todo el dinero del mundo y para ellos ser ricos es algo tan normal que ni siquiera se dan cuenta de que tienen algo de lo que presumir, mientras que otras, como la propia sobrina de la señora Harrison, son tan inseguras que tienen que llevarlo escrito en el desprecio de sus gestos y en los relojes horteras de diamantes que llevan en la muñeca. Hallsy solo tiene treinta y nueve años y ya tiene la cara tan estirada como el trasero de unas mallas de yoga de Lululemon de una chica de talla grande. No está casada y te dirá que jamás quiere casarse, a pesar de que se lanza detrás de cualquier tío remotamente follable después de haberse tomado una sola copa, mientras ellos se deshacen gentilmente de su abrazo de Hombre de Malvavisco (sí, el monstruo de Cazafantasmas) alrededor de sus tensos cuellos. No me sorprende que el único anillo que lleva sea el Trinity de

Cartier, con la ruina que se ha hecho en la cara y el tiempo que pasa tomando el sol en la playa en lugar de corriendo en la cinta, que es lo que debería hacer. Pero no es solo que tenga el escote lleno de pecas ni que sea vaga y esté gorda. Hallsy es el tipo de persona que todo el mundo describe como «rara» o «chiflada», que no es más que la forma civilizada de decir que es una zorra integral.

Hallsy me adora.

Las mujeres como ella son mi especialidad. Deberíais haber visto la expresión en su cara de ciencia ficción la primera vez que nos vimos, cuando tuve el valor de decir que, aunque no todo el mundo en la habitación estuviera a favor de la política de Obama, estaba segura de que todos coincidíamos en que era un hombre extremadamente inteligente. La conversación entre el señor Harrison, Luke y Garret continuó sin que nadie prestara mucha atención a mi comentario, pero miré a Hallsy y la pillé escudriñándome, esperando a que me diera cuenta. «A esta familia no le importa mucho Obama», dijo entre dientes. En ese momento Hallsy vio más de mí de lo que nunca le mostraré a Luke, pero me recuperé enseguida y asentí, como si le diera las gracias. Mantuve la boca cerrada durante el resto de la conversación, alternando la mirada de Luke a Garret, de Garret a mi futuro suegro y vuelta a empezar, para demostrar cuán cautivada estaba por todo lo que decían los hombres de la familia Harrison. Más tarde, cuando fuimos al centro a tomar algo, Hallsy se sentó a mi lado en el taxi y en el bar me preguntó dónde me había cortado el pelo, porque estaba buscando una nueva estilista. Le dije que preguntara por Ruben en Sally Hershberger, y las comisuras de los rellenos labios de Hallsy forcejearon contra el bótox para curvarse hacia arriba. Podríais pensar que a alguien como Hallsy la fascinaría torturar a alguien como yo, pero si lo hacía sería como admitir sus limitaciones estéticas. Mientras me mostrase deferente con ella, lo que más le convenía era acogerme con los brazos abiertos. Con ello enviaba el mensaje de que no había necesidad de estar celosa ni de sentirse intimidada... Ella era tan deseable como cualquier veinteañera supertonificada.

Hallsy tiene un hermano, Rand, que tiene dos años menos que Luke y cinco menos que Garret, pero sus padres lo llaman «el niño» y dicen cosas como «Es un milagro que el niño se haya licenciado», aunque no es ni de lejos un milagro porque hay un nuevo colegio mayor en Gettysburg que lleva el nombre de los Harrison. Rand estaba en ese momento de viaje con sus amigos surferos en busca de la «gran ola» en Tahití. Nell había salido con él una vez, pero no consiguió ir más allá de un rollo porque decía que besaba como un niño de cinco años borracho. «Tiene la lengua gordísima», había dicho, sacando la suya y moviéndola para demostrar lo asquerosa que era. Siempre disfruto rememorando en silencio este dato cada vez que Hallsy se queja con lágrimas de cocodrilo sobre la modelo/actriz de veintiún años con la que sale Rand cuando viene a pasar unos meses en Nueva York. No puede estar más orgullosa de tener un hermano *playboy* perfecto y curtido. Eso la hace más popular.

Estaba sentada a la mesa del porche de atrás cuando Hallsy entró. Me agarró la melena por detrás de la silla y hundió sus dedos en ella, diciendo: «¡Pero si es la preciosa novia!». Levanté la cabeza y me besó en la mejilla con sus labios llenos de veneno. Nunca dejo que mi madre me bese y le molestaría ver lo cariñosa que soy con Hallsy, o incluso con Nell. Afortunadamente, Luke y yo la habíamos llevado al aeropuerto poco después de que él volviera de la carrera que yo había abortado despiadadamente. A ella le habría encantado quedarse —había coincidido con Hallsy una vez y la siguiente vez que la vi llevaba un collar de diamantes falsos con forma de herradura, una réplica de mercadillo del collar que llevaba Hallsy—, pero Luke y yo le habíamos comprado el billete y costaba trescientos dólares más que volviera el domingo. Controlar los gastos me produce un sentimiento de poder tremendo, hasta que me acuerdo de que no sería posible sin Luke.

El señor Harrison salió con una botella de Basil

Hayden's y la puso encima de la mesa, al lado de los vasos de *bourbon* y los *brownies*. La primera vez que Hallsy trajo los *brownies* nadie me dijo que eran de marihuana, así que me comí tres y me tuvieron que llevar a la cama con mareos. Por fin, uno de los bucles me condujo a un sueño pegajoso contra el que me pasé la noche luchando hasta que me desperté a las dos de la mañana, gritando algo sobre una araña que colgaba sobre mi cabeza (no había ninguna araña). El sueño me causó tal temor que desencadenó unos calambres que me destrozaron la pantorrilla. Estaba aullando de dolor y apretándome la pierna y lo único que hizo Luke fue mirarme fijamente como si nunca hubiera visto una escena igual en su vida. Por la mañana, el señor Harrison refunfuñó mientras se tomaba el café: «¿Qué era todo ese jaleo anoche?». Es la única vez que se ha molestado conmigo, y no he vuelto a tocar uno de los *brownies* de Hallsy desde entonces.

Así que esa noche pillé a Luke mirándome de reojo cuando metí la mano en el táper.

—Solo voy a coger uno —murmuré.

Luke suspiró de tal forma que sus fosas nasales se abrieron como dos triángulos contrapuestos.

—Haz lo que quieras.

Luke odia las drogas. Probó la hierba una vez en la universidad y dice que le hizo sentirse atontado. Sí que se había ido de colocón de éxtasis con una exnovia en su último año de carrera; se metieron pastillas durante cuatro noches seguidas, pero ahí terminó la «vida loca» de Luke Harrison. Garret había llegado a casa esa tarde y ya iba por su segundo *brownie*. (Con él me había metido coca en el baño durante la fiesta de Navidad de los Harrison el año anterior. Los dos juramos guardar el secreto y no decírselo a Luke.) El señor Harrison y Hallsy también picotearon, pero la señora Harrison continuó solo con su vodka. Tengo la impresión de que la señora Harrison tiene la misma actitud que Luke ante las drogas: no le importa que los demás las consuman con moderación, pero a ella no le van.

—¿Habéis terminado por fin de organizar el itinerario de la luna de miel? —preguntó Hallsy.

—Sí, ¡por fin! —gruñó Luke, lanzándome una mirada de reproche, pero con cariño. «¿Es mucho pedir que se encargue de algo relacionado con la boda, joder?»

—Gracias por ponerme en contacto con tu amigo —le dije a Hallsy.

—Entonces, ¿vais a pasar por París al final?

Hallsy se tragó el último trozo de *brownie* y profirió un fuerte eructo. Le encanta bromear sobre no tener modales, cree que la hace parecer atrevida y despreocupada, como los chicos. ¡Qué de cosas buenas le ha traído esa estrategia!

—A la vuelta —dijo Luke—. Volamos a Abu Dabi, pasamos allí una noche, luego a las Maldivas, donde pasamos siete días, volvemos de nuevo a Abu Dabi y por último a París tres días más. No nos pilla lo que se dice «de camino», pero Ani tiene muchas ganas de ir a París.

—¡Pues claro que tiene muchas ganas! —Hallsy puso los ojos en blanco, dirigiéndose a Luke—. Es su luna de miel.

—Para mí Dubái es como Las Vegas —dije, intentando no sonar a la defensiva—. Necesito algo de cultura.

—París será el complemento perfecto a unas vacaciones en la playa. —Hallsy se hundió de nuevo en la silla y apoyó la cabeza en la mano—. Además, estoy muy contenta de que no hayáis decidido ir a Londres. —Puso los ojos en blanco justo en el momento en que decía la palabra «Londres»—. Sobre todo porque puede que terminéis viviendo allí —resopló con grosería—. ¡Mucha suerte con eso!

Empecé a decir que aún no habíamos tomado una decisión, pero Luke inclinó la cabeza hacia su prima, confundido.

—Hallsy, tú viviste en Londres después de la universidad.

—¡Y fue lo peor! —gimió—. Había negros dando por culo por todas partes. Pensaba que me secuestrarían y me venderían como esclava sexual.

Se señaló el pelo, con sus mechas de seiscientos dólares.

Garret se echó a reír y la señora Harrison empujó la silla y se levantó de la mesa.

—Ay, Señor. Voy a por otro vodka.

—Sabes que tengo razón, tía Betsy —gritó Hallsy tras ella. Los *brownies* hacían que sintiera el cerebro como tierra húmeda, lista para plantar una semilla. Mi mente se aferró a esa frase: «Sabes que tengo razón, tía Betsy», y volvía a ella una y otra vez.

—Tu madre está de acuerdo conmigo, aunque nunca lo diría —dijo Hallsy con arrogancia dirigiéndose a Luke, que soltó una risa ahogada—. Hablando de cosas que nunca diría… —Se giró en la silla para ponerse frente a mí. Tenía una migaja solitaria de *brownie* pegada al labio, que temblaba como una verruga peluda—. Ani, tienes que prometerme una cosa.

Hice como si tuviera la boca llena de *brownie* para no tener que responderle. Este rechazo era una especie de intento patético de demostrar que su forma de hablar me ofendía. Hallsy no lo pilló.

—No me sientes con los Yates en la boda. ¡Por el amor de Dios!

—¿Qué has hecho esta vez? —bromeó el señor Harrison. Los Yates eran amigos de la familia, pero eran más amigos de los padres de Hallsy, ya que tenían un hijo más o menos de su edad. Un hijo al que, según había oído, ella había acosado, borracha y empalagosa, en numerosas ocasiones.

Hallsy se llevó la mano al corazón e hizo una mueca que pone porque cree que la hace parecer más mona.

—¿Por qué asumes que yo he hecho algo?

El señor Harrison le echó una mirada y Hallsy se rio.

—Bueno, sí, algo hice. —Luke y Garret gruñeron y Hallsy se apresuró a decir—: ¡Pero lo hice con el corazón!

—¿Qué hiciste? —pregunté, mucho más bruscamente de lo que pretendía.

Hallsy se giró hacia mí, con una especie de desafío encendido en la mirada.

—¿Conoces a su hijo, James?

Asentí. Lo había visto una vez. Habíamos ido a tomar algo. Le pregunté a qué se dedicaba y el muy capullo me dijo que esa pregunta era de mala educación. Ni siquiera me importaba a qué se dedicaba, solo quería que fuera educado y me preguntara lo mismo para poder presumir de mi trabajo.

Hallsy escondió la barbilla en el cuello y bajó la voz.

—A ver, siempre lo había sospechado —empezó, haciendo un gesto afeminado con la muñeca. Miró alrededor de la mesa, asegurándose de que todos lo habíamos pillado—. Y hace poco alguien me dijo que era verdad. Al parecer, había salido del armario. —Se encogió de hombros—. Así que le mandé flores y mis condolencias a la señora Yates —continuó hablando por lo bajo—. Por supuesto, al final resultó que no era gay.

Luke soltó una carcajada, pasándose las manos por la cara. Separó los dedos de manera que solo se le veían los ojos.

—¿A quién más le podría pasar eso? —bromeó, consiguiendo que todos se rieran excepto yo.

El *brownie* me había distraído, me había hecho adquirir consciencia de todo lo maravilloso y espeluznante que había a mi alrededor, y estaba hechizada por lo que llaman la *Gray Lady*, una capa espesa de niebla polvorienta que aparece cuando se pone el sol en Nantucket. En ese momento, veía la *Gray Lady* por todos lados.

Hallsy golpeó a Luke en el hombro.

—Bueno, el caso es que ahora no me habla ni a mí ni a mi madre y es todo por eso. ¡Ay, si yo solo quería apoyarla!

Luke se estaba riendo. Todos se estaban riendo. Yo creía que también lo estaba haciendo, pero notaba la cara entumecida entre la niebla. Quizá ni siquiera era niebla, quizá era un gas venenoso y nos estaban atacando y yo era la única que me daba cuenta. Me encontré las piernas y me levanté, cogiendo la copa de vino como si fuera a la cocina a rellenarla, que es lo que debería haber hecho. Nunca debería haber dicho lo que dije a continuación:

—No te preocupes, Hallsy. —Todos dejaron de reírse y me miraron, allí de pie, a punto de decir algo importante—. Te pondremos en la mesa de los solterones, donde te corresponde.

No tuve cuidado al cerrar la puerta de atrás sobre sus goznes, como suelo hacer. Simplemente, dejé que se cerrara de golpe, repentina y malvada como una Venus atrapamoscas.

Luke esperó un par de horas antes de venir a la cama. Estaba leyendo un libro de bolsillo de John Grisham. Había ediciones de bolsillo de John Grisham por todas partes en casa de los Harrison.

—¿Hola? —Luke se inclinó sobre la cama como un espectro dorado.

—Hola. —Había estado leyendo la misma página una y otra vez durante veinte minutos. La niebla se había disipado y ahora me estaba preguntando qué había hecho. Si había sido horrible.

—¿A qué ha venido eso? —me preguntó Luke.

Me encogí de hombros. Seguí haciendo como que leía.

—Ha dicho «negro» en un tono despectivo. Ha contado una de las historias más paletas que he oído jamás. ¿Eso no te ha molestado?

Luke me arrancó el libro de las manos y los muelles oxidados de la cama chirriaron cuando se sentó.

—Hallsy está loca de atar, así que no, no dejo que nada de lo que dice me moleste. Tú tampoco deberías.

—Supongo que tienes más paciencia que yo —lo fulminé con la mirada—, porque a mí sí me ha molestado.

Luke gruñó.

—Venga, Ani, Hallsy ha cometido un error. Es como si —se paró y se quedó pensando un momento—, como si te enteras de que alguien tiene cáncer y le envías flores a esa persona y resulta que no es verdad. Como ha dicho ella, lo hizo con el corazón.

Miré fijamente a Luke, boquiabierta.

—El problema no es que le dieran información incorrecta. El problema es que cree que ser gay es un «diagnóstico» tan horrible —entrecomillé la palabra con las manos, reproduciendo la analogía ofensiva de Luke— que hay que enviar flores y ¡condolencias!

Luke cruzó los brazos sobre el pecho.

—¿Sabes? A esto me refiero cuando digo que estoy hasta los huevos.

Me levanté sobre los codos y las sábanas se inflaron como un puente levadizo de algodón blanco levantándose con la curva de mis rodillas.

—¿Hasta los huevos de qué?

Luke me señaló.

—De esto. De esta... de estas... escenitas.

—¿Ofenderme por una muestra descarada de racismo y homofobia es montar una escenita?

Luke se llevó las manos a la cabeza, como protegiéndose los oídos de un ruido fuerte. Cerró los ojos, los volvió a abrir.

—Me voy a dormir a la casa de invitados.

Agarró una almohada de la cama y se fue.

No esperaba dormir nada, así que me puse a leer *El último jurado*. Lo terminé hacia el amanecer, con el sol filtrándose por la persiana en vagos haces amarillos. A continuación abrí *El jurado*, del que había leído casi cien páginas cuando oí la ducha en la habitación de al lado y a Luke gritándole a la señora Harrison que quería los huevos fritos, con la yema bien hecha. Aquello iba dirigido a mí, estaba segura. Quería que supiera que solo nos separaba una pared, que había decidido volver de la casa de invitados y empezar el día sin dirigirme la palabra. Me odié un poco a mí misma cuando doblé la esquina de la página, repasando el doblez con el dedo para marcarla bien. Después me odié un poquito más cuando sentí el sonido húmedo de la ducha un poco más cerca. Descorrí la cortina por completo hacia la derecha y me metí dentro, noté sus manos indulgentes en mis caderas, y el vello alrededor de su erección, áspero y húmedo.

—Lo siento.

Las gotas de agua se apilaron en mis labios. Era algo difícil de hacer, pedir perdón, pero había hecho cosas más difíciles. Presioné la cara contra la curva de su cuello, caliente y húmedo como una acera impotente de Nueva York expuesta al sofocante calor del verano.

Capítulo 8

$\mathcal{M}$i madre me castigó dos semanas después de la fiesta de Dean. Le encanta decir «Ese sí que es bueno» después de cada chiste cutre de *Friends*, y eso era exactamente mi castigo, un chiste. Después del espectáculo que había dado en la fiesta de Dean, me había castigado a mí misma.

Al menos aún me dejaban sentarme con ellos durante la comida, más que nada gracias a Hilary y Dean. Todos los demás respiraron aliviados cuando anuncié que estaba bajo arresto domiciliario durante lo que quedaba de mes. Conmigo en cuarentena, tenían tiempo para decidir si mis cagadas eran o no contagiosas.

Por algún motivo, a Hilary le había caído en gracia. A lo mejor era porque la jaleaba y la ayudaba en su rebelión adolescente de pacotilla, o porque me había pedido que leyera su redacción sobre *Mal de altura* y básicamente se la había vuelto a escribir y había sacado un sobresaliente. No me importaba. Cualquier cosa que necesitara de mí, se la daría.

Olivia intentó actuar como si no le importara cuando se enteró de lo de la fiesta en casa de Dean, como si no le molestara que me hubieran invitado y que lo hubiera mantenido en secreto, o que me hubiera enrollado con Liam, algo que estaba claro que ella también quería hacer.

—¿Os lo pasasteis bien? —preguntó alegremente. Pestañeó muy rápido, como si eso alimentara la sonrisa falsa en su cara.

—Creo que sí. —Levanté las palmas de las manos y con eso me gané al menos una carcajada de verdad.

En las pelis y en la tele, las chicas más populares del instituto son siempre espectaculares, con unas curvas en la escala de proporciones imposibles de Barbie, pero Bradley y otros institutos del mismo tipo desafiaban esta ley. Olivia era guapa de una forma en la que una abuela diría: «Oh, pero qué jovencita más mona». Tenía el pelo tan rizado que se le inflaba, más encrespado y abombado aún cuando se lo secaba con el secador. Las mejillas se le ponían demasiado rosas cuando bebía y le salían puntos negros en los poros de la nariz, que se iban llenando de grasa según avanzaba el día. Liam no se hubiera sentido atraído hacia ella por sí mismo, había que fabricar esa atracción meticulosamente.

Más adelante, Nell me enseñó que era mejor reducir el potencial comercial de mi capacidad para beber cerveza que capitalizarlo. Esforzarte visiblemente para conseguir los indicadores tradicionales de belleza y estatus —el cabello rubio primorosamente peinado, la piel de un moreno en perfecto equilibrio, la marca de marras descaradamente visible por todo el bolso— es rotundamente vergonzoso. Esto es algo que me llevó años aprender, porque mi madre me ha sujetado por la barbilla para ponerme «un poco de color» en los labios desde que tenía once años, y porque pavonearse era algo que en el Madre Santa Teresa se festejaba, no se ridiculizaba.

Al igual que yo, Liam estaba aprendiendo a considerar que los rizos de Olivia eran encantadores, y no horteras. Además, de pronto diría que tenía un poco más de pecho de lo que parecía en un principio. Yo no interfería. Durante toda mi vida me ha resultado difícil abogar por mí misma, pedir aquello que quería. Tengo miedo de ser una carga para los demás. Me gustaría echarle la culpa a lo que pasó aquella noche, y a lo que pasó en las semanas siguientes, pero creo que es algo inherente a mi carácter. Pedirle a Liam que me acompañara a por la píldora del día después había sido prácticamente lo más atrevido que había hecho en mi vida y aquella palabra, «amigo», garabateada lentamente en el papel como haría un niño de cuarto de primaria para acordarse de la regla («la letra "g" con las vocales "a", "o" y "u" tiene un sonido suave: gato, amigo, gusano»), me había recordado por qué no pedía nunca nada.

Olivia solo necesitaba un poco de tiempo para estar segura de que mi retirada no era una maniobra. Para aceptar que era sincera. Casi tres semanas después de la fiesta de Dean, la vi a lo lejos en el aula de matemáticas. Se paró cuando me acerqué hacia ella y me dijo: «Estás muy flaca». Sonó más como una acusación que como un cumplido, dicho de esa forma en la que incluso las chicas de catorce años saben hacerlo. «¿Cómo lo has conseguido? ¿Qué has hecho?»

Me iluminé por dentro y dije alegremente: «Corriendo campo a través». Pero la verdad es que, desde aquella noche, lo único que mi estómago toleraba era el melón. Trabajaba duro en los entrenamientos, pero mi marca empeoraba en lugar de mejorar. El señor Larson me gritaba: «¡Vamos, TifAni!». No para animarme, sino con exasperación.

Cuando Hilary me invitó a dormir en casa de Olivia el sábado, el último sábado de mi sentencia, mi madre me dio permiso, como sabía de antemano que iba a ocurrir. Dijo que la había ayudado tanto y me había portado tan bien que me quitaría un día de castigo. Esa sí que era buena. Estaba obsesionada con los padres de Hilary y Olivia, sobre todo con la madre de Olivia, Annabella Kaplan, de soltera Coyne, descendiente de la familia Macy y que conducía un Jaguar antiguo. Mi madre sabía que no debía interferir con mis amistades florecientes, ya que la compensación real de la matrícula del instituto eran los contactos que se hacían, no la educación, de la misma forma en que yo sabía mirar hacia otro lado cuando Liam pasaba el brazo sobre los hombros de bailarina de Olivia, aunque el ácido del estómago cargaba contra mi garganta como un defensa de un equipo de fútbol americano.

Y

Mi madre me dejó en la entrada de la casa de Olivia a las cinco de la tarde del sábado. Por delante no parecía gran cosa, uno habría esperado algo más de la nieta del dueño de Macy's. Pero era porque quedaba oculta tras los árboles, la hiedra y las enredaderas; una vez que cruzabas el portón veías que la casa no terminaba nunca y que el jardín se abría a una hectárea de terreno con una piscina y una casa de invitados en la que vivía Louisa, la criada de los Kaplan.

Llamé a la puerta trasera. Pasaron unos segundos antes de que viera la coronilla decolorada con mechas color cereza de Hilary avanzando hacia mí. Jamás vi a los Kaplan cuando fui a casa de Olivia. Su padre tenía un temperamento violento, que se reflejaba en los variables moratones de las muñecas de Olivia, y su madre siempre estaba recuperándose de alguna operación de cirugía estética. Esta amalgama familiar —abusiva y vana— solo conseguía reforzar la imagen que tenía de Olivia como la pobre niña rica y glamurosa que yo seguiría anhelando ser durante muchos años después de haberla conocido. Ni siquiera lo que me hizo o lo que le pasó más tarde fue suficiente para aplacar mi sed de sangre.

Hilary abrió la puerta de par en par. «¡Ei, tía!». Hilary y Olivia llamaban a todo el mundo «tía». Me costó años deshacerme de esa irritante costumbre.

Mis ojos se posaron en la franja de vientre plano que se le veía a Hilary bajo la camiseta cortada. Los chicos a veces la llamaban «Hilaro» por sus hombros anchos y su cuerpo atlético. Pero yo encontraba sus músculos fascinantes. No tenía el tipo de delgadez de Olivia, pero no había un gramo de grasa en su cuerpo, y eso que Hilary no hacía ningún deporte y que su madre había falsificado una carta de su «entrenador de squash» para que no tuviera que ir a clase de educación física. Era como si tuviera un cuerpo pilates antes de que el pilates se pusiera de moda.

Yo estaba nerviosa. Olivia no me había invitado, había sido Hilary. Durante las últimas dos semanas, Olivia había empezado a jugar fuerte con Liam. Le dejé ir sin oponer resistencia. Si tenía que elegir entre él y Olivia y Hilary como amigas —nos habíamos dado cuenta de que con mi nombre, nuestro acrónimo era HOT (tía buena)—, en fin, sabía qué relación tenía más potencial a largo plazo.

—Pasa.

Hilary subió las escaleras de dos en dos; sus músculos de los muslos se flexionaban en un pulso contra la gravedad. Hilary siempre tenía que hacerlo todo de una forma un poco más rara que los demás. Era parte de su encanto.

Olivia tenía un ala entera de la casa para ella sola, un amplio espacio tipo *loft* con un baño que separaba su habitación de la de su hermana, que estaba interna en un colegio. Hilary me contó una vez que la hermana de Olivia era la guapa de la casa, la favorita. Por eso Olivia apenas comía.

Olivia estaba sentada en el suelo con las piernas cruzadas, apoyada perezosamente contra la cama. Bolsas de Swedish Fish y Sugus, una botella de vodka y una lata volcada de Coca-Cola Light la rodeaban como víctimas dulces de una guerra.

—Ei, tía. —Olivia apretó un Swedish Fish entre los dientes hasta que se partió por la mitad. Cogió la botella de vodka—. Bebe.

Nos pimplamos el vodka con la Coca-Cola Light, hundiendo los dientes en el caramelo mientras hacíamos muecas al intentar tragar. El sol se fue ocultando tras la ventana y nuestras pupilas se dilataron, pero seguimos sin encender la luz.

—Vamos a decirle a Dean que venga —dijo Olivia, cuando ya habíamos bebido suficiente vodka. Cuando el objetivo era pillarse un ciego, Dean siempre era buen compañero de correrías.

Yo estaba mareada del hambre que tenía y de tanto

azúcar. Olivia me sonrió, con las ranuras de entre los dientes teñidas de rojo navideño.

—Si sabe que estás aquí seguro que viene.

Ojalá hubiera conseguido que Dean volviera a gustarme, ojalá su mera presencia y la memoria sensorial de su esperma en mi boca no me hubieran provocado náuseas. Quizá así todo habría sido distinto.

—¡Sí, seguro que viene!

Hilary rodó sobre la espalda riéndose, tocándose la barbilla con las rodillas flexionadas y balanceándose adelante y atrás. Se le veían las bragas. Eran de color verde radioactivo.

—¡Dejadme en paz!

Rodeé el cuello de la botella de vodka con los labios y me estremecí mientras el líquido me bajaba hacia el estómago, como lava ardiendo.

Olivia estaba al teléfono, diciendo:

—Pero esperad a que esté oscuro; si no, Louisa os verá.

Si hubiera estado con las chicas del Madre Santa Teresa, nos habríamos apelotonado frente al espejo para frotarnos las mejillas febrilmente con colorete y ponernos tanto rímel en las pestañas que habrían parecido las patas peludas de una araña. Pero Olivia lo único que hizo fue apretarse el moño deshecho en lo alto de la cabeza, asegurándolo con más fuerza contra su cráneo.

—Traen licor de malta.

—¿Quién viene? —Aguardé la respuesta, con la esperanza de escuchar el nombre de Liam.

—Dean, Liam, Miles... —Movió la mandíbula con dificultad mientras masticaba un Sugus— y Dave. Puaj.

—Qué asco, Dave —confirmó Hilary.

Les dije que tenía que ir al baño. Bajé dando tumbos hasta la entrada y cerré la puerta con pestillo, porque me disponía a hacer algo más embarazoso aún que atascar el váter: maquillarme. Me miré al espejo y vi que tenía las mejillas coloradas; me enjuagué la cara con agua para refrescarme e intentar preparar el lienzo. Rebusqué en los cajones a ver si encontraba lápiz de ojos, brillo de labios, algo así. Encontré un rímel viejo y grumoso y hundí el cepillo en el tubo una y otra vez intentando rebañar todo lo que quedaba.

Oí cómo los chicos subían ruidosamente las escaleras y me miré fijamente en el espejo. «Está bien. Estás bien.» No me había molestado en encender la luz y los últimos rayos del sol me iluminaban la cara, llevándose cualquier indicio de confianza que hubiera esperado encontrar.

Cuando volví a la habitación de Olivia vi que todos estaban sentados en círculo, bebiendo de las botellas que habían traído en bolsas de papel arrugadas. Había un hueco entre Liam y Dean. Me senté entre ellos, acercándome a Liam tanto como me atreví. Dean me pasó una botella. No sabía cuál era la diferencia entre una cerveza normal y una de aquellas, y bajé la bolsa de papel para leer la etiqueta: licor de malta. Me lo bebí sin preguntar qué era.

Después de una hora de conversaciones estúpidas, en la que las palabras se iban tambaleando cada vez más en mi cabeza, Olivia nos dijo que podíamos salir a fumar sin problemas.

Nos arrastramos por las escaleras, atravesamos la cocina y salimos por la puerta uno detrás de otro, como en un simulacro de incendio perfectamente ensayado. Nos apiñamos en círculo en el jardín privado que protegía las ventanas de la cocina. Las ramas de un pequeño arce frondoso se extendían hacia nosotros como esperando un abrazo. No me había dado cuenta de que aquella era la segunda cocina —«La cocina de la criada», nos explicó Olivia—, aunque era más grande que la que había en mi modesto chalé. Olivia nos dijo que sus padres apenas utilizaban aquella parte de la casa y que nadie se daría cuenta de que estábamos allí si no hacíamos ruido.

Dean sacó un porro de un paquete de tabaco y accionó la rueda del mechero antes de llevarse un extremo a los labios y encender el otro.

Nos lo fuimos pasando de derecha a izquierda, así que

les llegó a Olivia y a Hilary antes que a mí; ninguna consiguió aguantar el humo dentro y lo soltaron entre toses espasmódicas mientras los chicos ponían los ojos en blanco y les decían en voz baja que se dieran prisa y lo pasaran antes de que se acabara.

Yo no había vuelto a fumar hierba después de aquella noche en octavo, en casa de Leah. Me había aterrorizado la sensación, la forma en la que el colocón me había subido por detrás y me había aprisionado sin previo aviso. Cada vena de mi cuerpo se había dilatado y había empezado a latir y estaba convencida de que nunca se me pasaría, de que nunca volvería a sentirme normal. Pero las ganas de hacerlo mejor que Hilary y Olivia fueron más fuertes que el miedo. Le di una intensa calada al porro y la brasa se encendió como una luciérnaga el primer día de verano. Aguanté el humo en los pulmones durante mucho tiempo para impresionar a Liam y lo expulsé lentamente en un elegante anillo que le rodeó la cara.

—Tengo que conocer a más chicas católicas —dijo Liam con la mirada soñolienta.

—Dicen que muerden —murmuró Olivia, bajito, nerviosa por ver si el chiste hacía gracia o no. Provocó una fuerte carcajada, que Olivia silenció frenéticamente; el miedo a su padre ganó temporalmente a su orgullo. Pero la broma había surtido efecto.

Dean me dio una palmada en la espalda.

—No te preocupes, Finny, estabas muy pasada.

Fue uno de esos terribles momentos en los que no tienes ningún control sobre tu reacción, en los que el dolor está tan expuesto que es imposible ocultarlo. Me reí, pero el nítido contraste entre mi risa y el gesto de mi cara no hizo más que empeorarlo.

Una vez que habíamos dejado el porro en las últimas, Liam dijo que tenía que ir al baño y se metió en la casa. Me pregunté si debería seguirle mientras la conversación continuaba como un zumbido. Empezaba a sufrir las consecuencias de lo que acababa de hacer, de mi fanfarronería al intentar aguantar el humo en el pecho durante tanto tiempo, pisándome los talones. Los latidos de mi corazón me retumbaban en los oídos cuando me di cuenta de que Olivia también se había ido, se había escabullido y ni siquiera me había dado cuenta. Miré entre las hojas de color carmín del arce y a través de los setos verdes y planos que protegían las ventanas, pero la cocina estaba vacía.

—Tengo frío —dije, aterrorizada cuando me di cuenta de lo congelada que estaba. Estaba tiritando—. Vamos dentro.

Necesitaba moverme, necesitaba concentrarme en poner un pie delante del otro, en mi mano girando el picaporte, en cualquier cosa excepto en el hecho de que mi cuerpo temblaba como uno de esos estúpidos muñecos de cuerda de plástico, esos que solo son unas encías rojas como caramelos y unos dientes totalmente blancos sobre un par de pies y se mueven a trompicones por encima de la mesa; la típica chorrada que trae tu tío el que siempre va con cárdigan.

—Quedémonos aquí un rato. —Era Dean el que hablaba. Era el brazo de Dean el que me atraía hacia él. Dean era el único que estaba allí. ¿Adónde había ido todo el mundo?

—Espera. —Bajé la cabeza y apoyé la frente en el pecho de Dean, cualquier cosa con tal de evitar su boca, que se cernía sobre mí.

Dean metió el dedo en el hueco que quedaba entre mi barbilla y el cuello, aplicando presión hacia arriba.

—Tengo mucho frío —protesté, aunque le dejé hacer.

Cuando sentí los húmedos labios de Dean sobre los míos, tragué saliva. «Solo un rato —pensé—, solo tienes que hacerlo un rato. No seas maleducada.»

Jugué con la gruesa lengua de Dean mientras me daba cuenta de que tenía las palmas de las manos en su pecho, apartándole de mí. Las entrelacé por detrás de su cuello peludo, sumisamente.

Los dedos de Dean intentaban abrir atropelladamente mis pantalones. Era demasiado pronto para parar, Dean no me creería si intentaba parar tan pronto. Interrumpí el beso lo más tranquilamente que pude.

—Vamos para dentro.

Intenté que mi voz sonara sexy, seductora, pero ambos sabíamos que no había ningún sitio dentro de la casa en el que pudiera cumplir mi promesa. Me di cuenta demasiado tarde de que mi juego era tan transparente que resultaba peligroso, de que había juzgado mal a Dean. Me agarró el botón de los pantalones con tanto entusiasmo que mi pelvis salió disparada hacia delante y los pies se me separaron del suelo. Di un traspiés hacia atrás, aterrizando con la muñeca en un ángulo imposible, y solté un gritito de cachorro malherido que reverberó por todo el patio.

—¡Cállate! —siseó Dean. Se dejó caer de rodillas y me dio una bofetada.

Nunca he sido del tipo de chica que se deja pegar, ni antes de llegar a Bradley ni cuando se demostró que era distinta a los demás. La mano caliente en la mejilla me desató. Lancé un alarido, un sonido gutural y antiguo que no había oído nunca antes. En esta vida moderna, rara vez se presenta la ocasión de que nuestro cuerpo tome las riendas, de que descubramos lo que haría, los olores y sonidos que emitiría si se viese obligado a luchar por sobrevivir. Aquella noche, cuando estaba en el suelo con Dean, mientras le arañaba y chillaba, y el sudor se apelmazaba en mis axilas, lo descubrí, y no sería la última vez.

Dean tenía el botón desabrochado y yo tenía los pantalones por debajo de las caderas cuando se encendieron las luces de la parte delantera de la casa y oímos gritar al padre de Olivia. Olivia salió corriendo por la puerta de atrás y me chilló que me fuera y no volviera nunca más. Escuché a Dean jadeando detrás de mí mientras corría hacia la puerta y mis manos temblaban en el cerrojo.

—¡Muévete!

Me empujó, quitándome de en medio, y abrió el pestillo, dejando la puerta abierta. Dean se abalanzó hacia la salida, pero se paró, sujetando de manera inesperada la puerta para que yo también pudiera escapar. Me estaba acercando a la oscura salida cuando oí el sonido de otras pisadas detrás de mí: eran los demás chicos, que se dirigían al Navigator de Dave aparcado en la calle.

Una vez fuera, giré hacia la derecha. No sabía hacia dónde iba, solo sabía que ir a la derecha significaba alejarme del coche de Dave, de la dirección a la que apuntaba el morro. Continué hasta que la luz de la casa de Olivia desapareció por completo y estaba lo suficientemente oscuro como para que pudiera derrumbarme en la acera de la calle, con los pulmones llenos del aire frío de la noche y el corazón latiéndome como loco, como si nunca hubiera corrido un kilómetro en mi vida, como si correr no fuera el deporte que había elegido voluntariamente en el instituto.

Estaba en las entrañas de Main Line, pobladas de mansiones alejadas de la calle que destilaban brillo y petulancia a través dc los árboles. Me metí entre los matorrales cuando oí el sonido de un coche en la calle. Espié a través de las perennes hojas rojas y amarillas y solo me permití respirar cuando vi que no era el Navigator de Dave. La adrenalina había borrado cualquier atisbo de colocón de mi cuerpo, pero por la manera en que zigzagueaba por la calle estaba segura de que pasarían horas antes de que se me pasara el efecto del vodka con Coca-Cola Light, horas antes de que me diera cuenta de que tenía la muñeca hinchada hasta dos veces su tamaño habitual y me palpitaba al mismo ritmo que el corazón.

Había trazado un plan en mi cabeza: llegar a Montgomery Avenue, caminar en línea recta hasta Arbor Road y girar a la derecha para llegar a casa de Arthur. Le lanzaría guijarros a la ventana, como hacen los chicos en las pelis cuando les gusta una chica. Me abriría. Tenía que hacerlo.

Seguí girando por calles diferentes, siempre segura de que la siguiente sería la que me llevaría a la principal.

Llegó un momento en el que estaba tan desesperada que no me aparté cuando aparecieron unos faros en la cima de una colina empinada, teniendo por seguro que el coche al que pertenecían, bajo y elegante, no era el de Dave.

Cuando se paró en una señal de *stop* al final de la cuesta, me acerqué corriendo a la ventanilla para preguntarle al conductor cómo llegar a Montgomery Avenue. La mujer del coche, que tenía cara de madre, reflejó su terror abriendo la boca de par en par y haciendo chirriar el coche bajo sus pies. El Mercedes salió pitando delante de mí, atravesando la oscuridad a toda prisa, seguramente de camino a una cena en la que, sin lugar a dudas, entretendría a sus aburridos amigos contándoles su huida por los pelos de una gamberra ladrona de coches que había aparecido como el hombre del saco en Glenn Road.

Después de lo que me pareció un segundo y al mismo tiempo una eternidad, tomé una curva que se abría a una larga fila de farolas, con una tienda 24 horas anclada al final de la calle. Estaba tan impaciente que empecé a correr, con las manos abiertas a ambos lados del cuerpo, como nos había enseñado el señor Larson. «Se necesita energía para cerrar la mano en un puño —nos había explicado, mostrándonos los suyos apretados—, y tenéis que conservar toda la que podáis.»

Troté bajo las luces fluorescentes de la gasolinera, protegiéndome los ojos del resplandor inesperado y deslumbrante; parecía como si el sol hubiera aparecido repentinamente tras unas nubes. Abrí la puerta empujándola con el hombro, agradecí el calor que hacía dentro y me di cuenta de lo mal que olía ahora que estaba en un espacio cerrado. Me detuve unos metros antes de llegar al mostrador para que el cajero no se percatara de mi hedor.

—Montgomery Avenue está más adelante a la derecha, ¿verdad? —Me horroricé al comprobar cómo arrastraba las palabras.

El cajero levantó la mirada de su crucigrama, molesto. Parpadeó y le cambió la cara.

—Señorita —se llevó la mano al corazón—, ¿está usted bien?

Me toqué el pelo y lo noté sucio.

—Solo me he caído.

El cajero levantó el auricular del teléfono.

—Llamaré a la policía.

—¡No! —Me acerqué y él dio un paso atrás, todavía con el teléfono en la mano.

—¡No se acerque! —gritó. Me di cuenta por primera vez de que él también tenía miedo.

—Por favor —le pedí. Solo había marcado el primer número—. No necesito a la policía. Solo quiero que me diga cómo llegar a Montgomery Avenue.

El cajero dejó de marcar, pero sujetaba el auricular con tanta fuerza que la piel alrededor de los nudillos se le había puesto blanca.

—Está muy lejos —dijo finalmente.

Oí cómo se abría la puerta detrás de mí y me quedé helada. No quería montar una escena con otro cliente en la tienda.

—¿Podría decirme cómo llegar hasta allí? —susurré.

El cajero colgó el teléfono lentamente; parecía inseguro, pero se levantó a por un plano.

Escuché mi nombre.

Era el señor Larson quien estaba detrás de mí. Fue la mano del señor Larson la que me cogió del hombro y me guio fuera de la tienda, despejó el asiento del copiloto de bolsas y me dijo que subiera al coche. Que de repente alguien me encontrara me hizo rendirme y perder el control sobre todos mis secretos. Todas mis mentiras, las que les había contado a todos, incluso a mí misma. Mientras las lágrimas descendían por mis mejillas, en una de las cuales tenía un corte tan fino y oscuro como la noche que parecía hecho con rotulador, empecé a contarle lo que había pasado. Y cuando empecé, ya no pude parar.

Y

El señor Larson me dio una manta, agua y hielo para la cara. Quería llevarme al hospital pero me puse tan histérica cuando lo sugirió que aceptó llevarme a su casa. El hecho de que supiera exactamente qué tenía que hacer en esa situación —llevarme a un lugar seguro, calmarme, conseguir que se me pasara la borrachera— no me sorprendió en aquel momento, pero sí me sorprende ahora. Era un adulto, por supuesto que sabía lo que había que hacer, pero de lo que no podía darme cuenta en aquel momento es de lo reciente que era para él, lo joven que se es a los veinticuatro años cuando no se tienen catorce. No hacía ni dos años, el señor Larson se bañaba desnudo en el lago Beebe, en Cornell, con sus compañeros de la fraternidad, y era el único que había conseguido ligarse a la novata a la que todos llamaban «Madre de Dios» porque era tan guapa que todos decían «¡Madre de Dios!» cada vez que la veían. Ni siquiera nos llevábamos tanto; si yo hubiera ido maquillada y bien vestida, habríamos podido pasar por una pareja que volvía al piso del chico después de una primera cita que había ido extremadamente bien.

Había llegado hasta Narberth, había caminado casi doce kilómetros desde casa de Olivia. Era casi por la mañana y el señor Larson volvía a casa de la zona de bares que había en Manayunk, donde vivía la mayoría de sus amigos, y donde él viviría si no fuera porque se tendría que pegar una caminata demasiado larga cada mañana desde allí para llegar a Bradley. Me contó que se había parado en la tienda para comprar algo de picar. Después dio unas palmaditas en la barriga y dijo: «Pico mucho últimamente». Estaba intentando hacerme reír, así que me reí por educación.

A mí no me parecía que el señor Larson estuviera gordo, pero cuando llegamos a su piso y pude echar una ojeada al perímetro del salón y estudiar las fotos de las paredes, con la manta que me había dado por encima de los hombros, vi que antes era el típico chico delgado, de constitución fibrosa, como Liam y Dean. Hombros musculosos de gimnasio, pero una cintura esbelta que revelaba lo que habría ahí si no fuera por los abdominales. Había dejado de ver al señor Larson como el tío más guapo que había visto en la vida real cuando empezó a ser mi entrenador y empezó a meterse en mis asuntos, pero aquellas fotos me recordaron lo que había visto el primer día de instituto. Me sujeté la manta con más fuerza alrededor de los hombros, sintiendo de repente que el cuello de pico de mi jersey era demasiado escotado.

—Aquí tienes.

El señor Larson apareció en el marco de la puerta con una porción pastosa de pizza Tombstone en un plato.

Comí obedientemente. Le había insistido al señor Larson que no me preparara nada, no tenía hambre, pero tras darle un bocado a la pizza recalentada en el microondas, cruda y fría por el centro, me entró un hambre de lobo. Me comí ese trozo y otros tres antes de dejarme caer en el sofá, agotada.

—¿Te encuentras mejor? —me preguntó el señor Larson, a lo que asentí con determinación.

—TifAni —empezó, inclinándose hacia delante en la silla La-Z-Boy que había al lado del sofá. Había sido prudente y se había sentado ahí—, tenemos que hablar sobre lo que vamos a hacer ahora.

Escondí la cara en la manta. La pizza me había dado fuerzas para llorar de nuevo.

—Por favor… —gimoteé. «Por favor, no se lo diga a mis padres. Por favor, no lo diga en el colegio. Por favor, sea mi amigo y no lo haga todo más difícil de lo que ya es.»

—Seguramente no debería contarte esto —suspiró el señor Larson—, pero no es la primera vez que tenemos este tipo de problemas con Dean.

Utilicé la manta para limpiarme la cara y levanté la cabeza.

—¿A qué se refiere?

—No es la primera vez que ha agredido físicamente a una estudiante.

—Intentado —le corregí.

—No —dijo firmemente el señor Larson—, lo que te hizo en su casa hace tres semanas no fue un intento, y lo que ha hecho esta noche no ha sido un intento.

Incluso después de que todo estuviera dicho y hecho, de que las cenizas hubieran abonado la tierra, de que me hubiera mudado para ir a la universidad y luego a Nueva York y hubiera conseguido todo lo que pensaba que siempre había deseado, el señor Larson sigue siendo la única persona del mundo que me dijo que nada de aquello, nada de lo que había pasado, había sido culpa mía. Vi la duda momentánea hasta en los ojos de mi madre. Eres tú quien hace una mamada, nadie puede obligarte a hacerla. ¿Cómo puede haber pasado como tú lo cuentas? ¿Cómo se te ocurrió ir a la fiesta, siendo la única chica, beber tantísimo y no esperar que pasara lo que pasó?

—Mis padres nunca me perdonarán que lo haya estropeado todo —dije.

—Sí —prometió el señor Larson—, sí lo harán.

Me volví a recostar, descansé la cabeza en el sofá y cerré los ojos. Me dolían las piernas por todo lo que había andado por las calles de Main Line. Podría haberme quedado dormida allí mismo, pero el señor Larson insistió en que me acostara en su cama, que él podía dormir en el sofá, de verdad, no pasaba nada.

Cerró la puerta con cuidado y yo me metí debajo del edredón, rojo oscuro y desgastado por el uso. El señor Larson olía como una persona mayor, como un padre. Me pregunté cuántas chicas habrían dormido en aquella cama antes que yo, si el señor Larson las habría besado en el cuello mientras se ponía encima de ellas, con calma y esfuerzo, como siempre me había imaginado que sería el sexo.

Me desperté en mitad de la noche, gritando. De hecho, yo no me oí a mí misma. Pero debí de gritar fuerte porque el señor Larson apareció sin resuello en la habitación.

Encendió la luz de un manotazo y se acercó a mí hablando en voz alta para que me despertara de la pesadilla.

—No pasa nada —me dijo entre susurros cuando vio que mis ojos se fijaban en él—. No pasa nada.

Me subí la manta hasta la barbilla, cubriéndome entera excepto la cabeza, como hacía mi madre cuando me enterraba con arena en la playa.

—Lo siento —susurré avergonzada.

—No tienes que disculparte —dijo el señor Larson—. Solo era una pesadilla. Pensé que querrías despertarte.

Mi cabeza sin cuerpo asintió.

—Gracias.

El señor Larson llevaba una camiseta que se le ceñía en los hombros. Se dio la vuelta para marcharse.

—¡Espere!

Me agarré más fuerte a la manta. No podía estar sola en la habitación. El corazón empezó a latirme con fuerza en el pecho, como el primer síntoma de un mareo. No podría seguir latiendo así por mucho tiempo y, si se paraba, necesitaría que alguien me ayudara.

—No puedo… no voy a poder dormir. ¿Le importaría quedarse?

El señor Larson me miró por encima de su hombro fornido. Había una tristeza en su mirada que entonces no entendí.

—Puedo dormir en el suelo.

Asentí, animándole, y el señor Larson siguió su camino hacia el salón; volvió con una almohada y una manta. Colocó las cosas en el suelo al lado de la cama antes de apagar la luz, y luego se agachó y reorganizó la cama improvisada para estar cómodo.

—Intenta dormir, TifAni —dijo, medio dormido. Pero ni lo intenté. Estuve toda la noche despierta, escuchando su respiración reconfortante que garantizaba que todo iría bien. Entonces no lo sabía, pero me esperaba una eternidad de noches en vela.

Y

Por la mañana, el señor Larson me calentó un *bagel* congelado en el microondas. No tenía queso de untar, solo una barra crujiente de mantequilla con migas de pan pegadas en el extremo empezado.

Aunque me había bajado la hinchazón de la cara durante la noche, seguía teniendo una delgada línea roja en la mejilla. Pero lo que me preocupaba era la muñeca, así que el señor Larson se ofreció a ir a la farmacia para comprarme un apósito y un cepillo de dientes. Después de eso, quiso llevarme a casa y me prometió que me ayudaría a contarles a mis padres lo que había pasado. Le dije que sí a regañadientes.

Cuando se fue, cogí el teléfono y llamé a casa.

—¡Hola, cariño! —me dijo mi madre.

—Hola, mamá.

—Ah, antes de que se me olvide, te ha llamado Dean Barton hace veinte minutos.

Me aferré a la encimera de la cocina para mantener el equilibrio.

—¿Ah, sí?

—Ha dicho que era importante. Mmm, espera, deja que busque dónde lo he apuntado. —Escuché a mi madre moviéndose y de milagro no le grité para que se diera prisa—. ¿Qué pasa, cielo?

—No he dicho nada —salté, antes de darme cuenta de que mi madre estaba hablando con mi padre.

—Sí, en el congelador del garaje. —Pausa—. Está ahí.

—¡Mamá! —ladré.

—TifAni, relájate —dijo mi madre—. Ya sabes cómo es tu padre.

—¿Qué ha dicho Dean?

—Lo tengo apuntado aquí. Que le llames lo antes posible. Algo sobre un proyecto de química. Ha dejado su número. Parecía muy nervioso. —Se rio con un tintineo—. Yo creo que le gustas.

—¿Me dices el número? —Encontré un Post-it y un boli en el cajón del señor Larson y lo apunté—. Ahora te llamo —dije.

—Espera, TifAni, ¿cuándo te recojo?

—¡Ahora te llamo!

Colgué el teléfono y marqué apresuradamente el número de Dean. Tenía que saber de qué iba todo aquello antes de que el señor Larson volviera de la farmacia.

Dean respondió al tercer tono. Su saludo fue hostil.

—¡Finny! —Su tono cambió por completo cuando se dio cuenta de que era yo—. ¿Dónde coño te metiste ayer por la noche? Estuvimos buscándote.

Le solté una mentira: que había acabado en casa de una de mis compañeras del equipo que vivía cerca de Olivia.

—Ah, perfecto —dijo Dean—. Mira, escúchame, sobre lo que pasó anoche… lo siento mucho. —Se rio avergonzado—. Iba muy ciego.

—Me pegaste —le dije, tan bajito que ni siquiera estaba segura de haberlo dicho hasta que Dean contestó.

—De verdad que lo siento, Finny. —Su voz sonaba atrapada en la garganta—. Me siento fatal por haberte pegado. ¿Podrás perdonarme? No podré soportarlo si no me perdonas.

Había una desesperación en la voz de Dean que yo también sentía… Todo sería mucho más fácil si esto nunca hubiera pasado y solo nosotros podíamos hacer que así fuera.

Tragué saliva.

—Vale.

La respiración de Dean sonó pesada en mis oídos.

—Gracias, Finny, muchas gracias.

Llamé a mi madre después de colgar con Dean y le dije que cogería el tren.

—Ah, mamá —le pregunté—, ¿tienes Neosporin? El perro de Olivia me ha arañado la cara mientras dormía.

Olivia no tenía perro.

Cuando el señor Larson volvió, estaba vestida y con las mentiras preparadas. Insistí en coger el tren, insistí en que él no conocía a mis padres, en que sería mejor si se lo contaba yo sola.

—¿Estás segura? —preguntó el señor Larson. Su tono

dejaba claro que no se había creído nada de todo aquello.

Asentí como pidiendo disculpas.

—Hay un tren a las once y cincuenta y siete desde Bryn Mawr. Si salimos ahora llegaremos a tiempo.

Me alejé de la decepción en su rostro para que no pudiera ver mi propia decepción. Algunas veces me pregunto si aquella fue la decisión que dio lugar a todo lo que vino después. O si habría pasado de todas formas, como aquello que decían las monjas del Madre Santa Teresa de que Dios tiene un plan para cada uno de nosotros y sabe lo que pasará de antemano, antes incluso de que hayamos venido al mundo.

Capítulo 9

No mentí a Luke. Le dije que le iba a escribir un e-mail al señor Larson unos días después de que volviésemos de Nantucket. No había podido dejar de pensar en él, no había podido dejar de imaginarnos, hombro con hombro, en un bar de luz tenue, y la mezcla de preocupación y lujuria en su cara cuando le confesara mi segundo secreto más oscuro: no estoy segura de poder seguir con esto. La forma en la que me besaría... cómo intentaría contenerse al principio por su mujer. Booth. Elspeth. Pero después recordaría que era yo.

Luego aparecieron los créditos de mi pequeña fantasía. El señor Larson nunca haría eso conmigo. Ni siquiera quería hacerlo yo con él. Iba a casarme. Aquello no era más que el típico momento de miedo y arrepentimiento por el que pasan todas las novias. «Es normal tener miedo», me recordó mi madre cuando me sinceré con ella y dejé caer que quizá no estaba tan segura de querer casarme con Luke como yo creía. «Los hombres como Luke no caen del cielo —me advirtió—. No lo estropees, Tif. Nunca encontrarás a nadie mejor que él.»

El atractivo del señor Larson es que había sido testigo de todo. Me vio caer más bajo que nadie, y aun así estuvo a mi lado e hizo todo lo posible por ayudarme. Imaginó el futuro que podía tener incluso antes de que yo quisiera aquel futuro, y fue quien me empujó hacia él. Eso es tener fe. Cuando era niña, creía que la fe tenía que ver con creer que Jesús había muerto por nosotros, y que si me agarraba a eso, yo también vería a Dios cuando muriera. Pero ahora, para mí, la fe no es eso. Ahora la fe es que alguien vea en ti algo que tú no ves, y que no se rinda hasta conseguir que lo veas. Eso es lo que quiero. Eso es lo que echo de menos.

—¿Para qué lo quieres? —me preguntó Luke cuando le pedí el correo del señor Larson. No me lo dijo con recelo, pero tampoco le hizo muchísima ilusión.

—¿Cómo que para qué? —le espeté, con el tono que utilizaría con una becaria que hubiese puesto en tela de juicio algo que le había mandado hacer. ¿Qué es lo que no entendía?—. Es una locura habernos encontrado de nuevo de esta forma. Va a salir en el documental. Quiero saber si lo rodaremos a la vez. Y quiero saber de qué va a hablar. —Luke me miraba impasible, así que me puse melodramática—. Todo, Luke. Quiero hablar con él de todo.

Luke dio un manotazo en el sofá y gruñó:

—Es mi cliente, Ani. No quiero… líos.

—No lo entiendes —suspiré. Entré cabizbaja en la habitación y cerré la puerta sin hacer ruido. Cuando le volví a pedir el correo al día siguiente, me mandó un e-mail con la dirección, sin escribir nada más.

Pegué la dirección del señor Larson en el campo del destinatario, invoqué a la reina del baile de graduación que había en mí y le escribí un mensaje dulce y vivaz. «¡No puedo creer que hayamos coincidido así! Qué pequeño es el mundo, ¿eh? Me encantaría quedar algún día, creo que tenemos muchas cosas de que hablar.»

Actualicé la página ocho veces hasta que llegó la contestación del señor Larson. Abrí el mensaje con las mejillas ardiendo de esperanza.

«¿Quedamos para tomar un café?», empezaba su mensaje. «¿Te resultaría cómodo?» Puse los ojos en blanco, y creo que solo con eso quemé las calorías de las pasas que había estado picando. ¿Un café? Me seguía tratando como a una alumna.

«Creo que unas copas me resultarían más "cómodas"», escribí.

«Tienes el mismo pronto que cuando eras una cría», contestó. La palabra «cría» me enfureció. Pero dijo que sí.

El día que habíamos quedado, me puse un vestido de piel *oversize* y unos botines *peep-toe* para ir a trabajar, porque pensé que eso es lo que se pondría una persona con «pronto» en pleno verano.

—Estás fantástica —me dijo LoLo cuando me crucé con ella por el pasillo—. ¿Te has puesto bótox en la frente?

—Creo que es lo más agradable que me has dicho jamás —repuse, y LoLo se echó a reír como sabía que iba a hacerlo. Creí que estábamos intercambiando cumplidos sin más, pero LoLo se paró en seco y dio varios pasos atrás hasta llevarme a un rincón.

—El artículo del porno vengativo es brillante. En serio, brillante.

Había peleado aquella idea con uñas y dientes, y había conseguido seis páginas en la sección de variedades para contar la historia de mujeres víctimas de exnovios rencorosos, y de cómo las leyes que regulaban el acoso sexual y la intimidad no están actualizadas conforme a las nuevas tecnologías, por lo que técnicamente no se podía hacer nada para ayudar a aquellas chicas.

—Gracias —contesté.

—Es increíble, puedes hacer lo que te propongas —siguió LoLo—. Pero creo que tendría mucho más impacto si saliese publicado tú-ya-sabes-dónde que aquí.

Sus cejas hicieron un esfuerzo para subir aún más en su frente, sin mucho éxito.

Le seguí el juego.

—Es un artículo puntual. No tendrá mucho interés a largo plazo.

—No creo que tengamos que esperar mucho.

Su sonrisa reveló una hilera de dientes manchados de café detrás de la capa de labial de Chanel.

Reproduje una sonrisa similar.

—Esa es una noticia fantástica.

LoLo agitó sus uñas en señal de despedida.

—*Ciao*.

Presentí que aquello era un buen presagio.

A través de la niebla dionisíaca del bar, la espalda de Clydesdale del señor Larson surgió como un espejismo. Me abrí paso entre la catarsis de faldas de tubo de Theory y los banqueros con las alianzas en el bolsillo. Mis tacones parecían entonar un cántico: «Sé auténtica, sé auténtica, sé auténtica».

Le di un toque en el hombro. Se había quitado la corbata o bien ese día no llevaba, y la camisa se le abría en forma de uve pequeñita justo en la garganta. Aquella pequeña porción de piel me sorprendió tanto como la primera vez que lo vi en vaqueros. Era un recordatorio de todas las cosas que aún no sabía de él.

—¡Lo siento! —Levanté un lado de la boca en una sonrisa culpable—. Me han entretenido en el trabajo.

Resoplé y me aparté un mechón de pelo de la boca, para demostrar lo agotada que estaba. Estoy ocupadísima pero he sacado tiempo para ti.

No era verdad, claro. Había empezado a arreglarme en los baños de *The Women's Magazine* a las 19:20. Me había echado desodorante, me había lavado los dientes, había mantenido el colutorio en la boca hasta que me lloraron los ojos. Después fue el turno del maquillaje y los malabarismos que hacía para que pareciese que apenas llevaba. Cuando salí de la oficina eran las 19:41. Un minuto de retraso, del retraso que había calculado que me permitiría estar en el bar de Flatiron a las 20:07. El retraso justo para demostrarle que no pierdes el culo por él, como dice siempre Nell.

Los labios del señor Larson vacilaron en el borde del vaso.

—Debería obligarte a dar un par de vueltas al patio.

—Dio un sorbo a su whisky y me fijé en que solo le quedaba media copa. Ya iba calentito.

La imagen del señor Larson dándome órdenes, gritándome para que corriese más rápido —«aligera el ritmo, no te duermas en los laureles, TifAni»— hizo que se me erizara la piel en la base del cuello. Me entretuve en instalarme en el taburete junto a él. No podía dejar que viese que se me ponía la carne de gallina. Aún no.

Me puse un mechón de pelo detrás de la oreja.

—¿Sabes que todavía hago el entrenamiento de las cuestas al menos una vez a la semana?

El señor Larson dejó escapar una risita y, aunque la piel se le arrugó alrededor de los ojos, su cara mantuvo un aspecto infantil, a pesar de las canas en las sienes.

—¿Dónde? Lo malo de esta ciudad es lo llana que es.

—Ya, no hay nada que se parezca ni de lejos a la colina de Mill Creek. Vivo en Tribeca, así que tengo que conformarme con el puente de Brooklyn.

Exageré un suspiro. Ambos sabíamos que un elegante estudio al lado del puente de Brooklyn estaba muy por encima de una vieja mansión en Bryn Mawr.

El camarero reparó en mí y me preguntó qué quería tomar con un gesto silencioso.

—Un vodka con Martini —dije—. Solo.

Aquella era mi bebida de redactora de revista. No me gusta el Martini, al menos no tanto como me gusta una bolsa de pretzels recubiertos de chocolate, pero cuando necesito algo estimulante, y que me reconforte rápido, es mi elixir preferido. A veces cuando lo bebo incluso me convenzo de que estoy tan cansada que voy a poder dormir.

—Mírala.

El señor Larson se apartó para admirar lo guapa que me había puesto para él. El vestido de piel, el pendiente de diamantes negros que me había puesto expresamente para él. Me pareció advertir una chispa en sus ojos, una mezcla de diversión y aprobación. Solo fue un instante, pero en cierto modo se me hizo insoportable, como cuando te quemas con el horno. La reacción del cuerpo cuando sobrepasa todos los sistemas.

—Siempre supe que serías así.

Podría haber explotado, pero me mantuve impávida.

—¿Rica?

—No. Así. —Abrió las palmas de las manos hacia mí—. Eres una de esas mujeres que ves por la calle y te preguntas quién será. Qué hará.

Me deslizaron la copa delante y le di un trago abrasador. Lo necesitaba por si no conseguía el efecto deseado con lo que iba a decir a continuación.

—Lo que hago es escribir consejos para chuparla bien.

El señor Larson apartó la vista.

—Vamos, Tif.

Oír mi antiguo nombre y la decepción en la voz del señor Larson fue como volver a tener la mano de Dean en la cara de nuevo. Bebí otro trago que me dejó los labios resbaladizos por el vodka y traté de recomponerme.

—¿Demasiado para una antigua alumna?

El señor Larson dio vueltas a su vaso entre las manos.

—No puedo soportar que te hagas de menos.

Clavé el codo en la barra y me giré en el taburete para colocarme de frente a él y que viese que todo aquello me divertía.

—No estoy haciéndome de menos. Ya que no puedo tener integridad periodística, al menos intento tomármelo con humor. Créeme, estoy bien.

El señor Larson me miró y casi no pude soportar la certeza en sus ojos.

—Se te ve bien. Supongo que solo intento averiguar si lo estás de verdad.

El Martini aún no me había hecho efecto, no estaba preparada para meterme en faena todavía. Creía que empezaríamos suave, que yo haría unas cuantas bromas sexuales por mi parte acerca de mi trabajo, que el señor Larson vería mi ambición detrás de mi rutina sin pretensiones, que se daría cuenta de lo que yo tenía y de lo que le faltaba a su mujer. ¿A Luke también le faltaba algo?

«Sí, sí —diría yo, triste, a lo mejor con las lágrimas aflorándome a los ojos—. No entiende nada. Pocas personas lo entienden.» Una mirada significativa al señor Larson, garantizándole que él era una de esas pocas personas.

—Vale, vale —me reí—. Esto del documental me tiene un poco trastornada.

El señor Larson se rio conmigo. Aquello me alivió.

—No sabes cómo te entiendo.

—Me da un poco de respeto —dije—. Pero tengo muchas ganas de hacerlo.

El señor Larson no parecía entenderme.

—¿Por qué te da respeto?

—Porque no sé qué enfoque quieren darle. Sé lo que se puede llegar a conseguir editando una entrevista. —Bajé la voz y me acerqué más a él, implicando que no solía admitir lo que iba a decir ante mucha gente, pero que por el señor Larson haría una excepción—. A ver, yo manipulo muchísimo lo que escribo. Sé exactamente lo que quiero que diga un artículo antes incluso de empezar a documentarme y de llamar al doctor Hack del programa *Today*. Si lo que me dice no me cuadra, simplemente le hago la pregunta de otra forma. O... —incliné la cabeza al recordar la otra opción— pruebo con el doctor Hack de *Buenos días, América* y consigo que me dé algo que me cuadre.

—O sea, que así es como funciona.

Los ojos del señor Larson se estrecharon por los lados, como si estuviese mirando por una mirilla para ver mi fachada entera. Tenía línea directa, era la raja que al final haría estallar el parabrisas.

Sonreí con suficiencia.

—Lo que quiero decir es que no puedo poner todas mis esperanzas en esto.

El hombro del señor Larson descendió hasta ponerse a la altura del mío. Su aliento ardía por el Lagavulin.

—No, no puedes. Pero no creo que tengas nada de qué preocuparte. Creo que lo que les interesa es la historia que nadie ha oído, que es la tuya. Dicho eso —se apartó, llevándose con él todo su calor turbio, y fue como cuando estás en el mar y viene una corriente de agua fría de repente—, no des nada por sentado. Tienes que saber que digan lo que digan sobre ti, lo único que importa es lo que tú sabes.

Se puso la mano en el pecho. Lo que acababa de decir era tan honesto y tan educativo que si hubiese salido de la boca de otra persona me habría burlado de ella. Pero había salido de boca del señor Larson, y lo recordaría con cariño. De hecho, durante años, me lo repetiría siempre que me cuestionara si había tomado la decisión correcta.

Jugueteé con la esquina húmeda de una servilleta.

—Señor Larson, no hay nada que me haga sentir bien de todo aquello.

Él suspiró, como si le acabasen de dar una mala noticia.

—Por Dios, Tif. No digas eso, que me hundes.

Me enfurecí conmigo misma por la forma en la que mi cara se contrajo en un puchero, arrugada y fea. Me llevé la mano a la frente para ocultar el desastre.

El señor Larson se encorvó y miró por debajo de la visera que me había hecho con la mano.

—Eh —dijo—, vamos. No quería disgustarte.

Ahí estaba. La presión perfecta de su mano en mi espalda, un poco más abajo de lo necesario. Aquella sensación entre las piernas, tan desesperada que quería que desapareciera de inmediato y tan deliciosa que la extrañaría cuando se hubiese disipado.

Esbocé una sonrisa vacilante. A todo el mundo le gusta la gente luchadora.

—Juro que no estoy así de mal.

El señor Larson se rio, subió la mano en mi espalda y me la frotó con un gesto paternal. Me maldije por haber jugado mal mis cartas otra vez, pero garabateé una nota mental. «Le gusta verme rota.»

—¿Cuál es el plan, entonces? —preguntó el señor Larson. Retiró la mano de mi espalda y se irguió—. ¿Volverás a grabar en septiembre?

Una pregunta logística. No había nada que rascar allí.

—Sí. ¿Y tú?

El señor Larson se removió en el taburete e hizo una mueca. Era demasiado pequeño para alguien de su tamaño.

—También.

El camarero se acercó y nos preguntó si queríamos otra copa. Yo asentí con decisión, pero el señor Larson dijo que él estaba bien. Me escurrí un poco en mi asiento, pero intenté que no se notara.

—¿Whitney te apoya en esto? —exhalé, irritada—. Porque Luke no.

—¿Luke no quiere que lo hagas? —Noté que aquello molestaba al señor Larson y me alegré.

—Cree que me hará volver a un lugar muy oscuro. Y además estamos con los preparativos de la boda.

—Bueno, eso es que está preocupado por ti. Se nota.

Agité la cabeza, emocionada ante la oportunidad de exponer al santo Luke.

—Lo que pasa es que no quiere lidiar conmigo ni con mi estúpida histeria. Sería mucho más feliz si yo no volviera a mencionar Bradley nunca más.

El señor Larson recorrió el borde de su vaso con el dedo, con mucho cuidado, y casi sentí cómo alisaba una tirita sobre la herida de mi cara aquella noche en su casa. «Así», había dicho cuando se quedó pegada a mi piel. Habló a su vaso vacío.

—Pasar página no implica no hablar de ello. O no sufrir por ello. Supongo que siempre será doloroso.

Me miró, casi con timidez, para ver si yo estaba de acuerdo, una cortesía que Luke nunca me brinda. No, Luke se sube a su púlpito y me dice cómo metabolizar ese episodio cruel de mi vida. ¿Para qué tengo que salir en el documental? No debería preocuparme tanto lo que la gente piense de mí. Eso es muy fácil de decir cuando todo el puto mundo te adora.

—No pretendía decirte lo que tienes que hacer —dijo el señor Larson—. Lo siento. —Su disculpa me hizo darme cuenta de que tenía el ceño fruncido.

—No. —Saqué a Luke de mi cabeza—. Tienes toda la razón. Gracias. Por decir eso. Nadie me dice nunca cosas así.

—Estoy seguro de que lo hace lo mejor que puede. —El señor Larson intentó cogerme de la mano, y me sorprendí tanto que todas mis extremidades se tensaron; tuvo que forcejear un poco para conseguir asirla y la levantó en el aire como un hombre llevando a una mujer a un baile victoriano. —Salta a la vista que te quiere.

Apretó con el pulgar sobre la prueba del amor de Luke en mi dedo anular, hizo girar la piedra preciosa y levantó las cejas.

Era el momento perfecto para ser atrevida.

—Pero yo quiero a alguien que me entienda.

El señor Larson dejó mi mano sobre la barra con cuidado. Me pregunté si lo había pillado, si sabía que erizaba todos los nervios de mi cuerpo.

—Eso es cosa de dos, Tif. Tienes que dejar que te entienda.

Apoyé la cabeza en la mano y dije la frase que tantas veces había ensayado mentalmente desde nuestro encuentro casual.

—Señor Larson —dije—, no quiere llamarme Ani, ¿verdad?

—¿Esa es tu forma de preguntarme si puedes llamarme Andrew? —Sus labios se curvaron en ese arco que siempre estaba ahí cuando lo recordaba en clase. Era la clase de hombre al que no se puede presionar, pero yo lo deseaba con una urgencia tan básica y salvaje como la sed—. Porque puedes.

El bolsillo de la camisa de Andrew se iluminó de repente, como el corazón de Iron Man. Sacó el teléfono y alcancé a ver que en la pantalla ponía «Whit». La ausencia de las tres últimas letras de su nombre me golpeó como una traición.

—Lo siento —dijo—. He quedado para cenar con mi mujer. No me había dado cuenta de la hora.

«Pues claro que ha quedado con su mujer para cenar,

Ani. ¿Qué creías? ¿Que os ibais a declarar amor eterno en un bar sin gracia ni encanto alguno en Flatiron e iros a un hotel? Eres patética.»

—Solo quiero decirte algo muy rápido —dije, y al menos conseguí que Andrew apartara la mirada del teléfono—. Algo que quiero decirte desde hace mucho tiempo. Lo siento mucho. Siento lo que pasó en el despacho del director Mah. Siento haberte fallado así.

—No tienes que disculparte, Tif.

—Ani. —No iba a conseguir que me llamara así, pero me daba igual—. Pero quiero hacerlo. Y nunca te lo dije, pero —incliné la cabeza— hablé con Dean por teléfono aquella mañana desde tu casa. Cuando fuiste a la farmacia.

Andrew se quedó pensando un momento.

—Pero ¿cómo sabía que estabas en mi casa?

—No lo sabía —le expliqué que había llamado a casa para decirles que estaba de camino y que me habían dicho que Dean me estaba buscando—. Pensé que podría ir a clase el lunes y que todo estaría en orden. —Resoplé con desprecio—. Dios, mira que era imbécil.

—El imbécil era Dean. —Andrew dejó el teléfono encima de la barra y me miró fijamente—. Todo fue culpa de Dean. Tú no tuviste la culpa de nada.

—Y dejé que saliera indemne. —Dejé escapar un suspiro de disgusto—. Porque me daba miedo dejar de ser popular si hacía algo. Me odio tanto por aquello.

En la universidad, cuando corrió el rumor de que un chico de primero se había aprovechado de una jugadora de lacrosse, me enfurecí con ella por no denunciarlo. «¡No dejes que se salga con la suya!», quise gritarle cuando me crucé con ella en la cola del comedor. Pero entonces me paré a mirarla y la forma en que apilaba los ramitos de coliflor en su ensalada —nadie le pone coliflor a la ensalada— me golpeó el corazón como una bola de demolición. Me pregunté si habría sido su verdura preferida cuando era niña, si su madre se la cocinaba en un plato especial aunque sus hermanos pusieran el grito en el cielo porque odiaban la coliflor. Quise abrazarla por detrás, hundir la cara en su melena rubia con olor a jabón y decirle: «Ya lo sé».

Porque yo tampoco había podido. El señor Larson había asomado la cabeza en el despacho del director Mah a primera hora del lunes por la mañana, como habíamos planeado, y le había dicho que había habido otro incidente con Dean Barton y también con el chico nuevo, Liam Ross. No pude ni llegar a la sala común. La señora Dern me encontró en el pasillo y me dijo que me requerían en el despacho del director Mah inmediatamente. Pasé a todo correr por las salas de los de primero y segundo, crucé la cafetería bostezando con los pocos estudiantes que se atrevían a desayunar allí y subí las escaleras de la zona de administración. El señor Larson estaba de pie en un rincón del despacho del señor Mah y me cedió educadamente el único asiento que había. Me obligué a no mirarle; podía notar la expectación de su sonrisa alentadora. Mientras lo negaba todo, solo pude mirar a mis cuñas de Steve Madden, que tenían la suela manchada del agua de la lluvia. Me pregunté si mi madre sabría cómo quitar esas manchas.

—¿Entonces no quieres denunciar nada? —dijo el director Mah, sin preocuparse por ocultar su alivio. Los Barton habían financiado el nuevo edificio anexo de la cafetería.

Sonreí y dije que no. Había intentado disimular el corte de la cara con un poco de corrector. El director Mah reparó en él y trató de disimularlo sin éxito.

—¿Qué ha pasado? —me preguntó el señor Larson en el pasillo.

—¿Podemos dejarlo estar? —supliqué.

No paré de andar. Estoy segura de que quería ponerme la mano en el brazo y detenerme, pero ambos sabíamos que no podía hacer eso. Caminé aún más deprisa en un intento de huir de su decepción, que inundaba el pasillo como un olor a colonia barata.

Ahora, tantos años después, Andrew me estudió como

si fuera una peca nueva en el escote. ¿Cuándo ha aparecido exactamente? ¿Será peligrosa?

—Tienes que creer más en ti, Tif —dijo—. Solo estabas intentando superarlo. —A la luz tenue del bar, no
conseguía ver ni un solo defecto en su rostro amplio y
atractivo—. Has conseguido llegar lejos, y lo has hecho de
forma honesta. No como otros.

Me hirvió la sangre. Dean. Aunque a veces creo que
nos parecemos más de lo que me gustaría.

Nos sumimos en un silencio ensoñador durante unos
instantes. La luz suavizaba nuestras aristas y llenaba
nuestros huecos. Vi por el rabillo del ojo que el camarero
se había fijado en nosotros de nuevo. Intenté ahuyentar-
lo, pero preguntó:

—¿Quieren algo más?

Andrew se llevó las manos a los bolsillos.

—La cuenta, por favor.

Mi segundo Martini brilló débilmente ante mí, como
con sorna.

—Podemos quedar algún día para comer —intenté—.
Cuando estemos los dos en el centro ese fin de semana.

Andrew encontró la tarjeta que estaba buscando y se la
tendió al camarero. Me sonrió.

—Me encantaría.

Yo también sonreí.

—Gracias por la copa.

—Siento no poder quedarme a tomar otra. —Andrew
agitó la mano para liberar el reloj de la manga y levantó
las cejas—. Estoy al límite.

—No te preocupes, me quedaré aquí bebiendo sola
—lancé un suspiro majestuoso— disfrutando de cómo me
mira la gente, cómo se pregunta quién soy y qué hago.

El señor Larson se rio.

—Veo que me he pasado de cursi. Estoy orgulloso de
ti, Tif.

El parabrisas se agrietó un poco más.

Υ

La puerta de la habitación estaba cerrada, y una rendija de oscuridad se colaba por debajo. Luke debía de haberse ido a dormir temprano. Me quité el vestido y me quedé de pie delante del aire acondicionado un momento.

Me lavé la cara y me cepillé los dientes. Cerré la puerta con llave y apagué las luces. Dejé la ropa en el sofá y entré con sigilo en la habitación en ropa interior. Llevaba un conjunto bonito. Por si acaso.

Luke se movió cuando abrí un cajón.

—Hola —susurró.

—Hola.

Me desabroché el sujetador y lo dejé caer al suelo. Antes, siempre que hacía eso, Luke me pedía que me metiera en la cama, pero ya no lo hacía. Me puse unos pantalones cortos y una camiseta de tirantes.

Me deslicé entre las sábanas. El aire en la habitación era gélido y artificial. El aparato de aire acondicionado de la ventana hacía un ruido agresivo en un rincón. La luz estaba apagada, pero se veía en la oscuridad perfectamente gracias al resplandor residual de la Torre de la Libertad (un montón de Patrick Bateman lanzando improperios a sus ordenadores en la sede de Goldman Sachs) y advertí que Luke tenía los ojos abiertos. No hay ni una habitación totalmente a oscuras en Nueva York, y esa es otra de las razones por las que me encanta: la luz del mundo exterior está encendida a todas horas, como afirmando que siempre hay alguien despierto, alguien que podría ayudarme si algo malo sucediese.

—¿Conseguiste lo que buscabas? —preguntó Luke, con un tono de voz tan plano como el carril de *running* en West Side Highway.

Escogí mis palabras con esmero.

—Me ha servido de mucho hablar con él.

Luke se dio la vuelta, y al darme la espalda me dio también su opinión.

—Me voy a alegrar muchísimo cuando esto acabe y todo vuelva a la normalidad.

Sé la normalidad que Luke echa de menos. Sé la Ani

que quiere que se meta en la cama. Quiere a la Ani de después de una noche en el Chicken Box, un bar de Nantucket famoso por estar lleno de chicas con vestidos de fiesta de colores variados. Hay una camarera allí que se llama Lezzie. En realidad se llama Liz, pero cuando te pareces a Delta Burke, solo que más joven y un pelín más delgada, y llevas un pendiente en el cartílago entre las fosas nasales, los pijos estúpidos creen que apodarte Lezzie (lesbiana) es el súmmum del humor, al nivel del mismísimo Louis C.K.

A las mujeres de los amigos de Luke les incomoda Lezzie, pero a mí no. Se ha convertido en la broma preferida del grupo: «Que vaya Ani a pedir, seguro que consigue como mínimo un *Life is good* gratis (el *Life is good* es una mezcla repugnante de vodka de frambuesa, Sprite, zumo de arándanos y Red Bull) porque Lezzie la adora». A Luke también le gusta Lezzie, sobre todo cuando señala lo distinta que soy a las demás chicas, con sus pendientes de perlas y sus vellones de la Patagonia, guapas pero engreídas y cero atractivas. Luke ha conseguido a la única chica que no se avergüenza en presencia de una bollera, una chica que no se flipa cuando alguien intenta ligar con ella.

—Pero si es mi querida Ani Lennox —dice Lezzie siempre que me ve—. ¿Cuántas copas *light* te pongo?

Yo levanto los dedos para indicar el número de chicas que quieren su *Life is good* con Sprite light y Red Bull light, y Lezzie se ríe con complicidad y dice:

—Marchando.

Mientras Lezzie prepara los cócteles, Luke acerca la nariz a mi pelo húmedo y me dice al oído:

—¿Por qué te llamaba Ani Lennox?

Yo siempre inclino un poco la cabeza para que me roce el cuello con la boca y le contesto:

—Porque Annie Lennox es lesbiana. Y a ella le gustaría que yo fuese lesbiana para poder follarme.

Cuando Lezzie deja los cócteles en la barra, Luke tiene una enorme erección difícil de ocultar con los pantalones que suele llevar en Nantucket, y yo tengo que colocarme delante de él estratégicamente para llevar las copas a toda esa gente llamada Booth, Grier, Kinsey y cosas por el estilo.

—Los que tienen la rodaja de limón son los light —les digo a las chicas con una sonrisa sádica (porque es mentira). A Lezzie le encanta preparar bombas de calorías «light» para las zorras caras en vaqueros blancos de la talla 36.

Nos tomamos unas cuantas copas, suficientes para agradecer el aire frío cuando salimos del bar. En Nantucket, después de ponerse el sol, las temperaturas pueden bajar hasta los diez grados o menos, incluso en pleno verano. Llamamos a un taxi y recorremos el trayecto de vuelta hasta la finca de los Harrison. En la casa hay habitaciones suficientes para que duerman todos los compañeros de fraternidad de Luke. Algunos se quedan en la planta de arriba para fumar porros, jugar a juegos de beber o comer guarrerías calentadas en el microondas cuando van pedo, pero Luke y yo no hacemos nada de eso. Nosotros siempre nos vamos directos a la cama, y yo ya llevo el vestido bajado hasta la cintura antes de tirarnos encima de las sábanas. Hace mucho que decidimos que siempre que fuésemos al Chicken Box yo llevaría vestido, hiciera el frío que hiciese. Así no perdíamos tiempo al llegar a casa.

Siempre me fascina ver la cara de Luke cuando gruñe encima de mí, la vena que se le marca, la forma en que le sube la sangre a las mejillas; le llena los huecos entre las pecas y parece que no tiene. Esas noches no intenta que me corra —es como si hubiese decidido que este ritual es únicamente para él— pero yo siempre lo hago. Y lo hago porque me acuerdo de la noche, hace casi dos años, en que Lezzie me siguió hasta el baño y me empujó contra la pared y me besó con unos labios sorprendentemente delicados y nerviosos. Me acuerdo de cómo me metió su muslo carnoso entre las piernas cuando le devolví el beso, para que tuviese algo contra lo que apretarme, un tope donde aplacar la urgencia.

Me debatí entre decírselo o no a Luke. No porque creyese que era lo que tenía que hacer ni ninguna mojigatería de esas, sino porque no estaba segura de su reacción. ¿Le excitaría? ¿Le daría asco? Encontrar el término medio entre lo excéntrico y lo romántico, esa era la lucha eterna con Luke.

Al final decidí que no. Quizá se lo habría dicho si Lezzie se pareciese a Kate Upton, o si no hubiese decidido besarme justo cuando empecé a echarme a perder como un cartón de leche olvidado al fondo del frigorífico.

Pero aquí sigo, con Luke, mientras cierra los ojos y aúlla al correrse. Me gusta que los tíos se queden dentro después de terminar, pero Luke siempre se sale enseguida. Se da la vuelta y murmura cuantísimo me quiere.

Puede que nunca consiga salir del pozo de la clase media, pero eso no significa que no sea también una mujer florero. Solo que de otro tipo.

Capítulo 10

$\mathcal{T}$ras salir del despacho del director Mah me sentía muy tranquila y resuelta. Le había fallado al señor Larson, cosa que él nunca haría, pero no podía preocuparme por aquello entonces, porque tenía muy claro cuál era el siguiente paso: hablar con Olivia. Disculparme por el escándalo que había montado y por meterla en problemas con sus padres. Hacer lo que fuera necesario para volver a caerle en gracia. No creía que fuera imposible, porque ahora Dean quería tenerme contenta. Y Olivia haría lo que hiciese Dean, de eso estaba segura.

La busqué antes de comer. Hasta miré por debajo de la puerta de su baño preferido. Sin suerte. Mi siguiente oportunidad era el almuerzo, pero eso implicaba abordarla antes de que se sentaran los demás; no sería difícil, porque Olivia siempre era la primera en sentarse a la mesa, ya que no hacía cola en la barra. La encontré en su sitio habitual, llevando a cabo su ritual preferido: deshacer una gominola en forma de pez. La rompía en trocitos desde la cola, los hacía bolitas y se los metía en la boca. Tenía un moratón con forma de media luna junto a la comisura derecha de la boca. Me entraron ganas de vomitar. Me gustaría decir que fue porque la idea de su padre pegándole me revolvía el estómago, pero tenía catorce años y era egoísta. Aquel moratón era mi funeral.

—Liv —dije, con la esperanza de que el diminutivo lo suavizara todo un poco.

—¿Eh? —preguntó, como si hubiese oído su nombre pero no estuviera segura. Me senté a su lado.

—Siento mucho lo del sábado. —Me acordé de lo que me había dicho Dean y añadí—: Nunca debí haber fumado después de beber. Me afecta un montón.

Olivia se giró hacia mí y me dedicó una sonrisa tan escalofriante, tan desprovista de emoción humana, que todavía a veces me despierto en mitad de la noche y el recuerdo me persigue.

—Estoy bien. —Me señaló el corte de la mejilla, torpemente cubierto con corrector—. Somos gemelas.

—Aquí estás, Finny, joder. —Dean apareció junto a mí, con una bandeja llena hasta los topes de sándwiches, patatas y refrescos. La dejó en la mesa a mi lado con un golpe—. ¿Qué coño te pasa? Creí que teníamos un trato.

Le dije que no le entendía.

—Vengo del puto despacho de Mah —dijo. Y anunció, en voz alta, a todo el grupo arremolinado alrededor de la mesa, que le habían amonestado por un «incidente» ocurrido el fin de semana, y que a lo mejor no podía jugar el partido contra Haverford. Todo el mundo se mostró escandalizado.

—Menuda mierda —exclamó Peyton hecho una furia. Liam asintió con rabia, aunque él no jugaba al fútbol.

—Bueno —murmuró Dean—, podré jugar si no me meto en líos de aquí al partido.

(Siempre he deseado haber dicho en aquel momento: «Pues no violes a nadie en los próximos dos días».)

Dean me fulminó con la mirada.

—Creía que estaba todo hablado.

—Yo no he hecho nada —gimoteé.

—¿No has estado en su despacho esta mañana? —preguntó Dean.

—Sí, pero no he ido de forma voluntaria —dije—. Me llamaron él y el señor Larson. ¡No podía hacer otra cosa!

Dean entrecerró los ojos, malicioso.

—¿Y por qué te llamaron si no has dicho nada?

—No lo sé —dije, sin mucha convicción—. Creo que lo han adivinado.

—¿Que han adivinado qué? —El pecho de Dean se hinchó con una risa malvada—. Ni que fueran el puto David Copperfield.

Dean cruzó los brazos sobre el pecho para recibir el coro de risas del grupo. Yo también me habría reído con aquel comentario mordaz si no hubiese ido dirigido a mí. Había algo extrañamente encantador en el hecho de que Dean supiese quién era David Copperfield e hiciese esa referencia.

—Lárgate de aquí, TifAni. Corre a chuparle la polla al señor Larson, anda.

Paseé la vista por la mesa. Olivia, Liam y Peyton tenían sendas sonrisas de suficiencia en la cara. Hilary no llegó a tanto, pero tampoco me miró.

Me di la vuelta y salí de la nueva cafetería por debajo de la placa en la que ponía «FAMILIA BARTON, 1998».

Creía que el señor Larson no sería demasiado duro conmigo en el entrenamiento aquella tarde, después de todo lo que me había pasado, pero me metió más caña que nunca. Fui la única que no consiguió hacer la prueba del kilómetro en menos de cuatro minutos y treinta segundos, y todo el mundo tuvo que dar varias vueltas a la pista por mi culpa. Le odiaba. Me fui en los estiramientos finales, aunque el señor Larson siempre nos contaba el cuento de que los músculos se atrofiaban si no estirabas bien después de correr. Me gritó para que volviera, pero dije que mi madre me iba a recoger más pronto aquel día y que tenía que irme.

Normalmente, cogía el tren de vuelta a casa, pero aquel día mi madre vino a recogerme en coche para ir a la preventa de Bloomingdale's en el centro comercial Rey de Prusia.

Nunca me duchaba en los vestuarios después de entrenar. Nadie lo hacía. Daban asco. Pero aquel día tuve que hacer una excepción porque no quería pasarme horas tiritando con la ropa sudada mientras me probaba chaquetones de lana. Me lavé a toda prisa debajo del agua, que olía fatal, como si llevase corriendo por las cañerías sin renovarse desde que aquello era un internado. Envuelta en una toalla, me acerqué a mi taquilla apoyándome en la parte exterior de los pies, para que tocaran lo menos posible en el suelo. Al doblar la esquina del vestuario, me encontré con Hilary y Olivia. Ninguna de las dos jugaba en ningún equipo ni hacía educación física, y nunca las había visto allí antes.

—¿Qué hacéis aquí? —pregunté.

—¡Hola! —dijo Hilary, con su voz ronca más vivaz de lo normal. Se había recogido el pelo en media coleta alta después de clase de química. Un mechón de pelo teñido de rubio se le escapaba del recogido, tan fino y quebradizo por la decoloración que estaba tieso en el aire, como la punta afilada de una corona—. Te estábamos buscando.

—Ah, ¿sí? —Mi voz sonó aguda.

—Sí —intervino Olivia. Bajo aquellas luces amarillas de laboratorio, se le veían un montón de puntos negros en la nariz—. ¿Qué… mmm… qué haces esta tarde?

«Lo que vosotras me pidáis.»

—Se supone que tengo que ir de compras con mi madre. Pero si hay algún plan, puedo ir con ella otro día.

—No. —Olivia miró a Hilary, nerviosa—. No pasa nada, lo dejamos para otro día.

Empezó a alejarse y yo tuve pánico.

—No, en serio —la llamé—. No pasa nada. Puedo decirle a mi madre que vayamos en otro momento.

—No te preocupes, Tif. —Hilary se giró como una samurái. Me pareció vislumbrar algo parecido al remordimiento en sus ojos alienígenas—. Otra vez será.

Se fueron corriendo. Maldita sea. Había sido demasiado entusiasta. Las había espantado. Me vestí enfadada y me pasé el cepillo con furia por el pelo mojado.

Estaba sentada en la acera fuera del gimnasio, esperando a mi madre, cuando Arthur dejó caer su mochila en el suelo junto a mis pies y se sentó.

—Eh.

—Hola —dije, casi con timidez. Hacía bastante que no hablábamos.

—¿Estás bien?

Asentí, convencida. Aquella interacción con Olivia y Hilary me había devuelto las fuerzas. Aún había esperanza.

—¿En serio? —Arthur miró al cielo, y los ojos se le cerraron en dos líneas tras las gafas. Llevaba los cristales manchados, parecía que incluso los hubiera ensuciado aposta, como un grafiti en la pared de un edificio abandonado—. Porque he oído lo que ha pasado.

Giré la cabeza para mirarle.

—¿Qué has oído?

—Bueno. —Se encogió de hombros—. Todo el mundo sabe lo de la fiesta en casa de Dean. Lo que pasó con Liam. Y con Peyton. Y con Dean.

—Gracias por enumerarlos así —murmuré, hosca.

—Y lo de la píldora del día después —añadió.

—Dios mío —gemí.

—Todo el mundo cree que boicoteaste la fiesta de Olivia porque estabas celosa de que ella y Liam se estuvieran enrollando.

—¿La gente cree eso?

Sepulté la cabeza entre las rodillas y varios mechones de pelo mojado se deslizaron por mis brazos, como serpientes.

—¿Es verdad? —preguntó Arthur.

—¿Y nadie se pregunta cómo me he hecho esto?

Me señalé la mejilla, a la herida que ni me había molestado en tapar con corrector después de ducharme.

Arthur se encogió de hombros.

—¿Te caíste?

—Sí —resoplé—. Y Dean me cogió al vuelo.

Vi el BMW rojo de mi madre entrando en el callejón, totalmente fuera de lugar entre todos los sedanes y los SUV ocres y negros. Por supuesto que la madre de TifAni FaNelli conducía un coche rojo puta: ser una zorra es algo genético.

—Tengo que irme —le dije a Arthur.

Y

El día amaneció luminoso y frágil. Me levanté de un salto y me enfundé emocionada el abrigo de paño negro que mi madre me había comprado el día anterior. Al final lo habíamos encontrado en Banana Republic y no estaba rebajado como los de Bloomingdale's. Pero mamá dijo que estaba tan estupenda con él que me lo iba a comprar. Tuvo que dividir el pago entre la tarjeta de crédito y efectivo, y luego me pidió que no se lo contara a papi. Dios, cómo odiaba que lo llamara «papi».

En el tren de camino al instituto, la esperanza todavía flotaba como un globo enorme y brillante dentro de mi pecho. Hilary y Olivia no iban a dejar de hablarme. El aire estaba cargado de electricidad, y yo estaba «estupenda».

Cuando entré en el instituto, noté algo más. Un pulso. El pasillo latía como si estuviera vivo. Una multitud de estudiantes de primero y segundo, y algunos mayores, del último curso, se habían arremolinado en la entrada y estiraban el cuello intentando ver algo que debía de ser épico. Me acerqué a la sala común, donde solo podían entrar los alumnos, una regla estricta que hasta los padres y los profesores respetaban. Se quedaban siempre en la puerta y llamaban por su nombre al estudiante que estuviesen buscando, pero no entraban a buscarlo ellos.

Cuando me acerqué, la multitud se apartó para dejarme paso. Hicieron un pasillo que pareció abrirse a cámara lenta.

—Oh, Dios mío —dijo Allison Calhoun, una chica de primero que me había mirado por encima del hombro el primer día pero me empezó a hacer la pelota cuando me hice amiga de Olivia y Hilary. Se rio maliciosamente tapándose la boca con la mano.

Cuando conseguí llegar al centro de la sala, descubrí qué era lo que había congregado a la multitud. Mis pantalones de correr —los que llevaba el día anterior en el entrenamiento— colgaban del tablón de anuncios por debajo de un cartel en el que ponía «ESTO HUELE A PUTA…

Y A LO QUE SALE DE LA GRUTA». Las letras estaban dibuja-
das a mano y pintadas de colores, tan bonitas que parecía
la pancarta de una fiesta para recaudar dinero para niños
enfermos de cáncer. Solo las podía haber dibujado una
chica. La evidencia se materializó en mi cabeza al acordarme de Hilary y de Olivia el día anterior, tan extrañamente amables, en los vestuarios.

Salí de entre la multitud por el mismo camino por el
que había entrado. Había un baño allí al lado, y me ence-
rré en uno de los retretes. Me acordé de lo aliviada que me
había sentido el día anterior cuando me vino la regla.
Aquello significaba que la píldora del día después había
hecho efecto. El entrenamiento acentuó el sangrado.
Cuando me quité los pantalones, estaban manchados de
un marrón rojizo. No podía ni imaginar el aspecto tan
sucio y repugnante que tenían, ni cómo debía de oler la
terrible combinación de sudor y sangre de regla. Estaba
tan distraída por la repentina amabilidad de Hilary y
Olivia que no me había dado cuenta de que los pantalones
no estaban cuando cerré la bolsa de deportes.

Se abrió la puerta y acerté a oír el final de un encendido debate.

—Se lo merece.

—Venga… Es muy cruel, ¿no?

En silencio, me senté en la tapa del retrete y subí las
piernas.

—Dean se pasa de la raya —dijo otra—. Muchas risas,
sí, hasta que intente suicidarse como Ben.

—Ben no puede evitar ser gay —dijo la primera
chica—. Ella sí que puede evitar ser una puta.

Su amiga se rio, y yo aguanté un violento sollozo. Oí
el agua y el sonido del papel con el que se secaron las
manos. A continuación, la puerta se cerró perezosamente
tras ellas.

Nunca en la vida me había saltado una clase. Ni siquiera ahora soy capaz de llamar al trabajo y decir que estoy
enferma: estoy empapada hasta los huesos de moral católica. Pero el día me había roto, había arrasado con todos

mis temores acerca de lo que podía pasar si no seguía las reglas. Lo único que importaba era honrar a la humillación, tan demoledora que me había dejado sin aliento. Me quedé donde estaba, peinándome el mismo mechón de pelo con los dedos una y otra vez («actitud autoindulgente», según la experta en lenguaje corporal de *The Women's Magazine*), hasta que sonó el timbre que anunciaba el final de la primera clase. Esperé cinco minutos más para estar segura de no cruzarme con ningún rezagado en el pasillo. Me bajé de la tapa del retrete, sigilosa como Spiderman, abrí la puerta del baño y enfilé rápidamente el pasillo hasta la puerta trasera. Cogería el tren hasta la estación de la calle Treinta. Deambularía por la ciudad todo el día. Iba por la mitad del aparcamiento cuando oí que alguien gritaba mi nombre detrás de mí. Era Arthur.

—Creo que queda lasaña.

Arthur metió la cabeza en la nevera y se puso a rebuscar haciendo mucho ruido.

Miré el reloj de la cocina. Las 10:15.

—No tengo hambre.

Arthur empujó la puerta del frigorífico con la cadera. Llevaba una cazuela en las manos, y se veía la cobertura amarilla del queso de la lasaña. Cortó una generosa porción y metió el plato en el microondas.

—Ah. —Se chupó un poco de salsa de tomate del dedo y se agachó para buscar algo en su mochila—. Toma. —Me lanzó mis pantalones de deporte.

Eran ligeros como una hoja de papel, pero cuando aterrizaron en mi regazo dejé escapar un enorme resoplido, como si me hubiesen dado una patada en el estómago.

—¿Cómo los has conseguido?

Los alisé sobre las rodillas como si fueran una servilleta.

—No son la puta *Mona Lisa* —dijo.

—¿Qué quieres decir con eso?

Arthur cerró la cremallera de su mochila y puso los ojos en blanco.

—¿Nunca has ido al Louvre?

—¿Qué es el Louvre?

Arthur se echó a reír.

—Madre mía.

El microondas pitó y Arthur se levantó para probar su plato. Mientras estaba de espaldas a mí, olisqueé rápidamente los pantalones. Tenía que saber qué había olido todo el mundo.

Era horrible. El olor era fuerte, primitivo, se abría paso en los pulmones como una enfermedad. Metí el gurruño húmedo de malla en mi mochila y me sostuve la cabeza con una mano. Las lágrimas serpentearon por mi nariz en un surco diagonal y silencioso.

Arthur se sentó frente a mí y me dejó llorar mientras se metía montones humeantes de carne con salsa de tomate en la boca. Entre un bocado y otro, dijo:

—Cuando acabe de comerme esto, voy a enseñarte una cosa que va a hacer que te sientas mucho mejor.

Arthur acabó con la lasaña en cuestión de minutos. Llevó el plato al fregadero y lo dejó allí, sin molestarse en enjuagarlo siquiera. Con un gesto, se dirigió a una puerta que había en un rincón de la cocina. Supuse que sería la puerta de una despensa o un armario, pero cuando Arthur se apartó vi un rectángulo negro. Más tarde descubrí que en casa de Arthur había un montón de puertas por las que se accedía al hueco de la escalera, a armarios y a habitaciones con pilas de libros y papeles y sofás viejos de flores arrumbados en los rincones. En algún momento, la familia materna de Arthur había tenido dinero, pero estaba invertido en acciones y rodeado de tanta burocracia legal que nadie se lo gastaría nunca. El señor Finnerman había abandonado a Arthur y a su madre hacía ocho años, dejando destrozada a la señora Finnerman, algo que ella trata de disimular a toda costa. «¡Una boca menos que alimentar!», dice siempre que cree que alguien la está compadeciendo. La señora

Finnerman encontró trabajo en Bradley poco después de que naciera Arthur. Su marido no se levantaba nunca antes de mediodía y ella sabía que nunca sería capaz de mantenerlos, y sabía que ese puesto le aseguraría una plaza a su hijo y un respiro financiero. No todo el mundo está forrado en Main Line, pero las prioridades son muy distintas de las que había donde yo crecí. La educación, viajar, la cultura… En eso había que invertir cada centavo que se ahorrara, nunca en coches ostentosos ni otros caprichos materiales.

En cualquier caso, en Main Line era infinitamente más aceptable venir de una familia que había tenido dinero en el pasado que ser nuevos ricos. En parte, aquella era la razón por la que Arthur despreciaba a Dean. Arthur tenía propiedades que valían mucho más que el último modelo de Mercedes Clase S. Además, tenía el conocimiento. Sabía cosas misteriosas, como que la sal y la pimienta se pasaban a la vez o que la carne había que cocinarla al punto. Sabía que Times Square era el lugar más despreciable del mundo y que París estaba dividido en veinte distritos llamados *arrondissements*. Muy pronto, con sus contactos y sus notas, conseguiría entrar en Columbia, donde había estudiado toda la familia de su madre.

Con la mano en el pomo de la puerta, se giró hacia mí.

—¿Vienes?

Me acerqué más y distinguí unos pocos escalones lóbregos que después la oscuridad se tragaba por completo. Siempre he odiado la oscuridad. Todavía dejo la luz del pasillo por las noches.

Arthur tanteó la pared hasta que encontró el interruptor de la luz, y una bombilla solitaria se encendió temblorosa. Una nube de polvo se levantó del suelo con el primer paso. Se había quitado los zapatos al entrar en casa, y tenía los pies hinchados, con la piel agrietada y lustrosa como la de un bebé.

—Mi sótano no se parece a esto —dije mientras lo seguía de cerca. El suelo era de hormigón gris, las paredes tenían grietas y se veía el interior naranja. Un ejército de trastos ocupaba un lado del sótano: muebles viejos, cajas de discos rayados, libros polvorientos y ejemplares antiguos del *New Yorker* cubiertos de moho.

—Déjame adivinar. —Arthur me sonrió por encima del hombro. Su acné florecía a la luz amarillenta de la bombilla—. Tiene moqueta.

—Sí, ¿y? —Arthur continuó caminando hacia el desbarajuste de la pared contraria y no contestó. Alcé la voz para que atravesara la habitación—. ¿Qué hay de malo en la moqueta?

—Es hortera —declaró, abriéndose paso entre las cajas. Durante el resto de mi vida, solo he vivido en casas con el suelo de madera.

Arthur se agachó y, por un momento, solo pude ver su pelo grasiento.

—Madre mía —se rio—, mira esto.

Cuando se levantó, tenía una cabeza de ciervo en las manos. La sostuvo en alto, como si acabara de hacer un sacrificio.

Arrugué la nariz.

—Por favor, dime que no es de verdad.

Arthur miró al animal a los dulces ojos un instante, como si intentara decidirse.

—Claro que es de verdad —concluyó—. Mi padre caza.

—Estoy en contra de la caza —dije con voz áspera.

—Pero estás a favor de las hamburguesas. —Arthur dejó caer la cabeza de ciervo en una caja abierta. La escultural cornamenta se retorcía en el aire, como un tallo de hueso que llevara a ninguna parte—. Solo dejas que otros hagan el trabajo sucio.

Crucé los brazos sobre el pecho. Me refería a que no estaba de acuerdo con la caza entendida como deporte, pero no quería discutir con él ni prolongar aquella excursión. Solo llevábamos unos minutos allí abajo y ya estaba helada y me sentía rodeada de porquería, como la piel cuando llevas horas con el traje de baño mojado.

—¿Qué quieres enseñarme? —le presioné.

Arthur giró sobre sí mismo, rebuscó en otra caja, examinó lo que quiera que hubiese sacado y lo tiró cuando vio que no era lo que buscaba, y así hasta que lo encontró.

—¡Ajá!

Levantó algo que parecía una enciclopedia y lo agitó en mi dirección. Suspiré y seguí el camino que Arthur había abierto en aquel desorden. Cuando llegué a su lado, vi que lo que tenía en las manos era un anuario.

Arthur lo abrió por la última página e inclinó el libro para que pudiera leer la nota junto a su dedo rosa.

> Art-man:
> No voy a ser marica y decirte lo buen amigo que eres, así que ¡que te jodan!
> Bart-man

Leí la nota tres veces hasta que lo entendí. Bart-man era Dean. Se trataba de un juego de palabras con su apellido, Barton.

—¿De qué año es esto?

—Del 99. —Arthur se mojó el dedo en saliva y empezó a pasar las páginas—. De sexto.

—¿Eras amigo de Dean?

—Era mi mejor amigo. —Arthur soltó una risita malvada—. Mira.

Se detuvo en una página con varias fotos en las que se veía a varios estudiantes haciendo el tonto en la comida, poniendo caras, posando con un dragón verde gigante, la mascota de Bradley. Había una foto en la esquina inferior izquierda; estaba un poco ajada, como todas las fotos viejas, que parecen siempre de una época anterior, y siempre nos hacen darnos cuenta, con cierto desdén, de que ahora sabemos mucho más de lo que sabíamos entonces. Arthur y Dean llevaban ropa de invierno, y sus sonrisas agrietadas necesitaban con urgencia una capa de vaselina. Arthur era un chaval robusto, pero nada comparado con la enormidad que tenía ahora al lado. Pero Dean... Se lo veía tan enclenque, tan frágil, con el brazo esquelético alrededor del cuello de bulldog de Arthur, que parecía el hermano pequeño de alguien de clase.

—Esto fue justo antes del verano en el que dio el estirón —me explicó Arthur—. Creció y se convirtió en un gilipollas.

—No puedo creer que fueseis amigos.

Acerqué la cara al anuario y entrecerré los ojos. Me pregunté si las chicas del Madre Santa Teresa le dirían eso mismo a Leah ahora. «No puedo creer que fueses amiga de TifAni». Se reirían, incrédulas. «Es un cumplido, Leah.» Si no lo decían todavía, lo harían pronto.

Arthur cerró el anuario y casi me pilla la nariz. Solté un grito ahogado, sorprendida.

—Así que no te comportes como si fueses la primera que sufre la ira de Dean Barton. —Pasó el pulgar por las letras doradas de la portada—. Haría cualquier cosa con tal de que la gente se olvide de que se quedaba a dormir en casa del maricón.

Se puso el anuario debajo del brazo. Creí que nos íbamos ya, pero vio algo en el rincón que llamó su atención. Desapareció entre las cajas y se encorvó para cambiar el anuario por su nuevo descubrimiento. Estaba de espaldas a mí, así que no veía lo que tenía entre las manos; solo oía su risita nerviosa. Cuando se dio la vuelta, me apuntaba con el cañón largo de una escopeta ligera. Se acercó el arma a la cara, apoyó su moflete carnoso contra la culata y puso el dedo en el gatillo.

—¡Arthur! —chillé, dando tumbos hacia atrás. Perdí el equilibrio y derribé con la mano un antiguo trofeo de natación. Era mi muñeca mala, sobre la que había aterrizado cuando me pegó Dean, y gruñí algo incoherente.

—¡Dios mío! —Arthur se dobló en una carcajada feroz y silenciosa, apoyándose en la escopeta como si fuera un bastón—. Relájate —resopló, con la cara de un rojo furioso—, no está cargada.

—No tiene ninguna gracia.

Me puse de pie y me apreté la muñeca, intentando calmar el dolor.

Arthur se frotó los ojos y suspiró, exorcizando los últimos estertores de su ataque de risa. Le lancé una mirada furibunda y él puso los ojos en blanco, burlón.

—En serio —le dio la vuelta a la escopeta y me la tendió—. No está cargada.

Me solté la muñeca a regañadientes y cogí el arma por el mango, un poco resbaladizo por el sudor de la mano de Arthur. Por un momento, ambos sujetamos la escopeta, como dos participantes en una carrera de relevos que estuvieran pasándose el testigo. Luego Arthur soltó su lado y sentí todo el peso del arma en una mano. Pesaba más de lo que creía, y el cañón se deslizó al suelo, arañando el hormigón. Pasé la otra mano bajo el metal frío y la levanté de nuevo.

—¿Para qué tiene esto aquí tu padre?

Arthur miró fijamente la boca de acero del arma; los ojos, con esa luz trémula, se le veían nublados y turbios. Estuve a punto de cerrar los dedos de golpe. «¿Hay alguien en casa?» Enseguida salió del embrujo y se puso en marcha.

—¿Para qué va a ser? —dijo, con la voz ligera como una pluma de repente—. Para hacerme un hombre, boba. —Dijo aquella última palabra con voz gangosa, y yo me reí, sin saber muy bien cómo se suponía que debía reaccionar, creyendo que él esperaba que me riese.

Estábamos a mediados de noviembre cuando llegó el frío y se llevó los últimos coletazos del verano. Aun así, las gotas de sudor se deslizaban por debajo de mi sujetador deportivo cuando llamé al timbre de Arthur. La entrenadora de hockey sobre hierba, que sustituía al señor Larson desde hacía algunas semanas, no tenía ni idea y nos hacía correr ocho kilómetros diarios. Lo que fuera con tal de librarse de nosotras durante una hora y poder tontear con el director deportivo de Bradley, que estaba casado y tenía dos hijos pequeños. Yo solía desaparecer por el bosque más o menos en el kilómetro cinco y me escabullía hasta casa de Arthur a fumar porros. O bien la entrenadora Bethany no se daba cuenta de que no volvía con las demás o no le importaba. Me inclino por la segunda opción.

Arthur abrió una rendija de la puerta, lo justo para vislumbrar una porción de su cara en el marco, como Jack Nicholson en *El resplandor*.

—Ah, eres tú —dijo.

—¿Quién va a ser si no?

Llevaba yendo a casa de Arthur después del entrenamiento de campo a través todas las semanas desde el día que me salté las clases. Me pillaron, claro, y mis padres me castigaron, claro. Cuando me preguntaron por qué lo había hecho, qué era aquello «tan importante» que me había decidido a irme del colegio a mitad de la jornada, les dije que tenía un antojo tremendo de una porción de pizza del Peace A Pizza.

—¿Un antojo? —chilló mi madre—. ¿No estarás embarazada?

Las esquinas de su cara se vinieron abajo cuando se dio cuenta de que las adolescentes se quedan embarazadas y de lo humillante que sería tener que llevar a su hija de catorce años a comprar ropa de premamá.

—¡Mamá! —resoplé indignada, aunque no tenía ningún derecho. No andaba tan desencaminada.

Creo que en Bradley sospechaban algo de lo que había ocurrido en la sala común, algo que había violado el código de excelencia del centro, pero Arthur se había llevado mis pantalones antes de que averiguasen qué había pasado exactamente, y yo no iba a ser quien se lo contara.

Mucho peor que el descenso de mi popularidad era que el señor Larson había desaparecido sin saber por qué. «Nos ha dejado por una nueva oportunidad profesional», fue lo único que dijeron desde la dirección. Le conté a Arthur, y solo a Arthur, que había pasado la noche en casa del señor Larson. Los ojos se le salían de las órbitas cuando le dije que habíamos dormido en la misma habitación.

—¡Hostia! —exclamó Arthur—. Pero ¿te acostaste

con él? —Le dirigí una mirada de indignación, y Arthur se echó a reír—. Estoy de coña. Tiene novia. Y además está buena. Dicen que es modelo de Abercrombie & Fitch.

—¿Quién te lo ha dicho? —salté, sintiéndome de repente gorda y rechoncha, una perdedora por la que el señor Larson había sentido lástima.

Arthur se encogió de hombros.

—Lo dice todo el mundo.

Aunque estaba castigada, mis padres no sabían exactamente a qué hora acababa el entrenamiento de campo a través, así que casi todos los días tenía un rato para estar con Arthur. Por primera vez, me alegré de vivir lejos y de tener que coger el tren para volver a casa.

—A veces el entrenamiento dura una hora y media, y otras veces, dos horas —le dije a mi madre—. Depende de cuántos kilómetros tengamos que hacer ese día.

Ella me creyó, así que lo único que tenía que hacer era llamarla desde la infecta cabina de la estación de Bryn Mawr y decirle «Cojo el de las seis y treinta y siete». A esa hora ya hacía un montón de rato que había acabado el entrenamiento y la fumada se me había pasado y era solo un residuo espeso y caliente en mi cabeza. Colgaba el teléfono y veía llegar el destartalado tren de las 18:37 en una nube de vapor blanco y exhausto. No sabía muy bien si era yo la que estaba como ralentizada o era que todo iba más despacio a mi alrededor.

Arthur echó un vistazo rápido por encima de mi hombro, escudriñando las pistas de squash detrás de mí y el aparcamiento de detrás de las pistas, donde las niñeras esperaban para recoger a los niños de las clases en sus Hondas destartalados en los que sonaban canciones de programas de radio de emisoras sin publicidad.

—A veces llaman al timbre y quienquiera que sea se va corriendo.

—¿Quién?

—¿Quién va a ser? —Me lanzó una mirada acusadora, como si los hubiese traído yo hasta la puerta.

—¿Me vas a dejar entrar o no? —Una gota de sudor

temblorosa se escapó de mi sujetador deportivo. Se tomó su tiempo en deslizarse hasta la goma de las bragas.

Arthur abrió la puerta y me agaché para pasar por debajo de su brazo.

Lo seguí escaleras arriba y subimos tres tramos que crujieron ruidosamente bajo nuestro peso. Había trasladado su habitación al ático durante el verano, me explicó la primera vez que me llevó allí arriba. «¿Por qué?», le pregunté mientras miraba con inquietud la estancia despejada, frotándome los brazos para quitarme la piel de gallina. No había aislamiento en las paredes, y parecía una habitación improvisada, vulnerable. No era nada acogedora. Arthur había sacado la mano por la ventana y estaba golpeando la cazoleta de la pipa contra el alféizar. La ceniza negra salió volando por el aire, como copos de nieve carbonizada. «Para tener un poco de intimidad», contestó.

Se había llevado muy pocas cosas con él, incluso había dejado toda la ropa en su antigua habitación, y todas las mañanas bajaba antes de ir a clase y se vestía allí, como si fuese un probador. Pero sí que había subido un objeto muy importante que disfrutaba de un lugar privilegiado encima de la pila de libros de texto que hacía las veces de mesilla: una foto suya de niño, con su padre. Era verano y estaban en la playa, riéndose y mirando el mar turbio. Alguien había pegado una hilera de conchas de colores pastel alrededor del marco. Una vez lo cogí y dije, de broma, que parecía una manualidad de preescolar. Arthur me lo arrancó de las manos.

—Me lo hizo mi madre. No lo toques.

Debajo de su querida foto estaba el anuario de primaria de Bradley, que se había convertido en uno de nuestros pasatiempos preferidos: nos pasábamos las tardes pintarrajeando las fotos de clase de las HO y de los Piernaspeludas. Era más divertido destruirlos en su versión de la escuela primaria: llevaban ortodoncia, el pelo frito, eran todos desgarbados y feos.

A eso nos dedicábamos después de fumar, y luego bajábamos las escaleras con las piernas dormidas y muertos de risa, y asaltábamos la cocina. La señora Finnerman trabajaba hasta las cinco, y luego se quedaba un par de horas más para adelantar algo de papeleo, así que la casa era nuestra hasta entonces. Era un acuerdo perfecto del que ella no tenía la menor idea.

Alguna gente deja de comer y adelgaza cuando está estresada. Cuando se produjo el incidente, creí que yo sería de esas personas, pero una vez que la ansiedad ácida se disolvió y quedó claro que la chica nueva no iba a levantar cabeza, la comida me sabía mejor que nunca.

Arthur había averiguado aquello hacía muchos años, así que era el cómplice perfecto. Juntos inventábamos todo tipo de mejunjes para alimentar nuestros vacíos emocionales: por ejemplo, si metías la Nutella en el microondas, se convertía en una especie de galleta de chocolate sólido. Aquello fue mucho antes de que vendiesen Nutella en todas partes. La primera vez que vi el bote en la despensa le pregunté a Arthur qué coño era aquello y me dijo que una guarrada europea. Luego se encogió de hombros y yo lo miré impresionada. Otras veces poníamos una bola de masa de galletas en el horno sin ni siquiera extenderla, y la dejábamos cociéndose hasta que los bordes se doraban; lo de dentro se quedaba crudo y nos lo comíamos con cuchara. Toda la ropa que mi madre me había comprado a principio de curso se rebelaba en mi contra, y la cremallera de los pantalones se me abría como las piernas cuando Peyton había metido la cabeza entre ellas, y no había manera de cerrarla por mucho que corriera.

Aquel día, después de bajar corriendo a la cocina, Arthur, que llevaba el anuario debajo del brazo igual que mi futura suegra su cartera *vintage* de Chanel, anunció que quería nachos. Sujetó las puertas del armario de la despensa como un director de orquesta modulando una sinfonía.

—Eres un genio —dije, mientras la boca se me hacía agua.

—No, soy un genacho. —Me lanzó una mirada pícara por encima del hombro y yo me eché a reír tan fuerte que se me doblaron las rodillas. Me tiré sobre las baldosas de la cocina de Arthur, unas baldosas que mi madre habría definido como «más viejas que la tana». Aquella expresión hizo que me doliese aún más la tripa de reírme.

—Venga, TifAni —me regañó Arthur—. No tienes mucho tiempo. —Señaló la hora en el reloj de la cocina. Eran las 17:50.

La idea de no recibir mi dosis de comida basura me hizo centrarme. Me puse de pie y empecé a sacar cosas para echarles a los nachos: un bloque de queso naranja, kétchup y un bote de salsa agria.

Preparamos los nachos en silencio, fumados y echando salsas a diestro y siniestro. Llevamos el plato a la bandeja de linóleo de la cocina y nos sentamos, sin hablar, compitiendo por los nachos con más queso. Cuando no quedaba ni uno, Arthur se levantó y sacó un bote de helado de menta con trocitos de chocolate del congelador. Cogió dos cucharas, las clavó en la superficie verde pastel y dejó la tarrina en la mesa entre los dos.

—Estoy gordísima —me quejé mientras desenterraba un trozo enorme de chocolate.

—Qué más da. —Arthur se llevó la cuchara a la boca y la sacó despacio, lamiendo hasta la última gota de helado.

—Hoy me he cruzado con Dean por el pasillo. Me ha dicho «Te estás poniendo fondona, ¿eh?».

Me encantaba el helado de los bordes de la tarrina, porque se derretía primero y cedía cuando pasaba la cuchara por el cartón.

—Menudo pijo de mierda está hecho. —Arthur apuñaló el helado con su cuchara—. No sabes ni la mitad de la historia.

Me pasé la lengua por una muela para quitar la capa de chocolate.

—¿Qué es lo que no sé?

Arthur frunció el entrecejo sin dejar de mirar el helado.

—Nada. Da igual.

—No, espera. —Paré de comer un momento—. Ahora tienes que decírmelo.

—Confía en mí. —Arthur bajó la barbilla y me miró por encima de las gafas. Una capa extra de piel se le acumuló en el cuello—. No quieres saberlo.

—¡Arthur! —exigí.

Arthur suspiró con fuerza, como si se arrepintiera de haber sacado el tema, pero yo sabía que no se arrepentía. Cuanto más comprometida es la información, más ganas de revelarla tiene quien la posee y más difícil es conseguir que se libere de su carga. Así no se sentirá terriblemente culpable por haber traicionado la confianza de alguien. ¿Qué otra cosa podía hacer? ¡Había sido obligada a contarlo! Digo «obligada» porque este juego es inherente al género femenino y, ahora, cuando echo la vista atrás, a la destreza de Arthur para el regateo, me doy cuenta de que aquello era mucho más revelador de su sexualidad, mucho más que sus declaraciones dramáticas, tan exageradas que nunca imaginé que estuviese engañándonos a todos. Representaba el papel que le habían asignado, y su actuación era brillante.

—Creo que me merezco saberlo —dije con intención—. Yo más que cualquiera.

Arthur levantó las manos en el gesto universal para que lo dejara. No podía soportarlo más.

—Vale —accedió. Dejó la cuchara dentro de la tarrina de helado y puso las manos sobre la mesa, pensando por dónde empezar—. Había un chico... Ben Hunter.

Recordaba aquel nombre de la noche del baile de otoño, cuando me había escapado con las HO y los Piernaspeludas para beber en el Rincón. Olivia había dicho que había visto a Arthur chupándosela a Ben, y Peyton había aportado el dato de que Ben había intentado suicidarse, pero que no lo había conseguido. Yo no me había creído la primera parte de la historia, olía a mentira de Olivia, contada para reunir a una multitud curiosa a su alrededor y que ella fuera el centro de atención. Aun así, algo hizo que no le contara a Arthur lo que sabía. Una pequeña parte de mí creía que podía ser cierto, y si era así, no quería saberlo. No podía soportar la imagen de Arthur de rodillas en el Rincón: bicho raro número uno chupándole la polla al bicho raro número dos. Arthur era mi brújula intelectual, no un animal en celo perdido por la lujuria y la furia. No como yo.

Fingí que nunca había oído el nombre de Ben Hunter.

—¿Quién es?

—Dean lo obligó a suicidarse. Bueno… —Arthur se subió las gafas en la nariz, dejando una huella más en el cristal izquierdo—. A intentar suicidarse, al menos.

Abandoné mi cuchara en el helado, que estaba ya tan derretido que el mango se hundió poco a poco hasta que las arenas movedizas verdes absorbieron el cubierto por completo.

—¿Cómo? ¿Cómo se obliga a alguien a intentar suicidarse?

Los ojos de Arthur se apagaron.

—Torturándole durante años y, al final, degradándole al… —Hizo una mueca—. Es muy desagradable. ¿De verdad quieres saberlo?

El helado me borboteó en la garganta.

—¿Quieres contármelo de una vez?

Arthur suspiró y estiró su ancha espalda.

—¿Sabes quién es Kelsey Kingsley? —Asentí. Íbamos juntas a historia—. Cuando estábamos en octavo organizó una fiesta en su casa. Tiene una finca de más de una hectárea, con piscina, pistas de tenis, todo eso, y un montón de campo. El caso: vinieron Dean y Peyton y otros imbéciles del equipo de fútbol. Ellos ya estaban en bachillerato por aquel entonces, así que era un poco raro, pero a Peyton le molaba Kelsey. Le gustan más jóvenes. —Arthur me señaló con la barbilla, como si yo fuese el ejemplo perfecto—. Convencieron a Ben para que fuese con ellos a la zona arbolada, le dijeron que tenían marihuana. —Arthur cogió una cucharada llena a rebosar de helado. Cuando abrió la boca para metérsela, vi que tenía los dientes llenos de hilos verdes—. No sé cómo pudo tragárselo Ben. Yo no habría picado jamás. ¿Peyton y esos tíos? Bueno… Pues tiraron a Ben al suelo y le subieron la camiseta, y Dean… —Arthur tragó y se estremeció por el frío del helado.

—Dean, ¿qué?

Arthur se apretó las sienes con los dedos. Exhaló. Levantó las cejas y me miró.

—Dean se cagó encima de él.

Yo me eché hacia atrás en la silla y me llevé la mano a la boca.

—Qué asco.

Arthur volvió a llenar la cuchara de helado.

—Te lo dije. —Se encogió de hombros—. Cuando lo soltaron se largó corriendo. Estuvo veinticuatro horas desaparecido hasta que lo encontraron en el baño de una droguería cerca de Suburban Square. Había comprado una cuchilla y… —Arthur hizo el gesto de abrirse las muñecas y apretó los dientes como si el dolor fuese real.

—Pero no murió, ¿no?

Me di cuenta de que me estaba agarrando la muñeca con la mano, presionando una herida imaginaria.

Arthur agitó la cabeza.

—Normalmente, la gente no hace un corte lo suficientemente profundo como para llegar a la arteria principal. —Parecía orgulloso de saber aquello.

—¿Y dónde está ahora?

—En un centro psiquiátrico. —Arthur se encogió de hombros—. Fue hace solo seis meses.

—¿Mantienes contacto con él? —pregunté, muy atenta a su reacción.

Arthur apretujó la cara y negó con la cabeza.

—Me cae bien, pero tiene problemas.

A continuación, deslizó el anuario hasta el centro de la mesa y apartó la tarrina de helado. Mi cuchara se cayó y desapareció de mi vista.

—Vamos a jugar con Dean en honor de Ben —sugirió, abriéndolo por nuestra página favorita. Le habíamos pin-

tado unas orejas de mono a Dean y habíamos escrito
«culo veo, culo muere» por encima de su cara sonriente.
Yo había puesto «culo veo, culo quiero», pero Arthur
había tachado el «quiero» y había puesto «muere».

Teníamos otras páginas preferidas. Olivia había sido
objeto habitual de nuestra atención. Le había decorado la
nariz con un montón de puntitos negros y había puesto
«necesito una limpieza de poros». «Y unas tetas de silico-
na», había añadido Arthur.

Arthur prefería a Peyton antes que a Olivia. El anuario era de hacía tres años, de cuando nosotros estábamos
en sexto y Peyton en octavo. Era difícil, pero Peyton era
aún más guapo en primaria. Le habíamos dibujado colas
de cerdo a los lados de la cabeza y, aunque lo había hecho
yo, todavía tenía que pestañear cada vez que nos topába-
mos con su foto en el anuario y recordarme que no era
una chica. «Fóllame el culito», había escrito Arthur. «Y
estrangúlame mientras tanto», había añadido hacía poco.
Me contó que una vez en el autobús Peyton lo había ahogado con su bufanda y había apretado hasta que en el cuello de Arthur apareció una marca púrpura.

—Tuve que llevar cuello vuelto durante un puto mes
—protestó Arthur—. Y ya sabes que soy muy caluroso.

Arthur dibujó un bocadillo en forma de nube saliendo
de la boca de Dean:

—¿Qué está pensando hoy don Dean Barton?

Antes de que pudiera decidirse, la puerta se abrió y
oímos el saludo de la señora Finnerman. Arthur cogió la
pipa de la mesa y se la guardó en el bolsillo.

—¡En la cocina, mamá! —gritó—. Está aquí TifAni.

Me giré en la silla y observé cómo la señora Finnerman
entraba en la cocina y se quitaba un pañuelo del cuello.

—Hola, cariño —me dijo.

—Hola, señora Finnerman. —Sonreí, confiando en no
parecer somnolienta ni drogada.

La señora Finnerman se quitó las gafas, empañadas por
la diferencia de temperatura entre el exterior y la casa, y
las limpió con el bajo de la camisa.

—¿Te quedas a cenar?

—Ay, no, no puedo —dije—. Pero gracias.

—Ya sabes que eres bienvenida siempre que quieras, cariño. —Volvió a ponerse las gafas y los ojos le brillaron detrás de los cristales limpios—. Siempre.

El señor Larson ya nos había avisado. Dos semanas de gramática, justo después del debate sobre *Mal de altura*. La noticia había arrancado un quejido dramático a la clase entera y el señor Larson había esbozado una sonrisa juguetona, la misma que imaginé que les dedicaba a las chicas justo antes de pasarles la mano por debajo de la melena rubia y atraerlas hacia sí para darles un beso suave.

Mis clases de gramática en el Madre Santa Teresa eran muy estrictas, así que, aunque la noticia también me decepcionó, para mi sorpresa también me dio una especie de chute de adrenalina territorial. «Ponedme a prueba», había pensado en septiembre. El gerundio, el participio presente, los modificadores del sustantivo... Aquellos aficionados iban a morder el polvo. Ahora que el señor Larson se había ido y mi espíritu competitivo se había disipado, solo me sentí agradecida por no tener que esforzarme.

La sustituta del señor Larson, la señora Hurst, tenía el cuerpo de un niño de diez años y se compraba la ropa —pantalones chinos y camisas en tonos pastel— en GapKids. Por detrás, cualquiera podría haberla confundido con el hermano pequeño de algún alumno. Su hija estudiaba en Bradley. Como la habían aceptado por adelantado en Dartmouth y tenía la nariz larga y afilada y unas ojeras enormes, creí que sería una empollona inofensiva. Pero tras años de ser ignorada por las chicas guapas y los tíos que no estaban tan buenos, se había convertido en una chismosa de manual. Su madre, sentada a la mesa que presidía la clase, conocía mi historial desde el primer día.

Empezó a tomarla conmigo un día que alguien trajo a clase unos donuts que habían sobrado de la reunión del anuario de esa mañana. La señora Hurst los cortó por la mitad, aunque había once donuts y solo éramos nueve alumnos, de sobra para que nos comiéramos uno cada uno. Asumí que lo hacía para que probásemos varios sabores, así que cogí medio de crema y medio de azúcar *glass*.

—TifAni —cloqueó la señora Hurst con tono de desaprobación—. Santo cielo, deja algo para los demás.

Me insultaba así, como quien no quiere la cosa, de modo que algunos estudiantes soltaban risitas nerviosas, dudosos de si meterse o no en líos de política social. La clase de lengua avanzada, llena de chavales cuyos padres habían ido a universidades de la Ivy League, no era el público ideal (habría tenido más éxito con los degenerados de química), pero hacía lo que podía.

Mi amistad con Arthur no le pasaba desapercibida a la señora Hurst. Eso, sumado al hecho de que Arthur era el más inteligente de la clase —incluida la profesora—, y además no era lo que se dice modesto, lo convertía en blanco aún mayor de sus comentarios mordaces.

Una mañana, una explicación particularmente enrevesada de las oraciones apositivas animó a Arthur a garabatear un ejemplo más sencillo en la nota que llevábamos pasándonos toda la clase. Siempre nos escribíamos notas, incluso en la cafetería, donde éramos libres de hablar cuanto quisiésemos.

—La señora Hurst, la gilipollas de la profesora nueva... —Me tapé la boca con la mano para aguantarme la risa, pero se me escapó un gritito agudo. La clase entera se paralizó. La señora Hurst se tomó su tiempo en mirar por encima del hombro. El rotulador rojo dejó una marca en la pizarra como una herida de bala.

—¿Sabes qué? —Me tendió el rotulador—. Vas a ayudarme con esto.

Cualquier otra habría percibido la humillación inminente, se habría cruzado de brazos como buena estudiante rica y mimada y se habría negado. Era mejor recibir un rapapolvo del jefe de estudios que un castigo público delante de tus compañeros. Pero yo todavía tenía interiorizado el miedo del colegio de monjas y, cuando un profesor te mandaba hacer algo, lo hacías. Noté la mirada de Arthur cuando me puse en pie y anduve hasta la pizarra como un condenado a muerte al que empujan por el tablón antes de tirarlo a los tiburones.

La señora Hurst me puso el rotulador en la mano y se apartó de la pizarra para dejarme espacio.

—A lo mejor con un ejemplo lo entendemos mejor —ofreció con una dulzura exagerada—. Escribe.

Levanté el rotulador y esperé.

—TifAni.

Miré a la señora Hurst por debajo del brazo que tenía levantado, esperando el resto de la frase.

—Escribe eso —apremió la señora Hurst—. TifAni.

Escribí mi nombre, con el miedo anudado en el estómago.

Cuando puse el punto de la «i», la señora Hurst continuó.

—Coma.

Añadí el signo de puntuación detrás de mi nombre y esperé.

La señora Hurst dijo:

—Una rata de alcantarilla. Coma.

No estoy segura de si el grito ahogado que recorrió la clase se debió a lo que había dicho la señora Hurst o al «Que te jodan» que soltó Arthur. Se puso de pie, rodeó el pupitre y se acercó a la señora Hurst, que mantuvo a duras penas la expresión de malas pulgas al ver a un armario empotrado de metro noventa y más de cien kilos dirigiéndose hacia ella.

—Arthur Finnerman, vuelve a sentarte ahora mismo. —Las palabras de la señora Hurst se disiparon en el aire, y dio varios pasos atrás cuando Arthur se puso delante de mí como un perro protegiendo a su dueño de un intruso.

Arthur señaló con el dedo a la señora Hurst, que emitió un grito ahogado.

—¿Quién te crees que eres, zorra estúpida?

—Arthur. —Le puse la mano en el brazo. Tenía la piel caliente al tacto debajo del polo.

—¡Bob! —chilló de pronto la señora Hurst. Lo repitió una y otra vez con regularidad frenética—. ¡Bob! ¡Bob! ¡Bob!

Bob Friedman, el otro profesor de lengua, que daba clase al otro lado del pasillo, irrumpió aturdido en el aula, con una manzana casi terminada entre el dedo pulgar y el índice.

—¿Qué ocurre? —preguntó con un trozo de manzana Fuji en la boca.

—Bob. —La señora Hurst respiró entrecortadamente, pero enseguida se irguió, envalentonada por la llegada de su compañero—. Necesito que acompañes a Arthur Finnerman al despacho del señor Wright. Me está amenazando físicamente.

Arthur se rio.

—Puta loca.

—¡Eh!

El señor Friedman apuntó a Arthur con el hueso de la manzana y avanzó hacia donde estaban; tropezó con una mochila y llegó trastabillando, casi pierde las gafas por el camino. Se las colocó sobre el tabique, levantó la mano a la altura de la espalda de Arthur y la dejó en el aire. Todos habíamos oído rumores acerca de los seminarios anuales sobre acoso sexual que los profesores tenían que cursar. Les daba pánico tocarnos.

—Vamos. Al despacho del señor Wright. Ahora.

Arthur emitió un sonido de disgusto y se apartó de la mano fantasma del señor Friedman. Salió como una estampida del aula, con mucha ventaja sobre el señor Friedman.

—Gracias, Bob —dijo la señora Hurst, ahora remilgada y formal. Se tiró de la camisa y se arregló la pechera. El señor Friedman inclinó la cabeza y se apresuró tras Arthur.

Varios estudiantes se tapaban la boca con la mano; dos empollones se estaban aguantando las lágrimas.

—Perdonad el alboroto —dijo la señora Hurst, intentando sonar severa. Pero vi cómo le temblaba la mano cuando borró mi nombre y me dijo que volviera a mi sitio. Al menos, después de aquello, dejó de molestarme.

No volví a ver a Arthur en todo el día. Después del entrenamiento, recorrí el camino que llevaba a su casa pisando las hojas, tan secas que se rompían al contacto con mis zapatillas.

Arthur no acudió a la puerta. Llamé una y otra vez hasta que temblaron los cristales de las ventanas, pero no vino a abrirme.

Arthur tampoco vino el día siguiente. Me imaginé que lo habrían mandado a casa toda la semana, pero cuando me senté a la mesa del comedor, mi antigua mesa, en la que me sentaba a diario de nuevo, a la Tiburona se le llenaron los ojos de lágrimas y me dijo en un susurro que habían expulsado a Arthur.

Al oír la palabra «expulsión» me invadió el mismo miedo que sentía al oír «cáncer» o «atentado terrorista».

—¿Cómo que lo han expulsado? Si no hizo nada. En serio.

—Creo que ha sido la gota que ha colmado el vaso. —La Tiburona pestañeó y derramó otra lágrima. Atónita, observé cómo se deslizaba, no por la mejilla sino por el lateral de su cara. Se la limpió de un manotazo, como cuando te quitas una hormiga de la pierna—. Después de lo del pez.

La miré como si me hablara en francés, que yo aprobaba siempre por los pelos.

—¿El pez?

—Oh. —La Tiburona se removió en la silla—. Creía que Arthur te lo habría contado.

—No tengo ni idea de lo que estás hablando.

Cuando estoy impaciente siempre grito. La Tiburona se llevó el dedo a los labios para que bajara la voz.

Me habló en un susurro:

—No sé, yo no estaba. Pero el año pasado lo expulsaron temporalmente por pisotear un pez en clase de biología.

Me di cuenta de que podía imaginarme la escena sin ningún esfuerzo. Imaginé a Arthur enseñando los dientes y abriendo mucho los ojos, como con la señora Hurst, aquella cara y el enorme pie cerniéndose sobre el escurridizo pez azul, que se retorcía y boqueaba en el suelo mojado. Por supuesto, Arthur era consciente de que tenía que ejercer toda la fuerza posible para que el animal no se escurriera.

—¿Por qué hizo eso?

—Esos chicos... —La Tiburona agitó la cabeza como una madre disgustada por lo violentos que son los vídeos musicales de la tele—. Dean. Le provocaron para que lo hiciera. —Se llevó los dedos a las sienes y estiró la piel, lo que la hizo convertirse en un tiburón asiático—. Pobre Arthur. Nunca entrará en Columbia con esta mancha en el expediente. Por muchos parientes suyos que hayan estudiado allí.

Esa tarde fingí un tirón en la carrera de ocho kilómetros y les hice un gesto a las demás chicas para que siguieran sin mí. Di media vuelta como si volviera al instituto y recorrí el trayecto en solo siete minutos.

Aquella vez, mantuve el timbre pulsado y no levanté el dedo hasta que la casa tembló por los pasos de Arthur. Abrió la puerta y me dirigió una mirada inexpresiva.

—¡Arthur! —grité.

—No te emociones. —Se giró y subió las escaleras—. Ven. —Nos sentamos en su cama y me pasó la pipa.

—¿Es definitivo? —pregunté.

Arthur abrió la boca y exhaló una columna de humo.

—Definitivo.

—A quien deberían expulsar es al puto Dean —murmuré.

—No es casualidad que la cafetería lleve su apellido.

Arthur golpeó la cazoleta de la pipa contra el borde de la cama para remover el contenido. Me la pasó otra vez y negué con la cabeza.

—Bueno, quizá lo habrían expulsado si yo hubiese tenido agallas —dije.

Arthur gruñó y saltó de la cama. Intenté recuperar el equilibrio cuando el colchón se inclinó hacia mi lado.

—¿Qué? —pregunté.

—Pero no las tuviste —dijo Arthur—. ¡No las tuviste! Así que deja de compadecerte.

—¿Estás cabreado conmigo por eso? —me llevé la mano a la tripa; no podía soportar que él también se enfadara conmigo.

—¡Eres tú quien debería estar cabreada consigo misma! —rugió Arthur—. Tuviste la oportunidad de acabar con él y no lo hiciste porque... —dejó escapar una risotada que le salió de las entrañas— creías que aún podías redimirte. —Aquello le hizo reír aún más—. Madre mía, madre mía —repitió una y otra vez, como si fuera lo más gracioso que había oído en su vida.

Noté que me calmaba por completo.

—Madre mía, ¿qué?

Arthur suspiró, compadeciéndome.

—Es lógico, ¿no lo ves? ¿No lo entiendes? Te eligieron como víctima desde el primer momento. Y eres tan... —Se agarró el pelo. Cuando lo soltó, se le quedó revuelto con mechones apuntando en todas direcciones—. Eres tan estúpida que no te diste cuenta.

Prefería un millón de hostias de Dean a aquello. Por lo menos lo que Dean quería, lo que le cabreaba no poder conseguir, era lo más básico y primario del mundo, y no tenía nada que ver conmigo como persona. Me di cuenta de que Arthur me veía de forma totalmente distinta a como yo creía, y aquello me devastó. No éramos amigos ni colegas unidos por el odio a los Piernaspeludas y a las HO, después de todo. A mí me habían rechazado y Arthur me había acogido amablemente. No al revés. Le devolví el golpe de la única forma que pude.

—Sí, vale —escupí—, pero por lo menos yo a Dean le gustaba. A mí me hacía caso. No como a ti, que no te hacía ni caso y te empalmabas solo con verlo.

La cara de Arthur se contrajo de forma imperceptible, y por un momento creí que iba a llorar yo también. Me había defendido, había sido el único que lo había hecho además del señor Larson. Antes de que pudiese detener la maquinaria, las facciones de Arthur se relajaron y adoptó una expresión fría y calculadora. Demasiado tarde.

—¿De qué estás hablando?

—Ya sabes de qué estoy hablando. —Me aparté la coleta rubia del hombro. Mi pelo, mis tetas, todo lo que me había metido en tantos problemas era de pronto mi única arma de defensa—. No engañas a nadie.

Mis ojos se movieron a toda velocidad por la habitación. Divisé el anuario en el escritorio de Arthur. Salté de la cama como un muelle, lo cogí y lo abrí por nuestra página preferida.

—A ver… —Encontré la foto de Dean—. «Fóllame el culo hasta que sangre.» —Había tantos garabatos en la foto de Dean que Arthur había dibujado una flecha desde su cara hasta la parte inferior de la página, donde había escrito más cosas—. ¡Oh! Esta es una joya: «Córtame la polla». —Levanté la vista hacia Arthur—. Seguro que la embalsamarías y dormirías con ella debajo de la almohada, mariconazo.

Arthur arremetió contra mí. Puso las zarpas sobre el libro y tiró de él para quitármelo. Intenté atraparlo de nuevo, pero perdí el equilibrio. Me caí y me golpeé la cabeza contra la pared. Me enfurecí como un niño pequeño por haberme hecho pupa. Lloré y me apreté donde me dolía.

—¿Alguna vez te has parado a pensar —resopló Arthur. Nuestra pequeña refriega había acelerado los latidos de su corazón, enterrado bajo todas aquellas capas de grasa— que si no quiero follarte no es porque sea gay, sino porque me das asco? —Abrí la boca para defenderme, pero Arthur me cortó—. Lo que deberías hacer es amputarte eso… Nadie con una delantera como esa puede conseguir nada que merezca la pena en la vida. —Se puso las manos en las tetas y las zarandeó con violencia.

Si hubiese seguido corriendo, habría llegado hasta New Gulph Road, pero no habría respirado con tanta dificultad como en aquel momento. Tenía las manos alrededor de la foto de la mesilla de Arthur, la de cuando era pequeño, con su padre, riéndose en la playa. Antes de que Arthur pudiera atraparme, hui. Podía oírlo bajando por las escaleras detrás de mí pero, a diferencia de las pelis de terror, el asesino era obeso, lento y estaba colocado. Antes de que Arthur llegara al segundo piso, yo ya estaba en la puerta colgándome la mochila al hombro. Salí y seguí corriendo hasta que estuve convencida de que Arthur se habría parado mucho más atrás, doblado y abrazado a sus rodillas, jadeante y furioso. No me detuve hasta un kilómetro después. Me dirigí a la estación de Rosemont; estaba más lejos pero a Arthur no se le ocurriría ir a buscarme allí. Cuando por fin dejé de correr y empecé a andar, miré la foto que llevaba en la mano, me fijé en lo feliz que se veía a Arthur y consideré dar media vuelta. Pero entonces pensé que su padre era un imbécil. Probablemente le hacía un favor llevándome la foto. Quizá así lo superaría y dejaría de ser un gordo gilipollas. Me paré en el arcén de la carretera y la guardé; incluso la metí en una funda para proteger las estúpidas conchas que decoraban el marco.

Unos días más tarde, me enteré de que Arthur se había cambiado al Thompson High, un instituto público en Radnor. En 2003, solo dos estudiantes del Thompson High, de 307 que había en todo el curso, consiguieron entrar en universidades de la Ivy League. Arthur no estaba destinado a ser uno de ellos.

Capítulo 11

Si hubiese tenido veintidós años, acabara de terminar la universidad y estuviera desesperada por encontrar trabajo, habría llamado a Nell para leerle aquel mensaje en voz alta.

—¡Tienes que oír esto!

Estimada señorita FaNelli:

Mi nombre es Erin Baker y soy la directora de Recursos Humanos de Type Media. Tenemos un puesto vacante como directora de la sección de variedades en la revista *Glow*. Nos gustaría hacerle una entrevista si está interesada. ¿Puedo invitarla a un café esta semana? El sueldo es competitivo.

Un cordial saludo,
Erin

Cerré el correo. No tenía prisa por responder, porque no me interesaba lo más mínimo. Sí, directora de variedades era un puesto más alto que el de redactora sénior, y podía ganar más dinero, pero el dinero no me preocupaba, la verdad. Por mucho que me ofrecieran, no sería lo suficiente como para cambiarme a una revista exactamente igual que *The Women's Magazine* pero para nada tan icónica, menos cuando LoLo me había puesto el *New York Times Magazine* en bandeja como un gato que deja un ratón sin cabeza en el umbral.

Aunque había escrito la expresión «su miembro» muchísimas veces a lo largo de todos aquellos años en *The Women's Magazine*, la revista tenía un nombre que me ofrecía protección, igual que mi compromiso con Luke. Cuando le digo a la gente que trabajo en una revista y me preguntan en cuál, nunca me cansaré de ladear la cabeza con modestia y contestar: *«The Women's Magazine»* —la inflexión precisa en la voz—, «¿te suena?». Como esos gilipollas engreídos de Harvard. «Fui a la universidad en Cambrigde.» «¿A cuál?» «¿Harvard?» Sí, todos sabemos qué puta universidad es Harvard. Me flipaba aquel reconocimiento. Ya había dado suficientes explicaciones en el instituto para justificar mi presencia plebeya entre nobles... «Vivo en Chester Springs. No está tan lejos. No soy tan pobre.»

Cerré la sesión en el servidor de correo. Le contestaría a la tal Erin Baker más tarde, le diría cualquier cosa. «Muchas gracias por pensar en mí para el puesto pero estoy muy contenta con mi trabajo actual.»

Tamborileé con mis uñas verde musgo sobre la mesa, preguntándome dónde estaría Nell. Pasaron varios minutos hasta que supe que había llegado. Las cabezas girándose hacia la entrada del restaurante fueron la primera señal. La segunda fue la coronilla de Nell, un destello rubio deslumbrante que se acercaba hacia mí.

—¡Lo siento!

Se dobló en la silla. Nell es tan alta que sus larguísimas piernas nunca caben debajo de la mesa. Las cruzó en el hueco del pasillo, con los botines, de tacón afilado como una garra, colgando uno por encima del otro. Era una de aquellas noches.

—No encontraba taxi.

—Tienes línea directa en la uno desde tu casa —dije.

—El metro es para la gente que trabaja —repuso con una sonrisa.

—Imbécil.

El camarero se acercó y Nell pidió una copa de vino. Yo ya tenía la mía a medias. Había intentado no beber demasiado rápido, porque solo me permitía tomarme dos, y únicamente con la cena.

—Tu cara —dijo Nell, y se mordió los carrillos.

Por fin.

—Me muero de hambre.

—Lo sé. Es una mierda. —Nell abrió la carta—. ¿Qué vas a tomar?

—El tartar de atún.

Nell repasó la carta, tan pequeña como un libro de oraciones en sus manos, con expresión contrariada.

—¿Dónde está eso?

—En los entrantes.

Nell se echó a reír.

—Menos mal que no voy a casarme nunca.

El camarero volvió con el vino de Nell y nos preguntó qué íbamos a tomar. Nell pidió una hamburguesa porque es una sociópata. Si ni siquiera se la iba a comer entera. El Adderall le quitaría el interés después de darle dos bocados. Ojalá me funcionase a mí también, pero cada vez que me tomaba una de las píldoras azules de Nell, o incluso alguna noche que me metía algo de cocaína, el apetito siempre conseguía remontar a la superficie. Lo único que me funcionaba a mí era la disciplina pura y dura.

Cuando pedí, el camarero me dijo:

—Ese plato es muy pequeño. —Hizo un gesto con las manos para indicarme el tamaño.

—Es que se casa. —Nell le dedicó una caída de ojos.

El camarero lo entendió.

—Ah. —Era gay, delgado y guapo. Probablemente tendría un novio tipo «oso», con el que quedaría cuando acabara su turno. Recogió mi carta—. Enhorabuena.

Me sentó como ponerme un cubito de hielo en el nervio de un diente al descubierto.

—¿Qué pasa? —preguntó Nell. La frente se me había arrugado en forma de «v», que es lo que me pasa siempre justo antes de llorar.

Me tapé los ojos con las manos.

—No sé si quiero hacer esto.

Hala, ya lo había dicho. En voz alta. Admitirlo era como ese guijarro que se suelta y baja rodando por la ladera de la montaña, tan insignificante que el alud que viene detrás no parece posible.

—Vale —dijo Nell, con precisión clínica y los labios pálidos fruncidos—. ¿Es algo reciente? ¿Cuánto tiempo llevas sintiéndote así?

Dejé escapar el aire entre los dientes.

—Mucho.

Nell asintió con la cabeza. Colocó las manos a los lados de su copa de vino y miró fijamente las rojas profundidades del líquido. A la luz tenue del restaurante no se apreciaba el azul de sus ojos. Algunas chicas necesitan esa luz, esas dos piscinas relucientes en la cara para que puedas decidir si son guapas o no. A Nell no le hacía falta.

—¿Cómo te sentirías si lo cancelaras? —dijo, moviendo las fosas nasales—. ¿Si Luke solo fuera alguien que conocías, ya sabes, *somebody that you used to know*?

—¿De verdad acabas de citar a Gotye? —solté.

Nell ladeó la cabeza. El pelo rubio se había deslizado desde su hombro y colgaba centelleando como un carámbano en la cornisa de un tejado.

Suspiré y pensé un momento.

Una noche, no hacía mucho tiempo, un tipo bastante agresivo me había dicho que era una zorra porque creía que me había colado en la barra.

—¡Que te jodan! —le dije.

—Qué más querrías.

La cadena que llevaba alrededor del cuello brillaba a la luz del bar, y la piel de reptil se le doblaba en sitios donde no debería hacerlo a su edad. No le sentaban los rayos UVA tan bien como a mí.

Levanté el dedo anular.

—Eres adorable, pero estoy comprometida.

La cara que puso. Ese anillo tiene poderes mágicos. Es increíble cómo me envalentona, cómo me protege de cualquier mal.

—Me daría mucha pena —le dije a Nell.

—¿Por qué te daría pena?

Porque cuando tienes veintiocho años y vives en un edificio con portero en Tribeca, vas en taxi a todas partes, calzas unos Giuseppe Zanotti y estás organizando una boda en Nantucket con alguien con el pedigrí de Luke Harrison, te va muy bien. Pero cuando tienes veintiocho años, estás soltera y no te pareces a Nell, y tienes que vender los zapatos por eBay para pagar la factura de la luz, en Hollywood hacen películas tristes sobre tu vida.

—Porque le quiero.

Las dos palabras siguientes sonaron inocentes, pero conozco a Nell y sé que las escogió para generar el mayor impacto posible.

—Qué mona.

Le pedí perdón con un gesto.

El silencio que siguió sonó como un zumbido, como la autopista de detrás de mi casa en Pensilvania. Cuando era pequeña estaba tan acostumbrada a ella que me parecía que no hacía ruido. No me di cuenta hasta la primera vez que vino a dormir a casa una amiga del Madre Santa Teresa. «¿Qué es ese ruido?», me preguntó Leah, arrugando la nariz con tono acusatorio. Leah se ha casado y tiene una niña que aparece vestida de rosa de la cabeza a los pies en todas sus fotos de Facebook.

Nell juntó las manos para suplicarme una última vez.

—Mira, a la gente no le importas tanto como tú crees. —Se rio—. Vale, eso ha sonado fatal. Lo que quiero decir es que a lo mejor la idea de que tienes que demostrar algo está solo en tu cabeza.

Si aquello era cierto, significaba devolver los depósitos y un traje de Carolina Herrera abandonado en mi armario. Y rodar aquel documental sin mi tumor de cuatro quilates, la prueba de que valía más de lo que se me había asignado.

—No lo está.

Nell me taladró con sus ojos azules.

—Sí que lo está. Y deberías pensar en ello. Con calma. Antes de que cometas un grave error.

—Esta es buena. —Me reí con agresividad—. Sobre todo viniendo de alguien que me ha enseñado a manipular a todas las personas que forman parte de mi vida.

Nell abrió la boca y articuló algo sin emitir sonido alguno. Reparé en que estaba repitiendo lo que yo acababa de decir, para sí, intentando entenderlo. En un momento dado, la frustración dio paso al asombro en su cara.

—Porque creía que esto —hizo un gesto con las manos para indicar todo lo que había conseguido— era lo que querías. Creía que querías a Luke. Creía que toda esta charada te hacía feliz. —Se dio una palmada en la cara—. Dios mío, Ani, ¡no hagas esto si no te hace feliz!

—¿Sabes qué? —Puse un brazo encima del otro, en una cuidadosa barricada para mantenerla alejada de mí—. Te he pedido que quedásemos porque creía que me ayudarías a sentirme mejor. No peor.

Nell se irguió en la silla con expresión divertida.

—Vale, Ani. Luke es un tipo estupendo. Te ve y te acepta exactamente tal y como eres. No quiere que seas alguien que no eres. Caramba, deberías dar gracias al cielo todos los días por la suerte que has tenido.

Me fulminó con la mirada.

Nuestro camarero volvió con una cesta en las manos.

—Lo siento —musitó—. Probablemente no quieran pan.

Nell le dirigió una sonrisa enfurecida.

—Claro que queremos pan, gracias.

El camarero se sonrojó visiblemente cuando ella se dirigió a él. La sangre se le agolpó en las mejillas y los ojos se le encendieron, como le pasa a todo el mundo cuando Nell sopla un puñado de su polvo de hadas. Me pregunté si lo habría notado cuando seccionó con el brazo el espacio entre las dos, cuando dejó la cesta del pan en el centro de la mesa. Cómo crujía el aire, como una señal de alarma.

Las semanas pasaron, y Nueva York dejó un poco atrás el verano, aunque septiembre solo parecía pelear a medio gas contra el calor. El rodaje estaba a punto de empezar, estuviese o no preparada. Tenía la prueba del vestido, y la modista se maravilló al ver el espacio entre mi cintura y el corpiño de la talla 36. Yo me había resistido cuando lo encargamos. ¿Una 36?

—El tallaje de los vestidos de novia es completamente distinto al del resto de ropa —me dijo la dependienta—. Puede tener una 34 o incluso una 32 en Banana Republic y equivale a una 36 o incluso una 38 en trajes de novia.

—No encargue la 38 —dije, confiando en que mi expresión horrorizada fuese ilustrativa de que yo no compraba en Banana Republic.

El jueves por la noche tenía que ir «a casa», a Main Line. El viernes era el primer día de rodaje. El equipo del documental no había conseguido el permiso para rodar dentro del instituto, algo que me alivió bastante, pero no por las razones obvias. En Bradley no querían mala prensa, y mi historia se la iba a dar, lo que significaba que el documental iba a posicionarse más bien de mi lado. Me preguntaba a quién más iban a entrevistar, además de a Andrew. Les había preguntado, pero no me lo quisieron decir.

Había asaltado el armario de la sección de moda de la revista el día anterior: vaqueros negros, un cuerpo de seda de Theory, botines de ante ni muy altos ni muy bajos. Conseguí que el redactor de accesorios me prestara un colgante ideal, con una cadena de oro rosa y una barrita de diamantes en el centro. Era bonito y denotaba buen gusto, daría bien en cámara. Fui a la peluquería para hacerme unas ondas despeinadas y a la moda. El objetivo era un *look* sencillo y caro.

Estaba doblando una blusa de color carbón en la maleta de fin de semana cuando oí la llave de Luke en la cerradura.

—Hola, pequeña —me saludó.

—Hola —dije, al parecer no lo suficientemente alto como para que pudiera oírme.

—¿Estás ahí?

Los zapatos de Ferragamo de Luke se acercaron hasta que su figura apareció en el umbral. Llevaba un traje azul marino espectacular, con unos pantalones estrechos de un tejido tan bueno que relucía. Se apoyó en el marco de la puerta y se inclinó hacia delante, sacando pecho.

—Qué buen botín —dijo Luke, señalando el montón de ropa sobre la cama.

—Tranquilo, no he tenido que pagar por él.

—No me refería a eso.

Luke me miró mientras trasladaba prendas de ropa de la cama a la maleta.

—¿Cómo te sientes?

—Bien —dije—. Siento que tengo buen aspecto. Me siento bien.

—Tú siempre tienes buen aspecto, amor. —Luke sonrió.

No estaba de humor para bromas.

—Ojalá pudieses venir conmigo —suspiré.

Luke asintió, empático.

—Ya lo sé. Ojalá. Pero me siento mal porque no sé cuándo podré volver a ver a John.

Luke iba a venir conmigo aquel fin de semana, pero hacía unas semanas se había enterado de que su amigo John, que trabaja en comedores sociales en la India (el tipo de cosas que me hacen sentir una zorra de plástico por dedicarme a lo que me dedico), venía a Nueva York. Solo iba a estar dos días y después volvería a la India para pasar un año entero. Ni siquiera podía venir a nuestra boda. Además esta vez se traía a su prometida, Emma, otra voluntaria de tan solo veinticinco años. Me sentí agredida de inmediato por aquel nombre tan bonito y esa edad perfecta. No podía creer que en dos años fuese a cumplir los treinta.

—¿Veinticinco? —bufé—. ¿Qué pasa, que es un matrimonio de conveniencia?

—Veinticinco no es tan joven —se defendió. Se dio cuenta de lo que había dicho y añadió lo que tenía que añadir—. Para casarse, quiero decir.

Entendía lo importante que era John para Luke. Aunque las cosas entre Nell y yo estaban un poco frías, si viviera en la otra punta del mundo y viniera a Nueva York solo dos días, yo también lo dejaría todo para verla. No era aquello lo que me molestaba. Lo que me molestaba era el alivio patente de Luke por no tener que venir. Me dolía y no podía evitarlo. Le envié un correo al señor Larson, pensando que él se lo había buscado. «¿Quedamos para comer en Main Line?»

—Pero te quiero —dijo Luke. Sonó como una pregunta. «¿Pero te quiero?»—. Lo vas a hacer estupendamente, pequeña. Solo tienes que decir la verdad. —Se echó a reír de repente—. ¡La verdad os hará libres! Hace años que no veo esa película. ¿Qué habrá sido de Jim Carrey?

Pensé en decirle que era una cita de la Biblia, no solo de *Mentiroso compulsivo*. Y que nos tomásemos aquello en serio de una maldita vez. Iba a meterme en la boca del lobo sin más protección que un puñado de quilates verdes y antiguos en el dedo. ¿Cómo iba a apañármelas? En lugar de todo eso, dije:

—Hizo la peli esa de Burt Wonderstone. Era bastante graciosa.

Cuando le pregunté a Aaron, el director, en qué hotel me habían reservado la habitación, levantó las cejas sorprendido.

—Creíamos que te quedarías en casa de tus padres.

—Viven bastante lejos —dije—. Será mejor que me reservéis un hotel por la zona. Creo que el Radnor tiene precios razonables.

—Tengo que mirar si entra en el presupuesto —dijo.

Pero yo sabía que sí. Nadie me lo había dicho, pero sospechaba que mi entrevista era el broche final que daba sentido a todo el documental. Sin mi versión de los hechos, no había nada nuevo que decir. Mi escote también ayudó bastante, visto que Aaron no podía dejar de mirarlo de manera involuntaria.

No había dormido en mi habitación de cuando era niña desde la universidad, e incluso entonces lo hacía solo de forma esporádica. Había hecho prácticas todos los veranos, el primero en Boston y después todos en Nueva York. Intentaba pasar todas las vacaciones que podía con la familia de Nell. En casa de Nell dormía como un tronco.

En casa de mis padres todo era distinto. A menudo me pasaba toda la noche en vela, aferrada a una revista mala, muerta de miedo. No tenía televisión en mi cuarto, y aquello era antes de que en las universidades regalaran portátiles como si fueran condones gratis del centro de salud sexual, y la única forma de distraerme de la ansiedad galopante, de la repulsión que me generaban aquella habitación y aquella casa, desenterrada del pozo sombrío del pasado, era leer sobre el triángulo amoroso entre Jennifer Aniston, Brad Pitt y Angelina Jolie. Para mí, lo único que puede competir con los recuerdos oscuros y tristes es la basura superficial. Son dos cosas que se excluyen mutuamente a la perfección.

A medida que me hice mayor y empecé a ganar dinero, se produjo una epifanía: podía pagarme un hotel. Tenía excusa fácil, porque solía ir con Luke, y mis padres no iban a dejarnos dormir en la misma habitación. Ni siquiera ahora que estábamos prometidos. «No me siento cómoda con que durmáis en la misma cama bajo mi techo hasta que estéis casados», me dijo mi madre con recato. Cuando me reí, entornó los ojos y me miró mal.

No les dije a mis padres que Luke se había caído del plan hasta el último momento. Y ante la insistencia fingida de mi madre para que me quedara en casa, le expliqué pacientemente que la productora ya me había reservado una habitación *deluxe* en el hotel Radnor, que me venía mucho mejor porque estaba a tan solo cinco minutos de Bradley.

—Más bien son diez —apuntó mi madre.

—Siempre será mejor que cuarenta —le espeté. Luego me sentí mal—. ¿Por qué no salimos a cenar el sábado por la noche? Invita Luke. Se siente fatal por no poder venir.

—Qué amable es —dijo mi madre efusivamente—. Elige tú el restaurante —me concedió—. Aunque me encanta el Yangming.

El jueves por la tarde, acomodé mi espectacular figura en el Jeep de Luke («nuestro Jeep», como siempre me corrige él). Estaba orgullosa de llevar matrícula de Nueva York. Estaba orgullosa de tener el carné de conducir expedido en Nueva York. Las luces de los semáforos hacían brillar la joya que llevaba en la mano cada vez que giraba el volante, y la colisión generaba una explosión de luz de color jade tan deslumbrante que te cegaba. Filadelfia. A tiro de piedra de Nueva York. A un paseo en taxi, un vuelo en Metroliner y otro taxi, como decía Carrie Bradshaw. Ahora me parecía que estaba aún más lejos. Como en otra dimensión, como si perteneciese a la vida de otra persona por la que sentía lástima. Una persona tan inocente, tan poco preparada para lo que se le venía encima que no solo era triste. Era peligroso.

—Lo primero que tienes que hacer es decir tu nombre, tu edad y la edad que tenías cuando se produjo el... —Aaron vaciló, buscando la palabra correcta—. Eh... el incidente. Podemos referirnos a él por la fecha en la que ocurrió. Así que di la edad que tenías el 12 de noviembre de 2001.

—¿Necesito más polvos? —pregunté, preocupada—. Me brilla mucho la nariz.

La maquilladora se acercó y escrutó la capa de base.

—Estás bien.

Estaba sentada en un taburete negro. La pared de detrás también era negra. El viernes íbamos a rodar en el estudio, en una habitación oscura encima de un Starbucks en Media, Filadelfia. Todo olía a aquel combustible quemado y carísimo de los estadounidenses diabéticos. Contaría mi historia allí y después, el sábado por la mañana, cuando los estudiantes estuviesen durmiendo la resaca de la noche anterior, me grabarían algunos planos en los alrededores de Bradley. Aaron dijo que quería que señalase los «lugares de interés». Los puntos clave en los que mi vida había pasado de ser normal y corriente a pasar por circunstancias extraordinarias debían de ser los lugares de interés, o eso suponía.

—Imagina que solo estamos tú y yo, charlando tranquilamente —dijo Aaron. Quería hacerlo todo en una sola toma. Tenía que contar lo que pasó, de principio a fin, sin pararme ni una vez—. La continuidad emocional de la historia es importante. Si ves que se te saltan las lágrimas, no te preocupes. Tú sigue. Yo puedo intervenir de vez en cuando para ayudarte a centrarte si veo que te vas del tema. Pero queremos que hables, que cuentes lo que quieras.

Quise decirle que no se me iban a saltar las lágrimas, pero que a lo mejor vomitaba. Echar la bilis en el baño, en la mano, por la ventanilla del coche, esa había sido mi forma de enfrentarme a aquello durante mucho tiempo. («Es normal y no tienen por qué preocuparse», les había dicho la psicóloga a mis padres). Respiré profundamente. Los botones de la blusa se tensaban cada vez que expandía y contraía el pecho.

—Empecemos por el principio, venga. —Aaron se apretó el pinganillo en la oreja y dijo en voz baja—: Necesito silencio en plató. —Me miró—. Vamos a hacer una prueba de sonido de treinta segundos, ¿vale? Que nadie hable.

El equipo —unas doce personas— se mantuvo en silencio mientras Aaron controlaba el tiempo en su reloj. Me fijé por primera vez en que llevaba alianza. De oro. Demasiado ancha. ¿Su mujer tendría las tetas pequeñas y por eso no podía parar de mirar las mías?

—¿Lo tenemos? —preguntó Aaron, y uno de los sonidistas asintió—. Genial. —Aaron dio una palmada y se apartó—. Muy bien, Ani, cuando diga «acción», di esas tres cosas: tu nombre, tu edad y... ¡Ah! Esto es importante. Tienes que decir la edad que tendrás cuando se estrene el documental, dentro de ocho meses.

—En las revistas también hacemos eso —balbuceé, nerviosa—. Poner la edad que la persona tendrá cuando el número llegue a los quioscos.

—¡Eso es! —dijo Aaron—. Y no olvides decir también la edad que tenías el 12 de noviembre de 2001. —Levantó el pulgar.

En ocho meses tendría veintinueve años. Me costaba hacerme a la idea. Pero me di cuenta de otra cosa que me animó.

—En ocho meses también tendré otro apellido —dije—. ¿Digo ese mejor?

—Sí, por supuesto —dijo Aaron—. Ahí has estado rápida. Si no te hubieses dado cuenta, habríamos tenido que repetir la toma. —Se apartó de mí y levantó el pulgar de nuevo—. Vas a hacerlo genial. Estás preciosa.

Ni que fuese a grabar un puto magacín matutino.

Aaron le hizo un gesto a un miembro del equipo. La sala se sumió en un silencio solemne cuando dijo:

—Toma uno. —Se oyó la claqueta y Aaron me señaló con el dedo y dijo sin emitir sonido—: Acción.

—Hola, me llamo Ani Harrison. Tengo veintinueve años, y el 12 de noviembre de 2001 tenía catorce años.

—¡Corten! —gritó Aaron. Suavizó la voz—. No hace falta que digas «hola». Solo «me llamo Ani Harrison».

—Oh, claro. —Puse los ojos en blanco—. Sí, suena estúpido. Lo siento.

—¡No tienes por qué disculparte! —dijo Aaron, con excesiva indulgencia—. Lo estás haciendo muy bien.

Pillé a una de las chicas del equipo poniendo los ojos en blanco. Una mata de rizos le enmarcaba la cara estrecha, con los pómulos probablemente más marcados que cuando era niña, como debían de ser los de Olivia.

Cuando rodamos la segunda toma, lo dije bien.

—Me llamo Ani Harrison. Tengo veintinueve años, y el 12 de noviembre de 2001 tenía catorce años.

Corten. Aaron deshaciéndose en cumplidos por lo bien

que lo había hecho. La chica poniendo los ojos en blanco otra vez.

—Vamos a hacer unas cuantas tomas donde solo digas tu nombre, ¿vale?

Asentí. El plató en silencio, Aaron señalándome con el dedo.

—Me llamo Ani Harrison.

Aaron contando hasta cinco con los dedos, señalándome otra vez.

—Me llamo Ani Harrison.

Corten.

—¿Estás bien? —preguntó Aaron, y yo asentí—. Bien. Muy bien. —Estaba excitadísimo—. Ahora solo tienes que hablar. Cuéntanos lo que pasó. O, mejor aún, cuéntame lo que pasó. No tienes que mirar directamente a cámara. Imagínate que soy un amigo y que me estás contando todo esto.

—Entendido. —Me esforcé mucho para esbozar una sonrisa.

Silencio en plató. La claqueta descendió como una guillotina. Ahora solo tenía que contarlo todo.

Capítulo 12

Si no hubiera sido por las gominolas de peces, no habría estado allí, justo en el centro, el corazón púrpura y palpitante, de todo aquello. A mí ni siquiera me gustaban aquellas gominolas antes de llegar a Bradley, pero eran de las pocas cosas que comía Olivia, y estaba delgada. Si lo pensaba de forma racional, comprendía que Olivia no estaba delgada porque incluyera las gominolas de peces en su dieta, sino porque en eso consistía su dieta. La necesidad de masticar aquella chuchería, de notar el sabor fuerte en la boca, me obligaba a cruzar la cafetería dos y hasta tres veces el mismo día. Nada conseguía disuadirme. Ni la mesa de mis antiguos amigos, que estaba peligrosamente cerca de la caja, ni el hecho de que los pantalones me apretaran tanto que había empezado a usar un imperdible para abrochármelos (así cedían un par de centímetros).

Crucé la sala. Pasé de largo junto a los aperitivos, el plato del día, el bufé de ensalada y la máquina de bebidas —junto a la que Teddy estaba maldiciendo porque nunca había hielo— y me puse en la cola para pagar. Como en una gasolinera, junto a la caja había caramelos, chocolatinas y chicles. Había dos filas, y hubo un momento incómodo cuando casi choco con Dean, al intentar adelantarnos a la vez para ponernos en la cola más corta. Le dejé paso sin oponer resistencia, porque era la más cercana a su mesa, que yo quería evitar a toda costa. Vi cómo Dean avanzaba arrastrando los pies en señal de impaciencia por tener que esperar. Hay algo en el gesto de mirar a alguien por detrás, algo en la forma en que la gente camina, que siempre me ha parecido de una intimidad desconcertante. Quizá sea porque la parte posterior del cuerpo no está tan en guardia como la delantera. Los hombros caídos y la flexión de los músculos de la espalda son algunos de los movimientos más honestos que se pueden apreciar en una persona.

Desde el patio interior se colaba el sol alto de mediodía, por la izquierda; los rizos se escapaban de la melena ensortijada de Dean a la altura de la nuca. Estaba pensando en lo extraño que era que tuviese el pelo tan claro y fino en esa zona, si el resto lo tenía oscuro y encrespado, cuando Dean saltó por los aires.

«¿Por qué salta Dean?» Aquel fue mi primer pensamiento, y seguí preguntándomelo incluso cuando el humo denso inundó el edificio nuevo de la cafetería, la zona donde yo ya era persona *non grata*. La excomunión que me salvó la vida.

Estaba en el suelo y la muñeca mala me latía de dolor. Lancé un aullido cuando alguien pasó corriendo y me pisó el dedo. Al menos, tuve la sensación física de estar gritando. Noté cómo me raspaba la garganta, pero no oí absolutamente nada. Alguien me agarró por la muñeca magullada y me puso de pie, y sentí otra vez la presión de un grito en el pecho, pero se vio interrumpido por el picor del humo en los pulmones. La tos me zarandeó con fuerza y creí que nunca conseguiría volver a respirar con normalidad.

Quien me sujetaba por la muñeca era Teddy. Lo seguí en sentido contrario al camino que había recorrido un rato antes y salimos a la parte antigua de la cafetería, donde empezaba la cola del primer turno del almuerzo, el de las 11:51. Noté algo caliente y viscoso en la mano y miré hacia abajo esperando ver sangre, pero solo era la bolsa de las gominolas con forma de pez, que todavía llevaba en la mano.

La cafetería estaba inundada de humo negro. No podíamos salir por la puerta habitual, y Teddy y yo nos dimos la vuelta a la vez, como si estuviésemos ensayando para un concurso de baile. Subimos dando tumbos por las escaleras que teníamos detrás hasta la sala Brenner Baulkin, donde yo solo había estado una vez, el día que hice la prueba de acceso.

Cuando recuerdo este momento, todo se reproduce en silencio en mi cabeza. En realidad, la alarma de incendios emitía un pitido insoportablemente agudo y todo el mundo chillaba y lloraba. Más tarde me contaron que la voz ronca de la que Hilary se sentía tan orgullosa se esfumó aquel día y que sollozaba como una niña pequeña llamando a su madre, temblando tirada en el suelo, con un montón de esquirlas centelleantes como diamantes repartidas por su pelo rubio. El pie izquierdo, aún calzado con una cuña de Steve Madden, ya no formaba parte de su cuerpo.

Olivia estaba tendida junto a ella, pero no llamaba a nadie. Olivia estaba muerta.

Teddy empujó la puerta. Debajo de la imponente mesa de madera de roble donde el director Mah servía las cenas para los padres que donaban más dinero, había varios estudiantes. La Tiburona, Peyton, Liam y Ansilee Chase, una chica de último curso que siempre sobreactuaba en las obras de teatro. Éramos una muestra aleatoria de los alumnos del instituto de aquel año. Aquel era el terrible nexo que nos uniría de por vida.

Mi primer recuerdo sonoro es el jadeo de Ansilee, que no paraba de decir «Dios mío, Dios mío», cuando él entró en la habitación, apenas treinta segundos después de nosotros, con la pistola colgando felizmente a su costado, exactamente a la altura de nuestros ojos. Yo entonces no lo sabía, pero llevaba una pistola semiautomática Intratec TEC-9. Parecía una metralleta en miniatura. Rogamos en silencio que Ansilee se callara, apretándonos la boca con dedos temblorosos. Nos habría encontrado de todas formas. No era un gran escondite.

—¡Bu! —Su cara asomó entre las elegantes patas de la

silla. Una cara diminuta y pálida, tocada con una mata de pelo negro suave como el de un niño.

Ansilee se vino abajo y se puso a llorar a moco tendido. Intentó huir a gatas y tiró una silla al salir de debajo de la mesa y ponerse de pie. La cara del chico desapareció; ya solo lo veíamos de rodillas para abajo. Llevaba pantalones cortos, aunque estábamos en noviembre, y tenía los gemelos blancos y sorprendentemente lisos. Me gustaría decir que uno de nosotros corrió a ayudarla, que alguno intentó salvarla —la habían aceptado en Harvard, no podía morir— pero, en lugar de eso, esto es lo que digo siempre: «¡Estábamos en *shock*! ¡Todo ocurrió muy deprisa!».

El ruido de la pistola no fue nada comparado con el ruido que hizo el cuerpo de Ansilee al caer al suelo.

—Me cago en la puta —jadeó Liam. Estaba a mi lado; me cogió de la mano y me miró como si me quisiera. El suelo de madera estaba cubierto con una gran alfombra oriental, pero por el ruido nauseabundo que había hecho la cabeza al impactar contra el suelo, no era tan gruesa y buena como parecía.

La Tiburona me apretó contra su pecho, y noté su busto enorme que subía y bajaba contra mi cara como en la portada de una novela romántica. La cara del chico volvió a aparecer entre las patas de la silla.

—Hola. —Sonrió.

Era una sonrisa totalmente desligada de todas las cosas bonitas del mundo: un espectacular día de primavera después de un frío y duro invierno, el novio mirando a la novia el día de su boda, la cara de emoción de ella bajo las capas blancas del velo. Nos apuntó con la pistola y movió el brazo de derecha a izquierda para tenernos a todos en el punto de mira. Un gemido leve recorrió el grupo entero. Miré fijamente al suelo cuando me apuntó a mí, obligándome a no temblar, a no ser yo quien tuviese más miedo, porque estaba segura de que eso me haría más interesante a sus ojos.

—Ben —susurró la Tiburona—. Por favor.

Noté sus dedos clavándoseme en la piel, noté el sudor de su axila en mi hombro y, de pronto, recordé el nombre de Ben.

—Que te jodan. —Aquello no iba dirigido a ninguno de nosotros. Durante un momento, nos ignoró. Después su expresión se suavizó como la llama de una vela cuando cae un poco de cera—. Anda, qué bien. Si es Peyton.

—Ben... —Peyton estaba temblando con tanta violencia que el suelo se agitaba con él—. Tío... No tienes que...

Peyton nunca llegó a decir nada después de aquel «que». Qué palabra tan corta e insignificante para que sea la última. Su hermoso rostro se llevó la peor parte. Un diente de Peyton cayó delante de mí, blanco y perfecto como un chicle.

Aquella vez la pistola se había disparado desde abajo y muy cerca. Al oír el disparo, Liam se escondió detrás de mí y de la Tiburona, lo más lejos que pudo de Peyton sin abandonar la protección de la mesa. Teddy estaba en el extremo opuesto, aferrado a una pata de la silla como si fuera la de su madre y estuviese suplicándole que no saliera un sábado por la noche. Me dio la sensación de que los oídos me daban la vuelta dentro del cráneo. Me llevé un dedo a la oreja y la noté mojada. Una gota de sangre cayó en la alfombra y el rojo se extendió por las fibras de lana como un estampido sónico. Era la única gota mía.

Ben se quedó un rato más en cuclillas, admirando su obra. Peyton había caído encima de unas sillas y se había quedado como sentado encima, con los brazos colgando a los lados como un espantapájaros. Una gran nube de humo lo rodeaba como una carcajada en una noche fría y oscura.

Liam estaba acurrucado detrás de mí, con la boca pegada a mi hombro en un beso húmedo, así que no vio el milagro que se produjo a continuación. Los demás miramos incrédulos cómo Ben se levantaba, y luego lo único que vimos fueron sus suaves gemelos pálidos alejándose cada vez más hasta girar a la izquierda, rumbo a las escaleras de detrás, que llevaban a la planta baja, donde estaban las aulas de lengua. Encima de ellas estaban los antiguos dormitorios de la época en que Bradley era un internado. Ahora solo se utilizaban para los castigos dentro del colegio.

No me di cuenta de que estaba conteniendo la respiración hasta que estuve jadeando como si estuviera a punto de cruzar la línea de meta en una carrera campo a través.

—¿Quién es? —pregunté en el pecho de la Tiburona—. ¿Quién era ese? —volví a preguntar, aunque ya lo sabía.

—¿Ansilee está bien? —gimoteó Liam, con una voz rarísima, aguda y patética. Aquel cambio abrupto de su voz lo despojó de todo su atractivo de chico nuevo. Lo único que tenía que hacer para responder a su pregunta era mirar detrás de él. Porque yo ya lo había hecho, y la cabeza de Ansilee estaba abierta como un ataúd.

—Es como lo de Columbine, joder —murmuró Teddy desde la otra punta de la mesa. Todos estábamos en la escuela primaria cuando ocurrió aquello. No sé en Bradley, pero en el Madre Santa Teresa nos pasamos horas viendo las noticias en el destartalado televisor de la biblioteca hasta que la hermana Dennis lo desenchufó y nos amenazó con amonestarnos a todas si no volvíamos a clase inmediatamente.

El humo se colaba desde la cafetería. Yo era consciente de que teníamos que salir de allí, pero también de que el único camino era por donde había ido él.

—¿Alguien tiene un móvil?

Por aquel entonces no todos los adolescentes tenían teléfono móvil, pero los que estábamos en aquella habitación teníamos todos. Pero daba igual, porque nadie había tenido tiempo de coger la mochila antes de huir.

—¿Qué hacemos? —Miré a la Tiburona, seguro que ella tenía una respuesta. Como no decía nada, hablé yo—. Tenemos que salir de aquí.

Ninguno queríamos salir de debajo de la mesa, pero el humo estaba inundando la habitación. Tenía un olor putrefacto, a pelo humano y a materiales artificiales derretidos: mochilas de poliéster, bandejas de plástico, prendas de ropa de rayón de Abercrombie & Fitch. Empujé la silla que tenía a la derecha y Teddy hizo lo mismo por su lado. Había una cómoda enorme en un rincón, y nos reunimos todos alrededor de ella. El mueble nos tapaba de cintura para abajo, y era una especie de protección.

Discutimos. Liam quería quedarse allí y esperar a la policía, que seguro estaba en camino. Teddy quería irse. El fuego era demasiado rápido. Había un ventanal en lo alto de la pared, por el que entraba el sol y caía sobre la mesa, bajo la cual esperaban Peyton y Ansilee. A todos nos pareció buena idea. Teddy se subió a una silla, y golpeó el hombro de Ansilee al colocarse bajo la que podía ser nuestra escapatoria. Teddy empujaba y gruñía, pero no podía abrir la ventana, y eso que era el más fuerte de los que quedábamos en la habitación.

—¡Tenemos que salir de aquí! —insistió Teddy.

—¡Puede estar ahí fuera esperándonos! —dijo Liam—. ¡Eso es lo que hicieron los chicos de Columbine! —Golpeó la cómoda con la mano—. ¡Maricón! ¡Puto maricón!

—¡Cállate! —grité. Teníamos que gritar para poder oírnos por encima de la alarma de incendios, que zumbaba sin parar en nuestros oídos—. ¡Por eso es por lo que está haciendo esto!

Liam me miró como si me tuviese miedo. En aquel momento no entendí lo importante que era aquello.

—No nos hará daño si estamos con ella. —Teddy señaló a la Tiburona.

Liam se rio con saña.

—¡A ti tampoco va a hacerte daño! Por eso quieres irte.

—No… —Teddy sacudió la cabeza—. Ben y yo nunca fuimos amigos. Pero quería mucho a Beth. —Hacía tanto que no oía el nombre real de la Tiburona que al principio no supe de quién hablaba Teddy.

—Hace mucho que no veo a Ben. —La Tiburona se

sorbió la nariz y se la limpió con el antebrazo—. Y ese... ese no era Ben.

De pronto se cayó una silla, y el estruendo nos empujó a arremolinarnos en un clamor histérico de cuerpos. El gemido nos hizo separarnos.

—Dios mío —dijo la Tiburona—. Peyton.

Intentó respirar y sonó un ruido húmedo en el aire. La Tiburona y yo rodeamos la cómoda y nos precipitamos a su lado. Había conseguido arrastrar la mitad del cuerpo fuera de la mesa, y estaba arañando el aire. Sus manos eran dos garras tan perfectas que parecía que las había metido en escayola antes de secarse. Intentó hablar, pero solo emitió un borboteo de sangre.

—¡Traed una toalla o algo! —chilló la Tiburona a Teddy y a Liam, que seguían inmóviles como dos fotografías en el rincón.

Se pusieron en movimiento. Oí el tintineo de la cubertería al abrirse todos los cajones de la cómoda. Por fin encontraron un juego de mantelería con el escudo verde de Bradley bordado. Nos lo lanzaron.

La Tiburona y yo presionamos una servilleta en cada lado de la preciosa y desfigurada cara de Peyton. La sangre y el pegajoso tejido muscular hicieron que el tejido se pegara de inmediato al lugar donde había estado su mandíbula, y las servilletas se tiñeron de rojo por completo tan rápido que pareció un truco de magia. Era algo horrible de ver, su rostro deshecho en jirones de piel y carne, pero era como cuando dices la palabra «subir» muchas veces hasta que pierde el sentido; el poder de la repetición transforma lo ordinario en exótico. Saturación semántica se llama, ¿no? Con Peyton sucedía lo contrario: si mirabas su cara el tiempo suficiente, parecía menos grotesca que si no la hubieses visto, si solo imaginaras lo terrible que podía ser.

Peyton consiguió emitir un quejido. Le cogí la mano, que aún señalaba histérica, y la guie hasta el suelo, apretándole los dedos con cuidado.

—Tranquilo —dijo la Tiburona—. Tienes un partido

importante la semana que viene. —Empezó a llorar con más fuerza—. Vas a ganar ese partido la semana que viene.

Todo el mundo sabía que Bradley no tenía ninguna posibilidad. Peyton sollozó y me apretó la mano.

No sé cuánto tiempo estuvimos allí. Hablando con Peyton. Diciéndole que sus padres lo querían mucho y querían que volviera a casa, que tenía que aguantar. «Aguanta, lo estás haciendo muy bien, eres muy fuerte», le decíamos, aunque su mano se quedó sin fuerzas en la mía, aunque cada vez era menos trabajoso respirar, porque pronto dejaría de respirar.

Mientras tanto, las llamas subieron desde la cafetería por las escaleras hasta que de pronto vimos sus lenguas afiladas, amenazando con enfilar el pasillo, atraparnos en la sala Brenner Baulkin y ya no dejarnos salir más.

—¿Dónde coño está la policía? —aulló Liam. Todos habíamos llorado aliviados cuando oímos las sirenas diez minutos antes.

—Tenemos que irnos —dijo Teddy. Miró a Peyton e inmediatamente apartó la vista. Se frotó los ojos hinchados con la base de las manos—. Lo siento, chicos, pero tenemos que irnos.

—Pero todavía respira.

Miré a Peyton. Había apoyado su cabeza en mi regazo cuando había empezado a ahogarse con su propia sangre. Tenía la entrepierna empapada y pegajosa, y un rincón salvaje y macabro de mi mente regresó a la última vez que su cabeza había estado entre mis piernas, como una luz repentina y discordante que se encendiera de pronto en mitad de la noche, sobresaltándote en la fase más profunda del sueño. Al menos, en aquella visión, Peyton tenía los ojos abiertos, cristalinos e inocentes, convencido de que estaba haciendo algo bueno.

—¡TifAni, vamos a morir aquí dentro si no nos vamos ya! —gritó Teddy.

La Tiburona suplicó.

—¿No puedes llevarlo a hombros?

Teddy lo intentó, y todos tratamos de ayudarlo, incluso Liam, pero Peyton pesaba como un bloque de cemento.

En la habitación hacía muchísimo calor y había un olor repugnante. Teddy imploró una última vez.

Antes de precipitarnos al pasillo, cogidos de la mano del de delante y del de detrás, cuatro adolescentes en fila como niños de preescolar cruzando la calle, Liam se abalanzó sobre la cómoda. Buscaba algo, cualquier cosa con la que defendernos. Todo lo que consiguió fue un cuchillo de cortar la carne para cada uno.

—Mi madre siempre dice que no te puedes enfrentar a un violador con un cuchillo —dije, tan atontada por el calor que ni pensé en la morbosa ironía de estar diciéndole aquello a Liam—. Porque si consigue reducirte puede usarlo contra ti.

—No es un violador —dijo la Tiburona en voz baja.

—Oh, vaya —dijo Liam—. ¿Tendría que haber dicho «asesino psicópata maricón» mejor?

También cogimos las servilletas de hilo fino, las que quedaban después de haber intentado salvar la cara de Peyton con las demás, y nos las atamos por encima de la boca como si fuésemos bandoleros.

Miré a Peyton una última vez antes de irnos. Su pecho gesticuló un adiós, una última súplica: todavía estoy vivo. Noté el agobio de dejarlo allí solo y aún con vida como un embarazo, tan rotundo y envolvente que tenía la capacidad de cambiar mi vida por completo.

Avanzamos deprisa por el pasillo y giramos a la izquierda hasta llegar a las escaleras. Cuando cruzamos el umbral de la puerta, la fila india se rompió en un torbellino de brazos y piernas entrelazándose en un círculo... Ninguno sabíamos qué nos íbamos a encontrar al otro lado, ninguno quería ir el primero.

Para nuestra inmensa tranquilidad, el hueco de la escalera estaba vacío. Nos quitamos las manos de la cara, aliviados y agradecidos.

—¿Qué será mejor? —preguntó la Tiburona—. ¿Subir o bajar?

—Yo digo subir —contestó Teddy—. Seguro que él ha bajado.

Los antiguos dormitorios de los internos tenían salida por otra escalera que nos llevaría a la zona de las aulas de matemáticas. Allí había una salida.

—Buena idea —dijo Liam, y Teddy sonrió. Aún sonreía cuando la bala se hundió en su clavícula. La sangre salpicó la pared de detrás como un cuadro de Jackson Pollock de los que habíamos estudiado en clase de arte.

Solo sabía que la bala había venido de arriba. Corrí escaleras abajo, derrapando en los rellanos y chocando con la Tiburona y con Liam mientras las balas impactaban contra el pasamanos. El sonido afilado del metal contra el metal era algo que jamás había oído.

La puerta de la primera planta llevaba a la zona de las aulas de lengua, y el momento más largo de mi vida fue el tiempo que tardó la Tiburona en girar el picaporte y abrirla; solo fueron unos segundos, pero los suficientes para que Ben nos alcanzara. La puerta era vieja y lenta, y se quedó abierta detrás de nosotros después de cruzarla a toda velocidad. Ben no tuvo que pararse a abrirla otra vez, simplemente la franqueó tras nosotros. Era delgado y veloz. Habría sido un gran corredor de campo a través.

Liam giró a la derecha, confundiendo un aula vacía con un escondite. Fue un giro de protección intencionado y, sin darse cuenta, muy noble, que me salvó la vida.

—¿Por qué no lo seguiste? —suelen preguntarme en este punto de la historia.

—Porque Ben estaba justo detrás —digo siempre, molesta por la interrupción, porque el imbécil que me haya interrumpido en esa ocasión nunca entenderá que Ben estaba tan cerca que podía oír su respiración, que era distinta de la nuestra. Aguda y rápida, como la de un animal cuyos pulmones hubieran evolucionado hasta convertirlo en un depredador—. Nos habría visto y nos habría seguido, y nos habría acorralado, que es lo que le pasó a él.

—¿A Liam? —preguntó Aaron.

—A Liam.

—Cuéntame qué pasó después.

La Tiburona y yo atravesamos a todo correr el pasillo de lengua. Subimos las escaleras y, cuando alcanzamos el último escalón, vimos ante nosotras la puerta de la cafetería. Cerrada a cal y canto. Me acordé del señor Harold cuando decía que aquella puerta cerrada sería un peligro si había un incendio, pero al final no lo había sido. Al contrario, había contenido el fuego en la parte antigua de la cafetería, de forma que se había propagado hacia la sala Brenner Baulkin, donde acabábamos de estar, donde aún estaban Peyton y Ansilee. Había un camino despejado junto a la puerta, a través del anexo, donde se habían activado los rociadores antiincendios del techo que habían sofocado el fuego. Allí había una salida al patio. La Tiburona y yo no ralentizamos el ritmo, seguimos corriendo hacia delante.

Pero nos paramos en seco justo donde se sentaban siempre los Piernaspeludas y las HO. El agua no paraba de caer, y ya nos llegaba a la altura de los tobillos, y nos pegaba el pelo a la cara. Creí que se me salía el corazón por la boca cuando vi a Arthur.

Arthur bloqueaba nuestra única salida, de pie entre el amasijo de escombros y cadáveres, con la cara perlada de gotas de agua y la escopeta de caza de su padre cruzada delante del cuerpo como la barra que usan los equilibristas en la cuerda floja para mantener la línea recta. Dean estaba desplomado sobre una caja registradora vuelta del revés. Su brazo derecho, el que estaba más cerca de la explosión, estaba veteado de tejido muscular y sangre de algún punto tan profundo de su cuerpo que era oscura como el alquitrán.

—Aquí estás —me dijo Arthur. Su sonrisa fue lo que más miedo me dio.

—Arthur… —empezó a decir la Tiburona, y rompió a llorar.

Arthur la miró con expresión desaprobatoria.

—Lárgate, Beth. —La apuntó con la escopeta y señaló detrás de sí, al patio interior. A la libertad.

La Tiburona no se movió, y Arthur se agachó para ponerse a la altura de sus peculiares ojos.

—En serio, Beth. Te tengo mucho aprecio.

La Tiburona se giró hacia mí y sollozó.

—Lo siento.

A continuación, rodeó a Arthur de puntillas y echó a correr cuando él le gritó:

—¡No le pidas perdón!

Vi cómo pisaba la hierba seca. Giró a la izquierda y corrió aún más deprisa hasta llegar al aparcamiento. Luego ya no la vi más, solo alcancé a oír un alarido cuando se dio cuenta de que seguía viva.

—Ven aquí. —Arthur usó la escopeta para hacerme señas como si fuera el dedo largo de una bruja.

—¿Por qué? —Me daba vergüenza estar llorando. Odio cuando sé cómo voy a reaccionar cuando todo acabe. Cuando sé que no voy a ser valiente.

Arthur apuntó al techo con la escopeta y disparó, y Dean y yo gritamos al unísono con la alarma de incendios, que seguía sonando, furiosa porque nadie le hacía caso.

—¡Ven aquí! —rugió Arthur.

Hice lo que me decía.

Arthur me apuntó con la escopeta y yo empecé a suplicar. Le dije que sentía muchísimo haberle quitado la foto de su padre. Que se la iba a devolver. Que la tenía en mi casillero (aunque no era verdad). Que podíamos ir a por ella. Que era suya. Cualquier cosa con tal de retrasar lo que estaba a punto de hacer.

Arthur me miró fijamente, con el pelo mojado tapándole los ojos, sin molestarse en apartárselo.

—Toma —dijo. Primero creí que decía «toma» como el que lo dice cuando está a punto de darle su merecido a alguien, para que me preparase para lo que venía a continuación. Pero entonces me di cuenta de que Arthur no me estaba apuntando con el arma, sino que me la estaba tendiendo.

—¿No quieres hacerlo tú? —Miró a Dean. El miedo había deformado sus facciones simiescas y lo había convertido en una persona nueva, una persona desconocida para mí y que jamás me había hecho daño—. ¿No quieres reventarle la polla de marica?

Ahora que estaba más cerca de Arthur, vi que se le había formado una costra blanca en las comisuras de la boca.

Cometí el error de picar el anzuelo, de estirar el brazo e intentar agarrar la escopeta.

—Ay, no. —Arthur retiró el arma—. He cambiado de opinión.

Entonces giró sobre sí mismo con una agilidad sorprendente y disparó a Dean entre las piernas. Dean profirió un alarido inhumano y un chorro de sangre y agua surgió ante su rostro como una fuente del Epcot Center.

El cuchillo de cortar la carne se deslizó bajo el omóplato de Arthur. Pero fue una perforación superficial, un corte lateral, como cuando pasas el abrecartas por la doblez del sobre. Salió con la misma facilidad con la que había entrado, sin esfuerzo alguno. Arthur se giró hacia mí, arqueó los labios y profirió un gesto. «¿Eh?» Yo eché todo el peso de mi cuerpo hacia atrás, como me había enseñado mi padre que había que hacerlo para lanzar la bola en el béisbol, la única cosa útil que ese hombre me había enseñado en la vida. Le clavé el cuchillo en el lateral del cuello y Arthur se tambaleó de lado a lado, haciendo un ruido como si estuviese carraspeando por una flema. Lo seguí, extraje el cuchillo de nuevo y lo volví a clavar. Aquella vez supe que había tocado el esternón, porque oí el crujido al hundirle la hoja en el pecho, y ya no pude volver a sacarlo. Pero no pasaba nada, porque no hacía falta. Arthur consiguió balbucear algo. «Solo quería ayudarte.» Y la sangre roja brillante siguió saliendo a borbotones de su boca.

Ahí es donde siempre termino la historia, y es donde la terminé para Aaron. Pero hay algo más, algo que nunca le he contado a nadie. «Ahora tendrán que perdonarme», eso pensé mientras Arthur caía de rodillas al suelo. El peso del tronco lo empujó hacia delante. Un último resquicio de instinto de supervivencia lo asaltó, se activó algún circuito cerebral intermitente y se dio cuenta de que si caía de frente, el mango del cuchillo se le clavaría más profundo. Se echó hacia atrás, pero los músculos de los muslos le fallaron y se desplomó sobre un costado, con un brazo estirado por debajo de la cabeza y una pierna encima de la otra, con las rodillas flexionadas. Siempre pienso en Arthur cuando llegamos a los ejercicios de piernas en el gimnasio, cuando adopto exactamente la misma posición para estirar los músculos de los muslos.

—¡Dadme diez más! —exige el monitor alegremente. Yo levanto la pierna y el músculo me falla, y solo quiero dejarlo—. ¡Podéis hacer cualquier cosa durante diez segundos!

Capítulo 13

*I*ncreíble. —El aplauso de Aaron rompió el hechizo de quietud que dominaba la habitación. Los miembros del equipo se estiraron y empezaron a deambular por la sala. Oí un «¿Quieres algo de beber?» y me limpié la cara.

Aaron se acercó hacia mí con los dedos de las manos juntos.

—Gracias por mostrarte tan abierta y vulnerable ante nosotros.

Me apresuré a borrar la historia que tenía escrita en la cara.

—Claro —murmuré.

—Probablemente necesites beber algo.

Aaron se agachó y apretó mi brazo, suavemente. Me aseguré de que notara lo rígida que estaba al agarrarme. Retrocedió.

Aaron me recordaba a un conductor de ambulancias con el que salí en la universidad. Un *emo* de mierda que bailaba *breakdance* y me preguntaba sobre los tendones del cuello de Peyton y el cierre lento de sus ojos azules. ¿Se había apagado la chispa poco a poco o estaba siendo consciente de lo que le pasaba? ¿Lo había aceptado? Yo también llegué a creer en un momento que ese particular interés por todos los aspectos morbosos de mi vida era amor. Ahora, el péndulo giraba en sentido contrario.

Aaron se aclaró la garganta.

—¡Venga! Tómate algo —dijo riendo de manera poco

243

natural—. Pero recuerda que mañana por la mañana tienes que estar lista a las siete en la habitación del hotel.

Mi cita con la gente de peluquería y maquillaje. Una vez hecho su trabajo, guardarían sus brochas redondas y rizadores de pestañas e iríamos todos juntos hacia Bradley en coche para las «tomas de localización».

—Sin problema.

Me levanté y me sacudí la ropa. Cuando estaba casi en la puerta, Aaron me detuvo.

—Uf, vale —dijo—. Llevo toda la tarde dándole vueltas a si debería hacerte esta pregunta.

Le fulminé con la mirada para que no lo hiciera.

Pero entonces se inclinó hacia mí y me dijo algo que no esperaba en absoluto. Algo que me trajo ese sabor, ácido y familiar, a la boca. Cuando terminó su proposición, levantó las manos —«¡No dispares!»— y dijo:

—Solo si te sientes cómoda, claro.

Durante un momento permanecí en silencio y dejé que se sintiera avergonzado.

—¿Es una broma? —me crucé de brazos—. ¿Qué quieres, tu dosis de sensacionalismo barato?

Aaron parecía sorprendido. Dolido, incluso.

—Ani, Dios mío, por supuesto que no —dijo, bajando la voz—. Sabes que estoy de tu parte, ¿verdad? Todos estamos —dijo señalando a su alrededor— de tu parte. Entiendo que no lo creas, después de todo lo que has pasado. Demonios, yo también sospecharía de todo el mundo. —La palabra «demonios» me hizo sentir a salvo, como si la hubiera dicho un abuelo—. Pero espero que puedas confiar en mí. No es ninguna broma. Nunca te engañaría. —Retrocedió y me hizo una pequeña reverencia—. ¿Por qué no te lo piensas? Tenemos todo el fin de semana.

Apreté los labios y volví a estudiar su anillo de casado. Pensar en Aaron como una persona buena, y no como alguien lascivo. Me pregunté si esa había sido la realidad todo ese tiempo y, en caso de serlo, qué más había malinterpretado.

Y

Abrí la puerta del estudio y me adentré en el aire fresco de septiembre. Estaba encantada de que el verano hubiera llegado a su fin. Lo odiaba. Siempre lo había odiado. Puede resultar extraño, dados los recuerdos que me traía el otoño, pero en cuanto sentía el primer atisbo de la nueva estación en el aire, y el rojo de las hojas, me estremecía de gozo. El otoño siempre traerá consigo la oportunidad de reinventarme a mí misma.

Dije adiós a algunos miembros del equipo que estaban apilando cámaras y otros trastos en la parte trasera de una vieja furgoneta negra. Por un momento, sopesé la posibilidad de hacerle una foto y enviársela a Nell con el título «La furgoneta de violador más tétrica del mundo, ¿no?». Pero recordé su mirada fija durante la cena, la combinación de decepción y asco arruinando su cara perfecta, y cambié de opinión. Introduje la dirección del Hotel Radnor en el GPS del Jeep. Durante el instituto no había ido mucho por allí, y había venido tan poco a «casa» desde entonces que las carreteras por las que solía viajar entonces despertaron en mí una ligera sensación de *déjà vu*. «He estado aquí antes, pero ¿cuándo?» Esa confusión hizo crecer un sentimiento de orgullo dentro de mí. Eso significaba que esta ya no era mi casa. Nueva York era mi casa. «Tú no me rechazaste. Yo te rechacé a ti.»

Salí del aparcamiento despacio. Ahora que no cogía el coche a menudo, era una conductora poco diestra. Maniobré hacia Monroe Street, agarrando el volante como una señora mayor de pelo malva. Oí sonar el teléfono dentro del bolso, pero no lo iba a mirar hasta que parara. Años atrás, LoLo nos hizo firmar un compromiso, una especie de colaboración con Oprah, de que no mandaríamos mensajes con el móvil mientras conducíamos. No fue mi palabra la que me impidió coger el teléfono sino la estadística que se repetía en bucle en mi cabeza: Mandar mensajes de texto mientras conduces aumenta el riesgo de sufrir un accidente mortal en un dos mil por ciento. «Esto tiene que estar mal», le dije a Martin, uno de los documentalistas encargados de comprobar la veracidad de los datos con los que trabajamos. Martin es tan estricto que una vez nos peleamos por una frase que escribí: «*Necesitas* este brillo de labios en tu vida».

—A lo mejor deberíamos enunciarlo de otra manera —sugirió—. No se trata de comida o agua, por lo que, técnicamente, no es «necesario» para vivir.

—Estás de broma, ¿no? Es ingenioso.

—Bueno, como mínimo deberías omitir el énfasis de «necesitas».

Pero cuando le pregunté sobre la exactitud de esa estadística del dos mil por ciento, se limitó a asentir con solemnidad. «Es cierto.»

Sonó un chasquido y me sobresalté de tal modo que el coche giró bruscamente. Me pasé la mano por la parte de atrás de la cabeza para comprobar rápidamente si me había hecho daño. Por encima del pulso acelerado de mi corazón, me di cuenta de que el ruido procedía de los obreros que estaban trabajando a mi izquierda, montando poco a poco lo que sería un chalé pretencioso. A veces, cuando estoy esperando el metro, o cruzando la calle, siento un dolor fantasma en la cabeza o en el hombro y, al palpar con la mano, espero encontrar sangre. La última persona que se da cuenta de que le han disparado es precisamente la persona a la que acaban de disparar.

Me fui aproximando a un supermercado Wawa que quedaba a mi derecha. Giré el volante, confundiendo a la mujer del GPS al entrar en el aparcamiento. «Continúe a la izquierda, continúe a la izquierda», me reprendió. Apreté indiscriminadamente los botones hasta que se calló.

Cogí el bolso y saqué el teléfono. Ningún mensaje de Luke. Abrí el e-mail. Vi el correo del señor Larson —Andrew—, sobre la comida del domingo. «Al final, hoy he tenido más lío del que pensaba —escribí—. ¿No podríamos quedar para tomar algo rápido?» Me detuve. Sabía que me estaba pasando, así que continué: «¿Algo rápido en Peace A Pizza?». Comería hidratos por Andrew.

Peace A Pizza era el sitio donde quedábamos los chicos de los barrios residenciales cuando íbamos al instituto. Al director Mah le gustaba tanto que siempre era el cliente del mes, de ahí la foto que había junto a la máquina de refrescos, en la que aparecía posando en una postura vergonzosa, con los pulgares hacia arriba en señal de aprobación. En una ocasión, Dean escribió «Yo siempre gustar pizza» sobre la cara del señor Mah. No se metió en líos, claro, aunque todos sabíamos que había sido él el responsable.

Pulsé «enviar» y esperé cinco minutos, aunque no pensaba que me fuese a responder pronto. Decidí volver al hotel. A lo mejor me llamaba al llegar.

El Hotel Radnor es uno de esos lugares que se publicita como una preciosidad estilo *boutique* en el corazón de Main Line —lugar habitual de celebración de bodas—, cuando en realidad no es más que un Marriott excesivo con pretensiones, demasiadas plazas de aparcamiento y el ruido de la autopista de fondo.

Quienquiera que hubiese ocupado la habitación antes que yo había fumado en ella y no se había esforzado por ocultarlo. Nuestra directora de belleza había mostrado su preocupación por el humo indirecto en el programa *Today:* el humo que se queda impregnado en las horribles telas de los muebles y, al parecer, también el que más daña la piel. En situaciones normales, habría llamado abajo, a la recepción, para exigir un cambio de habitación como buena zorra exigente, pero había algo en el aire viciado de la sala que me calmaba. Me imaginé a una chica, una mujer extravagante como yo, acurrucada en el sillón de flores al lado de la ventana, entornando los ojos mientras le daba una calada al cigarro, cuyo extremo se encendía cada vez que aspiraba. Había vuelto a la ciudad para un funeral, decidí. No se llevaba bien con sus padres, por eso dormía en el hotel en lugar de en su casa.

Una dulce sensación de camaradería hacia ella hizo que no me sintiera tan sola. Que era exactamente como estaba, a las seis de la tarde de un viernes, mientras ponían *Nunca me han besado* en la tele, en la TBS. Cogí una taza llena de vodka caliente entre las manos, tratando de ignorar los M&M del minibar, que me hacían señas como una de esas prostitutas de la zona de Filadelfia en la que Hilary se tatuó una vez una mariposa en la parte baja de la espalda.

Había pasado una hora desde que había escrito a Andrew, y los únicos e-mails que había recibido desde entonces eran de Groupon, avisándome de sus ofertas en liposucción, tratamientos de keratina, masajes suecos, renovación de las células de la piel y demás planes. Había otro e-mail de Saks, que había seleccionado un par de botines de serpiente de Jimmy Choo por apenas 1.195 dólares solo para mí. No estaba tan forrada.

Comprobé el horario de grabación del día siguiente, tratando de calcular si tendría tiempo suficiente para salir a correr antes de que llegara el equipo de peluquería y maquillaje. No esperaba que fuese a conseguir dormir, y mucho menos aquí, entre todos los lugares del mundo. Un pensamiento me cruzó de improviso la cabeza, y dejé la taza. Eché un vistazo a la mesilla de noche y —¡ajá!—, ahí estaba, entre mis manos, una guía de teléfonos, amarilla y vieja.

«Larson, Larson, Larson», dije en mi cabeza, pasando las páginas hasta la L, siguiendo mi uña rojo oscuro por encima del listado de nombres hasta llegar a «Lar».

Había tres Larson, pero solo uno que viviera en Grays Lane, Haverford. Una vez, mientras entrenábamos, Andrew señaló la casa de su «gente». Utilizó esa palabra, «gente», una de esas expresiones tan monas típicas de Andrew. Así que supe que aquel nombre era el que estaba buscando.

Miré el auricular del teléfono. Si llamaba desde aquel número, solo tendría que colgar si contestaba alguien que no fuera Andrew. Whitney podría estar allí, y sus padres seguro que también. Pero, joder, ¿qué pasaba con ese sistema que tiene la gente ahora en el que el número que está llamando aparece en la pantalla de la tele? Le había dicho a Andrew que me iba a quedar aquí. ¿Y si llamaba y el nombre del Hotel Radnor empezaba a parpadear descaradamente en la pantalla, cortando cualquier programa de la PBS que probablemente estuvieran viendo en familia? El señor Larson sabría que había sido yo la que le había colgado a su madre en el caso de que ella hubiera llegado al teléfono antes que él. No sabía nada sobre los padres de Andrew, pero me los imaginaba como viejos profesores de universidad, ambos con matas de pelo blanco y copas de vino tinto en las manos, discutiendo sobre la crisis energética desde la perspectiva de la administración Obama en tono sosegado y respetuoso. Esa clase de intelectuales capaces de criar a alguien como Andrew Larson, que, con su gran inteligencia emocional, había conseguido atraerme hasta límites insospechados, desesperada como una *groupie*.

El vodka trajo un poco de claridad a mi memoria, porque en un instante recordé un viejo truco que utilizábamos en las fiestas de pijama de la época del colegio. Había que marcar *67 antes del número para bloquear la identidad de la persona que llamaba. Decidí probarlo con mi móvil primero, marcando el código secreto seguido del prefijo 917. Adoraba el prefijo 917. Ya no era una chica de Pensilvania. Era una auténtica neoyorquina.

En la pantalla apareció «Número desconocido» y solté una carcajada. No podía creer que hubiera funcionado.

Reuní algo más de coraje con la ayuda de mi taza. Quién sabe, a lo mejor ni siquiera tenía que colgar aunque sus padres contestaran el teléfono. Era una proposición completamente inocente. Desde Producción habían cambiado la hora del rodaje del domingo, por lo que me iba a ser imposible quedar a comer. Solo quería pillarle mientras los dos estábamos aquí. No se trataba de ninguna mentira todavía. Mi horario de rodaje iba a cambiar, si accedía a hacer lo que Aaron me había propuesto.

Marqué *67 al principio. Hubo una pausa, seguida por la suave vibración de la señal en casa de los Larson, a varios kilómetros de distancia.

—¿Diga? —La voz al otro lado podría haber partido un cráneo en dos.

—Hola. —Me puse de pie y empecé a pasearme por la habitación. Pero me había olvidado del cable, de lo corto que era, y el aparato cayó estrepitosamente al suelo detrás de mí, tirando del auricular, que se escapó de mi mano—. ¡Mierda! —dije soltando un bufido y tirándome al suelo para cogerlo.

—¿Diga? —preguntaba la voz desde abajo—. ¿Diga?

—Hola —dije de nuevo—, lo siento. ¿Está el señor Larson?

—Soy yo.

—Perdón, me refiero a Andrew Larson.

—Sí, soy yo. ¿Quién llama?

Quise colgar. Habría sido más fácil. Pero la fuerza de mi memoria se apoderó de mí y mis nudillos se pusieron blancos aferrando el teléfono.

—Soy Ani FaNelli. Estoy tratando de dar con su hijo —añadiendo, para que no sonara *indecente*—: fui alumna suya.

Se sucedieron algunos suspiros gruñones procedentes de la respiración del señor Larson padre. Después:

—Dios mío, niña, pensaba que eras de esa gente que se dedica a hacer bromas por teléfono. —Su risa hizo crujir la conexión—. Espera un momento.

Dejó el teléfono. Se oyeron voces amortiguadas de fondo. Momentos agonizantes de silencio antes de que Andrew Larson hijo contestara:

—¿TifAni?

Olvidé por completo los papeles y las excusas. Tan solo le dije la verdad. Había sido un día duro y estaba sola.

Andrew no había traído a Whitney consigo el fin de semana. Cuando me lo dijo, contuve la respiración, deseando que me propusiera ir a tomar una copa en lugar de mi idea inicial de quedar en el Peace A Pizza, pero solo dijo: «Peace A Pizza. Llevo mil años sin ir. ¿Nos vemos allí en cuarenta minutos?».

Colgué el auricular en el teléfono con un chasquido acusatorio. Pizza. Era tan temprano que el sol aún se reía de mí desde el cielo. No había nada indecente en todo aquello. Sentimientos de alivio y decepción enfrentados. Sentí la cruda determinación de ambos.

Me había quitado el maquillaje especial para cámara en cuanto entré en la habitación del hotel, apartando la vista de las zonas que destacaban las luces fluorescentes, donde los polvos y la base me formaban arrugas en los contornos de los ojos y boca. Tenía veintiocho años y una piel impecable de tono aceitunado que a menudo hacía que la gente pensara que acababa de salir de la universidad, aunque resultaba imposible saber cuánto tiempo duraría. He visto a personas envejecer como si padecieran un cáncer fulminante. No hay suficientes antioxidantes en el mundo para parar algo así.

Me puse manos a la obra de nuevo: crema hidratante con color, antiojeras, colorete, máscara de pestañas, pintalabios. Luke siempre se sorprende del peso de mi bolsa de maquillaje. «¿De verdad usas todas estas mierdas?», me preguntó una vez. Para mí era un cumplido, puesto que sí, las uso todas.

Eran las 18:50 cuando me subí al Jeep de Luke. Catorce minutos. El tiempo que se tarda en recorrer los poco más de tres kilómetros en coche hasta Bryn Mawr. Llevaba ese paso de tortuga atenazador… No podía ser que lo estuviera haciendo solo para llegar con el retraso suficiente. Me invadió un miedo terrible por haber puesto demasiado a prueba mi suerte. Miedo de que al universo no le quedara más remedio que intervenir, señalando con el dedo a un mezquino todoterreno de lujo al que arrastraría hasta mi carril, dejándome colgada entre el chasis pulido y la mediana, con el volante atravesando el hueso de mi esternón convertido en astillas, una de las cuales se clavaría en mi corazón o en uno de mis pulmones. Una prueba de la falsedad de que hubiera conseguido salir de aquella cafetería porque me esperaban cosas increíbles, cosas que, en cualquier caso, ninguno de los cinco pensábamos conseguir. Que es lo que a veces me digo a mí misma cuando toco fondo, cuando todo lo que puedo ver es la cabeza abierta de Ansilee en mi mente, y no parece que el día vaya a dar paso nunca a la noche.

No sabía qué coche conducía Andrew, por lo que no tenía forma de buscarlo en el aparcamiento completo antes de entrar. Esa única copa en mi estómago vacío me había inducido un estado de valentía y confusión, aunque la ansiedad era todavía mayor. Por el local pululaban extremidades de adolescentes, piernas desgarbadas demasiado largas e inquietas como para apretujarse debajo de la mesa, y algún que otro pogo saltarín como el de Nell tirado en medio del pasillo. Ni rastro de Andrew. Me acerqué a una esquina y esperé.

Tenía esa sensación de no saber qué hacer con los brazos —¿cruzarlos, sujetarme el codo con una mano?— cuando se abrieron las puertas y una brisa de aire fresco trajo a Andrew consigo. Llevaba un bonito jersey de punto y unos vaqueros buenos, vaqueros escogidos por una estilista de Barneys increíblemente delgada.

Le hice una tímida señal con la mano, y vino hacia mí.

Andrew resopló:

—Esto está hasta arriba —asentí, deseando de nuevo que propusiese que fuéramos a otro sitio, pero entonces dijo—: Deberíamos ponernos en la cola.

Cuando estaba en el instituto, las pizzas innovadoras todavía despertaban mi interés. Pizza de macarrones con queso, pizza de hamburguesa de beicon y queso, pizza de *penne* al vodka... Todo así de loco. Ahora solo me parecen hidratos de carbono sobre hidratos de carbono. No me extraña que estuviera tan gorda.

Se lo conté a Andrew, que se rio.

—Nunca fuiste una gorda. —Se dio una palmada en su fornida cintura—. Este que está aquí, en cambio…

Era cierto. Por aquel entonces, era el típico chico rellenito, el gracioso de la fraternidad. Todavía no puedo creer que Andrew tuviera veinticuatro años cuando fue mi profesor. Veinticuatro años aquella noche en su habitación, cuando me despertó de la pesadilla y yo le supliqué que se quedara. Había tanta tristeza en su rostro hasta que al fin accedió… Durante mucho tiempo pensé que era porque sentía pena por mí, pero ahora me pregunto si el motivo no sería otro. Si no se estaría lamentando por el gran espacio que nos separaba, preguntándose cómo habrían sido las cosas si solo me sacase cinco años.

A través del expositor de cristal, las tartas resplandecían cubiertas de aderezos que solos ya sumaban más calorías que todas mis comidas de entonces. Mi estómago rugió.

Pedí una porción de pizza margarita. Una elección segura, deduje, porque la ausencia de sofisticación evitaba el riesgo de que se me quedara algo entre los dientes. Andrew pidió una porción de mediterránea.

No había mesas libres, solo sillas, y si ese iba a ser todo el tiempo que iba a pasar con Andrew, no iba a perderlo junto a una pareja de risitas escuálidos, con las servilletas puestas sobre el regazo por si sufrían una erección imprevista. Incliné la cabeza hacia la puerta.

—¿Quieres que nos sentemos fuera?

Había dos bancos en la parte delantera, pero estaban ocupados, por lo que Andrew y yo nos dirigimos a un lado y nos sentamos en el bordillo, con los platos de cartón haciendo equilibrios sobre los muslos y la gravilla clavándose en nuestra piel a través de los vaqueros.

Di un bocado.

—Guau —gemí.

—No mejor que las de Nueva York —dijo Andrew.

—Mejor que cualquier cosa. —Levanté el dedo—. Dieta de boda.

Andrew asintió.

—Whitney también se volvió loca con eso.

Un trozo grande de alcachofa resbaló de su porción y cayó al suelo con un golpe sordo y húmedo. Pensé en la cabeza de Ansilee y tuve que dejar el plato de cartón sobre las rodillas. De repente, la salsa de tomate había adquirido la consistencia de la sangre. A veces también me pasa con el kétchup, y ahí me pongo a pensar en Peyton. En ocasiones veo el destrozo de su cara machacada y no soy capaz de acercarme a ningún tipo de comida roja. Tampoco a la carne. Ni siquiera puedo pensar en ello. Me acerqué una servilleta a la boca y me forcé a tragar el último bocado que había comido.

—Entonces hoy no ha sido un día fácil, ¿no?

Andrew estaba sentado cerca de mí, pero no lo suficiente como para que nuestros muslos pudieran rozarse de manera inocente. No se había afeitado aquella mañana, y su barba incipiente de color dorado se aferraba a su piel, morena después del verano. A cualquiera se le habría roto el corazón con solo mirarle.

—No es por tener que hablar de ello —dije—. Eso no me importa. Me importa que la gente me crea. —Apoyé las manos sobre el suelo, algo que no habría hecho jamás en ninguna esquina de Nueva York—. Cuando hemos terminado, he mirado a los miembros del equipo a mi alrededor y me he preguntado si de verdad creen mi versión. No sé qué hacer para que la gente me crea. —Miré cómo un coche adelantaba a otro en la calle—. Haré cualquier cosa.

Suspiré profundamente, con esa vieja desesperación quemándome por dentro como la calada de un cigarro. Me vuelve capaz de hacer cosas de las que no quiero ser capaz, y no quiero estar supervisándome a mí misma con vigilancia castrense. El filo de mi cuchillo podría resbalar con facilidad, hacerle un corte demasiado profundo a Luke, apartarme totalmente de la vida que tanto trabajo me ha costado construir. Pero cuando estoy al lado de Andrew y veo cómo mi cabeza apenas alcanza el punto en el que empieza la curva de su hombro, cuando pienso en lo grande que es y en lo difícil que debe de ser para él controlarse a sí mismo, me pregunto si él sería el único motivo que haría que mi exilio de la tribu del tartán mereciera la pena.

—Ya lo estás haciendo —dijo Andrew—. Ahora mismo. Contando tu versión. Si la gente todavía no te cree después de esto, al menos habrás hecho todo lo que estaba en tu mano.

Asentí obediente, pero no estaba del todo convencida.

—¿Sabes que es lo que más loca me vuelve de todo esto?

Andrew dio un bocado a su porción, y un riachuelo brillante de aceite le goteó hasta la muñeca. Lo chupó antes de que desapareciera debajo del puño de su jersey, hundiendo los dientes en la carne. Observé cómo se iban borrando de su piel las marcas blancas del mordisco.

—Los fanáticos de Dean —dije—. Creo que los odio incluso más de lo que odio a Dean. Sobre todo a las mujeres. —Imité la voz severa de una beata de la América profunda con papada y pelos en las rodillas—: «El Señor sabe lo que hiciste y responderás ante Él en tu próxima vida». —Arranqué el borde de la pizza—. Putos meapilas endogámicos de mierda. —Me encogí ante mis propias palabras y me arrepentí enseguida. Luke podría reírse al oír expresiones de ese tipo, pero eso no era lo que Andrew quería de mí. «Rota», me recordé a mí misma, «eso es lo que funciona con él»—. Perdona, es solo que… Si supieran lo que me hizo Dean…

Andrew dio un sorbo a su refresco.

—¿Por qué no se lo cuentas?

—Es lo único… —suspiré—, es lo único de lo que mi madre no quiere que hable. Luke tampoco. Él sabe lo que pasó con esos chicos, claro, pero no quiero que sus padres sepan nada de aquella noche. Es humillante. —Encontré un trozo de borde sin ninguna parte roja y empecé a mordisquearlo—. Pero no es solo por mi madre o por Luke. Dudo de si debería hablar públicamente sobre esto, sobre todo por Liam. Es una acusación muy fuerte contra alguien que en la mente de todo el mundo siempre tendrá quince años. —Miré cómo un grupo de adolescentes bromeaban en la acera, con vasos de Starbucks en la mano. Cuando tenía su edad, el café me sabía a gasolina. Ahora es mi almuerzo—. Un chico de quince años al que persiguieron hasta una clase y le dispararon en el pecho. Es chungo, incluso para mí. ¿No han tenido ya suficiente sus padres?

Andrew suspiró.

—Es complicado, Tif.

Rodeé mis tobillos con las manos.

—¿Qué harías tú si estuvieras en mi lugar?

—¿Si estuviera en tu lugar? —Andrew se sacudió las migas del regazo y se giró con las rodillas apuntando hacia mí—. Creo que hay una forma de que seas honesta sin hablar mal de los muertos. Y sobre todo no dejaría pasar la oportunidad de revelar la verdadera cara de Dean. —El extremo de su rodilla rozó mi muslo sin querer y se apartó rápidamente—. Nadie en el mundo se merece más el honor de hacerlo que tú.

Dejé que las lágrimas brotaran y me giré hacia él para que las viera. No tuve que esforzarme demasiado. Sentía el pecho como un *kleenex*, empapado, empapado.

—Gracias.

Andrew me sonrió. Tenía rúcula entre los dientes, lo que me hizo quererle todavía más.

Probé suerte.

—¿Quieres que vayamos en coche a Bradley y ver qué pasa esta noche?

Claro que me había imaginado a mí misma diciéndolo, simplemente no pensé que lo diría de verdad. Pero el cielo estaba perdiendo la batalla frente a la oscuridad y a Andrew solo le quedaba el borde de la pizza y yo no podía dejar que se fuera todavía. Andrew dijo que sí de un modo que me hizo pensar que llevaba un tiempo esperando a que se lo preguntara, y el latido de mi corazón se extendió hacia todos los extremos de mi cuerpo.

Υ

Andrew se ofreció a conducir. Tenía un BMW, pero estaba lo suficientemente usado como para destilar esa despreocupación típica de las viejas fortunas, despreocupación que yo nunca seré capaz de proyectar con naturalidad. Había palos de golf en el asiento trasero y un vaso vacío de Starbucks en el salpicadero. Andrew se estiró para cogerlo.

—¿Me pasas eso, por favor? —me preguntó.

Al acercarle el vaso descubrí un «Whitney» garabateado en el lateral. Una línea marcaba las opciones de «con leche» y «desnatada». No se me ocurría una descripción más apropiada para la banal mujer de Andrew: Whitney es el tipo de chica que bebe café con leche desnatada del Starbucks.

Andrew tiró la taza de café en una papelera cercana y se sentó frente al volante. Puso el coche en marcha, revelando que había estado escuchando la emisora de música de los noventa en Pandora. Sonaron los gemidos siniestros de *Third Eye Blind*. ¿Cuántas veces había conducido por esas mismas calles escuchando esas mismas canciones? Tiempo atrás, esa situación —Andrew y yo sentados uno al lado del otro en su coche— habría despertado sospechas. Todavía las despertaba, solo que por diferentes motivos.

Bradley no estaba muy lejos en coche. A la izquierda por Lancaster Avenue, a la izquierda de nuevo por North Roberts Road y a la derecha hacia Montgomery. Los chicos de Bradley solían ir andando al Peace A Pizza hasta que aprobaban el examen de conducir. Arthur y yo lo hacíamos todo el rato.

El campo de fútbol se extendía a nuestra izquierda, con ese césped de color verde, vacío y terco. La mano enorme de Andrew accionó el intermitente, y esperamos pacientemente a que se abriera un hueco entre los coches que pasaban. Después, aceleramos al pasar junto a las gradas, dejando atrás la entrada del camino que solía tomar para ir a casa de Arthur. La señora Finnerman nunca se mudó, y todos la veían como la madre del chico que planeó alegremente la muerte de sus compañeros en el prestigioso colegio Bradley. Los medios de comunicación se lamentaban, «¿Cómo ha podido ocurrir aquí?», y, por una vez, lo decían en serio. Los tiroteos en institutos eran cosa de poblaciones de clase media y centros comerciales del Medio Oeste, donde no había gente de la Ivy League y las pistolas se regalaban como caramelos. El coche rozó el bordillo, y Andrew se giró hacia mí.

—¿Quieres que nos colemos?

Miré a los ojos negros del colegio a través de la ventana. Más veces de las que era capaz de recordar, había entrado a Bradley con el vómito abrasándome la garganta. Debería haberlo sentido entonces, una especie de respuesta de Pavlov provocada por aquel lugar, pero Andrew era como una red que mantenía el peligro a raya. Pensaba vagamente en que alguna vez también había sentido algo así por Luke cuando nos conocimos —recordé que dentro de mí había esperanza y amabilidad y pensé que quizá incluso conseguiría volver a dormir—, cuando Andrew se acercó a mí y salté del asiento.

—Perdona —dijo sonriendo mientras sus dedos jugueteaban con el cierre del cinturón de seguridad—, a veces se queda enganchado.

—No, perdóname tú, solo ha sido un susto —farfullé tartamudeando. Oí un clic y la presión de mi pecho disminuyó.

El centro de atletismo estaba abierto.

—Hora de vernos de nuevo, Bradley —murmuré, y Andrew asintió entre dientes mientras sujetaba la puerta.

Bradley debería haber adoptado mejores medidas de seguridad después de lo que había pasado, pero la escuela se opuso con firmeza a pesar de la presión del gobierno y de los medios de comunicación para que instalaran detectores de metales y contrataran guardias de seguridad armados. En lo que respectaba a la dirección, aquel había sido un accidente aislado y no había ninguna razón para aterrorizar aún más a los estudiantes invadiendo su privacidad y sometiéndolos a cacheos aleatorios de seguratas con el gatillo fácil. También contaban con el apoyo de los padres, muchos de los cuales habían sido estudiantes de Bradley y no querían que la «institución a la que había asistido la primera mujer de J. D. Salinger» se viera sometida a los mismos estándares que cualquier instituto público de un barrio marginal.

Bajamos las escaleras hasta las canchas de baloncesto.

—Estoy seguro de que no está permitido usar zapatos como esos en este suelo —dijo Andrew señalando con la cabeza mis zapatos planos de ante, esos con los tacones anchos plateados, y empezó a caminar por la moqueta que bordeaba el campo.

Le ignoré, dando un paso hacia el suelo de arce pulido. Mis zapatos dejaron algunas marcas, y Andrew se detuvo a mirar cómo arrastraba el tacón sobre la superficie, dibujando una borrosa línea blanca que acababa en un chirrido ensordecedor. Se puso a mi lado e hizo rechinar el tacón de su mocasín sobre el suelo, imitando mi marca.

Del gimnasio pasamos al ala de ciencias, donde un póster de la tabla periódica con marco de latón me hizo sonreír.

—¿Te acuerdas del señor Hardon?

El señor Hardon era el profesor de inglés. Tenía un bigote que vibraba de manera involuntaria. Debido a su desafortunado nombre y su aspecto más bien extraño, casi todo el mundo pensaba que era un pervertido y le llamábamos señor *Hard-on* (erección).

—¿Te refieres al señor *Hard-on*? —Andrew sonrió, borrando de golpe catorce años de su cara.

Dejé de caminar.

—¿Sabías que le llamábamos así?

—Tif, le llamaba así todo el claustro de profesores. Su nombre era, literalmente, señor *Hard-on*. —Inclinó la barbilla hacia mí, pidiéndome un poco más de reconocimiento—. Era el profesor de inglés. No había mote más fácil.

Mi risa dio la vuelta por el pasillo vacío de abajo, llegando hasta los siete escalones de la vieja mansión. Subió por ellos, dejando la cafetería a la derecha y el ala de lengua a la izquierda. Pensé en ese sonido rebotando en el espacio que la Tiburona y yo habíamos cruzado después de perder a Liam, y enseguida deseé poder traerlo de vuelta.

El laboratorio de informática apareció a nuestra derecha, en su día un aula malgastada y ahora repleta de iPads en soportes de aspecto futurista. La oscura habitación nos devolvió nuestra propia imagen sobre el vidrio, mirando dentro.

Andrew hincó los nudillos en el cristal.

—No puedo ni imaginarme lo que diría todo el mundo sobre mí.

—Nadie dijo nada. Todo el mundo te quería. Nos quedamos destrozados cuando te fuiste.

El cristal me devolvió el reflejo de Andrew dejando caer la cabeza sobre el pecho.

—Esos Barton no juegan limpio. —Me miró a los ojos a través del reflejo—. En cualquier caso, habría sido mi último año. Para mí dar clase siempre fue un alto en mi carrera hasta que madurara un poco. No estaba preparado para tener un trabajo real después de licenciarme. Aunque —movió la boca de un lado a otro, pensando—, probablemente me hubiera quedado más tiempo después de lo que pasó. Al menos un año más, para echaros una mano.

Aquello nunca se me había pasado por la cabeza, que podía haberlo tenido durante más tiempo del que lo tuve. Un sentimiento de ira tensó mi pecho al darme cuenta de cómo entre las muchas cosas de las que Dean me había despojado también se encontraba el señor Larson.

Continuamos hacia abajo por el pasillo hasta llegar a la entrada de la sala común de los estudiantes de último y penúltimo año. Entré. El espacio seguía siendo igual de intimidante por la ausencia de familiaridad. Apenas pasé tiempo ahí, ni siquiera durante el último curso. Había un código exclusivo para entrar incluso cuando llegabas a la edad mínima para acceder, y no era un espacio en el que los marginados pudiéramos disfrutar de un tiempo de descanso. No es que no tuviera amigos durante los años posteriores en Bradley. Tenía a la Tiburona. Éramos íntimas, pero perdimos el contacto cuando empezamos la universidad. Todavía me arrepiento. También tenía algunas amigas en el equipo de campo a través, al que me seguí apuntando todos los años. Me encantaba correr hasta que lo convertí en algo difícil y tortuoso que hacía para impresionar a Luke. Al acumular kilómetros bajo mis pies me invadía cierta sensación de consuelo que me hacía sentir en casa, y la falta de confianza en mí misma desaparecía por completo.

Andrew se detuvo en la puerta abierta. Era tan alto que podía poner las manos contra el arco del techo. Se inclinó hacia delante, con el ancho pecho aún más estirado y su cuerpo bloqueando el paso. Solía jugar a ese juego cuando empecé la adolescencia, cuando se me desarrolló el pecho y estaba loca por que los chicos de mi edad estuvieran a la altura: estudiaba el húmedo sótano en el que se estuviera celebrando la fiesta de turno y me preguntaba qué chico era suficientemente fuerte como para dominarme. Buscaba a cualquier chico tan grande como para hacerme daño, no importaba lo chillón que fuera o la cantidad de granos que tuviera. Es algo que he llegado a entender sobre mí: quiero a alguien que sea capaz de hacerme daño, pero que no me lo haga. En eso, Luke me ha fallado. Sé que Andrew no me fallaría.

—¿Piensas alguna vez en Arthur? —le pregunté.

Andrew deslizó las manos —todo menos los pulgares— dentro de los bolsillos. La experta en lenguaje corporal de *The Women's Magazine* me dijo que, cuando alguien se mete las manos en los bolsillos, es que siente timidez, a menos que mantenga los pulgares fuera, en cuyo caso se interpreta como un signo de confianza.

—Sí. Mucho, en realidad.

—Yo también —asentí.

Andrew dio varios pasos dentro de la sala, acortando la distancia entre nosotros y activando todas mis señales como un avión en peligro. Si él quería cruzar la línea, podía hacerlo; ese lugar había hecho trizas mi dura determinación. El día era gris y, sumado al blanco de la habitación que nos rodeaba con violencia, podría habernos situado en una película en blanco y negro.

—¿En qué piensas cuando piensas en él?

Dibujé el arco de su caja torácica con los ojos mientras me planteaba la pregunta.

—Pienso en lo listo que era. Rebosaba inteligencia. Arthur entendía a la gente de una forma de la que yo nunca seré capaz. Sabía ver de verdad a la gente. Ojalá yo pudiera.

Andrew se acercó con un par de pasos más, hasta que se plantó justo delante de mí, apoyando el codo en la cornisa superior de la ventana. Había una mueca minúscula en su labio superior.

—¿Crees que no eres capaz de entender a la gente?

—Lo intento —dije sonriendo, satisfecha. ¿Estaba tonteando conmigo?

—Eres muy fuerte, Tif —dijo señalándome la tripa—. No lo dudes ni un momento.

Bajé la mirada hacia su dedo, situado a pocos centímetros de mi cuerpo.

—¿Sabes qué más? —pregunté.

Andrew esperó a que continuara.

—Era divertido. —Miré por la ventana, hacia el extremo inferior del patio—. Arthur era divertido. —En una ocasión le dije esto mismo a Luke, y se limitó a retroceder ante mí.

Los ojos de Andrew se arrugaron pensando en un viejo recuerdo de Arthur.

—Podía ser muy divertido.

—Pero no me siento mal —dije en voz baja—. ¿Eso es malo? No me siento mal cuando pienso en lo que le hice. No siento nada. —Deslicé mi mano de izquierda a derecha—: Es todo así de plano. Tengo un sentimiento neutro cuando me imagino matándole —inspiré aire profundamente y lo expulsé, como si estuviera soplando un trozo caliente de comida—. Mi mejor amiga piensa que todavía estoy en *shock* por lo que pasó. Que he bloqueado cualquier emoción para ahorrarme el trauma. —Sacudí la cabeza—. Ojalá fuera eso, pero creo que no.

Andrew frunció las cejas, esperando a que continuara. Al ver que me quedaba callada, preguntó:

—¿Entonces qué crees que es?

—Eso, que quizá —hundí los incisivos en los labios— soy una persona fría —me apresuré—. Que soy una egoísta y solo soy capaz de sentir cosas que me reporten algún beneficio.

—Tif —dijo Andrew—, no eres egoísta. Eres la persona más valiente que conozco. Pasar por lo que pasaste a aquella edad… Y no solo pasar por algo así, sino sobrevivir a ello y triunfar como lo has hecho… es extraordinario.

Estaba conteniendo las lágrimas, aterrorizada de poder asustarlo con lo que iba a decir después.

—Soy capaz de matar a mi amigo a puñaladas, pero no soy capaz de admitir que estoy a punto de casarme con el tío equivocado.

Andrew parecía a punto de vomitar.

—¿De verdad?

Había pensado en ello antes de decirlo, todavía estaba a tiempo de retirarlo y despejar toda sombra de duda, como siempre hacía conmigo misma, pero asentí.

—Entonces, ¿qué haces? ¿Por qué no lo dejas? —Andrew sonaba tan contrariado que solo me hizo sentir peor. Yo creía que todo el mundo, en cierto modo, guardaba ciertas reservas con su pareja.

Me encogí de hombros.

—¿No es evidente? Tengo miedo.

—¿De qué?

Fijé la vista en un punto más allá del hombro de Andrew y traté de pensar en un modo de explicarlo.

—Con Luke tengo un sentimiento de... soledad devastadora a veces. Y no es su culpa —me pasé un dedo debajo del ojo—, no es mala persona, simplemente no lo entiende. Pero entonces pienso: «Bueno, ¿y quién sí? ¿Quién va a entender esta parte tan horrible de mi vida?». No soy una persona fácil, y quizás él sea lo mejor a lo que puedo aspirar. Porque también tiene muchas cosas buenas. Estar con él es como tener un seguro de vida, en cierto modo.

Andrew arrugó la cara.

—¿Un seguro de vida?

—Tengo la idea en la cabeza —me llevé los dedos a la sien y di unos golpecitos— de que nadie me podrá hacer daño cuando sea Ani Harrison. TifAni FaNelli es la clase de chica que puede terminar aplastada, pero Ani Harrison, no.

Andrew se agachó hasta que nuestros ojos se encontraron a la misma altura.

—No recuerdo que nadie aplastara a TifAni FaNelli.

Sostuve el pulgar y el dedo índice a un par de centímetros.

—Pues lo hicieron, hasta dejarme así de pequeña.

Andrew suspiró, y de repente su elegante jersey rozó mi cara y sus dedos rodeaban la parte posterior de mi cabeza. Apenas nos habíamos tocado unas pocas veces en nuestra vida, y de verdad me rompía por dentro no conocer mejor su olor y su piel. Una pena inexplicable se tragó a Luke, a Whitney, a sus hijos de nombres preciosos y a todos los corazones implicados que habían impedido que estuviéramos juntos; todos cayeron por aquel agujero, precipitándose hasta el fondo.

La distribución de la antigua aula de Andrew no había cambiado; todavía estaban aquellas mesas largas, colocadas en hileras para formar un paréntesis con el profesor al frente. Pero unas mesas nuevas y elegantes habían sustituido a los viejos pupitres de linóleo y a las estropeadas sillas desparejadas. Era un estilo muy de Restoration Hardware, un conjunto que no desentonaría del todo en mi apartamento; un estilo al que la señora Harrison se refiere como «ecléctico». Me incliné sobre una de las mesas y estudié mi imagen distorsionada: la barbilla larga y puntiaguda, un ojo aquí y el otro allá. Cuando me salía un grano en el instituto, solía medir su tamaño en cualquier superficie remotamente reflectante: el reflejo de la ventana de clase, el panel de cristal que me separaba de los platos de la cafetería. No habría sido capaz de concentrarme en aquella clase con tantas posibilidades ante mí.

Andrew caminó hasta su antiguo escritorio y examinó algunos de los trastos de su sucesor.

—¿Sabes? El señor Friedman todavía trabaja aquí —dijo.

—¿En serio? —Me acordé del día en que arrastró a Arthur fuera de clase, y de la señora Hurst, tratando de fingir que no estaba tan asustada como debía de estarlo—. Siempre fue un poco tonto.

—De hecho —Andrew se giró, inclinándose hacia el escritorio, cruzando los tobillos exactamente de la misma manera en la que los solía cruzar cuando nos daba clase—, Bob es muy listo. Demasiado listo para ser profesor. Por eso no conecta con los estudiantes. —Andrew se tocó la frente con la mano—. Está a un nivel distinto al de todos nosotros.

Asentí. Fuera ya había anochecido y estaba oscuro, pero el ala de lengua y literatura daba a una calle principal, iluminada por la luz de las farolas y el edificio de arte de Bryn Mawr College.

—Por eso a todo el mundo le encantaba tu clase —dije—. Tú estabas a nuestro nivel. Como un colega.

Andrew se rio.

—No sé si eso es un cumplido.

Yo también me reí.

—Sí, lo es. —Eché un vistazo hacia abajo y volví a ver mi extraño reflejo—. Estaba muy bien tener a alguien tan joven. Solo nos llevabas unos pocos años.

—No sé de cuánta ayuda fui —dijo Andrew—. Nunca había visto ese tipo de crueldad hasta entonces. No sé, a lo mejor también la había cuando yo estaba en el instituto, solo que no le prestaba atención. —Pensó durante un momento—. Aunque creo que me habría dado cuenta. Había algo muy despiadado en Bradley, algo que percibí enseguida. Y tú —hizo un gesto hacia mí—, tú ni siquiera tuviste la oportunidad.

Eso no me gustaba. Siempre hay una oportunidad. Yo simplemente la cagué.

—No era muy lista cuando estudiaba aquí —dije—. Pero si tengo que sacar algo positivo de aquello es que aprendí a valerme por mí misma. —Pasé los nudillos por las escuadras metálicas de la mesa—. Arthur me enseñó muchas cosas, aunque no lo creas.

—Hay mejores maneras de aprender —dijo Andrew.

Sonreí con tristeza.

—Me habría encantado tener la oportunidad. Lo hice lo mejor que pude con lo que me tocó.

Andrew escondió la barbilla en el cuello, como si estuviera recopilando pensamientos para establecer una conexión importante entre el Museo de Historia Natural y el miedo al cambio de Holden Caulfield.

—Has sido sincera conmigo, así que —carraspeó, aclarándose la garganta— yo también quiero ser sincero contigo.

Había una marca perfecta de luz que iluminaba el espacio detrás de él. Era tan brillante que apenas parecía una figura, sin cara, sin expresión. El corazón me explotaba en el pecho, segura de que estaba a punto de admitir algo de gran importancia. Nuestra conexión, nuestra exquisita reacción química no estaba solo en mi cabeza.

—¿Sobre qué?

—Aquella cena. No fue una coincidencia, no es que el mundo sea un pañuelo. —Inspiró por la nariz de manera ruidosa—. Sabía que Luke era tu prometido. Le presioné para que organizara una cena y así poder verte.

La esperanza subió en mí como la fiebre.

—¿Cómo lo sabías?

—Ni siquiera me acuerdo de quién me lo dijo. Alguno de mis compañeros de trabajo que sabía que di clase aquí. Me contó que Luke se iba a casar con una chica de Bradley. Luke había mencionado tu nombre antes, Ani, pero no recordaba a ninguna Ani de Bradley. Me metí en Facebook. —Andrew hizo como que tecleaba, después se tapó la cara con las manos, con un gesto dulce y femenino, y se rio—. Dios, qué vergüenza. No podía creer que fueras tú.

Ya no hubo más cambios en el cielo y la habitación se quedó en silencio, llena de las sombras que había ido guardando de la noche. Pero entonces algo hizo desaparecer la luz de la calle y, por un segundo, sin aquella explosión cegadora de amarillo detrás de él, vi la cara completa de Andrew. Parecía aterrorizado.

Vimos por la ventana cómo un pequeño coche plateado aparcaba frente a la entrada del viejo caserón. La palabra «Seguridad» se partió por la mitad cuando el conductor abrió la puerta y salió del coche, caminando con paso oficial hacia el colegio.

Sentí como si el corazón se me abriera y se cerrara, lo que hace siempre antes de que todo empiece a dar vueltas. Me niego a llamarlo ataque de pánico. Los ataques de pánico son cosa de histéricos nerviosos, de neuróticos *hipster*. Sus demonios, sean los que sean, no pueden compararse ni de lejos con el terror de saber que algo está a punto de ocurrir, algo malo que llevo esperando que ocurra desde que salí de aquella cafetería. Que es mi turno.

—¿Está aquí por nosotros?

Andrew sacudió la cabeza.

—No lo sé.

—¿Qué está haciendo aquí?

—No lo sé —repitió Andrew.

El guardia de seguridad desapareció dentro del edificio, y en la distancia escuchamos el ruido de una puerta cerrándose y el eco de un grito. «¿Hola?» Andrew se llevó el dedo a los labios y me hizo un gesto para que me acercara a él. No me lo podía creer, estábamos escondiéndonos debajo del escritorio juntos. Andrew se agachó y colocó sus enormes extremidades para hacerme un hueco.

Cuando nuestras rodillas se juntaron, Andrew empujó la silla que teníamos detrás, apretujándose de verdad contra mí y mirándome con una sonrisa.

Ya no sentía los latidos del corazón (otra señal que separa el mareo de un ataque de pánico): no más palpitaciones desafiantes, tan solo una triste bandera blanca. Pocos minutos después, noté una presencia en la habitación. ¿De verdad era el coche de un guardia de seguridad? Durante años, *The Women's Magazine* había publicado un montón de artículos alertando a las mujeres sobre los depredadores que se hacen pasar por agentes de policía, fontaneros, incluso mensajeros, para acceder a tu coche, tu casa, a ti. Siempre era a ti a quien querían violar, torturar, matar. Mi campo de visión pareció reducirse a un agujerito, como cuando apagas una televisión vieja, ese punto que apenas se percibe durante los últimos momentos de consciencia, con las neuronas del cerebro funcionando bajo mínimos antes de sumergirse en la oscuridad.

Una luz barrió la parte delantera de la habitación, y alguien se aclaró la garganta.

—¿Quién anda ahí?

Sonaba bajo y uniformado, como Ben. «¡Buu!» Era tan simple que podría haber dicho cualquier palabra. «Hola.» «No.» «Claro.» El señor Larson se tapó la boca. Se notaba, por las patas de gallo adicionales que habían aparecido alrededor de sus ojos, que estaba intentando no reírse, y empecé a sentir un temblor en las caderas. ¿Por qué en las caderas? A lo mejor porque no estaba de pie; de haberlo estado, lo habría notado en las piernas, pero eran mis caderas las que me sostenían en ese momento.

La luz desapareció, e incluso oímos sus pasos alejarse, pero yo sabía que todavía estaba allí, podía sentirle. Había fingido exageradamente su salida para después volver despacio, esperando a que nos escurriéramos como dos idiotas que se sentían a salvo. Un imitador. Bradley había intentado fingir que no teníamos que preocuparnos por eso. Pero lo hacíamos. Siempre lo haríamos. El señor Larson susurró «Creo que se ha ido», y yo sacudí la cabeza, abriendo mucho los ojos, desesperada.

—¿Qué? —susurró de nuevo el señor Larson, echando la silla para atrás.

Le agarré por su ancha muñeca y sacudí la cabeza hacia él, suplicándole que no se fuera.

—TifAni. —El señor Larson bajó la mirada hacia mi mano, y vi el horror en su rostro. Nos habían pillado—. Estás helada.

—Sigue… aquí —masculló.

—¡TifAni!

El señor Larson se libró de mi mano y se arrastró por el suelo, ignorando mis señales frenéticas para que volviera. Se apoyó en la silla para volver a ponerse de pie, y yo me hundí todavía más debajo del escritorio, preparándome para el «pum» de la pistola y la cabeza del señor Larson destrozada. Pero solo oí un «Se ha ido».

El señor Larson se puso de rodillas y me miró como a un gato salvaje dentro de una jaula. Relajó la expresión; parecía abatido, a punto de llorar por mí.

—Se ha ido. Estamos a salvo. No podía hacernos daño. —Como yo no me movía, bajó la cabeza y suspiró. La siguiente frase estaba llena de remordimiento—: Tif, lo siento. Mierda, no lo he pensado… El escritorio… Lo siento. —Me tendió la mano y me suplicó con los ojos que la cogiera.

Todo aquel tiempo con Andrew había llevado mi careta de víctima, pensando que eso era lo que él quería. Pero no había ninguna sobreactuación cuando extendí mis brazos hacia él, temblorosos como gelatina, con las extremidades tan inservibles que tuvo que agarrarme por los hombros, el único punto fuerte que fue capaz de encontrar, por el único sitio por donde podía agarrarme para ayudarme a que me levantara. De cintura para abajo no estaba mucho mejor, así que me apoyó sobre su pecho. Permanecimos apretados uno junto al otro mucho más tiempo del necesario, mucho después de que yo volviera a sentir las piernas, con el enorme peligro de que no pasara nada sobrevolando nuestras cabezas. Al final, su mano hizo la pregunta en la parte baja de mi espalda, y entonces nos besamos, y el alivio fue mucho más grande que todo el terror que le había precedido.

Capítulo 14

*E*n mi memoria el hospital es verde. Suelos verdes, paredes verdes y ojeras verdes bajo los ojos de los agentes. Incluso vomité una sustancia verdosa y opaca que se hundió al fondo del retrete. Tiré de la cadena pensando en todas las veces que mi madre me había dicho que llevase siempre ropa interior limpia porque «TifAni, ¿y si tienes un accidente de coche?». Las bragas que me estaba quitando en aquel momento no estaban sucias, pero eran viejas y tenían un agujero en la entrepierna lo suficientemente grande como para que se escapara por él un poco de vello púbico. Aquello fue muchos años antes de que me abriese de piernas una vez al mes ante las indias de Shobha. «¿Todo?» «Todo.»

Guardé las bragas raídas en la pernera de los pantalones antes de meterlos en la bolsa transparente de las pruebas y dársela a la agente, que tenía un aspecto más masculino que el agente Pensacole. Antes había guardado mi chaqueta de lana de J. Crew y la camiseta de Victoria's Secret, todo manchado de sangre que aún no se había secado del todo. El olor me resultaba familiar y me producía cierta nostalgia. ¿Dónde había percibido aquel olor antes? En los productos de higiene íntima, supongo. O en el YMCA de Malvern, donde aprendí a nadar.

Quienquiera que recibiese aquella bolsa de plástico llena de ropa impregnada del ADN de varios adolescentes encontraría sin duda las bragas en la pernera de los pantalones. No era un escondite muy original. Pero pensar en mis bragas sueltas en aquella bolsa de plástico, a la vista de todo el mundo, me resultaba descorazonador. Estaba harta de que todo lo que me avergonzaba estuviera siempre a la vista.

Me envolví en la endeble bata de hospital, crucé la habitación de puntillas y me senté en la cama, con los brazos cruzados sobre el pecho, intentando sujetarme los pechos, que parecían enormes e impredecibles sin sujetador. Mi madre estaba sentada en la silla junto a la cama. Le había prohibido terminantemente que se acercara o que me tocara. Estaba llorando, cosa que me sacaba de mis casillas.

—Gracias —dijo la agente Marimacho, aunque no parecía agradecida en absoluto.

Crucé las piernas por debajo de la bata. No me depilaba desde hacía semanas, y no quería que nadie viese los pelos negros incipientes de mis tobillos. La médico, que también era una mujer (no podía pasar ningún hombre, incluso mi padre estaba en el pasillo) se acercó a mí para examinarme. Insistí en que no me dolía nada, pero la doctora Levitt dijo que a veces cuando estamos en estado de *shock* no nos damos cuenta de que nos duele algo, y solo quería asegurarse de que no estaba herida. ¿Me parecía bien? Yo quise gritarle que dejase de hablarme como si fuese una niña de cinco años a la que iban a ponerle la vacuna del tétanos. Acababa de clavarle un cuchillo en el pecho a una persona.

—Lo siento —dijo la agente Marimacho, cortándole el paso a la doctora Levitt—, primero tengo que tomar una muestra de la piel de la víctima. Podría alterarse durante el examen.

La doctora Levitt se retiró.

—Por supuesto.

La agente Marimacho se acercó a mí con su kit de recolección de pruebas y, de repente, me di cuenta de que todo era mucho mejor cuando la única que quería examinarme era la doctora Levitt. Todavía no había llorado. Había visto suficientes capítulos de *Ley y orden* como para saber que era porque estaba en estado de *shock*, pero eso no me hacía sentirme mejor. Debería estar llorando y no pensando en la cena y en que seguro que mi madre me dejaría comer lo que quisiera después del día que había tenido. ¿Dónde podíamos ir? Se me hizo la boca agua al pensar en todas las posibilidades.

La agente Marimacho tomó una muestra de piel de debajo de las uñas; hasta ahí, bien. Pero entonces acercó la mano a la abertura de mi bata y las lágrimas brotaron con furia y sin pausa, y agarré a la agente Marimacho por las muñecas. «¡Para!» Oí aquella palabra una y otra vez; al principio pensé que era la agente Marimacho diciéndome a mí que parase, pero luego me di cuenta de que era yo y que estaba golpeándola como si fuera Dean, con patadas, puñetazos y mordiscos. Se me abrió la bata y se me salieron los pechos, que se desparramaron por todas partes. Cuando vi que mi madre también estaba encima de mí y que me estaba viendo desnuda, rodé sobre mí misma y vomité otra vez. Parte del vómito cayó sobre los pantalones negros de bollera de la agente Marimacho, y casi esbocé una sonrisa.

Cuando volví en mí me pareció haber retrocedido en el tiempo. Creí que estaba en el hospital porque había tenido una reacción a la marihuana que habíamos fumado en casa de Leah. Pensé que seguro que todo el mundo estaba enfadado conmigo.

Me palpé el cuerpo incluso antes de abrir los ojos, aliviada al notar que alguien había vuelto a cerrarme la bata de hospital y me había tapado con una manta blanca y gruesa.

La habitación estaba vacía y en silencio, y el polvo ensombrecía las ventanas. Era la hora de la cena. Decidí que quería ir a Bertucci's. Lo que más me apetecía en aquel momento era *focaccia* y pan de queso de Bertucci's.

Me apoyé en los codos y los tríceps me temblaron de

una forma que me hizo darme cuenta de lo importantes que eran para la vida diaria y casi ni nos dábamos cuenta. Tenía los labios cubiertos por una película y no conseguía romperla con la lengua. Estaba pegada a conciencia y tuve que frotarla con el puño.

De repente se abrió la puerta y entró mi madre.

—¡Oh! —Dio un paso atrás, sobresaltada. Llevaba una taza de café y una pasta rancia en la mano. Por aquel entonces yo ni siquiera bebía café todavía, pero quería las dos cosas. Tenía muchísima hambre—. Estás despierta.

—¿Qué hora es? —Mi voz me sonó rara. Como si estuviera enferma. Tragué saliva para cerciorarme, pero no me dolía la garganta.

Mi madre agitó la mano para liberar su Rolex falso de diamante de la manga de la camisa.

—Las ocho y media.

—Vamos a cenar a Bertucci's —dije.

—Cariño. —Mi madre se inclinó para sentarse en el borde de la cama, pero recordó mi advertencia y se incorporó antes de hacerlo—. Son las ocho y media de la mañana.

Miré por la ventana de nuevo y aquella revelación me hizo darme cuenta de que la luz de fuera era incipiente y no decreciente.

—¿Es por la mañana? —repetí. Empecé a sentirme atontada y llorosa otra vez. Era todo una locura, no entendía nada—. ¿Por qué me has dejado dormir aquí? —pregunté.

—La doctora Levitt te dio una pastilla, ¿te acuerdas? —dijo mi madre—. Para ayudarte a relajarte.

Entrecerré los ojos en un intento de escudriñar mis recuerdos, pero no lo conseguí.

—No me acuerdo —sollocé. Me tapé la cara con las manos. Estaba llorando en silencio por algo y no sabía el qué.

—Shhh, TifAni —susurró mi madre. No podía verla, pero imaginé que estiraba el brazo hacia mí antes de recordar de nuevo mis instrucciones. Dejó escapar un suspiro de resignación—. Voy a ir a buscar a la doctora.

Los pasos de mi madre se perdieron por el pasillo y entonces recordé los gemelos de Ben, tan blancos que me provocaron náuseas, desapareciendo entre el humo.

Mi madre volvió, pero no con la doctora Levitt. Esta doctora no llevaba bata, sino unos vaqueros desteñidos remangados, que dejaban a la vista unos tobillos finos, y unas zapatillas blancas, nuevas. Llevaba el pelo corto y con canas plateadas. Parecía la típica señora que tiene un huerto y cultiva sus tomates con un sombrero de paja, y luego se toma una limonada en el porche como recompensa.

—TifAni —dijo—. Soy la doctora Perkins. Pero quiero que me llames Anita. —Lo pidió en voz baja y firme.

Me froté las mejillas con las manos para limpiarme la grasa facial y las lágrimas.

—Vale —dije.

—¿Necesitas algo? —preguntó Anita.

Yo me sorbí la nariz.

—Me gustaría cepillarme los dientes y lavarme la cara.

Anita asintió con solemnidad, como si fuese algo muy importante.

—Espera un momento. Voy a gestionar eso.

Anita se fue y volvió cinco minutos después con un cepillo de dientes de viaje, pasta de dientes de niños con sabor a fresa y una pastilla de jabón Dove. Me ayudó a bajar de la cama. No me importó que Anita me tocara, porque no parecía que fuese a ser víctima de un ataque de histeria en cualquier momento y a obligarme a consolarla yo a ella.

Abrí el grifo para no oír a Anita y a mi madre hablando de mí mientras estaba en el baño. Hice pis, me lavé la cara y me cepillé los dientes. Escupí un hilo largo y viscoso de pasta de dientes en el lavabo. No parecía querer despegarse de mis labios, así que tuve que quitármelo con los dedos.

Cuando volví a la habitación, Anita me preguntó si

tenía hambre, que tenía, y mucha. Le pregunté a mi madre que dónde estaban el café y la pasta, y me dijo que se los había tomado mi padre. Le dirigí una mirada furibunda mientras volvía a meterme en la cama.

—Te traeré lo que quieras, cariño. En la cafetería hay *bagels*, zumo de naranja, fruta, huevos, cereales...

—Un *bagel* —dije—. Con crema de queso. Y zumo de naranja.

—No sé si habrá crema de queso —dijo mi madre—. A lo mejor solo tienen mantequilla.

—En cualquier sitio que tengan *bagels* tienen crema de queso —le espeté.

Aquel era el tipo de respuesta maleducada que hacía que mi madre me dijera que era una zorra desagradecida, pero no iba a atreverse a decir eso delante de Anita. Esbozó una sonrisa falsa y giró sobre sus talones para irse, dejando a la vista el moño despeinado por dormir en la rígida silla del hospital.

—¿Puedo sentarme aquí? —Anita señaló la silla que había junto a la cama.

Me encogí de hombros como si me diese igual.

—Claro.

Anita intentó sentarse con las piernas cruzadas, pero la silla era demasiado pequeña e incómoda. Se sentó en posición normal, cruzó una pierna sobre la otra, sin prisa, y apoyó la mano en la rodilla. Llevaba las uñas pintadas de lila.

—Han pasado un montón de cosas en las últimas veinticuatro horas —dijo Anita.

Aquello no era del todo cierto. Hacía veinticuatro horas estaba levantándome de la cama. Hacía veinticuatro horas no era más que una adolescente malcriada que no quería ir al colegio. En realidad hacía solo dieciocho horas que había descubierto el aspecto que tiene un cerebro por dentro y cómo es una cara sin piel ni labios ni tan siquiera la espinilla de rigor.

Asentí con la cabeza aunque su cálculo fuera incorrecto, y Anita me preguntó:

—¿Quieres hablar de ello?

Me gustaba que Anita estuviera sentada a mi lado, en vez de enfrente, mirándome como si fuese un cadáver embalsamado esperando ser diseccionado. Años después aprendí que aquello era un truco psicológico para que la gente se abriera. Una vez escribí en *The Women's Magazine* que, si vas a tener una conversación difícil con «tu chico» —cómo odio esa expresión—, mejor que lo hagas mientras conduces, porque se mostrará más abierto y receptivo a lo que tengas que decirle si estás a su lado que si estáis frente a frente.

—¿Arthur está muerto? —pregunté.

—Arthur está muerto —contestó Anita de forma muy directa.

Ya conocía la respuesta, pero me impactó oír aquellas palabras de boca de alguien que ni siquiera había conocido a Arthur. Que no sabía de la existencia de Arthur hasta hacía unas horas.

—¿Quién más? —me atreví a preguntar.

—Ansilee, Olivia, Theodore, Liam y Peyton. —Nunca me había parado a pensar que Teddy en realidad se llamaba Theodore—. Ah, y Ben —añadió.

Esperé a que recordara más nombres, pero no lo hizo.

—¿Y Dean?

—Dean está vivo —dijo Anita, y yo la miré boquiabierta. Estaba segura de que estaba muerto cuando lo dejé allí—. Pero está gravemente herido. Quizá no pueda volver a caminar.

Me llevé la manta a la boca.

—¿A caminar?

—La bala le entró por la ingle y le ha dañado una vértebra. Están haciendo todo lo posible por él —dijo Anita, y añadió—: tiene suerte de estar vivo.

Tragué saliva a la vez que me daba hipo. Noté un dolor en el pecho.

—¿Cómo murió Ben?

—Se suicidó —dijo Anita—. Era lo que habían planeado. Los dos. Así que no tienes que sentirte mal por lo que hiciste. —Me daba miedo decirle a Anita que no me sentía mal. Que no sentía nada.

Mi madre apareció en el umbral de la puerta, con un *bagel* en una mano y un cartón de zumo de naranja en la otra.

—¡Tenían crema de queso!

Me había preparado ella el *bagel*. No tenía suficiente crema de queso, pero tenía tanta hambre que no la recriminé por ello. Es muy raro tener tanta hambre. No es como a la hora del almuerzo, cuando solo han pasado unas horas desde el desayuno y te suenan las tripas en clase de historia. Es como si el hambre se hubiese extendido por todo tu cuerpo y ya no la sientes en el estómago. De hecho, no te duele la tripa, pero notas las articulaciones ingrávidas y flojas, y tu mandíbula lo entiende e intenta masticar todo lo rápido que puede.

Me bebí el zumo de naranja en un santiamén. Con cada trago parecía tener más sed, y apreté el cartón en un intento de aprovechar hasta la última gota.

Mi madre me preguntó si quería algo más, pero no quería nada. Me había recuperado gracias a la comida y el zumo; ahora tenía fuerzas para enfrentarme a la realidad de las últimas dieciocho horas. Esa realidad invadió la habitación como una ola invisible que tardaría un tiempo en desaparecer. Era como si me llevase en su cresta dondequiera que fuese, inundándolo todo de miseria.

—Me preguntaba… —Anita se inclinó hacia delante y se apretó las rodillas con las manos. Le dirigió una mirada urgente a mi madre—. ¿Podría hablar a solas con TifAni?

Mi madre juntó los omoplatos y se irguió.

—Creo que eso depende de lo que quiera TifAni.

Era exactamente lo que quería, pero con la ayuda de Anita, mi deseo era demasiado poderoso para soportarlo. Así que hablé en voz baja, para no herir sus sentimientos.

—Está bien, mamá.

No sé qué esperaba oír mi madre, porque me miró

muy sorprendida. Recogió el cartón de zumo de naranja vacío y las servilletas de mi regazo y dijo con remilgo:

—Me parece estupendo. Estaré fuera si me necesitáis.

—¿Puede cerrar la puerta cuando salga? —le pidió Anita, y mamá tuvo que forcejear con el tope de la puerta durante un rato que se hizo eterno. Me sentí fatal por ella. Por fin lo consiguió, pero la puerta se abrió un poco detrás de ella, de tal modo que podía verla por la rendija. Miró hacia el techo, se rodeó el delgado tronco con los brazos y se meció adelante y atrás, estirando la boca en un sollozo silencioso. Quise gritarle a mi padre que la abrazara, maldita sea.

—Tengo la sensación de que te resulta difícil estar cerca de tu madre —dijo Anita.

No dije nada. De repente quería protegerla.

—TifAni —dijo Anita—. Sé que te han pasado muchas cosas horribles, mucho peores de lo que cualquier chica debería tener que vivir a los catorce años. Pero tengo que hacerte algunas preguntas sobre Arthur y Ben.

—Ya se lo conté todo ayer al agente Pensacole —protesté. Cuando hui de la cafetería, segura de que Dean estaba muerto, seguí el camino por el que había ido Beth, solo que no grité como había hecho ella. No sabía dónde estaba Ben, no quería llamar la atención. En aquel momento él ya se había metido el cañón de la pistola en la boca, pero yo no podía saber eso. Cuando me topé con la hilera de agentes SWAT, agazapados y con las armas desenfundadas en mi dirección, creí que me estaban apuntando a mí. De hecho, me di media vuelta para volver a entrar en el instituto. Pero uno de ellos corrió detrás de mí y me escoltó entre la multitud de curiosos con los ojos como platos y madres histéricas vestidas con el chándal horroroso de pasear al perro, que me gritaban los nombres de sus hijos y me preguntaban a voces si sus pequeños estaban bien.

—¡Creo que lo he matado! —decía yo, y los médicos de urgencia intentaban ponerme una máscara de aire en la cara, pero los agentes intervinieron pidiendo detalles, y les dije que habían sido Ben y Arthur—. ¡Arthur Finnerman! —chillé cuando me preguntaron, una y otra vez: ¿Ben qué? ¿Arthur qué? No podía recordar el apellido de Ben.

—Ya sé que lo hiciste —dijo Anita—. Y están muy agradecidos por toda la información que les diste. Pero yo no quiero saber lo que pasó ayer. Estoy tratando de esbozar un perfil de Arthur y de Ben. Para intentar entender por qué hicieron lo que hicieron.

De repente la tal Anita me ponía nerviosa.

—¿Es usted policía? Creía que era psiquiatra.

—Soy psicóloga forense —dijo Anita—. Colaboro de forma puntual con la policía de Filadelfia.

Aquello sonaba más amenazador aún que la policía.

—¿Pero es policía o no?

Anita sonrió y la piel alrededor de sus ojos convergió en tres líneas nítidas.

—No soy policía. Pero si quieres que sea totalmente franca contigo, les voy a contar todo lo que me digas. —Se movió en la diminuta silla y se encogió—. Ya sé que les has proporcionado información vital, pero me gustaría que habláramos de Arthur. De tu relación con Arthur. Tengo entendido que erais amigos.

Sus ojos se movían de arriba abajo sobre mi cuerpo, muy rápido, como si estuviera leyendo el periódico. Como no dije nada, volvió a intentarlo.

—¿Arthur y tú erais amigos?

Dejé caer las manos sobre la cama con impotencia.

—Estaba muy enfadado conmigo.

—Bueno, los amigos se pelean a veces.

—Sí, éramos amigos —admití de mala gana.

—¿Y por qué estaba tan enfadado contigo?

Jugueteé con un hilo suelto de la manta. No podía contar toda la historia sin hablarle de aquella noche en casa de Dean. Y no podía contarle eso, ni hablar.

—Le robé una foto… una foto suya con su padre.

—¿Y por qué hiciste eso?

Estiré los dedos de los pies, intentando librarme de la

irritación. Era como cuando mamá me hacía demasiadas preguntas sobre mis amigos. Cuanto más preguntaba, más me empeñaba yo en no revelar la información que estaba tan desesperada por conseguir.

—Porque me dijo unas cosas horribles y quería vengarme.

—¿Qué dijo?

Tiré más fuerte del hilo de la manta, y un montón de hilos más salieron detrás de él. No podía decirle a Anita las cosas horribles que Arthur me había dicho porque entonces tendría que contarle lo de Dean. Y lo de Liam, y lo de Peyton. Mi madre me mataría si averiguaba lo que sucedió aquella noche.

—Estaba enfadado conmigo porque había empezado a juntarme con Dean, Olivia y los demás.

Anita inclinó la cabeza una vez, como si lo entendiera.

—¿Así que se sentía traicionado?

Me encogí de hombros.

—Supongo. No le caía bien Dean.

—¿Por qué no?

—Porque Dean se había portado mal con él. Y se había portado mal con Ben. —De repente el mapa se materializó en mis manos. El mapa que me sacaría ilesa de aquel embrollo. Tenía que guiar a todo el mundo en mi dirección con aplomo, de lo contrario indagarían más, y más y más. Hasta llegar a aquella noche de octubre. Dije, generosa—: ¿Quiere saber lo que Dean y Peyton le hicieron a Ben?

La curiosidad hirvió en los ojos oscuros de Anita. Se lo conté todo.

Anita parecía muy satisfecha con la información que le brindé, y me dio las gracias por ser tan «valiente y sincera». Ya podía irme a casa si quería.

—¿Dean también está en este hospital? —pregunté.

Anita estaba recogiendo sus cosas, pero se detuvo cuando le hice aquella pregunta.

—Puede ser. ¿Quieres verle?

—No —dije—. Bueno. A lo mejor. No lo sé. ¿Es mala idea?

—¿Quieres mi consejo? —preguntó Anita—. Si yo fuera tú, me iría a casa con mi familia.

—¿Tengo que ir al instituto hoy?

Anita me miró extrañada. Aquella era otra mirada importante, pero no lo supe hasta mucho después.

—El instituto estará cerrado durante algún tiempo. No sé muy bien cómo tienen pensado que terminéis el curso.

Anita no había usado apenas sus zapatillas nuevas, que rechinaron en el suelo reluciente del hospital cuando se alejó. Entonces volvió mi madre, esta vez con mi padre, que tenía el aspecto de querer estar en cualquier parte menos allí, con aquellas dos locas.

Me sorprendió la pena que me dio irme del hospital, igual que ver a la gente corriendo apresuradamente al trabajo, los hombres con sus trajes recién salidos de la tintorería, las mujeres llevando a sus hijos al colegio, maldiciendo porque se había cerrado el semáforo en el cruce de Montgomery y Morris Avenue y ahora iban a llegar tarde. Saber que el mundo había seguido girando mientras yo no estaba. Nadie es tan especial como para que se detenga.

Condujo mi padre porque mi madre estaba temblando.

—¡Mirad! —nos dijo, extendiendo sus manos huesudas y temblorosas como prueba.

Me subí al coche y sentí el asiento de cuero frío y duro bajo la fina bata de hospital. Guardé aquella bata en mi armario hasta la universidad. Era mi prenda preferida para estar en casa cuando tenía resaca. Solo la tiré cuando Nell me dijo que era un poco raro que la conservara.

Dimos varias vueltas al aparcamiento del hospital Bryn Mawr hasta que encontramos la salida. Mi padre no solía ir mucho por allí, y mi madre estuvo dándole la lata todo el camino a casa. «No, Bob, a la izquierda. ¡A la izquierda!» «Santo cielo, Dina. Relájate.» Cuando la carretera dejó atrás los pueblos pintorescos y las *boutiques* y los concesionarios de lujo dieron paso a los McDonald's y los centros comerciales sin pretensiones, una especie de pánico se abrió paso en el intrincado laberinto de mis emociones. ¿Y si no se reanudaban las clases en Bradley? Ya nada me ataría a Main Line. Necesitaba el instituto Bradley. Habían pasado demasiadas cosas para volver al Madre Teresa, a aquella vida espectacularmente mediocre.

—¿Voy a volver a Bradley? —La pregunta aterrizó como un peso muerto sobre los hombros de mi madre, que se hundieron aún más delante de mis narices.

—No lo sabemos —dijo mi madre.

—Por supuesto que no —dijo mi padre al mismo tiempo.

El perfil de mi madre se puso rígido y siseó:

—Bob. —Mi madre era experta siseando, un don que heredé de ella—. Me lo has prometido.

Me puse derecha, dejando un borrón en forma de rombo en el cristal donde había estado apoyada mi frente. Aquella pastilla de jabón Dove me había venido estupendamente para la zona T.

—Espera. ¿Qué es lo que le has prometido?

Ninguno me contestó y los dos siguieron mirando al frente, lo cual me puso aún más nerviosa.

—¿Hola? —dije, más alto—. ¿Qué le has prometido?

—TifAni. —Mi madre se apretó con los dedos ambos lados de la nariz, previendo el dolor de cabeza que se acercaba—. Ni siquiera sabemos lo que va a hacer el colegio. Lo que me ha prometido tu padre es que esperaremos a ver qué decide la dirección antes de tomar una decisión.

—¿Y yo, tengo voz o voto en esa decisión? —Lo admito, lo dije como una niñata malcriada. Mi padre dio un volantazo a la izquierda y pisó el freno con fuerza. Mi madre salió despedida hacia delante y el cinturón de seguridad le arrancó un gruñido varonil.

Papá se dio la vuelta y me señaló con el dedo. Tenía la cara surcada de venas moradas asquerosas. Me gritó.

—¡No, no tienes! ¡No tienes!

Mi madre jadeó.

—Bob.

Yo me refugié en un rincón del coche.

—Vale —susurré—. Vale. Por favor.

Tenía despellejada la zona de debajo de los ojos, y sentí como si alguien me estuviera frotando la cara con alcohol cuando empecé a llorar. Mi padre se dio cuenta de que seguía señalándome con el dedo, y, muy despacio, bajó la mano y la dejó entre las piernas.

—¡TifAni! —Mi madre se dio media vuelta en el asiento para ponerme la mano en la rodilla—. Dios mío, estás lívida. ¿Estás bien, cariño? Papá no quería asustarte. Está muy triste. —Mi madre siempre me ha parecido guapa, pero cuando sufre se pone fea e irreconocible. Sollozó varias veces. Sus labios parecían buscar algo reconfortante que decirme. Por fin pareció encontrarlo—. ¡Estamos todos muy tristes!

Nos quedamos parados un rato, esperando a que mi madre parase de llorar. El coche se mecía como una cuna al pasar los coches a toda velocidad.

Hubo otro momento tenso cuando llegamos a casa. Mi madre quería que descansara en mi habitación. Tenía un bote de pastillas que le había dado Anita por si me daba una crisis nerviosa, y me traería lo que necesitara: comida, pañuelos, revistas, laca de uñas por si quería hacerme la manicura... Pero yo necesitaba ver la tele. Necesitaba saber que el mundo seguía ahí, normal y estúpido como siempre, con sus tertulias y sus culebrones dramáticos. Las revistas me valían también para transportarme a un mundo absurdo, pero una vez que hacías el test de la última página y descubrías que sí, eras una controladora y eso ahuyentaba a los tíos, el conjuro se rompía. Yo necesitaba un pasaporte permanente para Ciudad Superficial.

Mi padre se fue derecho a su habitación. Veinte minutos después apareció afeitado y vestido con unos chinos y esa camisa amarilla tan fea que siempre temía que llevara los pocos días que venía a buscarme al colegio.

—¿Qué haces? —preguntó mi madre.

—Me voy a trabajar, Dina. —Mi padre abrió la nevera y cogió una manzana. La mordió y sus dientes se hundieron en la pulpa igual que el cuchillo en la espalda de Arthur. Miré para otro lado—. ¿Qué voy a hacer si no?

—Creía que hoy nos quedaríamos todos juntos —dijo mi madre, con demasiada alegría, y de pronto deseé con todas mis fuerzas pertenecer a una gran familia de Main Line, con hermanos y hermanas y tíos y tías cercanos, y que la casa se llenara de generaciones y generaciones que perpetuaran nuestro apellido.

—Lo haría si pudiera. —Mi padre sostuvo la manzana con los dientes mientras sacaba el abrigo del armario y se enfundaba en él—. Intentaré volver temprano.

Antes de irse me dijo que me cuidara.

—Gracias, papá.

Nuestra casa de muros estrechos se tambaleó hasta los cimientos cuando mi padre cerró la puerta. Mi madre esperó a que se estabilizara y me dijo:

—Venga, si prefieres tumbarte en el sofá, está bien. Pero preferiría que no pusieras las noticias.

Las noticias. Ni siquiera se me había ocurrido ponerlas hasta que mi madre lo mencionó, pero ahora era lo único que quería ver. Fijé la mirada en mi madre, desafiante.

—¿Por qué no?

—Porque te puede perturbar mucho —dijo mi madre—. Están poniendo imágenes de… —Se detuvo y apretó los labios con fuerza—. No necesitas ver eso.

—¿Imágenes de qué? —la provoqué.

—TifAni, por favor —suplicó mi madre—. Hazme caso.

Dije que vale aunque no pensaba hacerlo, y subí al piso de arriba a ducharme y ponerme ropa limpia. Después bajé de nuevo, con la intención de poner el telediario, pero mi madre estaba rebuscando algo en el frigorífico. La casa tenía un gran ventanal en la cocina para que pudieras ver la tele del salón desde allí. No quería oír a mi madre quejándose de que no le hacía caso, así que puse la MTV.

Unos minutos después, oí a mi madre andando de un lado a otro de la cocina, musitando para sí que no había nada de comer.

—TifAni —dijo—, voy a ir un momento a la compra. ¿Quieres algo en especial?

—La sopa de tomate que me gusta —dije—. Y Cheez-Its.

—¿Y de beber? ¿Algún refresco?

Sabía que había dejado de beber refrescos cuando empecé a correr. El señor Larson decía que cualquier bebida que no fuese agua nos deshidrataba. Puse los ojos en blanco y solté un «no» casi inaudible.

Mi madre se acercó al sofá y me miró·como si fuera un cadáver en un ataúd. Encontró una manta y la extendió en el aire. Aterrizó sobre mí como una trampa.

—Odio tener que dejarte sola.

—Estoy bien —gruñí.

—Por favor, no veas las noticias mientras estoy fuera —me suplicó.

—Que no.

—Sé que lo vas a hacer —dijo mi madre.

—¿Entonces para que me pides que no lo haga?

Mi madre suspiró y se sentó en el sillón pequeño a mi lado. Los cojines se hundieron bajo su peso. Cogió el mando de la tele.

—Si vas a hacerlo, prefiero que lo hagas conmigo. —Hablaba como si fuera la primera vez que me fumaba un cigarrillo o algo así—. Por si tienes alguna pregunta —añadió.

Quitó la MTV y puso la NBC. Por supuesto, aunque a esa hora en *Today* deberían haber estado probando modelos de aspiradoras, justo estaban dedicando el programa a «Otro tiroteo en un colegio». Matt Lauer estaba de pie en la acera junto a la gran casa que albergaba el instituto Bradley, en la fachada que se había quemado por el fuego en la cafetería.

—Main Line es una de las zonas más acaudaladas del país —estaba diciendo Matt—. He oído en numerosas ocasiones esta mañana que nadie puede creer que esto haya ocurrido aquí, y, por una vez, es absolutamente cierto. —La cámara cambió de plano y mostró una vista aérea del colegio mientras Matt desglosaba la nefasta lista de muertos—. Han fallecido siete estudiantes: los dos autores de la masacre y cinco víctimas. Una murió a causa de la explosión en la cafetería, provocada con una bomba casera oculta en una mochila que habían colocado cerca de la que, según fuentes policiales, era la mesa de los alumnos más populares del colegio. Solo detonó una de las bombas, pero la policía cree que había al menos cinco; si hubiesen explosionado todas, la matanza habría sido mucho peor. Nueve estudiantes se encuentran en el hospital con heridas graves pero fuera de peligro. Según parece, varios de ellos han perdido algún miembro.

Dejé escapar un grito ahogado.

—¿Algún miembro?

Los ojos de mi madre parecían más grandes por culpa de las lágrimas.

—A esto me refería.

—¿Quién? ¿A quién le ha pasado eso?

Mi madre se llevó una mano temblorosa a la frente.

—Algunos nombres no me sonaban, no me acuerdo bien. Pero había una que sí. Tu amiga Hilary.

Pateé la manta. Se me enredó en las piernas y quise hacer jirones aquel maldito trozo de tela. El zumo de naranja me hervía en el estómago.

—¿Qué le ha pasado?

—No estoy segura —gimoteó mi madre—. Creo que ha sido el pie.

Intenté llegar al baño antes de vomitar aquella bilis verde y putrefacta por todas partes. De verdad que lo intenté. Mi madre dijo que no pasaba nada, que podía limpiarlo con quitamanchas, que no había problema. Lo importante era que descansara. Me dio una de las pastillas de Anita.

Oí a mi madre contestar el teléfono varias veces.

—Muchas gracias, eres muy amable, pero ahora está descansando.

Caí en una especie de fango negro, tan denso que me costó un gran esfuerzo físico salir de él. Lo intenté varias veces, pero volvía a hundirme una y otra vez. Ya era de noche cuando al fin conseguí romper la capa de niebla, cuando conseguí articular las palabras y preguntarle a mi madre quién había llamado.

—Varias personas —dijo mi madre—. Tu antiguo profesor de lengua ha llamado para ver cómo estabas.

—¿El señor Larson?

—Ajá, y la madre de un compañero. Han puesto en marcha una cadena de llamadas.

Habían suspendido las clases de forma indefinida. Mamá me dijo que tenía suerte de no estar en el último curso.

—Imagínate que tienes que mandar las solicitudes de acceso a las universidades en medio de todo este follón.

—¿Ha dejado su número el señor Larson?

—No —dijo mi madre—. Pero dijo que volvería a llamar más tarde.

El teléfono no volvió a sonar, y yo pasé la noche en el sofá, mirando la tele con ojos inexpresivos, escuchando a Beverly, madre de cuatro hijos, decir que gracias al DVD de ABtastic había conseguido recuperar la figura, y que había intentado de todo. Dormí con la luz encendida. Otra característica de mi casa era que el rellano del primer piso es abierto, así que al salir de cualquiera de las cuatro habitaciones podías verme desde la barandilla de la escalera, hecha un ovillo bajo la manta acrílica en tonos pasteles. Mi padre salió de la habitación varias veces para quejarse de que no podía dormir por culpa de la luz que se colaba por debajo de la puerta. Al final acabé diciéndole que prefería aquella molestia insignificante a la escena macabra que se repetía en bucle en mi cabeza, y no volvió a salir.

Me quedé medio dormida al amanecer, y cuando me desperté la tele estaba apagada y el mando no aparecía por ninguna parte.

—Se lo ha llevado tu padre —gritó mi madre desde la cocina, cuando me oyó dando vueltas en el salón—. Pero ha ido a comprarte un montón de revistas antes de irse a trabajar.

Normalmente mi madre controlaba las revistas que leía, pero aquella vez le había dado una lista larguísima a mi padre y le había dicho que las comprara todas, incluso las que prometían enseñarte «cómo ponerlo a mil». Era un acuerdo de paz, lo sabía, porque me habían prohibido ver la televisión. Veneré aquellas revistas, que aún tengo guardadas en una caja debajo de la cama de cuando era niña. Me hicieron querer mudarme a la gran ciudad —a cualquier ciudad—, llevar zapatos de tacón y tener una vida fabulosa. En aquel mundo todo era fabuloso.

Era la hora de la siesta, y mi madre estaba echando una cabezada en el sillón pequeño. Yo estaba estirada en el sofá grande, estudiándome un tutorial para maquillarme los ojos ahumados, cuando sonó el timbre.

Mi madre se levantó como accionada por un resorte y me lanzó una mirada acusadora, como si la hubiese despertado yo. Nos miramos en silencio hasta que el timbre volvió a sonar.

Mamá se pasó los dedos por el pelo, atusándose las raíces negras, y se dio unos golpecitos debajo de los ojos para limpiarse el rímel corrido.

—Maldita sea. —Agitó el pie, que se le había dormido. No lo consiguió, así que fue cojeando hasta la puerta.

Oí el murmullo bajo de varias voces. Mi madre dijo

«Sí, claro» y, cuando volvió al salón, había junto a ella dos hombres de gesto serio vestidos con trajes marrones, del típico color del sofá del sótano.

—TifAni. —Mamá puso su voz de anfitriona—. Este es el inspector... —Se apretó las sienes con los dedos—. Discúlpenme, he olvidado sus nombres. —El tono de su voz perdió su agudeza habitual y pareció que se iba a echar a llorar—. Están siendo unos días complicados.

—Por supuesto —dijo el más joven y delgado—. Soy el inspector Dixon. —Hizo un gesto señalando a su compañero—. Y este es el inspector Vencino.

El inspector Vencino tenía el mismo aspecto que la mayoría de mi familia paterna la mayor parte del año. Sin el bronceado veraniego, adquirimos un tono aceitunado enfermizo.

Mi madre se dirigió a mí.

—TifAni, ¿puedes ponerte de pie?

Doblé la esquina de la página de mi tutorial de maquillaje e hice lo que me había dicho.

—¿Ha muerto alguien más?

Las cejas del inspector Dixon, de un rubio casi albino, se juntaron en el centro de su cara. Si no fuera porque estaban descuidadamente despeinadas, habría sido fácil que pareciese que no tenía.

—No ha muerto nadie.

—Ah. —Me examiné las uñas. En el artículo que había leído antes del tutorial para maquillarse los ojos ahumados ponía que los puntos blancos en las uñas eran un signo de falta de hierro, y el hierro es lo que hace que tengas el cabello espeso y brillante, así que no era bueno tener falta de hierro. No tenía ningún punto blanco—. Mis padres no me dejan ver las noticias, así que no tengo ni idea de lo que está pasando.

Lancé una mirada a los inspectores, como diciendo «¿A que es increíble?».

—Es lo mejor —dijo el inspector Dixon, y mi madre me dedicó una sonrisita petulante que me dio ganas de tirarle la revista a la cabeza.

—¿Hay algún lugar donde podamos sentarnos a hablar? —preguntó el inspector Dixon.

—¿Va todo bien? —Mi madre se llevó la mano a la boca, avergonzada—. Disculpen. Quiero decir que si ha ocurrido algo.

—No, señora FaNelli. —El inspector Vencino se aclaró la garganta y la piel aceitunada que le colgaba en el cuello se bamboleó—. Solo queremos hacerle unas preguntas a TifAni.

—Ya hablé con la policía en el hospital —dije—. Y con la psiquiatra.

—Psicóloga —me corrigió el inspector Dixon—. Ya lo sabemos. Solo queremos aclarar unas cuantas cosas. Creemos que podrías ayudarnos.

Arqueó sus cejas puntiagudas, solícito. Todo el mundo necesitaba mi ayuda.

Miré a mi madre, que asintió con la cabeza.

—Vale.

Mamá les preguntó a los inspectores si querían algo (¿café, té, algo de picar?). El inspector Dixon dijo que un café, pero el inspector Vencino negó con la cabeza.

—No, gracias, señora FaNelli.

—Puede llamarme Dina —dijo mi madre, y el inspector Vencino no le sonrió, como hacen la mayoría de los hombres.

Nos sentamos los tres a la mesa mientras mi madre echaba los granos de café en la parte superior de la cafetera. Tuvimos que alzar la voz para oírnos por encima del ruido del molinillo.

—A ver, TifAni —comenzó el inspector Dixon—. Sabemos que tenías una relación de amistad con Arthur. Que estabais enfadados en el momento del… incidente.

Balanceé la cabeza arriba y abajo: «sí, sí, sí».

—Estaba cabreado conmigo. Cogí una foto de su habitación. Todavía la tengo si quieren…

El inspector Dixon levantó la mano.

—En realidad no hemos venido a hablar de Arthur.

Pestañeé como una tonta.

—¿Y entonces de qué quieren hablar?

—De Dean. —El inspector Dixon me observó para ver qué efecto tenía en mí aquel nombre—. ¿Dean y tú erais amigos?

Pasé el dedo gordo del pie por el suelo de madera de la cocina. Antes solía deslizarme por aquel suelo en calcetines, con los brazos estirados, haciendo como que surfeaba. Un día, una astilla de siete centímetros me atravesó el calcetín, se me clavó en el arco del pie y se acabó el juego.

—No exactamente.

—Pero lo fuisteis —intervino el inspector Vencino. Era la primera vez que se dirigía a mí y, ahora que estaba más cerca, me fijé en su nariz torcida, que se desviaba hacia la izquierda, como un pegote de arcilla que alguien hubiese empujado a un lado antes de que se secara— en algún momento. ¿No?

—Se podría decir que sí —admití.

El inspector Dixon miró al inspector Vencino.

—¿Te habías enfadado con Dean recientemente?

Miré a mi madre, que se esforzaba por oír mi respuesta por encima del chirrido de las aspas.

—Un poco, sí. Supongo que sí.

—¿Puedes decirnos por qué?

Me examiné las manos y las uñas sanas. Olivia ya no tendría que preocuparse nunca más por tener falta de hierro. De repente recordé que llevaba las uñas pintadas de verde la última vez que la vi, en clase de química, encorvada sobre el pupitre, tomando apuntes con furia. Hilary también las llevaba de aquel color, así que debía de haberla convencido para probarlo, porque Olivia no era de las que experimentaban mucho con el maquillaje. O a lo mejor las llevaban así para animar al equipo de fútbol. Totalmente abstraída, me pregunté qué ocurre si mueres con las uñas verdes, si no vas por la vida tropezándote con cosas y lavándote el pelo —esas cosas que hacen que se vaya el color—. ¿Se conservaría la laca de uñas Sally Hansen para siempre, como se conservan los dientes y los huesos cuando el resto del cuerpo se descompone? Esto es lo que queda de Olivia, solo sus uñas verdes. El inspector Dixon repitió su pregunta.

—TifAni —me llamó mi madre. El ruido de la cafetera se detuvo con un clic, y lo siguiente que dijo sonó muy alto, con un énfasis accidental—. Contesta a los inspectores, por favor.

Como uno de esos muñecos para el baño que se hinchan hasta aumentar cuatro veces de tamaño si los metes en agua caliente, me inflé de lágrimas. No iba a ser capaz de ocultar lo que pasó aquella noche. ¿Qué me había hecho pensar que podría mantenerlo en secreto? Me llevé la mano al ojo y me lo froté.

—Por un montón de cosas —suspiré.

—¿Te sentirías más cómoda para hablar de esto si tu madre no estuviera aquí? —preguntó amablemente el inspector Dixon.

—Lo siento. —Mamá dejó la taza de café del inspector Dixon junto a su codo—. ¿Más cómoda para hablar de qué? ¿Qué está pasando aquí?

Las ventanas de la comisaría de policía de Ardmore eran ya cuadrados oscuros y opacos para cuando llegó el abogado, que se presentó como Dan bajo las luces amarillas del vestíbulo. El inspector Dixon insistió en que no necesitábamos un abogado, y fue tan amable que mi madre casi lo creyó, pero cambió de parecer después de llamar a mi padre al trabajo. El abogado nos lo había recomendado un compañero de trabajo de mi padre cuya hija había sido detenida en verano por conducir bajo los efectos del alcohol. Ni a mamá ni a mí nos impresionó demasiado. Era un tipo de aspecto mediocre al que los bajos de los pantalones le hacían varios pliegues alrededor de los tobillos como el cuello de un bulldog.

Dan («ningún abogado competente puede llamarse Dan», siseó mi madre) quería oír la historia completa de mi boca antes de que los inspectores entraran en la glacial sala de interrogatorios. Bajan la temperatura de verdad para que te sientas lo más incómodo posible y confieses antes, y así los inspectores pueden volver a sus casas a tiempo para cenar.

—Todos los detalles son importantes. —Dan se remangó la camisa del traje, una monstruosidad de color añil que sin duda era parte de una oferta de 2x1 en una tienda con ínfulas. Se había quitado el abrigo y lo había colgado en el respaldo de la silla, sin percatarse de que el hombro izquierdo se había caído y la prenda se sostenía con todas sus fuerzas por la hombrera derecha—. Todos, desde que empezaron las clases. Todos los contactos que tuvieras con los implicados. Todo.

Ni yo me creía lo bien que había empezado todo, que les hubiese caído en gracia a gente como Dean u Olivia, y lo mal y lo rápido que había acabado mi racha de buena suerte. Me apresuré a desgranar los detalles de la noche en casa de Dean, sonrojándome violentamente al contar cómo, al recuperar la consciencia, había visto a Peyton haciéndome... ya sabe. «¿Sexo oral?», preguntó Dan. A la luz implacable de los fluorescentes debía de parecer que estaba quemada por el sol. «Sí», musité. Seguí contando cómo había ido a la deriva durante toda la noche, y cómo había vuelto en mí en varios momentos, primero con Peyton, y luego con los demás. También le conté lo que había pasado después, la noche en casa de Olivia y el arañazo en la cara que no me había hecho su perro. Me daba miedo involucrar al señor Larson en todo aquello, pero Dan había dicho que todos los detalles eran importantes.

—¿Pasó algo con el señor Larson... —Dan carraspeó. Parecía tan avergonzado como yo—... aquella noche en su casa?

Lo miré fijamente un segundo hasta que entendí lo que quería decirme.

—No —dije—. El señor Larson nunca haría algo... así. —Me estremecí para mostrar mi disgusto.

—¿Pero estaba el señor Larson al corriente de las violaciones? ¿Podría corroborar esta historia?

Aquella fue la primera vez que alguien se refería a lo que me había pasado en plural. Las violaciones. Yo no sabía que las otras cosas que me habían hecho también se consideraban violación.

—Sí.

Dan anotó algo en su pequeño cuaderno. El bolígrafo se paró.

—Ahora hablemos de Arthur.

¿Estaba deprimido, consumía drogas? («No —dije—. Bueno, sí, pero solo marihuana.» «La marihuana es una droga, TifAni»). ¿Alguna vez dijo algo que recuerdes que podría haber sido una advertencia de lo que planeaba?

—A ver —me estremecí—, yo sabía de la existencia de la escopeta. La que llevaba en la cafetería.

Dan no pestañeó durante tanto tiempo que estuve a punto de agitar la mano delante de su cara y decirle «¡eo!», como en los anuncios.

—¿Cómo lo sabías?

—Me la enseñó. En el sótano de su casa. Era de su padre. —Dan seguía sin pestañear—. No estaba cargada —enfaticé.

—¿Cómo lo sabes? —me preguntó Dan.

—Me apuntó con ella. De broma.

—¿Que te apuntó con ella?

—Sí, y me dejó cogerla —respondí—. No era tan tonto como para dejarme cogerla si estaba cargada. ¿Y si...? —Dejé de hablar al ver que Dan dejaba caer la cabeza contra el pecho, como si acabara de quedarse dormido en un avión—. ¿Qué pasa?

El pecho de Dan ahogó su voz.

—¿Tocaste el arma?

—Sí, pero nada, dos segundos —dije a toda velocidad, en un intento de arreglar lo que hubiese estropeado—. Enseguida se la devolví. —Dan seguía sin mirarme—. ¿Por qué? ¿Es malo?

Dan se puso las manos a ambos lados de la nariz, soportando el peso de su cabeza.

—Puede serlo.

—¿Por qué?

—Porque si encuentran tus huellas en el arma podría ser muy, muy malo.

La luz sobre nuestras cabezas parpadeó y chisporroteó, como si hubiese achicharrado a un bicho en una noche húmeda de verano, y de pronto entendí lo que intentaba decirme Dan. ¿Mi madre sabía aquello? ¿Y mi padre?

—¿Creen que tengo algo que ver en todo esto?

—TifAni —dijo Dan, con voz aguda y sorprendida—, ¿tú qué crees que estás haciendo aquí?

Después de que Dan y yo tuviésemos nuestro «cara a cara», como lo había llamado el inspector Dixon, como si él fuese mi entrenador de rugby y yo fuese el *quarterback* con las expectativas de toda la ciudad sobre mis fornidos hombros, me dejaron ir al baño y ver a mis padres. Estaban sentados en un banco, fuera de la sala de interrogatorios. Mi padre tenía la cabeza entre las manos, como si no pudiese creer que aquello fuese su vida. Como si quisiera dormirse y despertar en cualquier otro sitio. Mi madre tenía las piernas cruzadas, con uno de los talones enfundados en las medias fuera del provocativo zapato de tacón. Le había dicho que no se pusiera esos tacones para venir a comisaría, pero se había empeñado en hacerlo. Había intentado también que me maquillara («¿no quieres ponerte un poco de rímel antes de irnos?»). Yo había apagado la luz de la cocina y me había ido a esperar al coche, dejándola sola parpadeando en la oscuridad.

Mi padre se levantó y le estrechó la mano a Dan.

Yo le dije a mi madre:

—¿Sabes que creen que estoy implicada en esto?

—En absoluto creen eso, TifAni —dijo ella con voz estridente y nada convincente—. Solo quieren curarse en salud.

—Dan dice que mis huellas están en el arma.

—Que podrían estar. Podrían.

Los hombros de Dan saltaron imperceptiblemente cuando mi madre chilló:

—¡¿Cómo?!

—¡Dina! —ladró mi padre—. Baja la voz.

Mi madre señaló a mi padre. Su uña acrílica temblaba de rabia.

—No se te ocurra decirme lo que tengo que hacer, Bobby. —Retiró la mano, la cerró en un puño y hundió los dientes en los nudillos—. Esto es todo por tu culpa —gimoteó, achicando los ojos mientras las lágrimas serpenteaban a través de la gruesa capa de maquillaje que llevaba—. ¡Te lo dije! TifAni necesitaba toda esa ropa. Para que no la diesen de lado, y mira, ¡eso es exactamente lo que ha pasado!

—¿Que esto es culpa mía porque no te di dinero para ropa?

La boca de mi padre estaba abierta de par en par y se le veían las muelas negras. Papá odiaba ir al dentista.

—¡Por favor! —susurró Dan—. Este no es lugar para montar una escena.

—Eres increíble —musitó mi padre. Mi madre simplemente se sacudió el pelo rígido por la laca y recobró la compostura.

—No sé si tienen sus huellas —dijo Dan—. Pero TifAni me ha contado que Arthur le enseñó una de las armas que creemos —levantó las manos como un agente de tráfico indicando a los ocupantes del carril derecho que se detengan— que fue utilizada en el crimen. Y que le dejó tocarla.

La forma en la que me miró mi madre me hizo pensar que a veces no te queda más remedio que sentir lástima por tus padres. Porque piensan que te conocen. Porque puede parecer que los hijos se burlan de ellos cuando descubren que no es así. Antes de contarle a Dan lo de aquella noche en casa de Dean, le había preguntado si se lo iba a contar a mis padres.

—Si no quieres, no —dijo Dan—. Esto es secreto profesional. Pero TifAni, por el camino que lleva esto, saldrá a la luz. Y es mejor que lo sepan por ti antes.

Sacudí la cabeza.

—No puedo contarles esto.

—Si quieres puedo hacerlo yo —dijo Dan.

Las pisadas en el suelo de linóleo moteado anunciaron la llegada del inspector Dixon, y todos esperamos a que hablara.

—¿Qué tal? —Se miró la muñeca, aunque no llevaba reloj—. Vamos a seguir con esto, ¿os parece?

No sabía qué hora era, pero cuando me senté junto a Dan, con el inspector Dixon sentado en una silla frente a nosotros y el inspector Vencino en otra, apoyado contra la pared en un rincón, mi estómago rugió de impaciencia.

La mesa, sucia como las gafas de Arthur, estaba vacía excepto por un vaso de agua (mío) y una grabadora en el centro. El inspector Dixon apretó un botón y dijo:

—14 de noviembre de 2001.

—Hoy es 15 de noviembre. —El inspector Vencino dio un golpecito a la esfera del reloj que él sí llevaba—. Son las doce y seis.

El inspector Dixon corrigió su error y siguió hablando.

—Presentes el inspector Dixon, el inspector Vencino, TifAni FaNelli y su abogado, Daniel Rosenberg. —Averiguar el nombre completo de Dan me dio mucha más confianza en él.

Pasadas las formalidades, conté la historia de nuevo. Hasta el último y vulgar detalle. Es un infierno bastante particular lo de confesar tus secretos sexuales más humillantes en un cuarto lleno de hombres peludos de mediana edad.

Al contrario que Dan, el inspector Dixon y el inspector Vencino no me interrumpieron con preguntas. Lo cual me llevó a pensar que no pasaba nada por omitir ciertas partes, pero, cuando lo intenté, Dan me recondujo.

—Y esa noche te encontraste con el señor Larson en la tienda 24 horas, ¿te acuerdas?

Cuando hube terminado, el inspector Dixon se estiró

en su silla con un bostezo. Se quedó así un buen rato, con las piernas separadas y los brazos detrás de la cabeza, mirándome fijamente.

—Entonces —dijo por fin—, ¿Dean, Liam y Peyton te agredieron aquella noche en casa de Dean? ¿Y Dean volvió a hacerlo otra noche en casa de Olivia?

Miré a Dan, que asintió con la cabeza, antes de responder.

—Sí —dije.

—Mira, TifAni, no te sigo. —Por cómo estaba apoyado en la pared, el pecho del inspector Vencino se juntaba con su barriga. No había una sola parte de su cuerpo que no estuviera cubierta de vello negro e hirsuto—. Creo que lo que no entiendo es esto: si Dean te agredió —se rio de forma grosera—, ¿por qué ibas a querer salvarlo de Arthur?

—Estaba intentando salvarme yo.

—Pero Arthur era tu amigo —dijo el inspector Vencino en tono condescendiente, como si se me hubiera olvidado—. No iba a hacerte ningún daño.

—Era mi amigo. —Miré fijamente a la mesa hasta verla borrosa—. Pero me daba miedo. Estaba enfadado conmigo. Le había quitado la foto de su padre... No pueden entender lo enfadado que estaba por eso. Ya se lo he dicho. Me persiguió cuando hui de su casa.

—Vamos a retroceder un poco. —El inspector Dixon le lanzó al inspector Vencino una mirada de advertencia por encima del hombro—. Dime qué sabías de la relación entre Dean y Arthur.

Pensé en el anuario de la habitación de Arthur. Sus caras sonrientes y sinceras, totalmente inconscientes de cómo acabaría todo aquello.

—Eran amigos en Primaria —dije—. Arthur me lo contó.

—¿Y cuándo dejaron de ser amigos? —preguntó Dixon.

—Arthur me dijo que fue cuando Dean se hizo popular. —Me encogí de hombros. Lo típico.

—¿Te dijo alguna vez Arthur que quería hacerle daño a Dean?

—No —dije—. No creo.

Vencino saltó de la silla.

—¿Qué significa «no creo», TifAni?

—Que no. Nunca dijo algo así.

—¿Nunca? —insistió Dixon, sin ser brusco—. Piénsalo bien.

—A ver, siempre estábamos metiéndonos con él. Pero no, Arthur nunca dijo «Voy a ir al instituto con la escopeta de mi padre y voy a dispararle a Dean en los huevos».

La palabra «huevos» me hizo reír. Hipé y sucumbí a un ataque de risa silenciosa y dolorosa, de esos que se extienden como un fuego incontrolado en un funeral, cuando alguien rompe el silencio solemne con un eructo.

—Mi clienta está exhausta —dijo Dan—. Quizá sea mejor que dejen que se marche a casa y descanse. Tiene catorce años, no lo olviden.

—La misma edad que tenía Olivia Kaplan —dijo el inspector Vencino.

El nombre de Olivia me hizo erguirme en la silla. Me froté los brazos. Tenía la piel de gallina.

—¿Cómo está Hilary?

—Le han amputado un pie —dijo Vencino, y no añadió más.

Bebí un trago tembloroso de agua. Cada vez hacía más frío. Mi boca se contrajo en un rictus al tragar, cuando el líquido se deslizó por mis pulmones.

—¿Se pondrá bien? ¿Volverá a Bradley? —Miré a Dixon para hacer la pregunta que llevaba rumiando desde que salí del hospital. Quizá él tuviera la respuesta—. Bradley, o sea, el colegio no va a cerrar, ¿verdad?

—¿Tú quieres que cierre? —replicó Vencino detrás de Dixon.

No sabía cómo hacerle entender al inspector Vencino que aquello era lo último que quería. No podía volver a mi vida a escasos kilómetros de Main Line. Aquellos kiló-

metros marcaban la diferencia entre Yale y West Chester
University, entre mudarse a Nueva York de mayor y comprar un terreno para construir tu propio chalé, con la
mano en la barriga, hinchada como una paloma gorda,
mientras el bebé daba patadas. Puse las manos encima de
la mesa con las palmas hacia arriba.

—Solo quiero que todo vuelva a la normalidad.

—Ah —dijo Vencino, levantando el dedo índice como
si de repente lo entendiera todo—. Bueno, pues todo
puede volver a la normalidad. Ahora que te has librado de
todos los que te incomodaban, ¿no? —Una sonrisa de cia-
nuro se extendió por su cara mientras hacía un florido
ademán sarcástico, como si fuera Vanna White presentan-
do el nuevo y flamante Toyota Camry que solo el ganador
se llevaría a casa—. ¡Abran paso, amigos! ¡Aquí la tienen! La chica que lo tenía todo.

Dan le dirigió a Vencino una mirada fulminante.

—Creo que esto está fuera de lugar, inspector.

El inspector Vencino cruzó los brazos sobre el pecho.

—Lo siento —espetó—, tengo otras cosas más importantes por las que preocuparme que por los sentimientos
de TifAni FaNelli.

Dan bufó y se giró hacia el inspector Dixon.

—¿Tienen todo lo que necesitan? —Me dio una palmada en la espalda—. Porque creo que mi clienta necesita irse a casa y descansar.

Descansar. Eso ya nunca sería tan fácil, ni siquiera
cuando parecía que debía ser fácil. Nunca más.

En el vestíbulo, Dan pidió hablar un momento a solas
conmigo. Me dijo que iría a mi casa por la mañana, para
tener aquella «conversación» con mis padres que yo no
podía tener. El día siguiente era viernes. Yo habría preferido que esperase hasta el lunes, para no tener que pasar
el fin de semana entero encerrada con mis padres, que
estarían enfadados conmigo. Pero Dan dijo que si esperá-
bamos al lunes cabía la posibilidad de que la historia se

filtrara, y que no querría que mis padres se enterasen por *The Philadelphia Inquirer*, ¿verdad?

—Será mejor que no retrasemos lo inevitable.

Dan me puso la mano en el hombro y yo miré al suelo. La piel de sus zapatos era tan falsa que parecían de goma.

—Has estado muy bien ahí dentro —dijo Dan—. Vencino es un macarra. Está intentando tocarte la moral. Pero no le has dado cancha. Eso ha estado bien.

—Pero creen que planeé todo esto con Arthur —dije—. ¿Cómo pueden pensar algo así?

—No piensan eso —dijo Dan—. Como te ha dicho tu madre, solo están curándose en salud.

—¿Tendré que volver aquí?

—Es posible.

Dan esbozó una sonrisa alentadora, de esas que la gente esboza cuando no quieres oír la verdad y tienes que ser valiente.

Mi madre me obligó a tomarme una de las pastillas de Anita para dormir. Yo quería guardarla para más tarde, cuando mis padres se hubiesen ido a la cama y pudiese hacer *zapping* y ver todos los canales de noticias, con el televisor en silencio, y leer los titulares, pero mi madre insistió en que me la tomara delante de ella. Como si fuesen vitaminas en lugar de unos somníferos que luego resultaron ser tan adictivos como la heroína.

Quince minutos después, me dormí y tuve un sueño muy extraño, de esos tras los que te despiertas de golpe y piensas «Qué raro ha sido eso». Tenía algo que parecía una frambuesa, muy hermosa, grande y madura, que me salía de la coronilla. Intentaba tapármela con el pelo, pero cada vez que pasaba por delante de un espejo, veía su silueta redonda y enorme. Pronto me salieron más: una en el nacimiento del pelo, otra junto a la oreja. «Tendrán que quitármelas y seguro que duele», pensé. Ese es el típico momento en el que piensas de forma racional y te despiertas, pero la pastilla de Anita mitigó el instinto, así que tuve un espasmo y volví a caer en un agujero extravagante y terrorífico.

Estaba en medio de una multitud. Eran mis compañeros de clase, eso lo sabía, pero no reconocía a ninguno. Estábamos de pie en un muelle, y todo era de colores ocres y amarillos, en tonos sepia, como sacados de una ilustración de Nueva York de principios del siglo XX. Empezó como un susurro: «Arthur está vivo», hasta convertirse en un murmullo de excitación que se cernía sobre mí.

—¿Arthur está vivo? —pregunté, a nadie en particular.

Hubo un movimiento entre el gentío, todos intentábamos encontrar a Arthur. Yo intenté abrirme paso para salir, pero ya formaba parte de aquella formidable unidad. Sabía que si conseguía liberarme lo encontraría. Así no íbamos a encontrarlo.

Inmediatamente después estaba fuera de la multitud, y Arthur estaba enfrente de mí, riéndose. Era una risa dulce, como si estuviera viendo *Friends* y le hubiese hecho muchísima gracia algo que había dicho Chandler. Chandler siempre había sido su preferido.

—¿Estás vivo? —dije, y Arthur siguió riéndose.

—¡Eh! —Le golpeé el pecho con los puños—. ¿Estás vivo? ¿Por qué no me has dicho nada? —Lo golpeé más fuerte, cualquier cosa con tal de que se interrumpiese aquella risa delirante. No me hacía gracia—. ¿Cómo no me lo has dicho?

—No te enfades. —Arthur me sostuvo los puños, sonriéndome—. Estoy aquí. No te enfades.

Me desperté con un mal sentimiento. Después vino la desorientación. Acababa de despertarme, ¿cómo iba a haber ocurrido algo malo? Por un segundo me invadió el aturdimiento, como cuando te despiertas un sábado por la mañana y crees que tienes que prepararte para ir a clase, y de repente te das cuenta de que, «ahhh», es fin de semana. Los fines de semana perdían la magia durante un rato. Como pasaba con todo.

La comida crepitaba en la cocina y el reloj de la televisión marcaba las 12:49. Dan había dicho que se pasaría por la mañana. ¿Habría venido? ¿Les habría contado a mis padres todos los detalles escabrosos mientras yo sudaba y me retorcía unos metros más allá?

La manta se me había enrollado alrededor del torso, dejando las piernas y los pies al aire. Me di la vuelta hacia un lado, y el olor caliente y almidonado de un cuerpo sudoroso e inmóvil inundó el aire.

—¿Mamá? —la llamé, ansiosa por oír su respuesta. En función del tono de su voz sabría lo enfadada que estaba.

Oí el ruido de los pies descalzos de mi madre sobre el suelo de la cocina, que desapareció cuando pisó la moqueta del salón.

—¡Estás despierta! —Se puso a dar palmas—. La pastilla te dejó roque, ¿eh?

Era imposible que se lo hubiese contado.

—¿Ha venido Dan?

—Ha llamado, pero le he dicho que sería mejor que viniera por la tarde, como estabas dormida...

Tragué saliva y la lengua se me pegó al paladar durante un momento demasiado largo. Tragué otra vez, presa del pánico, intentando despegarla.

—¿Dónde está papá?

—Ay, cariño —dijo mi madre—. Se ha ido a trabajar. Tiene mucho lío. Quizá incluso tenga que trabajar el fin de semana.

—¿En serio? —Nunca había visto a mi padre trabajar el fin de semana. Nunca.

Mi madre malinterpretó mi alivio como un anhelo.

—Seguro que vuelve pronto a casa.

—¿A qué hora viene Dan?

—Pronto —dijo mi madre—. ¿No quieres darte una ducha? —Se tapó la nariz y agitó las manos adelante y atrás, de broma—. Hueles un poco a podrido.

«Ahora mismo podría oler como Olivia —estuve a punto de decir—. A descomposición.» Me faltó el canto de un duro.

Υ

Nunca he conseguido ducharme rápido. «¿Qué haces ahí dentro?», me preguntaba siempre mi padre aporreando la puerta por las mañanas antes de ir al colegio. No sé qué «hago» ahí... Lo mismo que todo el mundo, supongo, solo que tardo más.

Me había duchado dos veces desde el martes, y ni sumadas llegaban a lo que solía tardar. Oía ruidos todo el rato y descorría la cortina esperando ver al fantasma de Arthur, una ráfaga de aire corpulenta e iracunda.

Cerré el grifo antes incluso de enjuagarme el jabón de la espalda.

—¿Mamá? —la llamé a voces. Cuando me asustaba, a veces el mejor remedio era oír el grito molesto de mi madre: «No chilles, TifAni».

Llamé a mi madre de nuevo, aquella vez gritando de verdad. Nada. Me envolví en una toalla y crucé el suelo del baño goteando, abrí la puerta y grité:

—¡Mamáaaaaaa!

—¡Santo cielo, estoy al teléfono! —Su tono de voz me lo dijo todo.

Me arrastré hasta mi habitación. La moqueta se teñía de un tono más oscuro con cada paso empapado. Levanté el auricular del teléfono y me lo pegué a la oreja. Había suplicado que me dejaran tener mi propio teléfono. Cuando lo conseguí, había pegado un montón de pegatinas rosa con brillantina en el auricular, como Rayanne en *Es mi vida*.

Pillé a Dan en mitad de una frase.

—... indicio de que estuviera teniendo problemas en el colegio?

—No. —Mi madre se sorbió la nariz—. Se fue a dormir a casa de Olivia no hace mucho.

—Creo que esa fue la noche que Dean la atacó —dijo Dan—. Durmió en casa de Andrew Larson.

—¿Su entrenador de campo a través? —aulló mi madre. Dan y yo la oímos sonarse la nariz—. Yo ya no sé quién es esta niña. —Agarré la toalla con más fuerza. «Esta niña.»—. ¿Cómo pudo hacer algo así?

—Los adolescentes no siempre toman las decisiones más sabias, Dina. No seas demasiado dura con ella.

—Por favor —le cortó mi madre—. Yo también fui al instituto. Si tienes un cuerpo como el de TifAni, no vas a una fiesta en la que solo hay chicos, te pasas con la bebida y no sabes exactamente qué estás haciendo allí. Creía que TifAni era más lista. Sabe de sobra cuáles son los valores de esta familia.

—Aun así —replicó Dan—. Los niños cometen errores. TifAni ha tenido que pagar por los suyos de la peor forma posible.

—¿Entonces la policía sabe todo esto?

Mi madre estaba superada, y sin duda, por ridículo que parezca, estaba pensando lo humillante que era aquello para una familia como la nuestra, con todos nuestros valores.

—TifAni se lo contó ayer.

—¿Y qué dicen? ¿Que TifAni planeó todo esto, toda esta masacre con los demás marginados del colegio para vengarse? —Mi madre soltó un «¡Ja!». Como si aquello fuera lo más ridículo del mundo.

—Creo que esa es una posibilidad —dijo Dan, y pude imaginarme el impacto que aquello tuvo en el rostro de mi madre. Que Dan no lo encontrara ridículo en absoluto—. El problema es que no tienen ni una sola prueba que apoye esa teoría.

—¿Y el arma? La que TifAni tocó.

—No he oído nada de eso —dijo Dan—. Esperemos que eso no salga a la luz.

—Pero ¿y si lo hace?

—Aunque eso pase, no sería evidencia suficiente para acusar a TifAni de un crimen. Si Arthur enseñaba la escopeta a todo el mundo, es posible que haya huellas de otros chicos en ella, y estoy seguro que eso nos daría vía libre para defender la versión de TifAni.

Mi madre exhaló con fuerza en el teléfono.

—Bueno, te agradezco mucho que me hayas llamado —dijo—. Esperemos que todas estas ridículas especulaciones se acaben pronto.

—Seguro que sí —dijo Dan—. Solo están cerciorándose de que van en la buena dirección.

Mi madre le dio las gracias de nuevo a Dan y se despidió. No colgué hasta que no estuve segura de que era la única en línea, y el teléfono hizo un chasquido húmedo cuando me lo quité de la oreja. Lo sequé con la toalla antes de colgarlo con un cuidadoso clic.

—¡TifAniiiiii! —La voz de mi madre se fue apagando a medida que mi nombre inundaba la casa. No respondí, solo dejé que las gotas cayeran a mi alrededor en la moqueta de mi cuarto (turquesa; mi madre me había dejado elegir el color). Iba a salirle moho (siempre me reñía si dejaba toallas húmedas en el suelo) y sería solo un motivo más para que me odiara.

Mi madre me dijo que no era la hija que ella había criado. Lloré, pero la línea prieta de sus labios no se inmutó. A continuación, nos instalamos en un silencio rabioso. Todavía no se sabía cuándo iban a reanudarse las clases, y yo me pasaba el día en el sofá viendo la tele, y solo me levantaba para comer, ducharme o ir al baño. Ser destinataria de aquel tratamiento silencioso significaba que nadie me decía que quitara las noticias.

Siete días después del tiroteo, Bradley dejó de aparecer en la cabecera de los telediarios y, cuando lo mencionaban, no comunicaban ningún avance, solo ponían entrevistas lacrimógenas con padres y compañeros de clase que habían estado cerca de la explosión en la cafetería, pero no tan cerca como para no estar vivos delante de la cámara, haciendo gestos exagerados con sus extremidades intactas. De vez en cuando un reportero decía que la policía estaba investigando la posibilidad de que hubiera más gente implicada, pero no daban nombres ni más detalles.

Así que el lunes por la tarde, cuando el inspector llamó para decirle a mi madre que teníamos que ir a comisaría de inmediato, acompañadas de nuestro abogado, me enfadé con la presentadora Katie Couric por no haberme preparado para el rumbo que iban a tomar las cosas de allí en adelante.

Dan se reunió con nosotros en la comisaría, vestido con el mismo traje holgado. Si mi madre y yo nos hubiésemos hablado, le habría preguntado por qué Dan llevaba trajes tan cutres si era abogado y seguro que ganaba un montón de dinero. Lo poco que yo sabía de abogados era por la película *Hook*, en la que Robin Williams era un letrado que trabajaba muchísimo y ganaba más, y no tenía tiempo para sus hijos.

Mi padre estaba aún de camino a la comisaría cuando el inspector Dixon y el inspector Vencino nos escoltaron a Dan y a mí a la sala de interrogatorios. Esta vez, Vencino llevaba una carpeta gruesa llena de papeles y una sonrisa taimada y la suficiencia en la cara.

—TifAni —dijo el inspector Dixon, mientras nos sentábamos frente a frente—. ¿Cómo te encuentras?

—Bien, supongo.

—Bueno, eso está bien —dijo Vencino. Todos lo ignoramos.

—Entendemos que has estado bajo mucha presión los últimos días —dijo Dixon. Todo en él era amigable: su tono de voz, su lenguaje corporal, sus extrañas cejas—. Y nos gustaría darte la oportunidad de proporcionarnos cualquier dato importante que quizá, y solo quizá, pudieras haber olvidado la última vez que hablamos.

Miré a Dan. La habitación miserablemente iluminada destacaba lo vulnerables que éramos. Lo que quiera que hubiese en aquella carpeta de cartulina marrón coincidía con el plan secreto de Vencino.

—No se anden con evasivas, inspectores —dijo Dan—. TifAni ha sido honesta con ustedes. Creo que le deben la misma cortesía.

Yo mantenía la vista fija en mis rodillas con el ceño fruncido, rebuscando en mi mente, sin saber si aquello era o no cierto.

Dixon sacó el labio inferior y asintió, como si aquello

fuera una posibilidad pero primero tuviéramos que convencerlo.

—Dejemos que sea TifAni quien conteste —dijo, y los tres me miraron expectantes.

—No sé —dije—. Les he contado todo lo que creía que era importante.

—¿Estás segura? —preguntó Vencino. Agitó la carpeta de cartulina hacia mí como si yo tuviese que saber lo que había dentro.

—Sí. De verdad que si he olvidado algo no ha sido de forma consciente.

Dan me apretó la mano para animarme.

—¿Por qué no nos dicen qué estamos haciendo aquí?

Vencino dejó la carpeta sobre la mesa de un golpetazo, con tanta fuerza que se abrió y desveló una pila de folios de colores que me hizo acordarme de golpe. Intencionadamente despacio, Dixon dispuso las copias de las páginas del anuario de Bradley en la mesa para que Dan y yo pudiéramos verlas.

Vencino señaló cada una de las fotografías con su uña amarilla y desigual y leyó las cosas que Arthur y yo habíamos escrito encima. «Córtame la polla.» «Estrangúlame con ella.» «DEP HO.» Esa última la había escrito yo. El señor Larson nos había mandado escribir un haiku de Halloween en una hoja con un dibujo de una tumba, bajo la inscripción «DEP Granjero Ted». En el momento, me había parecido una tarea pueril, pero se me había quedado grabada. Más tarde, lo había garabateado sobre la foto de Olivia, y Arthur había soltado una risotada pérfida al leerlo.

—Esta es tu letra, ¿no? —preguntó Dixon.

Dan me miró con rapidez.

—No contestes, TifAni.

—En realidad no hace falta —dijo Vencino, e hizo un gesto a Dixon. Otro fichero acababa de materializarse en sus manos.

Notas. Las notas que Arthur y yo nos pasábamos todo el rato, incluso cuando no estábamos en clase y podíamos habernos dicho lo que fuera en voz alta. En algunas solo ponía tonterías… Que el director Mah era un borrego, que Elisa White era cada día más zorra. Mis huellas eran patentes en el color de la tinta, del mismo tono verde trébol que la de las páginas del anuario, en un intento, ahora ridículo, de proclamar mi lealtad a Bradley. Aunque no era solo la tinta verde lo que me delataba. Había ido a un colegio católico con monjas que no sabían cómo explicar las alusiones sexuales en la literatura, cosa que compensaban año tras año con clases de gramática y caligrafía. Mi letra perfecta se extendía en líneas curvas y rectas por las páginas del anuario, y mi ADN estaba patente en cada uno de los gráciles trazos.

¿Has visto el pelo de Hilary hoy?

Es asqueroso. Dúchate, bonita de cara. El coño debe de olerle a rayos. Si es que tiene. En Primaria se rumoreaba que era un chico. O por lo menos hermafrodita. No puedo creer que Dean se la follara.

¿Dean y Hilary? ¿Cuándo? Estoy segura de que es virgen.

Venga ya. Si lo sabe todo el mundo. Dean la metería en cualquier parte (no te lo tomes a mal). Es el típico que se casará con una ex Miss América pero se follará a las camareras gordas del T.G.I. Friday's a la primera de cambio. El mundo sería mucho mejor sin él. Levanta la mano y pide permiso para ir al baño si estás de acuerdo.

No te vas a creer lo que ha pasado en el baño.

Cuéntamelo rápido, solo quedan tres minutos para que suene el timbre.

Paige Patrick se estaba haciendo una prueba de embarazo.

Y otra nota. De un día distinto. Esta llevaba la fecha

arriba, porque la empecé yo y me habían enseñado a poner la fecha en la esquina superior derecha de todo, incluso una estúpida nota garabateada a todo correr.

29 de octubre de 2001

Hoy he chocado con Dean en el pasillo y me ha llamado foca. Estoy pensando seriamente en cambiarme de colegio.

(¡No era verdad! Solo lo decía para que Arthur me recordara todos los motivos por los que Bradley era mejor que el Madre Teresa, cosa que hacía con gusto: «Oh, ¿echas de menos el campamento de fútbol para futuras mamás?».)

Dices eso como mínimo una vez a la semana. No vas a cambiarte de colegio. Ambos lo sabemos. Los mataré a todos por ti. ¿Qué te parece?

Estupendo. ¿Y cómo vamos a hacerlo?

Tengo la escopeta de mi padre.

¿Y qué pasa si te pillan?

No lo harán. Soy muy listo.

No sabía cómo explicárselo a los inspectores. Así era como hablábamos. Éramos jóvenes y crueles. Una vez un chico del equipo de fútbol se atragantó con un gajo de naranja en el autobús cuando iban a jugar un partido fuera y, en lugar de ayudarle o siquiera mostrar el mínimo signo de alarma, Dean, Peyton y los demás se rieron de cómo se ponía rojo y se le salían los ojos de la cara (al final, el segundo entrenador se dio cuenta de lo que pasaba y le hizo la maniobra de Heimlich). Las semanas que siguieron, los chicos nos contaron la historia una y otra vez, con la vena del cuello a punto de reventar de la risa, mientras el pobre muchacho que se había atragantado con la naranja mantenía la vista fija en la mesa del comedor, intentando no llorar.

—Estoy casi seguro de que cuando echemos un vistazo a tus cuadernos de clase, podremos comprobar que esta es tu letra y que escribes con bolígrafo verde.

El inspector Vencino se dio unas palmadas en la panza, satisfecho, como si acabase de comer.

—Para registrar las pertenencias de TifAni tendrían que conseguir una orden judicial. Y si la tuvieran, ya habrían hecho uso de ella. —Dan se reclinó en la silla y sonrió a Vencino con aire de suficiencia.

—Era una broma —dije, en voz baja.

—¡TifAni! —me advirtió Dan.

—En serio —dijo el inspector Dixon—. Es mejor que lo diga. Porque, mientras hablamos, están gestionando esa orden.

Dan pestañeó mientras intentaba decidirse. Al final asintió con la cabeza. Suspiró.

—Cuéntaselo.

—Era una broma —repetí—. Creía que estaba de broma.

—¿Y tú, lo estabas? —preguntó el inspector Vencino.

—Por supuesto que sí —dije—. Nunca se me habría ocurrido que pudiera pasar algo así. Ni en un millón de años.

—Sé que hace muchos años que fui al instituto —comenzó Vencino—, pero te apuesto a que no hacíamos bromas como esa, niña.

—¿Alguna vez hablasteis de este… plan… de viva voz? —me preguntó el inspector Dixon.

—No —dije—. Vamos, no lo creo.

—¿Cómo que «no lo creo»? —preguntó Vencino—. O lo hicisteis o no lo hicisteis.

—Es que no… no me fijé —protesté—. Sí, puede que bromeara sobre ello, y a lo mejor yo también, pero yo que sé, nunca tomé nota mental de ello ni nada que se le parezca porque no era algo que me tomara en serio.

—Pero sabías que tenía una de las armas utilizadas en el ataque —dijo Dixon, y yo asentí—. ¿Cómo lo sabías?

Miré a Dan, y él me dio luz verde.

—Me la enseñó.

Dixon y Vencino se miraron, tan atónitos que por un segundo ninguno de los dos pareció enfadado conmigo.

—¿Cuándo? —preguntó Dixon, y le conté lo de aquella tarde en el sótano de Arthur. La cabeza de ciervo. El anuario. Que me había apuntado con la escopeta y me había caído sobre la muñeca magullada.

El inspector Vencino agitaba la cabeza en el rincón, y las sombras oscurecían su rostro como un cardenal.

—Maldita mocosa.

—¿Y Arthur bromeó —Dixon entrecomilló la palabra con los dedos— sobre hacerle daño a alguien más?

—No. Creía que quería hacerme daño a mí.

—Vaya —Vencino se dio unos golpecitos en la barbilla con su uña mugrienta—, es curioso, porque Dean dice justo lo contrario.

Abrí la boca para hablar, pero Dan se me adelantó.

—¿Y qué dice Dean?

—Que Arthur le dio la escopeta a TifAni. Que aquella era su oportunidad para reventarle (perdonad mi vocabulario, pero esta es la clase de chavales con los que estamos tratando) la polla de marica. —Vencino se arañó la piel debajo del ojo e hizo una mueca—. Dice que TifAni intentó coger el arma.

—¡Y yo nunca he dicho lo contrario! —exploté—. Iba a usarla para dispararle a él, no a Dean.

—¡TifAni! —exclamó Dan al mismo tiempo que Dixon daba un puñetazo sobre la mesa, haciendo que algunas fotocopias de las páginas del anuario volaran por los aires, donde planearon un instante, inmóviles como una fotografía, antes de deslizarse adelante y atrás por el espacio, sin llegar a tocar el suelo hasta después de que Dixon gritara:

—¡Mientes! —Tenía la cara tan roja que parecía que iba a darle un infarto, como solo les pasa a los rubios naturales—. Llevas mintiéndonos desde el principio.

—Él también había mentido, engañándome con su careta amigable.

Al final, asumí que nadie dice nunca la verdad, y entonces fue cuando empecé a mentir yo también.

Me enteré por las noticias de que el funeral de Liam sería el primero, diez días después de los hechos. Unas horas más tarde, recibimos un correo electrónico dirigido a la «familia Bradley». Así es como empezaron a llamarnos después de aquello. La familia Bradley. E incluso yo, la oveja negra, recibí aquel mensaje.

Mi madre también lo recibió, y me preguntó si hacía falta que fuésemos a comprarme un vestido negro. Me reí para hacerle ver que estaba loca.

—Yo no voy a ir a eso.

—Oh, sí, claro que vas a ir. —Cerró los labios en una línea tan fina como una brizna de hierba.

—No voy a ir —repetí, con más agresividad esta vez. Estaba sentada en el sofá, con los pies enfundados en los calcetines, llenos de pelo y pelusas, sobre la mesa. Habían pasado tres días desde el interrogatorio y no me había duchado ni me había cambiado de bragas. La puta olía a lo que le salía de la gruta.

—¡TifAni! —gritó mi madre. Respiró profundamente y se llevó las manos a la cara, antes de hablar en un tono razonable—. Estos no son los modales que te hemos enseñado. Irás porque es lo correcto.

—No voy a ir al funeral del tío que me violó.

Mi madre ahogó un grito.

—No hables así.

—¿Así cómo? —me reí.

—Está muerto, TifAni. Murió de una forma horrible y, aunque hubiese cometido algunos errores, era solo un niño. —Mi madre se tapó la nariz y sorbió los mocos—. No se merecía eso. —Terminó la frase con voz chillona y llorosa.

—Ni siquiera lo conocías.

Apunté a la televisión con el mando y la apagué, que era mi única forma de dejar claro lo que pensaba. Aparté de una patada la manta que me cubría las piernas llenas de pelos y lancé una mirada furibunda a mi madre al pasar junto a ella de camino a las escaleras, a mi habitación, en la que no había puesto un pie en los últimos dos días.

—¡Irás o no te pagaré la matrícula para que vuelvas a Bradley! —gritó mi madre detrás de mí.

La mañana del funeral de Liam sonó el teléfono. Descolgué yo.

—¿Quién es?

—¡TifAni! —Alguien dijo mi nombre con sorpresa.

Enrosqué el dedo en el cable.

—¿Señor Larson?

—He estado intentando llamarte —dijo a toda prisa—. ¿Cómo estás? ¿Estás bien?

Sonó un clic en la línea y se oyó a mi madre:

—¿Dígame?

—Mamá —la corté—. Es para mí.

Los tres nos quedamos en silencio un momento.

—¿Quién es? —preguntó mi madre.

Se oyó el sonido inconfundible de un hombre aclarándose la garganta.

—Soy Andrew Larson, señora FaNelli.

—TifAni —siseó mi madre—. Cuelga el teléfono.

Anclé el dedo en el cable con más fuerza aún.

—¿Por qué?

—He dicho que cuelgues el…

—Está bien —dijo el señor Larson—. Solo llamaba para saber si TifAni estaba bien. Adiós, TifAni.

—¡Señor Larson! —chillé, pero ya solo estaba mi madre gritándole a la señal.

—¡Le dije que no volviera llamar! ¡Solo tiene catorce años!

Entonces me puse a gritarle yo a ella:

—¡No pasó nada! ¡Ya te he dicho que no pasó nada!

Y

¿Sabéis qué es lo peor? Que aunque me aterrorizaba el funeral de Liam, y aunque estaba enfadada con mi madre por obligarme a ir, quería ponerme guapa.

Tardé una hora en prepararme. Me ricé las pestañas durante cuarenta segundos cada una, para que se quedasen bien levantadas como si estuviera sorprendida. Mi padre tenía que trabajar (a veces creo que se iba a sentarse en la oficina vacía, mirando al ordenador apagado con el ceño fruncido), así que fuimos solas mamá y yo, sin hablarnos, en su BMW de color cereza, en el que solo funcionaba la calefacción cuando pisaba el acelerador, así que tiritábamos al unísono cada vez que nos parábamos en un semáforo en rojo.

—Quiero que sepas —dijo mi madre, mientras levantaba el pie del freno con un soplo de aire deliciosamente caliente— que no justifico lo que hizo Liam. Por supuesto que no. Pero tienes que asumir tu parte de responsabilidad.

—Basta —imploré.

—Solo te lo digo. Cuando bebes, te expones a situaciones que...

—¡Ya lo sé! —Nos incorporamos a la autovía, y el coche se quedó en silencio y caldeado.

La iglesia a la que iba cuando estaba en el Madre Teresa era bonita, si te gustan las iglesias. Pero el «servicio» por Liam (no los quisieron llamar funerales, sino servicios) no era en una iglesia. Liam era cuáquero, así que íbamos a un templo.

Mi confusión era tal que hizo que se me olvidara el enfado con mi madre, lo suficiente para musitar:

—Yo creía que los cuáqueros vivían en comunidades aisladas y no creían en la medicina moderna y cosas así.

Mi madre sonrió, a pesar de todo.

—Esos son los amish.

El templo cuáquero era un edificio de madera de una sola planta, blanca, anidada entre las ramas de los robles que se agitaban alrededor, con sus hojas rojas y naranjas que salían de la corteza. Aunque llegábamos con cuarenta y cinco minutos de antelación, había una larga hilera de sedanes negros esperando en el césped embarrado, y mi madre se vio obligada a aparcar en lo alto de la colina. Intentó sujetarme el brazo mientras bajábamos, pero me aparté y avancé delante de ella; los tacones la obligaban a llevar un ritmo inestable y satisfactorio para mí.

Pero a medida que nos acercamos a la entrada, vi la multitud de gente, las cámaras de televisión y a mis compañeros, abrazándose unos a otros en grupos pequeños. Aquello fue suficiente para hacerme perder el arrojo y ralentizar el paso para que mamá pudiera alcanzarme.

—Qué escena —resopló mi madre. Al ver a todas aquellas mujeres vestidas con trajes pantalón negros y collares de perlas, mamá agarró el enorme colgante en forma de cruz, cohibida. Los diamantes falsos lucían apagados a pesar del sol deslumbrante de última hora de la mañana.

—Vamos —dijo mi madre, avanzando. Se le hundió un tacón en la hierba y se vio obligada a retroceder de un tirón. Un mechón de pelo rubio platino se le pegó al brillo rosa de labios, y se lo apartó—. Maldición —musitó, mientras intentaba sacar el tacón del barro.

Cuando nos acercamos a la muchedumbre, algunos de mis compañeros se quedaron quietos, mirándome con ojos húmedos y abiertos como platos. Algunos incluso se apartaron, y lo que más me asqueó fue que no lo hicieron con maldad. Estaban nerviosos.

El templo no estaba lleno ni hasta la mitad. Más tarde estaría lleno pero, por el momento, el espectáculo estaba fuera, delante de las cámaras. Mi madre y yo nos apresuramos a entrar y encontramos un sitio detrás de todo. Mi madre se inclinó en busca del reclinatorio en el banco de delante. Como no lo encontró, se deslizó hacia delante en el sitio, hizo la señal de la cruz y juntó las palmas de las manos. Cerró los ojos y sus pestañas de plástico crujieron sobre sus mejillas.

Una familia de cuatro miembros —la hija, Riley, era

alumna de Bradley— entró en el banco por la izquierda, y tuve que darle un codazo a mi madre para que abriera los ojos. Estaba bloqueándoles el paso.

—¡Oh! —Mi madre se echó hacia atrás en el banco y movió las rodillas a un lado para que la familia pudiera entrar.

Se sentaron. Riley se puso a mi lado, y la saludé con una inclinación de cabeza. Era miembro del consejo escolar, y todos los lunes por la mañana, en la asamblea, nos informaba de cuánto dinero se había recaudado en el lavadero de coches durante el fin de semana. Su boca era la parte más grande de su cara y, cuando sonreía, se le retraían los ojos, como si tuvieran miedo de los labios.

Riley me contestó al gesto y las comisuras de su enorme boca se extendieron hacia los lados. Por el rabillo del ojo, vi cómo se inclinaba hacia su padre y le decía algo al oído. Hubo un efecto dominó: el padre se arrimó a la madre y la madre a la hermana pequeña, que gimoteó y preguntó «¿por qué?». La madre volvió a susurrarle algo, como advirtiéndola, sobornándola o comoquiera que funcionase la cosa en su familia, y la niña se puso de pie, con los ojos en blanco y las rodillas todavía un poco dobladas, y salió del banco, seguida por el resto de la familia.

Aquello se repitió varias veces. Mis compañeros, o bien reconocían a la Judas del último banco y no se molestaban en pararse siquiera, o se levantaban y se iban cuando se percataban de mi presencia. Los bancos se llenaban rápido y, como en un cine, las familias y las pandillas de amigos tenían que separarse para poder sentarse. Yo estudiaba a cada persona que entraba por si llegaban Hilary o Dean. Sabía que estaban en el hospital, y que estarían allí por mucho tiempo, pero aun así los buscaba.

—Te dije que no teníamos que haber venido —le susurré a mi madre, triunfante. Ella no sabía nada.

Mi madre no respondió y la miré. Dos círculos rosas habían aflorado en la superficie de sus mejillas.

Al final vinieron unos ancianos muy amables. Preguntaron si los asientos estaban ocupados.

—Son todos suyos —dijo mi madre amablemente, como si hubiese estado guardándoles el sitio.

En cuestión de minutos, los asistentes se vieron obligados a quedarse de pie fuera del templo y acercar la oreja a los conductos de ventilación para oír. Puedo asegurar que la mitad de los estudiantes que estaban en el funeral no habían intercambiado más de dos palabras con Liam desde que había entrado en Bradley en septiembre. Era raro, pero sentía una especie de nexo de unión especial con él. Sabía que lo que había hecho Liam estaba mal. Llegué a perdonarlo en cierto modo en mi primer año de universidad, en el seminario sobre el abuso sexual que teníamos que hacer todas las estudiantes recién llegadas.

Tras la presentación a cargo de una agente de la policía local, una chica levantó la mano.

—Entonces ¿si has bebido siempre es violación?

—Si eso fuera cierto a mí me habrían violado cientos de veces en mi vida —contestó la veterana que moderaba el coloquio, que sonrió orgullosa cuando la sala entera estalló en risas—. Solo es violación si estás demasiado borracha como para dar tu consentimiento.

—¿Pero y si digo que sí pero estoy casi inconsciente? —insistió la chica.

La veterana miró a la agente de policía. Ahí es cuando la cosa se pone complicada.

—Por norma general —dijo la agente—, y esto se lo decimos también a los chicos, uno sabe cuándo alguien no es consciente de lo que hace. Sabes cuándo alguien ha bebido demasiado. Eso debe guiar a la otra persona más que un sí o un no.

Rogué en silencio a la chica para que hiciera la siguiente pregunta.

—¿Y qué pasa si él está también casi inconsciente?

—No es fácil —admitió la agente. Nos dedicó una sonrisa alentadora—. Hacedlo lo mejor que podáis. —Ni que fuera el día que toca la prueba del kilómetro en el gimnasio.

A veces pienso en eso. Me pregunto si Liam era tan

malo. A lo mejor no sabía que lo que estaba haciendo estaba mal. Llega un punto en el que no puedes seguir enfadada con todo el mundo.

Yo nunca había ido a un servicio cuáquero, y mi madre tampoco, así que lo buscamos en Internet y nos enteramos de que no hay ningún tipo de rito formal. La gente se pone en pie y habla cuando cree que debe hacerlo.

Mucha gente se levantó para decir cosas bonitas de Liam. Sus padres, su hermano, con los mismos ojos azules y desconcertantes, se abrazaban en una esquina. Cada cierto tiempo, el doctor Ross emitía un aullido lento y grave que iba *in crescendo* y alcanzaba cada una de las paredes del templo, y salía por las tuberías y los conductos de ventilación; la gente de fuera tenía que apartarse porque el metal magnificaba el sonido como un micrófono. Mucho antes de que los Kardashian se hicieran famosos en televisión, yo ya sabía cómo era ver llorar a alguien a quien se le ha ido la mano con los inyectables. Resultó que el doctor Ross, el rico y solicitado cirujano plástico, no se diferenciaba tanto de las amas de casa artificiales que iban a verle, dispuestas a hacer cualquier cosa con tal de contrarrestar el daño infligido cuando intentaban cazar un marido.

Apenas podía contenerse cuando la gente se levantaba para decir lo único que era Liam, lo divertido, lo guapo y lo brillante. Brillante. Esa es la palabra que los padres utilizan siempre para describir a los niños que no sacan buenas notas, bien porque no estudian o porque no son precisamente brillantes. En aquel momento decidí que, pasara lo que pasase, no iba a andarme con tonterías y a esperar a ver de cuáles era yo. Iba a esforzarme. Lo que fuera con tal de salir de allí.

Después del servicio, salimos del templo. Había un montón de grupos de tres o cuatro chicas que lloraban; el sol brillaba despiadado en sus melenas rubias.

El cementerio estaba a la izquierda del templo y todos

estábamos invitados a asistir al enterramiento. Como mi madre y yo nos habíamos sentado tan cerca de la entrada, estábamos en el círculo interior, muy cerca de la tumba de Liam. Cuando todos se acercaron, noté a alguien junto a mi hombro. A continuación, sentí la mano pegajosa de la Tiburona en la mía y la estreché, agradecida.

El padre de Liam sostenía un recipiente plateado. Primero pensé que sería para poner unas flores, pero luego me di cuenta de que Liam estaba dentro del recipiente. No había ido a muchos funerales en mi vida, pero en los pocos en los que había estado habían enterrado el cadáver en un ataúd. Hacía tres semanas Liam había dicho que odiaba la cebolla en la hamburguesa. No lograba entender cómo una persona podía pasar de protestar por la cebolla a entrar en un incinerador y salir reducido a cenizas.

Vi al señor Larson en el otro lado del círculo. Miré a mi madre por el rabillo del ojo para asegurarme de que no estaba mirando y lo saludé disimuladamente. Él me saludó disimuladamente también. Había una mujer rubia junto a él que siempre recordaba guapa pero no le ponía cara. Ahora sé su nombre: Whitney.

Cuando hubo suficientes pares de zapatos negros en la hierba húmeda, el doctor Ross le dio la urna a la señora Ross. Cualquiera podría pensar que la mujer de un cirujano plástico tendría que ser espectacular, pero la señora Ross era la típica madre. Un poco rechoncha y con ropa holgada para disimularlo. ¿Qué habría hecho si hubiese sabido cómo se había comportado Liam aquella noche en casa de Dean o que me había llevado a planificación familiar a por la píldora del día después? No era demasiado difícil imaginársela suspirando y diciendo «Ay, Liam». Tan decepcionada con él como mi madre conmigo.

La señora Ross habló con voz clara.

—Puede que hoy pongamos fin al tiempo que Liam ha pasado con nosotros, pero no quiero que penséis en él en estos términos. —Sostuvo la urna cerca de su pecho—.

Pensad en él siempre. —Arrugó la boca—. En cualquier parte.

El doctor Ross la agarró del brazo y apretó al lloroso hermano de Liam contra su pecho.

La señora Ross retrocedió un paso y el doctor Ross se pasó una mano elegante por la cara y habló.

—Ha sido un honor ser su padre.

Recuperó la urna de manos de su mujer y su rostro volvió a parecer inhumano mientras esparcía a su hijo mayor en la hierba.

Mi madre no me dijo nada cuando sintonicé Y100 en la radio del coche. Después de todo, daba gracias por tener una hija con agallas que pudiera molestarla.

Tardamos un rato en salir del aparcamiento. Oí que algunos chicos decían que iban a ir a comer al Minella's, y sentí que también estaba de luto por aquello. Porque nunca volvería a formar parte de un grupo bullicioso que ocupara dos mesas mientras los dueños ponían cara de hastío, aunque en el fondo estaban encantados de que los alumnos del instituto eligieran su restaurante para venir a comer.

Por fin enfilamos la carretera, de un solo carril y que discurría entre prados verdes, con pocas casas esparcidas por ellos. Estábamos un poco alejadas del centro de Main Line, de las extensas fincas con el Honda Civic de la asistenta aparcado junto al deslumbrante Audi en la entrada. Una bruma gris lo cubría todo y nublaba la vista por la ventanilla. Mi madre miraba por el espejo retrovisor.

—Ese coche se está pegando muchísimo a nosotras.

Pestañeé para despertarme de la somnolencia que me embargaba y miré por el espejo lateral. Yo no tenía carné de conducir todavía, así que no tenía muy claro qué era pegarse demasiado y qué mantener una distancia normal. Reconocí el coche, un Jeep Cherokee negro. Pertenecía a Jaime Sheriden, un chico del equipo de fútbol, amigo de Peyton.

—Está un poco cerca, sí —convine.

Mi madre puso los hombros en tensión, a la defensiva.

—Voy al límite de velocidad.

Pegué la mejilla al cristal frío y miré por el retrovisor de nuevo.

—Solo está intentando conducir deprisa para impresionar a sus amigos.

—Será imbécil —musitó mi madre—. Después de todo lo que ha pasado, lo último que necesita ese colegio es un coche lleno de adolescentes muertos.

Mi madre siguió conduciendo al límite de la velocidad permitida, mirando a ambos lados cada pocos segundos.

—TifAni, en serio, están demasiado cerca. —Miró una vez más—. ¿Los conoces? ¿Puedes hacerles una señal?

—Mamá, no voy a hacerles señales. —Me pegué más aún a la puerta. —Por Dios.

—Esto es muy peligroso. —Los nudillos de mi madre estaban blancos sobre el volante—. Me pararía, pero me da miedo bajar la velocidad por si... ¡Ah!

Mi madre y yo sentimos una fuerte sacudida cuando el morro del vehículo de Jaime nos golpeó por detrás. El volante giró sin control bajo las manos de mi madre y nos desviamos al arcén irregular. Cuando mi madre consiguió detener el volante y pisó a fondo el freno, estábamos a unos diez metros de habernos salido de la carretera, con los neumáticos medio hundidos en el fango.

—¡Putos gilipollas! —gritó mi madre. Se llevó una mano temblorosa al pecho y se giró hacia mí—. ¿Estás bien?

Antes de poder decirle que no, que no estaba bien, mi madre estampó el centro del salpicadero con la mano abierta.

—¡Gilipollas!

Se habló de considerar otras opciones de cara a mi vuelta al instituto. Pero la idea de empezar de cero en un sitio nuevo, de tener que encontrar mi lugar en otra jerarquía de castas, me hacía querer tumbarme en la cama y quedarme dormida para siempre. Aunque en Bradley ya estaba estigmatizada, me reconfortaba saber cuál era mi sitio. Sabía que podía limitarme a ir a clase, comer con la Tiburona y volver a casa a estudiar para centrarme en cavar un túnel para salir de allí. En un momento dado mi madre mencionó la posibilidad de que estudiara desde casa, pero enseguida retiró la oferta porque dijo que estaba en un momento de su vida en el que su cuerpo estaba sufriendo cambios («¡Mamá!», me quejé) y, por alguna razón, yo tenía la habilidad de sacarla de sus casillas como nadie. «El sentimiento es mutuo», estuve a punto de decirle, pero desistí, por aquello de no sacarla de sus casillas y tal.

En el instituto se resistieron cuando mi madre dijo que iba a volver.

—Me sorprende —dijo el director Mah— que TifAni quiera volver aquí. No estoy seguro de que sea lo mejor para ella. —Hizo una pausa—. No estoy seguro de que sea lo mejor para nadie.

No había suficientes pruebas para acusarme de ningún delito, pero aquello no disuadió al tribunal de la opinión pública de juzgarme. Estaban las conversaciones de las notas y el anuario, y mis huellas, que habían aparecido en el arma junto a las de los asesinos. Anita, en quien había confiado, había determinado que me mostraba poco apenada por la muerte de mis compañeros y que parecía emocionada ante la perspectiva de volver al instituto ahora que los estudiantes «con los que tenía problemas» ya no estaban.

La mayor condena vino de Dean, que insistió en que Arthur me había tendido el arma y me había dicho que lo matase «como habíamos planeado». Por supuesto, Arthur nunca había dicho eso, pero nadie iba a dudar de una popular y musculosa estrella del fútbol, ahora paralizada de cintura para abajo, cuyo futuro se había truncado en la línea de salida de lo que parecía una vida de ensueño. La prensa siguió husmeando y se lamentó durante semanas de lo terrible que era que no todos los responsables de aquella tragedia fuesen llevados ante la justicia. Amas de casa entradas en carnes con crucifijos chapados en oro escondidos en el escote venían de todo el país para dejar flores baratas en la puerta de casa de Dean, y después volvían a sus casas para escribirme correos electrónicos con faltas de ortografía para comunicarme su odio: «En tu proxima vida recivirás tu castigo por lo que hiciste».

Mi padre puso al director Mah en su sitio y le dijo que el colegio se enfrentaría a un proceso legal aún más complicado que en el que estaba envuelto ahora si no me permitían volver. Algunos padres los habían demandado. Los de Peyton lideraban la causa. Los irrigadores antiincendios de la parte antigua de la cafetería nunca llegaron a activarse. Si hubiesen funcionado, podrían haber impedido que el fuego se extendiera hasta la sala Brenner Baulkin. El forense dictaminó que Peyton había muerto de una intoxicación por inhalar el humo, y no de la herida de bala. Con la atención médica necesaria y una operación de cirugía plástica, Peyton podría haber llevado una vida normal. En cambio, aún estaba consciente cuando el fuego entró en la sala, y su rostro en carne viva absorbió el humo como un trozo de pan en una sopa caliente. Nunca dejaré de odiarme por haberlo dejado allí.

A Dean lo enviaron interno a un colegio en Suiza, a pocos kilómetros de un innovador hospital especializado en tratamientos experimentales de lesiones de médula espinal. El objetivo era que pudiera volver a andar, pero nunca lo consiguieron. No obstante, Dean supo sacarle partido. Escribió un libro, *Aprender a volar*, que se convirtió en superventas a nivel internacional. Un acuerdo llevó al otro y Dean acabó haciéndose un nombre en el mundo de las charlas de superación personal. A veces entro en su web. En la página de inicio hay una foto de Dean, sentado en su silla de ruedas, abrazando a un niño pálido y sin pelo. La empatía fingida en el rostro de Dean me recuerda lo que habría estado dispuesta a hacer si Arthur me hubiese dado la escopeta.

Hilary tampoco volvió a Bradley. Sus padres se mudaron a Illinois, de donde era su familia paterna. Le escribí una carta y la recibí de vuelta, con el sobre sin abrir.

Si en algo había que darle la razón a Anita era en que me resultaba increíble que ninguna de las personas que me habían hecho la vida imposible estuviera en el colegio cuando se reanudaron las clases en primavera. La cafetería no iba a poder reformarse hasta el año siguiente, así que, mientras tanto, comíamos en las aulas. Pedíamos pizza a menudo, y nadie se quejaba.

El primer mes tras la reapertura de Bradley, todas las mañanas vomitaba bilis antes de ir a clase. Solo necesitaba desarrollar tolerancia a la soledad, eso era todo. La soledad se convirtió en mi amiga, en mi compañera constante. Dependía de ella y de nadie más.

Trabajé duro como me había prometido a mí misma en el servicio en memoria de Liam. En Segundo, hicimos una excursión a Nueva York para ver las típicas atracciones turísticas que con el tiempo acabaría despreciando, como el Empire State y la Estatua de la Libertad. En un momento dado, estaba bajándome del autobús y choqué con una mujer con una americana negra impoluta y unos zapatos puntiagudos, como de bruja. Llevaba un teléfono móvil enorme pegado a la oreja y un bolso negro con una inscripción de Prada en letras doradas colgado de la muñeca. Aquello fue mucho antes de que adorase todo lo que firmaban Céline, Chloé o Goyard, pero por supuesto reconocí Prada.

—Lo siento —dije, y me alejé de ella.

Ella me hizo un gesto rápido con la cabeza sin dejar de hablar por teléfono. «Las muestras tienen que estar el viernes.» Mientras el repiqueteo de sus tacones se alejaba, pensé que era imposible que le hicieran daño a una mujer como aquella. Tenía cosas más importantes de las que preocuparse que de tener que comer sola. Las muestras tenían que estar el viernes. Y allí, al ponerme a pensar en el resto de cosas que debían de ocupar su vida, las reuniones importantes, las fiestas, las sesiones con su entrenador personal y las incursiones en tiendas lujosas para comprar sábanas de algodón egipcio, fue donde empezaron mis anhelos de asfalto y rascacielos. Vi que había cierta forma de protección en el éxito, y el éxito consistía en amenazar al subordinado al otro lado del teléfono, en unos zapatos de tacón carísimos con los que aterrorizar a la ciudad entera, en que la gente se apartara a tu paso simplemente porque parecía que tenías sitios más importantes en los que estar que ellos. En algún momento, en esta definición incluí a un hombre.

Decidí que solo tenía que alcanzar aquello y así nadie volvería a hacerme daño.

Capítulo 15

*S*iempre mantenía el timbre pulsado para fastidiar a Arthur. Por encima del *din, don, din, don, din, don, din, don*, podía oír sus pasos amortiguados por la casa.

—Ya vale, Tif —resoplaba cuando por fin abría la puerta.

Aquel día llamé con la mano. No creía poder soportar el sonido de aquel timbre de nuevo.

La cámara estaba detrás de mí, enfocada directamente al broche de mi sujetador. Consumía apenas setecientas calorías al día y aún me salían esos pequeños pliegues por debajo del elástico del sujetador. ¿Cómo era posible?

La señora Finnerman abrió la puerta. Los años y la soledad la habían invadido, como los países aliados en periodos de guerra. Tú te quedas con esta región, yo con esta otra. Tenía canas prematuras y la piel flácida le tiraba hacia abajo de las comisuras de la boca. La señora Finnerman siempre había sido baja y sin curvas (Arthur había heredado la tendencia al sobrepeso de su padre). Parecía especialmente cruel que una persona tan débil e indefensa como la señora Finnerman tuviera que enfrentarse a lo que debía enfrentarse ella. Débil de músculos, casi ciega y propensa a las migrañas y a la sinusitis.

Ya avanzado el último semestre de mi primer año de instituto, cuando las cosas se tranquilizaron lo suficiente para revelar cómo iba a ser mi vida ahora que la atravesaba una línea gruesa —antes y después de la matanza—, recibí una carta de la señora Finnerman. La letra tenía un aspecto inestable, como si la hubiese escrito en el asiento de atrás de un coche por una carretera llena de baches. Quería que supiese que sentía en el alma lo que me había visto obligada a hacer. Que ella no tenía la menor idea de la rabia y el odio que albergaba Arthur, su propio hijo. Cómo pudo no darse cuenta, se reprendía una y otra vez.

Mi madre me prohibió que contestara a la carta, pero lo hice de todas formas («Gracias. Nunca la culparía por lo que hizo Arthur. No le odio. A veces incluso le echo de menos»). Doblé la hoja de papel por la mitad y la metí por debajo de la puerta de su casa una tarde que vi que su coche no estaba en la entrada. Aún no tenía fuerzas para un encuentro cara a cara, y tenía la sensación de que la señora Finnerman tampoco.

Cuando me licencié, la señora Finnerman me envió un mensaje felicitándome, y desarrollamos una especie de relación extraña. Se puso en contacto conmigo cuando oyó en las noticias que me había comprometido, y me escribía cuando le gustaba un artículo mío en *The Women's Magazine*. Arrancó la página de uno en concreto —«¿Facebook te pone triste?»— y lo metió en un sobre con un artículo del *New York Times* titulado «El efecto depresivo de Facebook». Rodeó la fecha de ambos; el mío lo había escrito en mayo de 2011, y el del *New York Times* era del 7 de febrero de 2012. «Le has quitado la exclusiva al *New York Times* —había escrito—. ¡*Brava*, TifAni!» Parecía la correspondencia de dos viejas amigas, solo que no era cierto, porque la señora Finnerman y yo no éramos amigas. Aquella era la primera vez que nos veíamos desde antes del tiroteo.

Sonreí con timidez.

—Hola, señora Finnerman.

La cara de la señora Finnerman se contrajo como una servilleta de papel mojado. Di un paso adelante, insegura, y ella agitó la mano de forma frenética, rehuyendo mi abrazo.

—Estoy bien —insistió—. Estoy bien.

Y

Encima de la mesita de centro del salón había una pila de álbumes de fotos y periódicos viejos. La posición de una taza de café alteraba un titular de un ejemplar amarillento del *Philadephia Inquirer*: LA POLICÍA CREE QUE LOS ASESINOS ACTUARON SOLOS. La señora Finnerman levantó la taza y la palabra «no» reapareció, haciendo que me cambiara la cara.

—¿Qué quieres tomar? —me preguntó la señora Finnerman. Yo sabía que ella solo bebía té verde, porque me había topado con su arsenal un día, fumada, mientras buscaba un bote de Nutella. «Sí —dijo Arthur, al ver cómo lo miraba maravillada. El té verde era algo muy exótico para alguien como yo. Mi madre solo bebía Folgers—. Mi madre es anticafé.»

—Un té —le dije. Odio el té.

—¿Estás segura? —Las gruesas gafas de la señora Finnerman se deslizaron por su nariz y las empujó con el dedo índice para colocárselas, igual que hacía Arthur—. Tengo café.

—Bueno, entonces un café. —Me reí un poco y, aliviada, vi que la señora Finnerman se reía también.

—¿Caballeros? —La señora Finnerman se dirigió al equipo de rodaje.

—Por favor, Kathleen —dijo Aaron—. Acuérdate de lo que hablamos. Haz como si no estuviéramos aquí.

Por un momento creí que la señora Finnerman iba a derrumbarse de nuevo. Aguanté la respiración, pero nos sorprendió a todos cuando levantó las manos.

—No sé si podré hacer eso. —Se rio, irónica.

La señora Finnerman desapareció en la cocina y oí armarios abriéndose y cerrándose.

—¿Con leche y azúcar? —preguntó.

—¡Solo leche! —contesté.

—¿Cómo te sientes al estar de vuelta aquí? —me preguntó Aaron.

Observé la habitación a mi alrededor y me fijé en el

papel desvaído de flores de lis de la pared y en el arpa, imponente, en un rincón. La señora Finnerman la tocaba, pero ahora las cuerdas estaban peladas como unas puntas abiertas que necesitaran un tratamiento de hidratación con urgencia.

—Es raro. —En cuanto lo dije, recordé las instrucciones que me había dado Aaron. Debía responder a sus preguntas con frases completas, porque luego en el proceso de edición cortarían su voz, y lo que yo dijera tenía que tener sentido por sí solo—. Es muy raro estar de vuelta aquí.

—Aquí tienes.

La señora Finnerman entró con sigilo en la habitación y me dio una taza tan deforme que tenía que ser hecha a mano. Alcancé a ver la inscripción grabada en la base: «Para: mamá, Con cariño: Arthur 14/2/95». No tenía asa, así que tuve que pasarme la taza de una mano a la otra cada pocos segundos, cuando el calor se hacía demasiado insoportable para sostenerla en una. Di un sorbo al café hirviendo.

—Gracias.

La señora Finnerman estaba plantada de pie junto al sofá. Las dos miramos a Aaron, desesperadas por que nos guiara.

Aaron señaló el sitio libre a mi lado.

—Kathleen, ¿por qué no te sientas con Ani en el sofá?

La señora Finnerman asintió con la cabeza y musitó:

—Sí, sí.

Rodeó la mesita de café y se instaló en el extremo más alejado del sofá. Sus rodillas apuntaban hacia la puerta principal. Yo estaba más cerca de la cocina.

—Nos ayudaría para el plano que te arrimaras un poquito. —Aaron juntó el dedo índice y el pulgar para indicarnos cuánto quería que nos acercáramos.

No pude mirar a la señora Finnerman mientras me «arrimaba» a ella, pero imaginé que tenía la misma sonrisa educada y mortificada que yo en la cara.

—Mucho mejor —dijo Aaron.

El equipo esperó a que dijéramos algo, pero el único sonido era el zumbido del lavavajillas en la cocina.

—¿No queréis ver los álbumes de fotos? —sugirió Aaron—. ¿O hablar de Arthur?

—Me encantaría verlos —intenté.

Como si lo hubiésemos planeado, la señora Finnerman se estiró con un movimiento robótico y cogió un álbum de fotos blanco. Limpió la finísima capa de polvo que tenía por encima. Se quedó en la punta de su dedo meñique y volvió a pegarse a la tapa laminada.

El álbum crujió al abrirse sobre su regazo, y la señora Finnerman pestañeó al ver una foto de Arthur en la que debía de tener unos tres años. Estaba a punto de llorar, con un cono de helado vacío en la mano.

—Estábamos en Avalon —murmuró la señora Finnerman—. Una gaviota bajó en picado —surcó el aire con la mano— y tiró la bola de helado del cono.

Sonreí.

—Siempre nos comíamos el helado directamente de la tarrina.

—Sé cómo lo hizo. —La señora Finnerman pasó la página enérgicamente—. Pero tú no. Eras muy pequeña. —Había un tono amenazador en su voz. No sabía qué hacer aparte de fingir que no me había dado cuenta—. Ay, esta. —La señora Finnerman bajó la barbilla al pecho y suspiró con nostalgia al ver una foto de Arthur abrazado a un labrador, con la cara hundida en su pelo dorado. Dio un golpecito sobre el hocico del perro—. Esta era *Cassie*. —Tenía una sonrisa en la cara—. Arthur la adoraba. Dormía con él todas las noches.

El cámara se puso detrás de nosotras y enfocó.

Estiré el brazo para bajar la página y desviar el reflejo que me impedía ver bien la foto, pero la señora Finnerman se llevó el álbum al pecho y puso la barbilla sobre el canto de cuero. Una lágrima cayó hasta quedar colgando de su mentón.

—Lloró cuando murió. Lloró. Así que no podía ser lo que dicen que es. Sí que tenía emociones.

Lo que dicen que es. Un psicópata. Una persona incapaz de experimentar emociones humanas reales y que solo imita las que observa en los demás: arrepentimiento, pena, compasión.

Les costó mucho tiempo y energía reconstruir la dinámica entre Arthur y Ben, identificar al líder de la manada. Si conseguían entender sus motivos, los afectados podrían poner fin a todo aquello, y la información serviría para evitar que ocurriese en otro colegio. Los psicólogos más insignes del país examinaron las pruebas recogidas después del ataque en Bradley —los diarios de Ben y de Arthur, sus expedientes académicos, entrevistas con vecinos y amigos de la familia— y todos llegaron a la misma conclusión: había sido idea de Arthur.

Forcé una expresión de compasión, como Arthur había hecho conmigo tantas veces.

—¿Sabe qué es lo que recuerdo de él?

La señora Finnerman sacó un pañuelo de una caja que había sobre la mesita de café. Su cara se ocultó mientras se sonaba. Dobló el pañuelo por la mitad y se secó la nariz.

—¿Qué?

—Recuerdo que fue amable conmigo mi primer día de clase, cuando no conocía a nadie. Recuerdo que fue el único que me defendió cuando todos me dieron la espalda.

—Así era Arthur. —Le temblaron los labios al pronunciar su nombre—. No era un monstruo.

—Lo sé —dije, sin estar segura de si mentía o no.

Lo que todo el mundo decía que era Arthur... Yo lo creía. Pero en el informe que la doctora Anita Perkins entregó a la policía, reconocía que incluso los psicópatas pueden mostrar destellos de emociones reales, sentir empatía auténtica. Me gusta pensar que la experimentó hacia mí, aunque la doctora Perkins le hiciera el test de Hare, una lista de veinte criterios de la personalidad y del comportamiento utilizados para detectar la psicopatía, y Arthur sacara la puntuación máxima.

Todo lo que Arthur hizo por mí —protegerme como

un hermano mayor o incluso aquella tontería que balbuceó al final, con el cuchillo saliendo de su pecho perfectamente paralelo al suelo («Solo quería ayudarte»)— era o bien una imitación de la bondad o una manipulación cuidadosa y escalofriante. La doctora Perkins había escrito que los psicópatas tienen una habilidad especial para descubrir el talón de Aquiles de sus víctimas y aprovecharse así de ellas para conseguir sus propósitos. Cuando se trataba de gastar bromas macabras, estaba claro que Nell no tenía nada que hacer, no había conocido a nadie a la altura de Arthur.

Ben era depresivo, suicida y no necesariamente propenso a la violencia como lo era Arthur, pero tampoco contrario a ella. Él y Arthur habían intercambiado fantasías violentas acerca de matar a los idiotas de sus compañeros de clase y profesores durante toda la escuela primaria. Para Ben siempre fueron de broma. Arthur estaba esperando que pasara algo que le hiciese considerar seriamente la posibilidad de convertir la fantasía en realidad.

Aquel algo fue la fiesta de graduación de Kelsey Kingsley. La humillación por la que Dean y Peyton hicieron pasar a Ben en el bosque y que lo llevó a intentar suicidarse por primera vez. Según los diarios de Arthur, este mencionó la idea de un ataque, «un Columbine en Bradley», cuando fue a ver a Ben al hospital ni dos semanas después de que acabara allí tras intentar rajarse las muñecas. En su diario escribió que tenían que esperar a que cambiara el turno de enfermeras para tener un rato de intimidad, y que le molestaba. («Ni que fuésemos dos putos bebés.») Su padre tenía una escopeta, por ahí empezaría su arsenal. Arthur podía conseguir un DNI falso para pasar por un chico de dieciocho años; aparentaba más edad de la que tenía. En Internet había instrucciones para construir una bomba casera. Eran listos, podían hacerlo. Su instinto le dijo que Ben se había quebrado, que estaba en un rincón del que ya nunca saldría, y era el blanco perfecto. Ben no tenía nada que perder porque quería morir. Si aquello tenía que pasar, bien podía de paso hacer pagar a aquellos chicos por lo que le habían hecho.

El relato de los medios concluyó que Arthur y Ben habían sufrido acoso escolar; por ser raros, por ser gordos, por ser gays. Pero los informes policiales cuentan una historia muy distinta, una verdad que no tiene nada que ver con el acoso escolar, que estaba a la orden del día. Está ampliamente aceptado que Arthur era gay, pero no así Ben. Aquello que Olivia dijo que había visto —a Arthur haciéndole una mamada a Ben en el Rincón— era mentira. Una mentira fruto del estúpido y desesperado cotilleo adolescente que, por trágico e irónico que parezca, avivó el fuego. El rumor enfureció e hirió a Ben, y Arthur se aprovechó. «Le prometí a Olivia», escribió Arthur en su diario. Fue la primera mención, en un descuido, de la lista negra. Pero Arthur no tenía una lista negra, le daba igual. El ataque no tenía como objetivo acabar con sus torturadores ni vengarse, era una cuestión de mero desprecio. Quería acabar con cualquiera intelectualmente inferior a él, y eso, en su mente, era todo el mundo. Propuso la idea de una lista negra solo para tentar a Ben. Su objetivo era volar por los aires la cafetería entera con las bombas: la Tiburona, Teddy, la simpática señora que le hacía los bocadillos del almuerzo —con las lonchas de queso entre las de jamón, como a él le gustaba—, todos éramos blancos. Se escondió en los antiguos dormitorios del tercer piso de Bradley a esperar a que se produjera la explosión para poder bajar y saborear la matanza antes de acabar con su propia vida. Los policías intentarían matarle de todas formas, y la peor pesadilla de un psicópata es renunciar al control. Si iba a morir, sería según sus reglas. Empezó a disparar cuando vio que solo una de las bombas *amateur* había detonado, infligiendo daños «mínimos».

Hay una parte en el informe de la doctora Perkins, que estaba disponible para el público, que empecé a leer; cuando me di cuenta de que hablaba de mí, volví atrás y releí los primeros párrafos. Fue como ver una foto y no reconocerte en ella. ¿Quién es esa chica enfurruñada del fondo? ¿No se da cuenta de que si pone esa cara parece que tiene papada? Un metamomento en el que te das cuenta de cómo te ve el resto del mundo, porque esa chica enfurruñada eres tú.

La doctora Perkins clasificó la «colaboración» de Arthur y Ben como una díada, un término acuñado en criminología para describir cómo las parejas de asesinos se alimentan el uno al otro con la sed de sangre. En las parejas formadas por un psicópata (Arthur) y un depresivo (Ben), el psicópata tiene siempre el control, pero como el psicópata necesita la estimulación de la violencia, un compañero impulsivo le proporciona algo muy valioso: le exalta de cara a la matanza. Arthur y Ben planearon el ataque durante seis meses y, durante casi todo ese tiempo, Ben estuvo internado en un centro psiquiátrico, fingiendo ante los médicos y las enfermeras para convencerles de que ya no constituía una amenaza para sí mismo. Mientras tanto, Arthur encontró una nueva persona con la que aliarse, alguien cuyo dolor y cuyo enfado llenaban el vacío de la violencia. Esta persona lo mantuvo a fuego lento hasta que por fin tuvo la oportunidad de llegar al punto de ebullición. El informe no me mencionaba expresamente, pero esa persona no podía ser nadie más que yo. A veces me pregunto qué habría pasado si no hubiese hecho explotar a Arthur la última vez que nos vimos en su habitación. Si estaba preparándose para contarme su plan. Si iba a pedirme que me implicara.

—Esta también es en la playa.

La señora Finnerman alisó una arruga en el plástico. Me sorprendió ver al señor Finnerman, con los codos apoyados en el respaldo de un banco y el pelo negro y rizado en el pecho bronceado. Junto a él estaba Arthur, de pie, asomado a una barandilla, apuntando al cielo y gritando algo. La señora Finnerman le sujetaba las piernas con sus brazos delgados para que no se cayera.

—¿Cómo está el señor Finnerman? —pregunté, educada.

Tengo la fotografía que inmortaliza uno de sus momentos más íntimos con su hijo y nunca lo he visto. Apareció por Main Line cuando ocurrió todo, por supuesto, pero volvió a irse poco después del funeral. El funeral. Sí, a los asesinos también se los entierra. La señora Finnerman se humilló llamando a un rabino tras otro, desesperada por encontrar a alguien que quisiera dirigir el servicio funerario de Arthur. No sé lo que hizo la familia de Ben. Nadie lo sabe.

—Bueno, ya sabes —dijo la señora Finnerman—. Craig se volvió a casar. —Le dio un sorbo a su té frío.

—No lo sabía —repliqué—. Lo siento.

—Sí. —La señora Finnerman tenía una mancha de té encima del labio superior. No se la limpió.

—Yo también tengo una foto de Arthur y del señor Finnerman —dije.

El salón se inundó de luz de repente al empujar el sol una nube, y las pupilas de la señora Finnerman se retrayeron. Había olvidado que tenía los ojos azules.

—¿Cómo?

Me arriesgué a mirar a Aaron. Estaba guiando un micrófono por la habitación y no se había dado cuenta de lo que había dicho.

Rodeé la taza con las manos, que ya estaba templada.

—Tengo la foto que… Arthur tenía en su habitación.

—¿La que tenía el marco con las conchas? —quiso saber la señora Finnerman.

—Sí —asentí—. La de Arthur y su padre.

La suavidad del rostro de la señora Finnerman desapareció. Incluso sus arrugas no parecían ya pliegues de piel, sino rajas en un cristal.

—¿Por qué tienes tú eso? La he buscado por todas partes.

Sabía que tenía que mentirle, pero era como si alguien me hubiera pasado una goma de borrar por la mente. No se me ocurría ninguna respuesta que no fuese a disgustarla.

—Nos peleamos —admití—. Me la llevé. Estuvo mal

por mi parte. Quería hacerle daño. —Fijé la mirada en el café frío—. Nunca pude devolvérsela.

—Me gustaría que me la dieras —dijo.

—Por supuesto —dije— Yo... lo...

Me interrumpí cuando la señora Finnerman empezó a gritar.

—¡Ay! ¡Ay! —Tiró la taza sobre la mesa y los periódicos absorbieron los restos del té amarillo y turbio—. ¡Ahhhh!

La señora Finnerman se arañaba las sienes con los ojos cerrados con fuerza.

—¡Kathleen! —gritó Aaron a la vez que yo chillaba:

—¡Señora Finnerman!

—¡Mis medicinas! —gimió—. ¡Debajo del fregadero!

Aaron y yo corrimos a la cocina. Él llegó antes al fregadero y empezó a apartar el jabón para lavar los platos y los estropajos.

—¡No las encuentro! —gritó.

—¡En el baño! —respondió con voz entrecortada.

Yo sabía dónde estaba el baño, así que esta vez llegué antes que Aaron. En la repisa del lavabo había un frasco naranja, con el prospecto enroscado alrededor: «Tomar un comprimido al menor síntoma de dolor».

—Aquí tiene, señora Finnerman.

Le ofrecí una pastilla y un miembro del equipo le dio su botella de agua. Ella se puso la pastilla en la lengua y bebió.

—Mis migrañas —susurró. Empezó a balancearse adelante y atrás, con las uñas blancas de apretarse las sienes, y empezó a sollozar. —No sé por qué pensé que podía hacer esto. —Se presionó la cabeza con más fuerza aún—. No tendría que haber accedido a esto. Es demasiado. De verdad, es demasiado.

—¿Puedo llevarte de vuelta al hotel? —me ofreció Aaron en la entrada de la casa de la señora Finnerman.

Yo seguí andando hacia la calle.

—Tengo mi coche, gracias.

Aaron miró la casa, que se sumergía ya en el limbo gris del atardecer. En el pasado había sido bonita y alegre, pero eso fue mucho antes de que Arthur viviera allí. Intenté imaginármela como la habrían visto las alumnas de Bradley cincuenta años atrás, cuando venían de todos los rincones del país para recibir una educación exquisita de la que nunca tendrían que hacer uso, una vez que sus maridos y sus hijos fuesen la prioridad.

—Sin quitarte ningún mérito —dijo—, creo que para ella debe de ser más difícil que para nadie.

Miré cómo el viento arrancaba una hoja de un árbol.

—Por supuesto. Yo siempre lo he dicho. Al menos los demás murieron de forma noble.

—Noble —repitió Aaron. Asintió cuando entendió lo que quería decir—. A la gente le gusta expresar su cariño a las víctimas.

—Es un privilegio que yo nunca disfrutaré. —Fruncí el ceño. Sentía lástima por mí misma—. Sé que suena a autocompasión, pero me siento engañada.

Aquello no se lo reconocí a Aaron, pero sí a Andrew la noche anterior, sentada en el borde de su cama de la infancia. Sus padres se habían ido a la casa de la playa. Les gustaba conducir los viernes por la noche; había mucho menos tráfico. ¿Le parecía bien si me pasaba a tomar una copa antes de volver al hotel? Esa había sido mi sugerencia cuando llegamos hasta su coche, todavía sin resuello después de bajar las escaleras del centro de atletismo. Andrew se giró para contestarme y frunció el entrecejo.

—¿Qué? —pregunté.

Se estiró hacia mí.

—Tienes algo en el pelo. —Me cogió un mechón con los dedos y tiró, activando unas coordenadas en mi cuero cabelludo que parecieron nublar mis pensamientos, anular mi consciencia—. Son astillas. De debajo del pupitre.

Después del vodka en la cocina de Andrew y de que me enseñara la casa terminando en su antigua habitación, salió de nuevo el tema de Luke. Y de nuevo intenté explicarle lo que había hecho por mí y cómo era la prueba fehaciente de que yo era buena persona, una mujer decente.

—Luke Harrison no se casaría con una zorra asesina —dije—. Es como si eso me absolviera. —Miré hacia abajo, a mis manos, a mi impresionante coraza—. Solo quiero ser absuelta.

Andrew estaba sentado a mi lado. Notaba su pierna caliente junto a la mía. A veces, cuando el metro va lleno, no puedo rehuir las piernas de la gente a derecha e izquierda. Los habitantes de Nueva York se quejan de este contacto físico forzado, pero yo lo disfruto en secreto. Me calma el calor que se genera entre los cuerpos, tanto que podría quedarme dormida sobre el hombro de un desconocido.

—¿Pero le quieres? —preguntó Andrew, y los ojos me temblaron, luchando contra el cansancio, mientras pensaba cómo contestar a aquello.

Para mí, la ira, el odio, la frustración y la tristeza son tejidos. Uno es seda, otro es terciopelo, otro algodón. Pero no sé definir la textura de mi amor por Luke. Deslicé la mano en la de Andrew y observé cómo le daba la vuelta a mi anillo de compromiso.

—Estoy demasiado cansada para contestar a esa pregunta.

Andrew me ayudó a tumbarme. Algunas lágrimas se deslizaron hasta la línea de nacimiento del pelo, e hice un ruido al intentar respirar por la nariz sin éxito. Estaba tan nerviosa y excitada que si me hubiese puesto un termómetro, el dictamen habría sido que tenía fiebre y no podía ir al colegio. Andrew rozó mi piel, ardiente y sudorosa, y se apartó de mi lado un momento para apagar la luz y forcejear para abrir la ventana. Oí el ritmo del mundo de fuera, y sentí un agradable escalofrío cuando noté la brisa unos segundos después.

—Te vendrá bien un poco de aire fresco —me prometió Andrew.

Quería besarle de nuevo, pero se colocó detrás de mí y me pasó un brazo enorme por encima. Aún llevaba puestos los zapatos cuando me sobrevino el sueño, excepcional y cegador como una lluvia de meteoritos.

Siempre íbamos a cenar a Yangming en las ocasiones especiales. Nochevieja, cumpleaños, esas cosas. Mi madre nos llevó allí a la Tiburona y a mí después de nuestra graduación del instituto. Mi padre no vino, dijo que seguro que lo pasábamos mejor si íbamos solo «las chicas».

El BMW de Andrew estaba aparcado entre dos SUV en el aparcamiento, y noté la sensación que siempre me produce ese lugar, cada vez menos habitual, cuando empujé la puerta del restaurante y vi a todos aquellos padres de mediana edad y olí aquel aire sabroso, con trazas a sal y grasa. Como si no pudiese esperar lo que venía más tarde.

Después de salir de casa de la señora Finnerman, llamé a mi madre y le dije que en realidad no tenía cuerpo para salir a cenar aquella noche.

—Seguro que ha sido un día muy duro —dijo mi madre, mucho más de lo que me había dicho Luke en las últimas veinticuatro horas. Lo único que había recibido de él era un mensaje de una línea preguntándome cómo iba todo. «Va todo bien», le contesté. Su silencio me envalentonó.

—Buenas noches. —Los ojos del *maître* se alegraron al ver a alguien como yo—. ¿Tiene reserva?

No tuve opción de contestarle, porque de pronto oí mi nombre pronunciado en voz alta y sorprendida. Me giré y vi a mi madre y a mi tía Lindy, con sendos vestidos negros, chales estampados y pulseras que tintineaban cada vez que bebían agua. El uniforme de cena de las madres.

Mi madre y yo nos miramos en silencio mientras elaboraba una mentira que contarle. Tuve suerte de que mi madre estuviese de espaldas a la barra y no pudiera ver a

Andrew en la esquina, esperándome. Le había mandado un mensaje después del de Luke, invitándolo a «aprovechar» nuestra reserva. Cuando pulsé «enviar» aparecieron tres puntitos, y luego desaparecieron. Aquello ocurrió dos veces más hasta que Andrew envió al fin su respuesta. «¿A qué hora?»

—No tenía ni idea de que servían a domicilio —dijo mi madre, después de sentarnos. Pasó una página de la carta—. Está bien saberlo.

Me alisé la servilleta en el regazo.

—¿Por qué? Dudo que repartan en nuestra zona.

—Está tan lejos... —se quejó la tía Lindy. Dio unos golpecitos en su vaso con una uña acrílica y lanzó una mirada reprobatoria al chico que estaba recogiendo la mesa de al lado—. ¿Agua?

Mi tía Lindy es la hermana pequeña de mi madre. Cuando eran pequeñas siempre fue más delgada y más guapa que mi madre, y ella no lo llevaba nada bien. Ahora le llevaba ventaja. La hija de la tía Lindy iba a casarse con un policía, y la suya, con un ejecutivo de Wall Street.

—Lin —dijo mi madre—, créeme, merece la pena el paseo —añadió como si llevara toda la vida viniendo a aquel sitio.

Mi madre había decidido mantener la reserva aunque yo no viniera. Por supuesto, no tenía nada que ver con el hecho de que Luke hubiera dejado el número de su tarjeta de crédito para pagar la cena. Yo balbuceé un rato y luego le dije que había pensado en pasarme y pedir algo para llevar. Y que me lo iba a comer en el hotel.

Cuando me dijo que mi padre no había querido venir, musité que era muy raro viniendo de él. Mi madre suspiró y me dijo que no empezara.

La tía Lindy se echó a reír de repente.

—¿Ravioli de ternera picante? —Hizo un mohín—. No suena muy chino.

Mi madre la miró con lástima.

—Es fusión, Lin.

Por detrás del hombro de mi madre, vi a Andrew acercándose hacia mí. Recorrió todo el perímetro del restaurante hasta donde estaban la entrada y los baños.

—¿Podéis pedir las gambas al limón para mí? —dije. Retiré la servilleta y la dejé en la mesa—. Tengo que ir al baño.

Mi madre echó la silla hacia atrás y se separó de la mesa para dejarme pasar.

—¿Qué quieres de entrante?

—Elegid una ensalada —dije por encima del hombro.

Primero miré en el baño. Incluso empujé la puerta del baño de caballeros, fingiendo que lo había confundido con el de señoras. Un padre con bigote que estaba secándose las manos me informó de dónde me encontraba. Llamé a Andrew por su nombre y me fui cuando el señor me volvió a recordar, enfadado, dónde estaba.

Mi madre y mi tía Lindy estaban sentadas de espaldas a mí, así que me apresuré a salir por la puerta principal. Fuera no olía a nada y no sabía muy bien si estaba respirando. Tardé un segundo en enfocar las siluetas que la noche disponía ante mis ojos, y entonces vi a Andrew, apoyado en el maletero rayado de su coche, como si hubiese estado esperándome todo el rato.

Me disculpé con los brazos.

—Me ha pillado por sorpresa.

Andrew se alejó del coche y se reunió conmigo delante del restaurante, bajo un andamio donde no llegaba la luz de las farolas. Movió las muñecas como si estuviera a punto de lanzar un conjuro.

—Intuición de madre. Sabía que no estabas haciendo nada bueno.

Agité la cabeza y me reí para demostrarle lo equivocado que estaba. No me gustó que Andrew se refiriese a nosotros como «nada bueno».

—No, lo que pasa es que no iba a dejar pasar una cena gratis en Yangming. —Retrocedí hasta apoyarme en la pared de ladrillo del restaurante cuando Andrew se acercó a mí.

Me sujetó la cara con las manos y yo cerré los ojos. Podía haberme quedado dormida allí mismo, de pie, con sus dedos pulgares hundidos en mis mejillas y el pelo en la cara por culpa de aquella brisa inodora. Puse mis manos sobre las suyas.

—Espérame en algún sitio —dije—. Nos vemos donde quieras. Luego.

—Tif —suspiró—. Quizá sea lo mejor.

Me agarré a él con más fuerza e intenté mantener la voz suave.

—Venga.

Andrew suspiró, y sus manos salieron de debajo de las mías. Me agarró por los hombros en un gesto fraternal, y yo empecé a astillarme por dentro.

—Anoche estuvimos a punto de hacer algo tras lo que no habría habido marcha atrás —dijo—. Pero no lo hicimos. A lo mejor debemos parar esto ahora, antes de que pase algo de lo que vayamos a arrepentirnos.

Sacudí la cabeza y medí mi tono con mucho cuidado.

—Nunca me arrepentiré de nada contigo.

Andrew me atrajo hacia sí, y hasta que habló creí que lo había convencido.

—Pero puede que yo sí.

La puerta del restaurante se abrió y de dentro salió una carcajada. Quería gritar a toda la gente de dentro que se callaran. Es muy difícil mantener la calma cuando la gente está pasándoselo bien a tu alrededor.

—No tenemos que hacer nada —dije, odiando lo desesperada que sonaba—. Simplemente podemos ir a algún sitio. Tomar algo. Charlar.

El corazón de Andrew bombeaba en mi oreja. Olía como alguien que va a una primera cita, a colonia y nerviosismo. Sentí el suspiro de tristeza en la coronilla.

—Yo no puedo charlar simplemente contigo, TifAni.

En algún lugar dentro de mí, el parabrisas se rompió por completo. Lo único que sabía hacer era atacar, así que puse los codos en el pecho de Andrew y lo empujé. Él no se lo esperaba y se quedó desorientado, como si lo hubiera empujado el viento, y se tambaleó hacia atrás.

—Pues claro que no puedes. —Lo aparté—. Solo necesitaba un amigo. Pero solo eres otro tío que quiere metérsela a la puta de Bradley.

A la luz de las farolas, vi cómo el rostro de Andrew se contraía de dolor y me odié.

—TifAni —intentó—. Por Dios, sabes que eso no es verdad. Yo solo quiero que seas feliz. Es lo único que he querido siempre. Pero esto... —nos señaló a los dos— esto no va a hacerte feliz.

—¡Ah, claro, mucho mejor! —Me reí con sarcasmo—. Otro que me dice qué es lo que va a hacerme feliz. Justo lo que necesito. —«No hagas esto. No digas eso.» Pero no podía parar—. Ya lo sé, ¿vale? —Me acerqué poco a poco hasta que nuestras caras se rozaron casi hasta el beso—. Ya sé qué es lo mejor para mí.

Andrew asintió con la cabeza.

—Ya sé que lo sabes. —Me secó una lágrima de la cara, y aquello me hizo llorar con más fuerza. ¿Sería aquella la última vez que me tocaba?—. Pues hazlo.

Sostuve su mano en mi cara, manchándolo de lágrimas y mocos.

—No puedo. Sé que no lo voy a hacer.

La puerta del restaurante se abrió de golpe y Andrew y yo nos separamos cuando una pareja, llena y feliz, bajó trotando por las escaleras. El hombre esperó a la mujer en la calle y, cuando ella lo alcanzó, le pasó el brazo sobre los hombros. Ella fingió no ver mis ojos vidriosos cuando pasó junto a mí, pero le noté en la cara que se había dado cuenta. Sabía lo que estaba pensando: «Una discusión de pareja, menos mal que esta noche no somos nosotros». Yo habría matado por ser una pareja y que estuviésemos discutiendo porque Andrew trabajaba demasiado o porque yo gastaba mucho en Barneys, o cualquier otra cosa que no fuera lo que estábamos haciendo allí de verdad.

Esperamos a que se subieran al coche y oímos cómo cerraban las portezuelas. Primero la de ella, después la de él, unos segundos más tarde. Él le había abierto la puerta. Los odiaba.

—No quería disgustarte, TifAni —dijo Andrew—. Odio verte así. —Agitó los brazos en el aire, enfadado consigo mismo—. He permitido que esto fuera demasiado lejos. Nunca debería haber hecho esto. Lo siento.

Quería decirle que yo también lo sentía, que aquello no era lo que tenía que pasar. Pero no conseguía hacer salir las palabras, solo más mentiras y excusas.

—Creo que te he dado una impresión errónea de Luke. —Andrew apretó las manos en mis brazos, intentando impedir que siguiera, pero yo continué—. Para alguien como yo no es fácil ser feliz. Esto es lo más cerca que voy a estar, y es estupendo…

—No quería decir que…

—Pues no te atrevas —hipé, avergonzada— a sentir lástima —otro hipido— por mí.

—No siento lástima —dijo Andrew—. Nunca la he sentido. Siempre me has impresionado. Te preocupaste por Peyton. Le cogiste la mano. Después de lo que te había hecho. No sabes lo increíble que eres. Deberías estar con alguien que pueda ver eso.

Fingí que me secaba la cara con el cuello de la camisa, pero no estaba haciendo eso. Estaba sollozando en silencio oculta tras mi máscara protectora. Oí cómo los zapatos de Andrew daban un paso en mi dirección, pero agité la cabeza y le advertí con la voz amortiguada que no se acercase más.

Se quedó esperando a un cuerpo de distancia, mientras yo echaba a perder mi camisa. Ya no podría devolverla a la sección de moda del periódico; tendría que decir que la había perdido o algo así. Planear aquella nueva mentira fue lo único que consiguió calmarme. Fue lo único que me secó por dentro y me dio las fuerzas necesarias para aclararme la garganta y recomponerme un poco.

—Mi madre debe de estar preguntándose dónde estoy.

Andrew asintió con los ojos fijos en la acera. Parecía que hubiese estado mirando al suelo todo el rato, para dejarme intimidad.

—Vale.

Al menos conseguí darle las buenas noches antes de darme la vuelta y subir las escaleras. Andrew esperó detrás de mí hasta que me vio entrar. No me merecía a alguien como él.

—¡Aquí estás! —dijo mi madre mientras me colaba entre dos mesas para llegar hasta ellas—. He pedido la ensalada más sosa que tenían. —Mojó un tallarín crujiente en una salsa naranja y lo mordió—. Ya sé que estás haciendo la dieta de locos esa.

—Gracias. —Volví a colocarme la servilleta sobre las piernas.

La tía Lindy fue la primera en darse cuenta.

—¿Estás bien, Tif?

—Pues no. —Me metí un tallarín crujiente en la boca sin mojarlo en nada y mastiqué haciendo ruido—. Es que mira, he pasado la tarde con la madre del chico al que asesiné, a lo mejor así se entiende por qué estoy un poco tristona.

—TifAni FaNelli —saltó mi madre—. No le hables así a tu tía Lindy.

—Muy bien. —Me metí otro tallarín en la boca. Quería echarme el bol entero en la garganta para saciar el agujero negro de hambre que se me había despertado dentro—. Pues te hablo así a ti.

—Hemos venido aquí para disfrutar de una cena agradable —siseó mi madre—. Si te has propuesto arruinarla, será mejor que te vayas.

—Si me voy, me llevo la tarjeta de Luke. —Mastiqué haciendo ruido de nuevo y le dediqué una sonrisa aplastante.

Mi madre se las arregló para levantar una fachada de tranquilidad sobre el pánico que le daba que la tía Lindy presenciara una escena como aquella. Seguro que mi prima no ponía en evidencia así a su madre. Iba a casarse con un hombre «de la ley». Mi madre se giró hacia la tía Lindy como si el cuerpo no le estuviera pidiendo a gritos abalanzarse sobre mí como una serpiente, y le dijo en el tono de princesa Disney más dulce que pudo:

—¿Te importa dejarme un momento a solas con TifAni?

La tía Lindy puso cara de pena por perderse aquello, pero cogió el bolso del respaldo de la silla.

—Sí, si además tengo que ir al baño.

Mi madre esperó hasta que dejamos de oír a la tía Lindy y sus joyas tintineando por todo el restaurante como una maldita banda de música. Hizo el gesto de apartarse el pelo de los ojos, aunque no tenía ni un solo mechón, y se preparó para echarme la charla.

—TifAni, sé que estás muy estresada. —Alargó la mano hacia la mía y yo la aparté de inmediato. Mi madre se quedó mirando un momento el punto donde había estado mi mano—. Pero tienes que recuperar la compostura. Estás a esto de espantar a Luke. —Sostuvo los dedos pulgar e índice a un milímetro el uno del otro para ilustrar lo poco que me faltaba.

Era impresionante que me dijera algo así. Tan impresionante que era sospechoso.

—¿Y eso cómo lo sabes?

Mi madre reclinó la silla hacia atrás y cruzó los brazos sobre el pecho.

—Me ha llamado. Estaba preocupado. Me ha pedido que no te lo cuente, pero... —volvió a echarse hacia delante y le vi unas venillas moradas en el cuello— en vista de cómo te estás comportando esta noche, creo que tienes que saberlo.

La idea de quedarme sin Luke, de quedarme sin Andrew, de no tener a nadie me aprisionó como un corsé. Me removí en la silla e intenté no parecer tan preocupada como estaba.

—¿Qué ha dicho, exactamente?

—Que no pareces tú, TifAni. Que te comportas de manera combativa. Hostil.

Me reí como si fuera lo más absurdo que había oído en mi vida.

—Yo quería hacer el documental y él creía que no debía. Quiere que nos mudemos a Londres y renuncie a la posibilidad de trabajar en el puto *New York Times*. —Bajé la voz al notar la mirada fulminante de mi madre—. ¿Tú crees que intentar defenderme es ser hostil?

Mi madre bajó la voz para ponerla a mi altura.

—Da igual que sea o no hostil, ¿no crees? La cuestión es que no estás comportándote como la persona de la que Luke se enamoró. —Bebió un trago del agua que el camarero les había traído mientras yo estaba fuera luchando contra el señor Larson—. Más te vale empezar a comportarte como antes si quieres que esta boda llegue a buen puerto.

Nos atrincheramos cada una en su silla; el fiero silencio cada vez se hacía más patente en la sala bulliciosa y alegre. Vi a la tía Lindy, que volvía del baño. Había ido con ella y mi madre a ver el cutre salón de bodas en el que iba a casarse su hija. La dueña nos enseñó orgullosa las luces del «salón de baile», que pasaban de rosa fucsia a verde, y luego a azul, al unísono con la música disco del DJ. Mi tía presumió del menú y de que a lo mejor le salía a cien dólares el cubierto, pero que era su única hija y no iba a reparar en gastos. Menuda broma. Yo saltaría de alegría si nuestro cátering me cobrara, bueno, nos cobrara solo eso. El recuerdo hizo que me sobreviniera de nuevo aquella sed, la que mi terapeuta me había dicho que era un indicador de que no tenía cubierta una necesidad biológica básica. La tía Lindy me miró de forma inquisitiva y yo asentí mientras vaciaba mi vaso de agua. Los hielos chocaron contra mis dientes de una forma que siempre me da escalofríos.

Firmé la nota y mi madre me recordó que me llevara lo que había sobrado de mi plato.

—Llévatelo para papá —ofrecí con generosidad. Había echado un pulso con mi madre y había perdido—. No tengo dónde meterlo en el hotel.

Ya en el aparcamiento, mi madre y la tía Lindy me dijeron que le diese las gracias a Luke por la cena. Les prometí que lo haría.

—¿Cuándo vuelves a Manhattan? —preguntó mi madre. Siempre dice Manhattan en lugar de Nueva York porque cree que así está en la onda.

—Mañana por la tarde —dije—. Todavía tenemos que grabar una cosa.

—Bueno —dijo la tía Lindy—. Descansa un poco, cariño. No hay mejor maquillaje que ocho horas de sueño.

Esbocé una sonrisa que sentí como un cuchillo rajándome la cara. Me despedí de mi madre con un gesto e imaginé que la parte superior de la cabeza se me desprendía limpiamente como un calabacín cortado por la mitad, mi asquerosa cena sin gluten. Esperé a que mi madre y mi tía Lindy subieran a su viejo BMW. La última vez que mis padres habían tenido dinero para renovar el coche había sido siete años antes. Yo les había recomendado algo menos escandaloso y menos caro de mantener, y mi madre se había reído. «No voy a conducir un Honda Civic, TifAni.» Para mi madre, el éxito no era trabajar en el *New York Times*, el éxito era que me casara con alguien como Luke Harrison, que pudiera comprarme todas las cosas que ella fingía que podía permitirse.

Me arriesgué a mirar el BMW aún más antiguo que el de mi madre, que seguía en el mismo sitio donde lo había dejado una hora antes, solo después de que mi madre y mi tía Lindy hubiesen salido del aparcamiento.

Pasé junto a él y fingí no ver la matrícula de Nueva York. Algo se movió dentro del coche y luego las luces traseras me dedicaron un saludo rojo. Para cuando desbloqueé las puertas del Jeep, Andrew ya se había ido.

Y

Hace cinco años, el Bryn Mawr College podó los árboles que separaban el Rincón de la carretera. Recogieron y reciclaron todas las latas de cerveza vacías, con el ADN de adolescentes desde hacía diez años, y el descampado se convirtió en un parque con mesas de picnic y unos columpios, con una fuente en el centro que escupía agua. El domingo por la mañana, seguí las huellas que había dejado en el césped, seguida por las cámaras.

Levantó la vista hacia mí, como supongo que tiene que hacer ahora con todo el mundo.

—Finny.

Me mordí el labio inferior. Dejé que la localización se impregnara de aquel nombre dicho en voz alta antes de hablar.

—No puedo creer que me hayas traído aquí, Dean.

Aaron me hizo señas para que me sentara en un banco. Sería mejor para el plano que Dean y yo estuviéramos a la misma altura, y solo uno de nosotros podía equilibrar la diferencia. Primero me negué, pero luego accedí al darme cuenta de que Dean estaba con la vista fija en el suelo; la humillación se adivinaba en sus mejillas.

Nos colocamos en nuestras marcas, con el equipo de rodaje apuntándonos como un escuadrón de ejecución, pero ninguno sabíamos por dónde empezar. Dean había sido el que había querido hacer aquello, y le había pedido a Aaron que me preguntara si quería verlo. Así que el viernes, después del primer día de grabación, se había acercado a decírmelo.

—¿Qué quiere? —le pregunté a Aaron.

—Quiere pedirte perdón. Aclarar las cosas. —Aaron me miró con cara de pensar que era una gran idea.

Sé que le había prometido a Luke que no iba a hablar sobre aquella noche. Sé que había dicho que no quería hablar de aquella noche. Pero si Dean estaba dispuesto a admitir lo que me habían hecho, si al fin iba a conseguir mi expiación, entonces me di cuenta de que había estado mintiéndome cruelmente a mí misma. Claro que quería hablar de ello.

Ya a la altura de Dean, levanté las cejas, expectante. Yo no iba a ser la primera en hablar. Dean tiró de nostalgia, demostrando lo tonto que sigue siendo.

—¿Te acuerdas de lo bien que lo pasábamos aquí?

Miró a su alrededor y la expresión de anhelo en su cara me sentó como un insulto no intencionado.

—Me acuerdo de que aquí fue donde me invitaste a tu casa. Me acuerdo de que fui y os pasasteis mi cuerpo como si fuera una bolsa de chucherías. —El sol salió de detrás de una nube y entrecerré los ojos—. Me acuerdo como si fuera ayer.

Los dedos de Dean se retorcieron como si se hubiese electrocutado y luego se tensaron en su regazo.

—Siento mucho cómo acabó todo.

—¿Cómo acabó todo?

¿Para eso había ido hasta allí? ¿Para que me soltase una disculpa vaga de político y se descargara de toda responsabilidad? Mis ojos se convirtieron en dos hendiduras; seguro que me salieron un millón de patas de gallo, pero me dio igual.

—¿No querrás decir que sientes haberte aprovechado de mí cuando tenía catorce años y un pedo que no me tenía en pie? ¿O que sientes haber intentado volver a hacerlo en casa de Olivia, y haberme cruzado la…?

—Dejad de grabar. —Dean giró la silla de ruedas y apartó la cámara. Su agilidad me sorprendió tanto que me callé.

El cámara lanzó una mirada inquisitiva a Aaron.

—Dejad de grabar —repitió Dean, rodando suavemente hacia él.

El cámara seguía esperando instrucciones de Aaron, pero este estaba allí de pie, pálido y aturdido. De repente me di cuenta de que todo lo que le acababa de decir a Dean lo había sorprendido. O bien Dean había obviado los detalles de aquella noche o era la primera vez que Aaron oía todo aquello. «Quiere pedirte perdón. Aclarar las cosas.» Aaron, y ahora me daba cuenta, no tenía ni idea de por qué tenía que pedirme perdón Dean.

—¿Aaron? —preguntó el cámara, y Aaron pareció volver en sí. Se aclaró la garganta.

—Deja de grabar, Nathan.

Lancé una risa aguda a la espalda de Dean.

—¿Qué es lo que quieres, Dean? Si no podemos decir nada de lo que pasó en realidad.

Me puse de pie. De repente la capacidad de estar de pie era un arma poderosa.

Dean maniobró para dar la vuelta. Al menos mi lastre no era físico, no era una silla en la que me viese obligada a pasarme el resto de la vida sentada. Era extraño, pero entendí que para Dean era casi peor que la recta final de la veintena no le hubiese afectado como a otros chicos. Todavía tenía una buena mata de pelo, todavía tenía el tronco atlético. Una línea considerable atravesaba su frente como la doblez de la solapa de un sobre, pero eso era todo. Si al menos se hubiese marchitado con los años, no sería tanto desperdicio estar atrapado a un metro del suelo para la eternidad.

Por supuesto, estaba casado con una mujer impresionante, que desayunaba en tacones, llena de abalorios de esos a los que aún me tenía que obligar a resistirme (todavía tenía enquistada la versión ostentosa de la belleza de mi madre). La había oído hablar en un vídeo en el programa *Today*. Era del sur, religiosa hasta rozar el fanatismo. Probablemente estuviera en contra del sexo antes del matrimonio, o del sexo para cualquier otra cosa que no fuese procrear, lo cual le venía muy bien a Dean. Seguro que no puede apreciar ninguna de las habilidades lujuriosas que prometemos en la portada de *The Women's Magazine*. Arthur se había asegurado de que así fuera.

Dean miró al equipo por encima de su hombro.

—Esto no se está grabando, ¿verdad?

Aaron le contestó ligeramente irritado.

—¿Ves alguna cámara apuntándote?

—¿Podéis dejarnos solos un momento a TifAni y a mí?

Aaron me miró. Yo asentí.

—Está bien.

El cámara apuntó al cielo, que estaba lleno de nubes otra vez.

—Deberíamos tener este plano antes de que se ponga a llover.

Aaron sacudió la cabeza para que se retirara.

—Lo tendremos.

El equipo siguió a Aaron y sus amplias zancadas ampliaron la distancia entre nosotros enseguida. Dean esperó a que el equipo estuviera en la carretera para girarse hacia mí. Una vena le latió en la mandíbula, dos veces, y luego se relajó.

—¿Puedes sentarte?

—Prefiero quedarme de pie, gracias.

Dean se meció en la silla.

—Vaaaale. —Levantó la comisura de la boca de repente—. ¿Te casas?

Mi mano deslumbrante colgaba justo a la altura de sus ojos. Por una vez, me había olvidado de mi esmeralda y de sus poderes mágicos, transformadores. Extendí los dedos y miré hacia abajo, como hacen todas las chicas cuando alguien se fija y pregunta. La emoción te asalta con tanta rapidez que parece un sentimiento nuevo. Pero por cómo lo miré aquella vez, el anillo bien podía haber sido un bicho muerto.

—Dentro de tres semanas.

—Enhorabuena.

Me metí las manos en los bolsillos traseros del pantalón.

—¿Puedes ir al grano, Dean?

—Tif, en serio…

—Todo el mundo me llama Ani ahora.

Dean echó hacia fuera el labio inferior y repitió el nombre en su cabeza.

—Como el final de…

—TifAni.

Le dio una vuelta más, pensándolo.

—Es bonito —concluyó.

Me quedé muy quieta para que viese lo poco que me

importaba su opinión. El cielo se estremeció y una gota solitaria pareció meternos prisa al caer sobre la nariz de Dean.

—Bueno, lo primero que quiero es pedirte perdón —dijo Dean—. Llevo mucho tiempo queriendo hacerlo. —Estableció contacto visual conmigo con demasiada intensidad, como le había enseñado su gurú del *coaching*: así se pide perdón—. La forma en que te traté —exhaló entre los labios gruesos— estuvo muy mal, y lo siento mucho.

Cerré los ojos. Los mantuve cerrados hasta que hube generado energía suficiente para tragarme el dolor del recuerdo. Ya más tranquila, los abrí de nuevo.

—Pero no quieres decirlo delante de las cámaras.

—Lo diré delante de las cámaras —dijo Dean—. Te pediré perdón por las acusaciones falsas que hice contra ti. Por decir que cogiste el arma porque estabas involucrada en todo aquello con Arthur y Ben. —Abrí la boca, pero Dean levantó una mano, la mano en la que llevaba la alianza de plata en el dedo anular—. Tif... Ani, perdona. Puedes creerme o no, pero en aquel momento pensaba de verdad que estabas involucrada. Imagínate cómo lo vi yo. Llegaste corriendo, y yo sabía que Arthur y tú erais amigos, y sabía lo enfadada que debías de estar conmigo. Él te tendió el arma y básicamente te dijo que me mataras y tú alargaste la mano para cogerla.

—Estaba aterrorizada. Supliqué por mi vida. Eso también lo viste.

—Lo sé, pero en mi cabeza todo estaba borroso —dijo Dean—. Había perdido mucha sangre y yo también estaba muerto de miedo. Lo único que sabía era que te había intentado dar la escopeta y que tú habías estado a punto de cogerla. Aquellos policías me dijeron que estaban seguros de que tenías algo que ver. Estaba confuso... y enfadado. —Giró las ruedas de la silla intencionadamente—. Estaba enfadado. Arthur y Ben estaban muertos, pero tú seguías viva y descargué toda mi ira en ti.

Aquello era algo de lo que me había advertido Dan, el abogado. Que al estar muertos los malos de verdad, todo el mundo buscaría un chivo expiatorio, y que yo era la candidata perfecta.

—Pero si yo ni siquiera conocía a Ben —le recordé a Dean.

—Ya lo sé —dijo—. Cuando tuve tiempo de recuperarme y pensar, me di cuenta de que tú no tenías nada que ver con todo aquello.

—¿Y por qué no lo dijiste? ¿Sabes la gran cantidad de correos amenazantes que recibo todavía hoy? De tus fans. —La última palabra la dije temblando de rabia.

—Porque estaba enfadado —dijo Dean—. No hay más que eso. Ira. Y resentimiento. De que tú hubieras salido ilesa.

Me reí. Todo el mundo estaba seguro de que había salido ilesa, y yo era la única culpable de haber hecho todo aquel teatro.

—No te creas.

Dean me miró de arriba abajo. No era una mirada lasciva. Solo estaba haciendo una observación obvia. Mi ropa cara, mi corte de pelo de ciento cincuenta dólares.

—Yo te veo bastante bien.

Las piernas de Dean se hundían en forma de letra uve en las rodillas. Me pregunté si se las colocaría así todas las mañanas al levantarse de la cama. Otra gota de lluvia, más gruesa esta vez, me cayó en la frente.

—¿Querías estar a solas conmigo para decirme esto? Aaron me dijo que querías aclarar las cosas.

—Y quiero —dijo Dean—. Diré todo esto delante de las cámaras. Diré que estaba confuso y después demasiado enfadado como para rectificar la situación. Me disculparé y tú me perdonarás.

Me hervía la sangre.

—Ah, ¿sí?

—Sí —dijo Dean—. Porque quieres limpiar tu nombre. Y yo puedo ayudarte a hacerlo.

—¿Y qué sacas tú de esto?

—Ani —Dean estiró los dedos—, he hecho una gran fortuna gracias a mi mala fortuna.

Detrás de él había un Mercedes negro. El chófer llevaba un traje elegante y esperaba para llevar a Dean a su siguiente compromiso.

—Eres toda una inspiración, Dean.

—Eh —se rio—, ¿acaso se me puede culpar por sacar algo bueno de ello?

El sol salió de nuevo. Sentí algo parecido a la comprensión y lo dejé salir.

—Supongo que no —dije.

—En realidad es todo una coincidencia muy curiosa. —Dean se inclinó hacia delante, como si le emocionara compartir aquello conmigo—. Estaba trabajando en mi último libro, que habla de la capacidad de pedir perdón y, de repente, surgió este proyecto.

Me puse rígida.

—Como anillo al dedo.

Dean se rio mirándose la entrepierna inútil.

—Eres muy lista, Ani. Siempre lo fuiste. Espero que tu marido sepa apreciarlo. —Suspiró—. Mi mujer es tonta de remate.

—Mi prometido —le corregí.

Dean se encogió de hombros, como si le diese igual.

—Vale. Tu prometido. —Miró hacia atrás de nuevo para asegurarse de que nadie podía oírlo excepto yo—. Será muy… impactante… para mis fans —me dedicó una sonrisa— vernos hacer las paces. Pero también creo que la gente entenderá por qué me ha costado tanto llegar hasta aquí, y por qué estaba tan confuso al principio. No quería arruinarte la vida, estaba traumatizado. Ahora soy lo suficientemente hombre para reconocerlo. Pero… ah, lo otro. Para eso no tengo excusa, ¿sabes? —Se detuvo un instante, como si estuviera debatiéndose entre decir o no lo que iba a decir ahora—. Mi mujer está embarazada, ¿lo sabías?

Lo miré confundida.

—Es biológicamente mío. —Levantó la vista hacia mí, deslumbrado por el cielo agitado—. Es increíble las cosas que pueden hacer hoy en día. —Su voz adquirió un tono de fascinación—. Solo necesitan una operación no invasiva, un laboratorio y una placa de Petri y *voilà*, soy padre de familia, exactamente lo que mi comunidad quiere para mí. Y encima me lo pagan ellos, así que yo, tan contento, y eso que los niños… —Puso una cara que yo había puesto muchas veces. Por un momento, se quedó mirando a la carretera, pensando en cómo sería su vida con un hijo tras el que nunca podría correr, al que nunca podría enseñar a jugar al fútbol. Carraspeó y me miró de nuevo—. Pero lo otro no creo que lo aprobaran.

—No —coincidí —. Es bastante ruin.

—Esto es una disculpa privada. —Dean ladeó la cabeza. Estudió mi expresión y añadió—: Y es una disculpa. Lo siento mucho.

Lo miré fijamente.

—Quiero que me digas una cosa.

La mandíbula de Dean tembló de nuevo.

—¿Lo planeasteis? ¿Aquella noche en tu casa?

Dean tuvo la cara dura de hacerse el ofendido.

—No éramos diabólicos, Ani. No. Solo… —Volvió a mirar a la carretera desierta, pensando cómo explicarlo—. Teníamos una especie de competición. A ver quién se llevaba a la chica nueva. Pero cuando nos fuimos a mi habitación, yo ni siquiera sabía lo que había pasado con Liam. No me enteré hasta el día siguiente.

Di un paso hacia él, tan sorprendida que quería zarandearlo hasta que me contara todos sus secretos.

—¿No sabías lo de Liam?

Dean hizo una mueca.

—Pero bueno, sabía lo de Peyton. Es que… yo… no sabía que era algo malo. No sé… —Se encogió de hombros—. Para mí aquello no era sexo. No entendía por qué lo que habías hecho con Peyton y conmigo era malo. —Al ver mi cara, añadió rápidamente—: Pero ahora sí lo sé.

El sol nos deslumbró de nuevo con un último destello antes de esconderse detrás de una nube gris.

—¿Qué es lo que sabes ahora?

Dean juntó las cejas, como si yo fuese una profesora y

le hubiese hecho una pregunta difícil y él quisiera contestar bien.

—Que estaba mal.

—No —lo señalé con el dedo, dibujando una diagonal—. Quiero que lo digas. Lo que fue. Si voy a seguirte el juego, me merezco oírte llamar a las cosas por su nombre. Dime qué me hicisteis.

Dean suspiró y consideró mi petición. Al cabo de un rato lo admitió.

—Lo que te hicimos... fue una violación, ¿vale?

La palabra me desgarró el estómago como un cáncer. Un atentado terrorista. Un accidente de avión. Todas las cosas que me dan miedo me pasarían porque me escapé de entre los dedos de Arthur hace media vida. Aun así, agité la cabeza.

—No. Nada de usar ese lenguaje para distanciarte. «Fue una violación»... Ya me sé esos trucos. Quiero que digas lo que me hiciste. Lo que hicisteis todos.

Dean escudriñó el suelo. El pliegue de su frente se suavizó y dejó de oponer resistencia.

—Te violamos.

Apreté los labios y me los froté, notando un sabor delicioso y metálico. Aquello fue infinitamente mejor que cuando Luke me propuso matrimonio.

—Y aquella noche en casa de Olivia...

Dean me cortó con gesto resignado.

—Lo sé. Te pegué. No hay excusa que valga. Para nada. Solo sé que me sentí engañado. Sentí que me habías dado esperanzas falsas. Y aquello me enfureció. Estaba cegado por la ira. Todavía doy gracias por que el padre de Olivia nos interrumpiera, si no, no sé que...

Se interrumpió, porque la lluvia había hecho que el equipo se cansara de esperar.

—¡Eh! ¡Chicos! —gritó Aaron—. Si queremos rodar esto, tiene que ser ya.

Rodamos el plano justo antes de que descargara la tormenta. ¿Que me vendí? Yo no lo veo así. Pero solo porque todavía hay algo más, algo que me he guardado todos estos años, una razón para no ser tan dura con Dean. Puede que tenga claro qué habría dicho si Arthur me hubiese propuesto formar parte de su plan, pero lo que no tengo tan claro es qué habría pasado si Arthur me hubiese dejado coger el arma. Porque si hubiese cogido la escopeta, creo que es posible que le hubiera reventado la polla de marica. Y después a Arthur.

Capítulo 16

Llevo dos llaves en el llavero, además de una tarjeta del New York Sports Club, aunque no soy socia desde 2009. Eso significa que tengo un cincuenta por ciento de probabilidades de utilizar la llave correcta para abrir la puerta. No puedo recordar una sola vez en la que haya utilizado la llave correcta.

A Luke le hace mucha gracia. Dice que le sirve de aviso de que estoy llegando a casa. «Y así puedo cerrar las ventanas de porno», se burla. He visto el porno que ve Luke —chicas con enormes tetas falsas gritando «sí, sí, ahí», mientras algún capullo musculoso se las tira— y me parece igual de entretenido que hacer la declaración de la renta. Luke cree que no me gusta el porno, pero lo que pasa es que no me gusta su porno. Necesito ver a alguien sintiendo dolor. El dolor es bueno. El dolor no se puede fingir.

Abrí la puerta empujándola con el pie.

—Hola.

—Hola —dijo Luke desde el sofá, con una sonrisa en la cara mientras me miraba forcejear—. Te he echado de menos.

La puerta se cerró de un portazo tras de mí y solté las bolsas. Luke abrió los brazos.

—¿Me das un abrazo?

Las palabras «¿Me ayudas?» me vinieron bruscamente a la punta de la lengua. La decisión de no decirlas supuso un gran esfuerzo.

Caminé hacia Luke y me acurruqué en su regazo.

—Ay —dijo—. ¿Estás bien, pequeña?

Enterré la cara en su cuello. Olía como si necesitase darse una ducha, pero siempre me había gustado cuando estaba un poco sudado. Algunas personas tienen un olor corporal agradable y Luke era una de ellas. Por supuesto que lo era.

—Estoy agotada —dije.

—¿Qué puedo hacer por ti? —preguntó Luke—. ¿Cómo te puedo ayudar?

—Tengo hambre —dije—, pero no quiero comer.

—Pequeña, estás espectacular.

—No —dije—, no lo estoy.

—Eh —Luke me metió los dedos por debajo de la barbilla con dificultad y me levantó la cabeza para que le mirara—, eres la chica más guapa que conozco y vas a ser la novia más guapa del mundo. Una hamburguesa con queso no va a cambiar eso. Ni un millón de hamburguesas podría cambiarlo.

Era el momento de preguntárselo. Le había pillado en uno de esos momentos de adularme, algo poco habitual últimamente. Pero antes de que me diera tiempo, la expresión de Luke se tornó seria.

—Oye —dijo—, tengo que contarte una cosa.

Fue como si estuviera montada en una montaña rusa justo en el momento en el que el vagón alcanza lentamente el punto más alto de la pendiente para lanzarse al vacío. El cambio de marchas me removió todos los órganos y el estómago empezó a latirme como si el corazón se me hubiese caído hasta allí. ¿Tendría razón mi madre?

—Me han hecho la oferta de la oficina de Londres —dijo Luke.

Repetí mentalmente lo que acababa de decir, intentando adaptarme, intentando identificar el sobresalto emocional que sentía en los riñones, en el hígado y en el corazón, ahora en caída libre. ¿Era decepción? ¿Alivio? ¿Resignación?

—Ah —dije, tartamudeando con algo parecido a la curiosidad—. ¿Cuándo?

—Quieren que nos mudemos en Navidad. Para que esté allí a principios de año.

Me incliné apartándome de él, transfiriendo mi peso de un modo que provocó que Luke hiciera una mueca. Se movió debajo de mí, intentando volver a ponerse cómodo.

—¿Ya les has dicho que sí?

—No —dijo Luke—, claro que no. Les dije que tenía que hablar antes contigo.

—¿Cuándo tienes que darles una respuesta?

Luke frunció el ceño mientras lo pensaba.

—Creo que debería decirles algo en una semana o así.

Los ligamentos de las piernas de Luke se tensaron bajo mi peso, preparándose para mi rabieta. De repente me di cuenta de la ventaja con la que contaba si era capaz de mantener la calma. Aquello significaba aceptar una decisión que me entristecía, pero la otra opción me daba miedo, y estaba muy cansada de tener miedo.

—Tengo que hablar con LoLo —dije mientras me imaginaba la reunión en su oficina, su rostro químicamente sereno incapaz de expresar el tremendo error que creía que estaba cometiendo—. A lo mejor me puede conseguir un puesto en la oficina de Inglaterra.

Luke sonrió, sorprendido.

—Seguro que sí —añadió generosamente—. Te adora.

Asentí con mi cara de la «siempre agradable Ani». Mientras jugueteaba con un botón de su camisa, dije:

—De hecho, yo también tengo que contarte algo.

Las cejas doradas de Luke se crisparon.

—La productora quiere grabar la boda. —Me apresuré a continuar antes de que Luke pudiera interrumpirme y poner pegas—. Se emocionaron mucho con mi historia y, además, está guay porque se ofrecen básicamente a grabar y montar el vídeo de la boda para nosotros. Gratis.

—A los ricos les encanta que les den algo gratis de vez en cuando.

Aaron se había acercado a mí después de que Dean subiera la rampa y se metiera en el compartimento para minusválidos de su coche. Había sido tan valiente. Tan intrépida. Me sentí orgullosa de mí misma mientras él continuaba alabándome. «Estás emergiendo como una especie de heroína trágica —había dicho Aaron—. Creo que sería superpotente si terminásemos la película con tu boda. Tu "felices para siempre" tan merecido.»

No le llevé la contraria. Ese era el final fácil.

Me di cuenta de que debía de haberle dicho a Aaron que le comentaría la idea a Luke al mismo tiempo en que Luke les decía a sus colegas que hablaría de lo de Londres conmigo; ambos dependíamos del otro para hacer posible algo que queríamos. Me preguntaba si Luke había salido de la reunión caminando enérgicamente, imaginándose el piso elegante y moderno que la empresa nos pondría y desestimando a la única posible aguafiestas del plan: yo. «No será difícil de convencer», habría pensado seguramente, como solo una persona cuya vida ha consistido en un circuito infinito de pasa-por-la-casilla-de-salida-y-coge-doscientos-dólares puede pensar.

Mi reunión con Aaron había terminado de una forma completamente distinta. Esperé a reaccionar cuando estaba en el todoterreno. «Nuestro todoterreno», me recordé a mí misma, denodadamente. Agarré el volante con tanta fuerza que me castañetearon los dientes y me desplomé sobre el salpicadero, derramando mis lágrimas de resignación en el cuero, que olía un poco a marihuana, como aquella vez hace tiempo en que uno de los amigos de Luke había vertido una cerveza y no se había molestado en limpiarlo.

Luke se rascó un pelo encarnado que tenía en el cuello.

—¿Gratis?

Había un cierto deje de cesión en su voz y, por un momento, el remordimiento del comprador entró a hurtadillas en escena. ¿Por qué no dejarle que dijera que no? ¿Por qué no pelear y llorar y decir «No puedo hacerlo» y sonar convencida de verdad esta vez? Hablé en voz alta, dejando pasar la oportunidad.

—Gratis. Y sabes que lo harán bien. Lo harán muy bien.

Luke miró fijamente la pared blanca desnuda sobre la tele mientras se lo pensaba. Tenía pensado ir al mercadillo de Brooklyn para comprar algo excéntrico y colgarlo allí.

—Es que odio la idea de que nuestra boda salga en el documental.

—Solo serán unos minutos al final, de verdad —dije, con la mentira ya preparada y esperando—. Tendrán en cuenta nuestra opinión durante el montaje.

Luke movió la cabeza de un lado a otro, reflexionando.

—¿Y te fías de ellos?

Asentí, esta vez con convicción. Aaron me había sorprendido desde que había decidido dejar de menospreciarle.

—Sí, me fío totalmente.

Luke echó la cabeza hacia atrás y el sofá de cuero se arrugó bajo el peso muerto de su cráneo. Sus padres nos habían comprado esos sofás. Había pasado de compartir con Nell un futón con manchas aceitosas de Coca-Cola Light y pizza a estos sofás, de un cuero que parecía mantequilla, como había dicho mi madre la primera vez que nos había visitado, mientras pasaba su manicura francesa por la piel color crema. A veces la transición me parecía demasiado; había ido demasiado rápido. No había habido un punto intermedio y parecía injusto habérmelo saltado. Como si fuera algo por lo que pudieran castigarme más adelante.

—Luke. —En ese momento solté las lágrimas que había estado aguantando desde que el Jeep había entrado en West Side Highway y, al pasar entre el West Village y Tribeca, me había dado cuenta, con un miedo repentino y confuso, de que ya no me iba a casa a tirar bolas de nieve—. Este fin de semana ha sido bueno en muchos aspectos. Siento realmente que, por primera vez, alguien está de mi lado. Dean está de mi lado. He visto a Dean. Creo que quieren...

—¿Has visto a Dean? —La cabeza de Luke se irguió de repente. Miré fijamente el sofá, la nítida huella de su cráneo que se había quedado marcada—. Creía que no tenías pensado hablar con él de lo que había pasado. —Luke se llevó el pulgar a la boca y empezó a mordérselo enfadado—. Sabía que esos productores iban a manipularte. —Se le cayó saliva en la camiseta y se pegó en el muslo con el puño apretado—. Sabía que tenía que haber ido contigo.

Un hormigueo, eléctrico y salvaje, me recorrió la espina dorsal. Nunca en mi vida habría pensado que sentiría la necesidad de defender a Dean Barton.

—He visto a Dean porque quería ver a Dean —solté—. Y relájate. No hablamos de la violación.

Aquella palabra hizo que Luke se parara en seco. Nunca la había dicho en voz alta. A nadie.

—Ha cambiado su versión de la historia —dije rápidamente para llenar el incómodo silencio, que confirmaba algo que siempre había sospechado de Luke: él no creía que hubiera sido una violación. Creía que había sido un incidente desafortunado, algo que ocurre cuando unos chicos salidos se juntan y beben demasiado—. Ya no cree que yo tuviera nada que ver con lo que pasó.

Al acordarme de la foto que había prometido que devolvería a la señora Finnerman, pasé las piernas por encima del brazo del sofá y me levanté para dirigirme a la estantería de la esquina. Me agaché frente a la última balda y busqué la carpeta donde guardaba todas las cosas de Bradley: artículos de periódico, tarjetas de funerales, la foto de Arthur y su padre riendo frente al mar apagado de Jersey con un marco de conchas de color pastel que envolvían el recuerdo...

—¿Eso dice? —preguntó Luke detrás de mí.

Vacié el fichero intentando encontrar la foto.

—Sí, me ha dicho eso. Y se ha disculpado por no haberlo hecho antes. Delante de la cámara.

Luke fisgoneó a través de la superficie de la mesita para ver qué estaba haciendo.

—¿Qué buscas?

—La foto —dije—: la de Arthur con su padre. Le prometí a la señora Finnerman que se la devolvería. —Vacié el contenido del fichero en el suelo—. No está aquí. —Lo removí todo una vez más—. ¿Dónde coño está?

—Seguro que la cambiaste de sitio y te has olvidado —dijo Luke, repentinamente dispuesto a ayudar—. Aparecerá.

—No, nunca la habría cambiado de sitio.

Acomodé una pierna por encima de la otra en el suelo de madera dura y me senté.

—Eh. —Luke se levantó del sofá y se oyó ese ruido parecido al que suena cuando quitas una pegatina de un trozo de papel. Sentí su mano en mi espalda y enseguida estaba a mi lado en el suelo, recogiendo el contenido de la carpeta—. Aparecerá. Estas cosas siempre aparecen cuando no las buscas.

Le miré mientras ordenaba cuidadosamente mi tragedia. Su cara de preocupación me animó a intentarlo una vez más.

—Aaron entiende lo invasivo que puede resultar meter las cámaras en la boda. Parecerá un fotógrafo normal grabando la ceremonia.

Luke cerró la carpeta.

—Lo único que no quiero es un equipo de rodaje al completo en nuestra boda.

Negué con la cabeza y le mostré dos dedos.

—Eso es todo. No necesitan nada más.

—¿Dos tíos?

—Yo les dije lo mismo. —«¿Ves, Luke? Queremos lo mismo»—. Me lo prometieron, solo dos. Nadie notará la diferencia entre ellos y un fotógrafo normal.

No mencioné el detalle de que todos los invitados tendrían que firmar una autorización de cesión de imagen. Solo necesitaba que me dijera que sí.

Luke sopesó todos los datos.

—Eso te haría feliz, ¿verdad?

Necesitaba lágrimas de nuevo, pero solo las justas para que me brillaran los ojos. Que no me dejaran surcos en las mejillas (eso sería sobreactuar).

—Me haría muy feliz —respondí.

Luke dejó caer la cabeza sobre el pecho y suspiró.

—Entonces tendremos que hacerlo.

Le rodeé el cuello con los brazos.

—Ahora sí quiero una hamburguesa con queso.

Ahí sí conseguí ser la Ani graciosa y aguda de siempre, porque Luke se echó a reír.

—Estás ridícula —dijo Nell cuando entré en Sally Hershberger Downtown—. Come algo ya, joder.

Decidí tomármelo a broma y empecé a dar una vuelta frente a ella, pero Nell cogió una revista arrugada del montón que había en la mesita y lanzó una mirada asesina a Blake Lively, que aparecía en portada. Me senté a su lado, herida. La modelo adolescente de la recepción nos preguntó si queríamos café.

—Con leche —dije.

—¿Desnatada? —preguntó.

—Entera.

—Aun así no cuenta como comida —murmuró Nell.

Mi peluquero apareció ante nosotras.

—¡Madre mía! —Ruben se llevó las manos a la cara como Macaulay Culkin en *Solo en casa*—. ¡Tienes pómulos!

—No la animes.

Nell pasó la página con tanta fuerza que casi arrancó la mitad de la revista. Nell y yo no habíamos hablado sobre aquello. No habíamos hablado sobre nada.

—Vamos —la ahuyentó Ruben—, es su boda. No queremos ver una orca caminando hacia el altar. —Me ofreció la mano—. Ven, preciosa.

Ruben dijo que me quedaría bien un corte tipo Brigitte Bardot ahora que tenía la cara tan fina.

—A las ballenas no les queda bien. —Me retorció el pelo, haciéndome nudos húmedos por toda la cabeza—. Las hace parecer más gordas.

Ruben nunca me había sugerido un corte tipo Brigitte Bardot antes de que adelgazara hasta pesar 47 kilos.

Mi madre decía que no entendía por qué me molestaba en peinarme en Nueva York si en cuanto llegara a Nantucket la humedad desharía todo el peinado. Se lo conté a Ruben pero dijo que era una tontería.

—Tu madre no tiene ni idea.

Luke se había ido a Nantucket un poco antes esa misma semana, pero yo no tenía la misma libertad en *The Women's Magazine*. Cuando pedí el viernes libre, además de las dos semanas para mi luna de miel, la directora de la revista se negó. Pero LoLo intervino y lo consiguió. Aprobaba mi elección para la luna de miel: ocho días en las Maldivas y tres en París. Aún no había hablado con ella sobre lo de Londres, aunque Luke ya había dado una respuesta en su empresa, y era un sí.

«Fantástico había dicho—. Además, las Maldivas se están hundiendo, ¿sabes? Así que corre, antes de que sea demasiado tarde.»

Ruben tenía la cabeza calva y morena, y unas gafas que se le resbalaban por la elegante nariz. Nunca se las subía, al contrario de lo que solía hacer Arthur. Solo echaba una mirada por encima de la montura de carey mientras pasaba secciones de mi pelo por un cepillo circular, doblándolo y girándolo por abajo hasta que los extremos se enrollaban como lazos inquietos en un regalo de Navidad.

Nell echó un vistazo a su reloj. Se había acercado como quien no quiere la cosa con mi café hacía veinte minutos, pasándomelo con una leve sonrisa arrepentida. Supongo que sabía que iba a hacerlo y que no valía la pena seguir castigándome.

—Son casi las once —dijo. Nuestro vuelo salía del aeropuerto JFK a las dos y todavía teníamos que volver a mi apartamento a recoger mi maleta.

Ruben me echó un producto en el pelo, me quitó rápidamente la bata negra y me plantó un sonoro beso en la frente.

—Quiero fotos —dijo—. Vas a ser la novia más guapa del mundo. —Se llevó la mano al corazón y le vi llorar en el espejo—. Ay, sí —dijo llorando—, la novia más guapa del mundo.

Nell y yo irrumpimos en mi piso sacudiéndonos el agua de los abrigos y los paraguas. Había empezado a llover cuando íbamos al centro y coger un taxi iba a resultar difícil a esta hora.

—En serio —dijo Nell—, tenemos que irnos.

Estaba revolviendo la nevera, tirando cualquier cosa que pudiera ponerse mala durante las siguientes dos semanas.

—Ya lo sé —respondí—, pero tengo que tirar esto. No puedo volver a un piso apestoso. Me pone de los nervios.

—¿Dónde está el cuarto de la basura? —Nell me quitó la bolsa de basura de las manos—. Yo lo llevo. Tú coge tus cosas.

La puerta se cerró de un portazo detrás de Nell y me quedé sola. Me arrodillé y empecé a quitar de en medio los productos de limpieza que guardábamos en el mueble debajo del fregadero. Encontré una caja de bolsas de basura nuevas y la abrí. Una hilera de botellas se movió y algo cayó al suelo, tintineando. El objeto era una especie de espuma de mar verde borrosa que chisporroteó hasta quedarse sin ímpetu y en silencio. Lo cogí con dos dedos y lo examiné, preguntándome cuánto tiempo tenía hasta que Nell volviera al piso y me pillara en el suelo, temblando como un perro mojado.

—La primera vez que oí hablar de Ani fue en un e-mail que me envió mi hermano el 6 de noviembre de 2011. —El discurso que Garret tenía en la mano se agitó cuando se lo acercó a la cara para descifrar lo que tenía escrito—. «Voy a llevar a una chica a casa para Acción de gracias», decía. «Su nombre es Ani y se pronuncia *"Aaaa-ni"*, no "Annie". Si la cagas te mato.»

La sala vibró con una carcajada agradable. Ay, estos chicos Harrison.

Garret levantó la mirada del papel que tenía en las manos.

—Creo que se sabe que dos personas están hechas la una para la otra cuando se ve que son mejores cuando están juntas que cuando están separadas.

Un murmullo de asentimiento.

—Ani es una de las chicas más dulces que he conocido aunque, admitámoslo, es un poco rara. —Ese comentario provocó una fuerte carcajada, que no debería haberme sorprendido tanto como lo hizo. ¿No era esa la personalidad que había fabricado meticulosamente para Luke? ¿Un poco extravagante pero adorable? ¿Las expresiones afiladas que soltaba de vez en cuando, que lo mantenían siempre en vilo, la pequeña recompensa extra?—. Y ahora sé que eso es lo que mi hermano adora de ella. Es lo que todos adoramos de ella.

Miré a Nell. Movió los labios, diciendo: «¿La chica más dulce que ha conocido?» y puso los ojos en blanco. Volví a mirar al que pronto sería mi cuñado y esperé que nadie más se hubiera dado cuenta.

—Y mi hermano… —Garret se rio y la multitud hizo lo mismo. Sabían que se estaba preparando para algo bueno—. Bueno, no mucha gente puede seguirle el ritmo a mi hermano. Siempre es el último en irse del bar y el primero en subirse a la tabla de surf por la mañana. Sales y él lleva ya una hora ahí, surcando las olas, y querrá quedarse una hora más que tú. Le dices: «Tío, me obligaste a tomarme un chupito de Jameson a las tres de la mañana. No puedo». —Garret se cubrió la frente, como si le doliera la cabeza—. Dios te bendiga por aguantar eso, Ani (Annie), perdón, Ani (Aaaa-ni).

Las risas habían alcanzado el volumen máximo y, con un esfuerzo hercúleo, me uní a ellas.

Garret esperó pacientemente a que la sala se calmara. Una sonrisa se le comió media cara mientras continuaba. Estaba yendo bien.

—Pero eso es lo bueno de Luke y Ani. No se «aguantan». Se aman incondicionalmente, con cantidades inhumanas de energía y todo eso.

La mano de Luke buscó la mía, retorcida en una garra como si la parálisis se hubiera instalado en mis huesos. Todo mi cuerpo rechinó cuando llevó la mano a su regazo. Con la otra, agité lo que había encontrado en la cocina. Lo había llevado conmigo desde que había salido de Nueva York, pensando qué hacer con ello, cómo utilizarlo. Nell me había dado el coñazo durante todo el vuelo. «Joder, ¿qué te pasa?». «Sabes lo mucho que odio volar», había dicho yo mirando por la ventanilla.

—Mi hermano necesitaba a alguien como Ani. Alguien que le enseñara lo realmente importante en esta vida. Familia, hijos, estabilidad. —Me sonrió—. Ella es lo importante.

Me rasqué la mejilla con el hombro para calmar un picor inexistente.

—Y, de algún modo, Ani necesitaba a alguien como mi hermano. Alguien que fuera su roca. Alguien que la calmara cuando empieza a derrapar —puso un gran énfasis, casi hostil, cuando dijo esa palabra, y le guiñó intencionadamente un ojo a Luke— fuera de control.

«Cuando empieza a derrapar.» Cuando me di cuenta, con una claridad lacerante, de que Luke se burlaba de mí, de mi terror furibundo, de mis estúpidas fobias aprendidas por las malas, cuando se juntaba con su hermano y sus amigos a tomar una cerveza, fue como si me saliera de mi propio cuerpo. «Es ridícula», me lo imaginaba diciendo, y todo mi ser empezó a sentir dolor ante ese descubrimiento crudo y despiadado.

—Tengo muchas ganas de ver lo que les depara la vida a estos dos —dijo Garret, con una alegría en la voz que chocaba contra mi repentina decisión, definitiva y aterradora—. Bueno, y de quedarme en su fantástico piso de

Londres. —Todo el mundo rio—. Y, Ani, cuando llegue el pequeño Harrison, al menos ya sabemos que Luke está acostumbrado a esa sed de las tres de la mañana. —Más carcajadas mientras la bilis me subía por la garganta. Me la tragué y levanté la copa con Garret y todos los demás—. Porque sois mejores juntos que por separado.

—Porque sois mejores juntos que por separado. —Mi voz también formaba parte del coro. Los vasos tintinearon con un sonido de campana delicada. «No, no, no.» Vacié mi champán, entero, incluso me bebí las burbujas de arriba.

Luke se inclinó y me besó.

—Me haces muy feliz, cariño.

Seguí sonriendo con todas mis fuerzas.

Alguien tocó a Luke en el hombro; él se giró y empezó a charlar sobre la luna de miel. Puse la mano en su rodilla —es gracioso, esa sería la última vez que podría tocarle así— y dije:

—Voy al baño.

Me lancé a través de la sala, entre desenfadados cumplidos: «Hola, hola, eh», «¡Estás espectacular!», «Gracias», «¡Enhorabuena!», «Gracias», «Hola, hola, ey», «Es un placer volver a verte». Un placer. ¿Cuándo había empezado a utilizar esa horrible palabra?

La organizadora de bodas había señalado el cubículo del baño que había en la parte de atrás de Topper's, el restaurante que nos cobraba treinta mil dólares por la cena de ensayo, y había dicho: «En principio es para el personal. Pero Luke y tú podéis usarlo esta noche si necesitáis un poco de intimidad». Me había guiñado un ojo, y yo la había mirado horrorizada.

Cerré la puerta con pestillo. No había lámpara en el techo, solo una lamparita blanca de porcelana sobre el lavabo, cuya luz atravesaba las sombras dándoles un aspecto dorado y soñador, como en una película antigua. Bajé la tapa del váter con cuidado y en silencio, como en un banco de iglesia. Me senté mientras la falda de mi vestido talla XS de Milly arrastraba el ADN de todas las novias que se habían sentado allí antes que yo. Nunca volvería a estar lo suficientemente delgada para ponérmelo otra vez.

Mi cartera de Bottega Veneta se abrió con un chasquido que sonó como un beso. Rebusqué hasta que encontré la concha verde, estriada y descolorida entre los dedos.

Pasó un tiempo antes de que escuchara un golpe en la puerta. Suspiré y me levanté —¿preparados para el espectáculo?—, abriendo la puerta solo lo suficiente para revelar los ojos, la nariz y los labios de Nell. Había una luz completamente distinta allí fuera.

Sonrió y las comisuras de los labios desaparecieron del estrecho marco.

—¿Qué haces?

No dije nada. Nell estiró el brazo a través de la puerta y me quitó con el dedo una lágrima negra.

—En serio, ¿de qué iba eso? —dijo—. ¿Eres la chica más dulce que Garret ha conocido en su vida? ¿Alguien te ha conocido alguna vez?

Me reí. Fue una de esas horribles risas-llanto que te revuelven las flemas del pecho.

—¿Qué quieres hacer? —preguntó Nell.

Escuchó pacientemente mientras se lo decía y luego silbó por lo bajo.

—La que se va a liar.

Nantucket sufre una inversión térmica que se produce cuando el aire frío está atrapado bajo el caliente. Este fenómeno genera una niebla siempre presente, la *Gray Lady*, que cubre la isla incluso en los días claros en los que no hay ni una nube en el cielo.

Claro que solo te das cuenta de que es un día claro cuando los ferris atraviesan a toda velocidad el espesor de la niebla. Miras hacia delante y ves el azul colgando sobre la isla, nítido y brillante como un fondo de pantalla en un proyector, pero al echar un vistazo hacia atrás por encima del hombro solo ves un muro de neblina tambaleante.

Todo había pasado cuando Nell apareció a mi lado y me puso una cerveza entre las manos.

—Creo que al sitio de alquiler de coches se puede ir andando desde el ferri —dijo.

La cerveza borboteaba en el cuello de la botella.

—Sí. —Me limpié la boca con el dorso de la mano—. Está muy cerca.

—¿Estás segura de que no quieres coger un avión?

—No podría soportar estar en un avión ahora mismo —dije.

Nell apoyó la espalda en la borda del barco.

—Entonces, ¿cuándo me lo vas a preguntar?

Me protegí los ojos con la mano y la examiné.

—¿Preguntar qué?

—Si puedes venir a mi casa mientras empiezas de cero. —Sonrió. Entre la neblina gris, sus dientes brillaban tanto que eran lo más parecido a algo invisible—. Año 2007, segunda parte. Solo que esta vez no tendremos ratas.

Acerqué cariñosamente mi hombro al suyo.

—No sabes lo mucho que te lo agradezco.

Nell había hecho lo que le había pedido que hiciera en la entrada del baño y, unos minutos después, Luke había abierto la puerta dando un empujoncito con la punta de sus mocasines de Prada.

—¿Ani? ¿Estás bien? No encuentro a Kimberly y la música de la presentación de Power Point no…

Su rostro se ensombreció y cambió por completo cuando vio la concha entre mis dedos. Ni siquiera esperé a que cerrara la puerta antes de preguntar:

—¿Qué has hecho con la foto de Arthur y su padre?

Luke se dio la vuelta y cerró la puerta tras él, muy despacio, cualquier cosa con tal de retrasar lo que estaba a punto de ocurrir.

—No quería que te disgustaras más de lo que ya lo estabas.

—Luke, dímelo ya o voy a…

—Vale. —Levantó las manos hacia mí—. Vale. John

pilló coca cuando vino a Nueva York ese fin de semana. Le dije que era una estupidez. Ya sabes lo que pienso de esas cosas. —Luke me lanzó una mirada significativa, como si su mano dura con las drogas pudiera de algún modo absolverle de lo que había hecho—. Su novia también quería. Cuando volvimos al piso, necesitaba una foto para ponerse las rayas. Yo no sé cómo va eso, pero me dijo que siempre utilizan un espejo o el marco de una foto.

—¿Y les diste la foto de Arthur y su padre?

—¡No quería darles una foto nuestra! —dijo Luke, como si solo hubiera dos opciones, como si no tuviéramos un millón de fotos por todo el piso de nuestros amigos irritantemente fotogénicos.

—¿Y qué pasó?

—Alguien tiró el marco al suelo. —Luke rememoró el crimen con gestos, moviendo la mano en el aire—. Se rompió. Lo tiré a la basura.

Busqué alguna señal de remordimiento en su cara.

—¿La foto también?

—Si hubieras visto la foto sin ese estúpido marco habrías sabido que había pasado algo. Eres... eres muy sensible con esas cosas. Te enfadas mucho. —Luke se llevó la mano al pecho, como si necesitara protección frente a mí—. Pensé que era lo mejor. También para ti. Para seguir adelante. ¿Por qué quieres aferrarte a algo así? —Se estremeció—. Es raro, Ani.

Puse la concha en mi regazo con cuidado, como si fuera un pajarito herido.

—No puedo creerlo.

Luke se puso de rodillas frente a mí, tal y como había hecho el día en que me había propuesto matrimonio, el día que yo estaba segura de que sería el más feliz de mi vida. Me eché hacia atrás cuando intentó borrar las marcas de rímel de mis mejillas.

—Lo siento, Ani. —Incluso entonces consiguió sonar como si él fuera la víctima, San Luke teniendo que aguantarme, aguantar mis idas de olla, mi rareza, mi neurosis morbosa—. Por favor. No arruinemos esta noche.

Fuera, uno de los amigos de Luke le gritaba a otro que era un cagado de mierda. Me agarré a la concha como si fuera una pelota antiestrés. La estrujé con tanta fuerza que noté cómo se agrietaba su coraza.

—Esto no es lo que va a arruinar la noche.

Le dejé secarme una lágrima. Era la última vez que me tocaba. Entonces le conté lo que realmente iba a arruinar la noche.

Capítulo 17

Aquello era un desastre. Los Harrison, mis padres, Nell, Luke, todos enredados en una madeja de alianzas variables, cada uno luchando por sus propios intereses. Al final se decidió que Nell llamaría a un taxi, me llevaría de vuelta a la finca de los Harrison, donde yo recogería mis cosas antes de que el resto de la familia volviera a la casa, y nos iríamos a un hotel para marcharnos a primera hora de la mañana siguiente. La señora Harrison me miró con una extraña mezcla de enfado y compasión mientras discutimos todo aquello, y usó un tono directo, cosa que la honra.

Mi madre no podía ni mirarme a la cara.

A partir de entonces, pasaría todas las cenas de Acción de Gracias y Navidad en casa de los FaNelli. Con el árbol falso que mi madre pegaba a la pared todos los años, decorado con luces de colores y nada más. De beber solo habría una botella agria de Yellow Tail Shiraz. Estaba preparada para aquello. Lo estaba.

No recuerdo el trayecto en coche hasta casa de los Harrison. Ni recuerdo haber recogido mis cosas. Ni la llegada al hotel de tres estrellas junto al ferri. Una de las pastillas de Nell borró todo aquello de mi memoria.

Era noche cerrada cuando abrimos la puerta de la habitación de matrimonio. Mi estómago se arqueó como si hiciera el pino puente y busqué el teléfono. Totalmente grogui, marqué el número del servicio de habitaciones. «Buenas noches —contestó la voz pregrabada—. El servicio de habitaciones está disponible de ocho de la mañana a once de la noche. El desayuno se servirá en la...»

—Está cerrado. —Intenté colgar dando un golpe, pero fallé. El auricular se estrelló contra el suelo, impávido y duro como un cadáver—. ¡Qué hambre! —gemí.

—Vale, loquita.

Nell se movía como si tuviera ruedas. Con suavidad, gracilidad y determinación. Llamó a recepción y puso una reclamación. A continuación, pidió queso a la parrilla, *nuggets* de pollo, patatas fritas y sándwiches de helado de nata. Me lo comí todo. Creo que todavía estaba masticando una patata frita cuando caí redonda. Me pasé toda la noche intentando sacar la cabeza del sueño líquido para coger aire, hasta que Nell me dio otra pastilla que volvió a sumergirme. Pero dormí. Dormí.

También se había echado a perder mi historia en el documental. Un mes después de tomar la decisión que «lamentaría el resto de mi vida» (en palabras de mi madre), me reuní con Aaron y el cámara en un pequeño estudio a pocas calles del Rockefeller Center.

También tenía un trabajo nuevo. Ahora era directora de variedades en la revista *Glow*. Era un puesto importante, pero la revista no era ni la mitad de importante que *The Women's Magazine*. Obviamente, no tenía el prestigio del *New York Times*, del que LoLo me recordaba lo cerca que estábamos. No podía creer que fuese a rendirme ahora.

—Me ofrecen treinta mil dólares más. —Le mostré mi dedo anular desnudo—. Lo necesito. Debo un montón de dinero a un montón de gente. No puedo esperar más.

—Me horroriza perderte —concluyó—. Pero lo entiendo.

El día que recogí mis cosas, me dijo que algún día volvería a estar en su cabecera. Cuando me deshice en lágrimas, me dijo:

—¿Recuerdas aquel artículo que escribiste en el que decías que lo peor que puedes hacer por tu carrera profesional es llorar en la oficina? —Me guiñó un ojo y se alejó por el pasillo, rugiendo a su paso a la coordinadora de la edición digital para que le entregara los breves que le debía.

Creí que odiaría ir todo el día sin aquel peso fantástico en el dedo, sin la forma en que ahuyentaba a todo el mundo porque simbolizaba que había rellenado todas las casillas de lo que hay que conseguir en la vida. Mentiría si dijera que una parte de mí no echaba de menos aquella maldita esmeralda, pero no me importó tanto como había pensado en un principio. Cuando un chico me invita a cenar, siempre albergo la esperanza de que sea alguien que pueda quererme como soy, como Garret y muchos otros creían que Luke me quería. Quizá le dé igual mi mal carácter, mi rareza, quizá sea capaz de pasar por encima de mis espinas y darse cuenta de que soy una chica dulce. Quizá entienda que salir adelante no significa no hablar nunca de ello, no volver a llorar.

—Te acuerdas de lo que tienes que hacer, ¿verdad? —preguntó Aaron.

—Digo mi nombre, la edad que tendré cuando se estrene el documental y la edad que tenía cuando se produjo el ataque.

La última vez que me puse ante la cámara me había presentado como Ani Harrison, el nombre que me iba a aliviar tanto llevar de forma legal cuando se estrenara el documental. Tenía que grabar una segunda toma para corregir el error, vestida exactamente igual que la primera vez que mi historia había quedado inmortalizada para siempre por la cámara. Lo emitirían todo seguido para que pareciese una única toma. No se mencionaría cómo habían colisionado mi pasado y mi presente, como dos placas tectónicas en un terremoto, produciendo una fisura que había reconducido el rumbo de mi vida. Ya no podía pedir la ropa prestada en *The Women's Magazine,* y no eran prendas baratas.

Aaron levantó el pulgar rechoncho e hizo una señal a su ayudante. Vi el gesto como lo que pretendía ser: amable, para nada adulador.

En el preciso instante en el que tendría que haber estado tostándome al sol en una playa en mi luna de miel, recibí una llamada de Aaron que lo cambió todo.

—Tenías razón —dijo.

Llevaba un rato esperando en una cola larguísima para pedir un café, pero abandoné mi sitio y salí para meterme en un callejón donde poder hablar tranquila.

—He visto el vídeo. Dean y tú llevabais micros. La cámara grabó vuestra conversación.

Presioné el teléfono contra la oreja y dejé escapar un suspiro largo y triunfal. Me había hecho bien oír a Dean pronunciar aquella palabra. «Violación.» Había sido terapéutico, vaya. Pero esa no era la única razón por la que le había pedido que la dijera. He grabado suficientes veces *Today* como para saber que la cámara pilla prácticamente cualquier cosa si llevas puesto el micro (aquel comentario mordaz sobre el ridículo vestido rosa de Savannah, el pis nervioso en el baño antes de salir a plató, etcétera). Dean debía saberlo también, visto que ahora era una *celebrity.* No estaba segura de qué iba a hacer con su confesión, si es que iba a hacer algo, pero la quería por si me decidía a desafiar a Luke y hablar sobre lo que ocurrió aquella noche. Ahora que ya no podía mancillar el apellido Harrison, había tomado una decisión.

—Entonces podemos usarlo, ¿no? Para corroborar mi versión de los hechos.

—Estaría mintiendo si dijera que, como director, no estoy emocionado. Esto es un bombazo —dijo Aaron—. Pero como amigo… —me temblaron los labios al oír aquella palabra— es aún mejor. Te mereces que se sepa la verdad. Solo… —suspiró y se interrumpió un instante— solo quiero asegurarme de que estás preparada para lo que venga… Imagino que se van a cabrear todos bastante.

La puerta trasera de la cafetería se abrió y un empleado tiró una bolsa de basura al contenedor. Esperé a que volviera a desaparecer en la cocina.

—Por supuesto que se van a cabrear —le concedí, todo lo magnánima que pude—. Lo que me hicieron fue algo terrible.

—No me refería a… —Aaron se detuvo cuando pilló el sarcasmo—. Vale —dijo. Y lo repitió, esta vez con voz de haberlo comprendido todo y de indignación por mí—: Vale.

La claqueta ordenó silencio y me dejó hablar. Aaron me hizo un gesto: «Adelante». Me erguí en la silla y dije:

—Me llamo TifAni FaNelli. Tengo veintinueve años, y el 12 de noviembre de 2001 tenía catorce años.

Aaron dijo:

—Repítelo. Vamos a intentarlo solo con tu nombre.

La claqueta sonó otra vez.

—Me llamo TifAni FaNelli.

© LESLIE HASSLER

Jessica Knoll

Ha sido editora en *Cosmopolitan* y articulista para la revista *Self*. Creció en Filadelfia, se graduó en la Shipley School de Pensilvania y amplió sus estudios en el Hobart and William Smith Colleges. Vive en Nueva York con su marido. *La chica que lo tenía todo* es su novela debut, un éxito en treinta y cinco países y finalista del Edgar Award, y que la ha encumbrado como autora *best seller* de *The New York Times* y como una de las escritoras revelación norteamericanas con más proyección internacional.

www.JessicaKnoll.com
@JessMKnoll
Facebook: JessicaKnollAuthor